Sandra Lüpkes

Inselträume

Roman

Rowohlt Taschenbuch Verlag

Die Handlung dieses Romans könnte exakt so passiert sein, ist sie aber nicht. Genau wie es die Personen theoretisch geben könnte – eine Übersicht über alle erfundenen Inselbewohner findet sich am Ende des Buches.

Originalausgabe
Veröffentlicht im Rowohlt Taschenbuch Verlag,
Reinbek bei Hamburg, Mai 2016

Redaktion Susann Rehlein
Umschlaggestaltung any.way, Barbara Hanke / Cordula Schmidt
Umschlagabbildungen Radius Images / Corbis; Westend61/
Getty Images; thinkstockphotos.de
Satz und Layout Das Herstellungsbüro, Hamburg
Druck und Bindung CPI books GmbH, Leck, Germany
ISBN 978 3 499 27225 7

Ende August riecht die Insel wie ein warmer Sandkuchen. Süß vom reifen Deichgras, das sich strohgelb zu färben beginnt. Alle Hitze verdunstet aus den Poren der weichen Kruste, die das Meer bei Ebbe freilegt. Inzwischen kühlt die Luft sich langsam auf Herbsttemperatur ab, legt morgens dicke Tränen aus Tau auf die knallroten Hagebutten der Inselrose, als verspüre sie denselben Abschiedsschmerz, der die Menschen ergreift, wenn sie das Eiland verlassen müssen. Ach ja, die Ferien sind bald vorbei. Die Tage werden kürzer. Der Wind frischt auf. Fegt alles weg, was an die Sorglosigkeit von Juli und August erinnert.

Kaum noch Strandkörbe jenseits der Dünen, und die Eisdiele am Kurplatz hat keine zwanzig verschiedenen Sorten mehr im Angebot, sondern nur noch Zimt, Schokolade und Rumrosine. Ein Kanalreinigungswagen scheppert durch die Gassen.

Tatsächlich hatte die Nachsaison etwas von der Ruhe nach dem Sturm, fand Jannike, die im leeren Speisesaal ihres kleinen Hotels stand und durch die bodentiefen Fenster das Naturschauspiel draußen im Garten betrachtete. Die Sanddornbeeren waren reif, leuchteten zwischen den Halmen des Strandhafers, der stets tanzte, wenn eine Windböe durch die Dünen pfiff. Der bewölkte Himmel wölbte sich darüber wie ein Baldachin. Ein attraktives Fotomotiv für Touristen, dachte Jannike, obwohl die meisten von ihnen bereits abgereist waren.

Vor einer Woche waren auf jeden Insulaner zehn Gäste gekommen. Eine Menschenflut, die durch die Straßen strömte und so manches unmöglich machte. Privatsphäre zum Beispiel.

Aber ab heute war das Hotel nur noch zur Hälfte belegt, und das Restaurant gönnte sich den ersten Ruhetag seit Mai. Am Fahnenmast wehte die rote Flagge, auf der *Foffteihn moken* geschrieben stand – *Pause machen* –, ein weithin sichtbares Zeichen für die Gäste, dass die Küche im *Roten Hering* an diesem Abend kalt blieb und sie sich nicht herbemühen mussten.

Denn Jannike hatte sich etwas vorgenommen. Etwas, wozu sie wer weiß wie lange nicht mehr gekommen war. Also, es war natürlich einiges auf der Strecke geblieben, beispielsweise am Strand joggen, die Augenbrauen zupfen, im Garten den Giersch rausreißen, damit noch Platz für die anderen Küchenkräuter blieb, ein Buch lesen, mit Freundin Mira einen Tee trinken, Katze Holly nach Zecken absuchen ... Doch das meinte Jannike nicht.

Sie wandte ihren Blick ab und ging zurück in die blankgewienerte Küche, wo Mattheusz noch immer die Küchenmesser schärfte und in die passenden Schlitze des Holzblocks sortierte. Fast schien er enttäuscht, heute keine Verwendung für seine wie neu glänzenden Klingen zu haben. Womöglich dachte er an Berge von Roter Bete, Deichlamm und frisch gebackenem Roggenbrot, die er damit zerteilen könnte. Tja, an Ruhetage musste der Hotelkoch sich wohl erst einmal gewöhnen. Er schaute hoch, und Jannike fing seinen Blick auf.

Mattheusz' Lächeln war von kurzer Dauer. «Hab ich was zwischen den Zähnen?», fragte er und fuhr sich vorsichtshalber mit der Zunge durch den Mund.

«Nein, alles schneeweiß.»

«Warum guckst du mich dann so kritisch an?»

Kritisch? Hatte sie kritisch geguckt? So weit war es also schon gekommen. Sie hatte ihrem Liebsten eigentlich einen verführerischen Blick zuwerfen wollen, der auch ohne große Worte das heutige Abendprogramm klärte, mit gesenktem Kinn, Augenaufschlag, ein wenig gespitzten Lippen – doch Mattheusz fühlte sich wie eine Labormaus unter der Lupe des ehrgeizigen Wissenschaftlers. Sie hatte es wohl inzwischen verlernt.

Konnte wirklich sein. Denn das letzte Mal, dass sie beide etwas anderes gemacht hatten, als zu arbeiten oder über Dinge wie Spülmaschinenreinigungsmittel im Zwölferpack oder die Nahrungsunverträglichkeiten der Zwillinge aus Zimmer 5 zu diskutieren, war lange her. Mindestens drei, vier Wochen. Oder sogar mehr.

Bei Paaren, die schon kurz vor der Silberhochzeit standen, war das vielleicht kein Grund, sich ernsthaft Gedanken zu machen. Aber Mattheusz und Jannike waren erst seit einem Jahr, zwei Monaten und fünfzehn Tagen zusammen.

«Also, was ist? Hab ich was falsch gemacht?»

Mattheusz würde nicht von selbst darauf kommen, so viel stand fest. Eventuell lag es auch an der Umgebung, denn sie standen gerade neben dem großen Kühlschrank, in dem die Frühstückssachen untergebracht waren und aus dem es seit ein paar Tagen komisch roch. Mattheusz hatte im Internet nach der Ursache gesucht. Angeblich gab es irgendwo hinter der Kühlung einen verborgenen Kasten für Kondenswasser, der regelmäßig geleert werden musste, was allerdings in der Gebrauchsanweisung der Küche komplett verschwiegen worden war.

«Ich kann das Ding auch jetzt gleich reparieren», schlug Mattheusz nun mit Blick auf den Kühlschrank vor.

«Quatsch, heute haben wir beide doch frei», half Jannike ihm auf die Sprünge, und um ihr Anliegen zu unterstützen, ging sie auf Mattheusz zu, legte ihre Arme um seinen Hals und küsste ihn auf den Mund. Dass er nicht zurückwich, war ein gutes Zeichen. Und als sie seine Hände an ihrem Hinterkopf spürte, die Finger in ihrem Haar, da war die Sache wohl geritzt.

«Ich habe uns eine Flasche Weißwein kaltgestellt», flüsterte sie in sein Ohr und strubbelte genießerisch seine dunkelblonden Locken, versenkte ihre Nase in seiner Halsbeuge. Er roch so wunderbar nach Mattheusz. «Und Käse, Obst, Baguette, Schokolade nach oben gebracht. Wir müssen also weder verhungern noch verdursten, wenn wir jetzt in unsere Privatwohnung gehen, die Tür hinter uns zumachen und erst morgen früh wieder rauskommen.» Sie schaute ihn gespannt an.

Mattheusz grinste. «Zwischen hier und unserem Schlafzimmer liegt gefühlt ein Kilometer. Wir könnten unterwegs Oma Maria begegnen, die heute noch Senfgurken einkochen will ...»

Sie nahmen sich bei den Händen und schlichen aus der Küche, als hätten sie etwas Verbotenes vor. Der Flur war menschenleer, zum Glück.

«... oder einer der Zwillinge aus Zimmer 5 steht im Flur, um uns zu sagen, dass ihm noch eine weitere Speise eingefallen ist, auf die er mit Magenkrämpfen reagiert ...»

Die Holztreppe, die neben der Rezeption nach oben führte, gab dieses vertraute Knarzen von sich, eine Mischung aus Entenquaken und Schweinegrunzen.

«... oder Frachtschiff-Ingo braucht Trost, weil er mal wieder Krach mit meinem Schwesterchen Lucyna hat.»

Jetzt waren sie im zweiten Stock angekommen, von wo nur noch die schmalen Stufen zu den Personalzimmern unterm Dach führten, ansonsten war das hier ihr Reich. Mattheusz schloss die Tür auf. Jannike kicherte.

Es war ja nicht so, dass sie keine Lust aufeinander hatten. Ihre Beziehung war glücklich, nur selten gab es Streit, und nachdem es sehr lange gedauert hatte, bis sie im letzten Jahr endlich zusammengekommen waren, fanden sie dann vergleichsweise zügig zu einer angenehmen Vertrautheit, die die ideale Voraussetzung war für ein erfülltes Liebesleben, das auch die eine oder andere Überraschung beinhaltete, die eine oder andere Spielerei.

«Weißt du, ich habe eigentlich überhaupt keinen Durst!», sagte Mattheusz und zog Jannike an der kleinen Küche vorbei Richtung Schlafzimmer.

Das Bett, in das sie sich fallen ließen, war ungemacht und mit Mattheusz' scheußlichster Bettwäsche bezogen, ein Relikt seiner Junggesellenzeit. Eventuell zeigten die komischen, blau-roten Embleme sogar das Logo eines polnischen Fußballvereins, so genau hatte Jannike nie nachgefragt, denn es kam nicht drauf an. Weder, wenn sie darin schliefen – da waren ihre Augen ja geschlossen, nach einem harten Arbeitstag auch meistens ziemlich schnell –, noch in Momenten wie diesem, denn dann nahm Jannike nur ihren Geliebten wahr, zwei Grübchen über dem Hintern, eine Blinddarmnarbe mit den Umrissen von Kuba. Und natürlich Mattheusz' geschickte Hände und …

Die Tür flog auf. «Überraschung!»

Wer? Wie? Was?

Jannike zog ihren Arm unter Mattheusz' Oberschenkel hervor. Mattheusz seinen Ellenbogen unter Jannikes Rücken.

Als sie sich vollständig entknotet hatten, stand da ein schick gekleideter Typ auf dem Kopf, ach nein, Jannike lag noch verkehrt herum, jetzt setzte sie sich aufrecht hin. «Danni!»

«Stör ich?»

«Wonach sieht's denn aus?»

«Soll ich ehrlich sein? Nach einer Mischung aus Yoga und Breakdance!»

«Na toll.»

Danni war sich offensichtlich keiner Schuld bewusst. Was wollte er hier? Warum trug er seinen marineblauen Anzug mit den goldenen Knöpfen? Außerdem war er so aufgeregt, dass er von einem Bein auf das andere trat wie ein kleiner Junge, der dringend aufs Klo musste.

Zum Glück waren Jannike und Mattheusz zwar zerzaust, aber noch bekleidet, sonst wäre es Jannike ziemlich peinlich gewesen. Selbst wenn Danni schon seit Ewigkeiten ihr allerbester Freund war und sie vor der gemeinsamen Hotelübernahme einige Jahre in Köln als WG gelebt hatten, wo man sich natürlich immer mal wieder bei irgendetwas erwischt hatte.

«Siebelt und ich haben was vorbereitet!», verkündete Danni stolz.

«Jetzt? Heute ist unser freier Abend.»

«Genau deswegen passt es ja so gut. Endlich haben wir alle mal richtig schön Zeit.» Sprach's, machte eine zackige 180-Grad-Wende – tatsächlich, jetzt sah Jannike es, er trug sogar seine Hochzeitsschuhe, was war denn los? – und verließ die Wohnung.

Jannike schnaubte, und Mattheusz versuchte etwas unbeholfen, sie zu trösten, indem er ihr ein Kissen auf den Scheitel warf, ganz sanft nur, liebevoll. Doch Jannikes Laune war im Eimer.

«Ist doch keine Katastrophe.» Mattheusz küsste ihre Schulter. «Wir können doch später. Oder morgen, hm?»

«Morgen ist wieder Betrieb.»

Echt, es hätte so schön werden können.

Ganz besonders schön sogar. Denn Jannike hatte vor ein paar Tagen ein bisschen gerechnet. Diese üblichen Zahlen: Ein Datum im August plus vierzehn eben. Der von Jannike spontan ausgerufene Ruhetag im Hotelrestaurant *Roter Hering* war nämlich kein Zufall, sondern das Ergebnis ihres aktuellen Hormonhaushalts. Mit über vierzig musste man da mit spitzem Bleistift rechnen.

Sie standen auf, Jannike ordnete ihre Kleider und fuhr sich mit den Fingern durch die zerwühlten Haare. «Siehst super aus», sagte Mattheusz, der schon in der Tür stand und wartete. Ihm machte der Prä-Coitus interruptus wohl nichts aus. Natürlich nicht. Er war ein Mann, zudem fünf Jahre jünger – und hatte keine Vorstellung von Jannikes plötzlichem Interesse an körpereigener Mathematik. Vielleicht freute er sich sogar über Dannis Besuch. Mattheusz mochte Überraschungen.

Und Danni war ein Meister der Spontanität. Erst letztes Jahr hatte er innerhalb von wenigen Stunden beschlossen, den Inselbürgermeister Siebelt Freese zu heiraten – und es am selben Tag in die Tat umgesetzt. Was er heute wohl vorhatte? Jannike beschloss, sich zu entspannen, schließlich waren Überraschungen, die von Danni kamen, immer besonders verlockend.

Und wirklich: Sie folgten einem Duft, der köstlicher wurde, je näher sie der kleinen, versteckten Gartenecke kamen, zu der Hotelgäste keinen Zutritt hatten. Es roch nach Fisch, gegrillt, mit Knoblauch und Zitrone. Dannis Spezialität, die es nur zu besonderen Anlässen gab.

Jannikes Drei-Generationen-Team saß erwartungsfroh am gedeckten Gartentisch: Oma Maria Pajak, die sonst das Zepter fest in der Hand hielt, wenn es ums Kochen ging; Mutter Bogdana Pajak, deren Spezialität eher darin bestand, für Sauberkeit bis in die letzte Ritze zu sorgen; und Tochter Lucyna Pajak, der heimliche Star im *Roten Hering*, denn keiner servierte die polnisch-friesischen Leckereien so charmant wie sie.

Bunte Lampions schaukelten am Efeu, und rings um die verwitterten Steine der Backsteinmauer steckten Fackeln im Sand. Noch war es zu hell, der Leuchtturm nebenan hatte seinen Dienst noch nicht angetreten, aber schon jetzt war klar: Sobald die Dämmerung einsetzte, der Fisch gar war und das erste Glas Wein getrunken, würde es hier so wunderbar werden, so wohlig und entspannt, dass Jannike die Hoffnung auf ausgiebige Zweisamkeit mit ihrem Liebsten für heute aufgab. Das war schade, aber wie Mattheusz sagte: keine Katastrophe.

Siebelt winkte sie heran, schenkte eiskalten Roséwein in Gläser, die sofort beschlugen, und legte für jeden Gast eine Stoffserviette bereit. Alle wandten sich gespannt an Danni. Der war absolut in seinem Element, kein Zweifel, der würde die Situation auskosten und es richtig spannend machen.

«Ratet mal, warum wir diese kleine Party schmeißen.»

Oma Maria, die nur wenig Deutsch verstand, aber trotzdem alles mitbekam, sagte: «Wegen Essen. Und Trinken.» Alle lachten.

«Nein», sagte Quizmaster Danni. «Noch 'ne Idee?»

«Wir haben die Hauptsaison geschafft», versuchte es Lucyna. «Ohne Tote und Verletzte.»

«Stimmt, das ist auch ein Grund zum Feiern, das machen wir aber ein anderes Mal.»

Nun war die Energie der Ratenden verpufft, und alle nippten lieber am Wein, als Danni zuliebe bis in alle Ewigkeit weiterzurätseln.

«Okay, ihr kommt sowieso nicht drauf!», sagte er dann, stellte sich neben seinen Mann und strich über dessen Bauch. Der Bürgermeister war nie schlank gewesen, doch seit er verheiratet war, erging es ihm nicht viel anders als den meisten Ehemännern – und manchen Ehefrauen: Seine Körpermitte zeigte eine beachtliche Kugel.

«Siebelt ist schwanger!», platzte Bogdana mit dem heraus, was wahrscheinlich auf den Zungen aller gelegen hatte.

«Fast!», jubelte Danni. Dann stellte er sich aufrecht hin, als ginge es hier mindestens um eine Ordensverleihung, und atmete tief durch. «Ich darf euch die erfreuliche Nachricht überbringen, dass wir bald zu dritt sind!»

So ein Quatsch, dachte Jannike und kicherte. Doch Danni blieb für seine Verhältnisse außerordentlich ernst.

«Er heißt Lasse und wird ab nächster Woche unser Pflegesohn sein.»

Sie hatten ihn verarscht. Aufs Übelste.

Getraut hatte er denen sowieso nicht: «Und wenn ich das Teil ausfülle und so, ganz ehrlich, dann ist das doch scheißegal, und keine Sau kratzt es, was da steht, also kann ich es gleich bleibenlassen – und fertig.»

Weil, er hatte in den letzten zwei Jahren haufenweise Formulare ausgefüllt, Kursfächer gewählt für die Oberstufe, Anträge gestellt für die Nachprüfung, dann den ganzen Kram mit dem Anwalt, mit den Bullen und dem Jugendamt, ernsthaft, er hatte tausend Kreuzchen gesetzt und achttausendmal unterschrieben, seine Mutter auch, und dann rechtzeitig abgeben und so weiter. Echt, er war sechzehn. Er hatte Besseres zu tun, als diese Frage-Antwort-Spielchen mitzumachen, bei denen er sowieso immer der Loser war.

Genau deswegen hatte er die Schnauze voll, als der vom Jugendamt ihm vor zwei Wochen den Zettel unter die Nase hielt von wegen Zukunftsperspektive. Was er wolle. Was er erwarte. Wofür er sich interessiere. Blabla.

Womit würden Sie sich langfristig gern beschäftigen?

Eine dieser Tiefseefragen. Kam harmlos daher wie *Wie viel Uhr ist es* oder *Wann geht die letzte Bahn nach Hürth*, konnte aber interpretiert und analysiert und weiß der Henker was werden, sodass der vom Jugendamt ihm anhand der Antworten bis tief auf den Grund seiner Seele schauen konnte.

Also hatte Lasse es einfach auf den Punkt gebracht. Die Wahrheit hingeschrieben. Sich nicht besser oder schlechter gemacht, als er nun mal war. In der Hoffnung, dass sie ihn dann in Ruhe ließen, weil es an der Wahrheit nicht so viel zu interpretieren und analysieren und weiß der Henker was gab.

Womit würden Sie sich langfristig gern beschäftigen?

Da hatte er geschrieben: *Schnelle Autos und nackte Weiber.*

Und jetzt stand er hier und hatte einen Frauenhintern vor sich, in greifbarer Nähe sozusagen, aber trotzdem fühlte er sich ... war «verarscht» der richtige Ausdruck?

«Lasse!»

Er drehte sich nicht um. Er hatte keinen Bock.

«Lasse, hey!»

Der Hintern war mindestens siebzig Jahre alt und von grauem Meeresschlick überzogen.

Eine schwere Hand legte sich ihm von hinten auf die Schulter.

«Trauste dich nicht?», fragte Nils.

Lasse hielt die Klappe.

«Nur zu, junger Mann», sagte die Frau, die zu dem Hintern gehörte. «Ich bin keine Warmduscherin!»

Nils überreichte ihm eine Art dicken Gartenschlauch und drehte den Wasserhahn auf. Der Schwall, der aus der Öffnung kam, war schweinekalt. Ernsthaft, wie konnte man so etwas freiwillig abkriegen wollen?

«Jetzt aber!» Nils nahm seinen Arm, hob ihn an, sodass der Strahl die Wade der alten Frau traf. Die gab keinen Mucks von sich. Zuckte auch nicht. Schräg.

«Ist gut für den Kreislauf. Und das Immunsystem.»

Warum musste die Welt so unlogisch sein? Warum waren Sachen wie, keine Ahnung, Rauchen und Fastfood ungesund, Eiswasser auf nackter Haut aber angeblich total super? Wäre es anders herum, keiner seiner Kumpels käme auf den Gedanken, auf Döner zu verzichten, sich aber hinter dem Rücken der Erwachsenen zu diesen bescheuerten Kneipp'schen Güssen zu treffen. Es war nicht so, dass sie die Sachen, die sie machten, bloß gut fanden, weil sie verboten waren. Verkehrt gedacht. Es war nur so, dass die Dinge, die erlaubt waren, kalt oder anstrengend oder unbequem oder langweilig, manchmal sogar alles auf einmal waren. Er vermisste seine Kumpels. Die verstanden ihn wenigstens.

«Höher», sagte Nils. «Und wenn der Schlamm runter ist, kommst du rüber. In fünf Minuten ist der nächste Wellengang.»

Lasse nickte.

Sein Leben hatte sich verändert.

Vor einer Woche noch hatte er bis elf gepennt, danach gechillt und anschließend mit seinen Kumpels abgehangen, bis es Ärger gab, weil die Leute die Polizei holten wegen nächtlicher Ruhestörung oder so.

Jetzt zerfetzten alle halbe Stunde die Wellen im Meerwasserbrandungsbad *Sprottengrotte* seinen Tag. Weil er drauf reingefallen war. Auf den Deal mit der Zukunftsperspektive.

«Wenn du zwei Sachen aufschreibst, die dir langfristig wichtig sind, dann werden wir alles dafür tun, um wenigstens eine zu erfüllen.»

«Okay.»

«Und dann bleibst du dieses Mal von einer Jugendstrafe verschont.»

«Okay.»

«Letzte Chance, Lasse, ist dir das klar?»

«Jep.»

Und dann er eben: *Schnelle Autos und nackte Weiber.*

Das Ergebnis: Er war auf eine Insel verfrachtet worden, auf der nur der Arzt und die Feuerwehr motorisiert unterwegs sein durften, der Rest: Fahrräder, Kutschen, Bollerwagen und fertig. Die schlimmste Insel der Welt! Und die nackten Weiber waren allesamt über sechzig und ließen sich von ihm den muffigen Thalassoschlamm aus den Hautfalten spülen. Er wusste nicht, was er ätzender fand: dass der eine Wunsch abgelehnt oder der andere erfüllt worden war.

Der Gong ertönte. Noch drei Minuten bis zu den Wellen. Nichtschwimmer bitte in den Flachwasserbereich.

«Danke, junger Mann», sagte die Oma, schlurfte in ihren Clogs zu einem prinzessinnenrosa Bademantel, der an der Garderobe hing, und holte einen Euro aus der Tasche. «Hier, für Sie!»

«Danke», sagte er, obwohl nichts, was ihn interessierte, für einen popeligen Euro zu kaufen war. Auf der Insel war alles schweineteuer. Dosenbier gab es nicht, wegen öko. Nur Glasflaschen. Zwei Euro ohne Pfand. Na ja, die Alte hatte sich 'ne Zehnerkarte gekauft – *Thalasso* XXL zum Seniorenrabatt – und würde morgen wiederkommen. Er könnte sparen. Denn da, wo er wohnte, bekam er kein Bier. Obwohl er schon sechzehn war. Wegen irgendeiner Absprache mit seiner Mutter. Er musste der Thalasso-Oma also dankbar sein. «Bis dann!»

Lasse schlenderte Richtung Hallenbad. Es gab einen Extradurchgang für das Personal, die Badegäste mussten ihr Armband vor eine Lichtschranke halten und konnten dann rüber. Kriegten leider nicht alle hin. Gestern, als Nils gerade in der Mittagspause gewesen war, hatte Lasse einen kleinen Jungen retten müssen, der, keine Ahnung, warum, irgendwie untendurch gekrochen und dann zwischen den gegeneinanderlaufenden Drehkreuzen eingeklemmt worden war. Der arme Knirps hing wie eine Scheibe Weißbrot im Toaster fest und hat die ganze Bude zusammengeschrien. Britta von der Kasse hatte genauso laut gekreischt: irgendwas von noch nie passiert ..., um Himmels willen ..., wie man überhaupt auf so einen Gedanken kommen kann, da zwischen die Stäbe zu kriechen, warum die Eltern nicht besser aufpassen, das würde auch immer schlimmer werden mit den Kindern. Jedenfalls, während der Junge und Britta und später auch die Mutter von dem Jungen um die Wette gebrüllt haben, hatte Lasse den Werkzeugkoffer geholt, die Abdeckung mit dem Imbus aufgeschraubt, den Mechanismus gelöst – da war so 'n kleiner Knopf, den man mit dem Schraubenzieher eindrücken konnte, damit sich der Richtungsbetrieb ändert – und den Jungen herausgehoben. Der hatte noch nicht mal 'nen Kratzer.

Aber gelobt hatte ihn keiner dafür. Der Junge heulte noch immer. Die Mutter motzte rum, weil das Drehkreuz angeblich nicht kindersicher war. Und Britta hatte ihn angeschnauzt, weil der Werkzeugkoffer im Durchgangsbereich stand.

Das nächste Mal würde er das Kind einfach drin lassen. Man könnte dem Knirps ja Essen und Trinken durch die Stäbe reichen, bis er erwachsen war. Lasse wäre das egal.

Er würde sowieso nicht hierbleiben. Dann lieber Jugendknast als diese Insel und drei Jahre Ausbildung zum Fachangestellten für den Bäderbetrieb. Hundertpro.

Im Hallenbad war ein Höllenlärm. Kein Wunder, das Wetter war schlecht, der Septemberwind schneidend kalt, die Brandung am Strand lebensgefährlich – aber die Leute wollten trotzdem im Salzwasser schwimmen, dafür waren sie schließlich an die Nordsee gekommen. Unten im proppenvollen Becken sah man genauso viele hautfarbene wie chlorwasserblaue Stellen. Sah ein bisschen aus wie Nudelsuppe. Und die mit den orangefarbenen Badekappen, die man bei Britta an der Kasse kaufen konnte, waren die Karotten. Lasse musste grinsen.

Wieder der Gong. Die Wellenmaschine surrte los. Das Wasser schaukelte sich hoch. Die Nudeln und Karotten schwappten auf und nieder, auf und nieder.

Nils stand auf der anderen Seite des Beckens und nickte ihm kurz zu. Er war Lasses Meister. Und vielleicht war er auch in Ordnung. Mal sehen. Nach vier Tagen konnte man das noch nicht so beurteilen. Wenigstens sah er aus, als hätte er es drauf. Ein geiles Tattoo auf der Schulter, so 'n buddhistisches Zeichen für endlose Liebe, das auf den ersten Blick wie eine Brezel aussah, aber dann, beim genaueren Hingucken, zwei ineinander verhakte Herzen. Und eine Frisur, als wäre er heute Morgen mit dem Surfbrett zur Arbeit gekommen. Nils war echt nicht das Problem. Aber der Rest.

Auf und nieder, auf und nieder. Lasse war kein Psychologe. Doch er war trotzdem sicher, dass man die Menschen da unten einteilen konnte, also charaktermäßig, je nachdem, wo sie sich bei Wellengang aufhielten. Es gab drei Typen.

Die im Schwimmerbereich waren öde, denn sie blieben im Grunde die ganze Zeit, wo sie waren. Das Gesicht der Wellenanlage zugewandt, nahmen sie jeden Wasserberg ohne erkennbare Regung. Vielleicht kriegten sie noch nicht einmal den Unterschied mit, ob es im Becken flach oder wellig war, Hauptsache, die konnten sich mit minimalem Aufwand an der Oberfläche halten. Oder allein durch ihr Körperfett. Lasse konnte sich nicht vorstellen, hier wirklich mal jemandem helfen zu müssen. Die waren zu langweilig zum Ertrinken.

Fast genauso schnarchig waren die Badegäste, die im ganz Flachen saßen, mit steif ausgestreckten Beinen und dem Po schon fast im Trockenen. Die lachten zwar bei jeder Welle, die an ihren verschrumpelten Fußsohlen leckte, aber Lasse vermutete, das machten die nur, weil sonst in ihrem Leben nichts, aber auch gar nichts passierte und dieses Flachwasserabenteuer für sie schon das Nonplusultra war.

Wenn Lasse selbst schwimmen gehen würde, er wäre einer von denen im mitteltiefen Nichtschwimmerbereich. Da, wo man abwechselnd bis zum Knie oder bis zum Hals im Wasser stand und die Wellen sich brachen. Wo man hineintauchen konnte in den schäumenden Kamm oder sich mittreiben ließ, ein Wellenreiter im Miniaturformat sozusagen. Blöd war nur, dass man dann oft zwischen den Flachwasserabenteurern strandete. Und die beschwerten sich gleich wieder. Zu viel Abenteuer war auch nicht gut.

Aber die im Mitteltiefen, die waren in Ordnung. Die blieben nicht im Drehkreuz stecken, heulten nicht, wenn mal was blutete, und machten sogar manchmal Arschbombe vom Einer, obwohl sie dann Mecker von Nils kriegten. Das Einzige, was Lasse an den Mitteltiefen nicht geheuer war, war die Tatsache, dass sie ihre Zeit anscheinend freiwillig an einem Ort wie diesem verbrachten. In der *Sprottengrotte*. Es gab so viel Geileres in der Welt.

Die Wellen verebbten. Wieder mal keine Toten und Verletzten. Obwohl er bereits ein paar Rettungsübungen draufhatte, stabile Seitenlage und so. Ein bisschen hoffte er sogar, dass es mal einen Zwischenfall gab und er sein Können unter Beweis stellen durfte. Aber wie gesagt, die kamen hier nicht auf die Idee, für Action zu sorgen. Er könnte jetzt eine kleine Rauchpause machen, wenn Nils einverstanden war. Lasse wollte gerade ins Kabuff verschwinden, wo seine Zigaretten lagen, als die Tür zu den Weiberduschen aufging und zwei Mädels reinkamen. Die eine lang und sehr dünn mit Spaghettihaaren. Aber die andere …

«Pause?», fragte Nils, der ums Becken herumgelaufen war und plötzlich neben ihm stand. Er führte eine unsichtbare Zigarette an den Mund und grinste. «Nicht dass du auf Entzug kommst und ins Koma fällst.»

Aber er hatte keine Lust auf Nikotin. Die andere war klein und hatte einen Hintern, der mit Abstand das Beste war, was Lasse hier in den letzten vier Tagen zu sehen bekommen hatte, auch wenn er in einem Sportbadeanzug steckte. Aber das war noch nicht mal das Tollste. Sie hatte so eine süße Frisur, an den Seiten kurz und oben lang, eine nasse, rote Strähne fiel ihr ins Gesicht, die schob sie hinter die gepiercten Ohren. Da erst bemerkte Lasse die Augen, deren Farbe ihn an die Ölpfützen erinnerte, die sich zu Hause in Hürth auf dem Schrottplatz zwischen den gerupften Grasbüscheln breitmachten. Das klang jetzt vielleicht nicht so toll, Augen wie Ölpfützen, aber wer mal so richtig bewusst eine schmierig braune Lache im Sonnenschein betrachtet hatte, der wusste: Es gab sonst keine Farbe, die gleichzeitig satt und vollkommen, aber auch ein Versprechen auf den kompletten Regenbogen war. Wunderschön! Ernsthaft.

«Hi», sagte die Freundin mit den Spaghettihaaren.

«Hi», antwortete er.

Dann stiegen die beiden über die Leiter am Beckenrand ins Wasser. Und Lasse wusste, heute würde er aufpassen, wie noch nie ein Bademeister zuvor aufgepasst hatte. Wenn auch nur auf eine einzige Person.

Sie saßen um den großen Holztisch in der Hotelküche und blickten abwartend in die Runde. Die Butterkekse auf dem Teller in der Mitte blieben bislang unangetastet. Geredet wurde wenig, im Gegensatz zu sonstigen Zusammenkünften an diesem zentralsten Ort im ganzen Haus, wo schon so viele wichtige Dinge zur Sprache gekommen waren. Im Vergleich zum Alltag fühlte sich das heute an wie Schweigekloster.

Danni und Siebelt als Eltern eines Sechzehnjährigen? Jannike bekam es irgendwie nicht auf die Reihe. Normalerweise wurde Familienzuwachs ja mit Entzücken begrüßt. Mit Worten wie «niedlich», «süß» und «zum Knutschen» bedacht. All das passte bei Lasse, der mit unübersehbarer Unlust der Einladung ins Hotel zum ersten Kennenlernen gefolgt war, eher weniger. Er war gar nicht niedlich, denn er überragte Jannike um einen ganzen Kopf und trug eine an den Nähten ausgefranste rote Kapuzenjacke, die aussah, als hätte er darin schon mehrfach übernachtet, und zwar nicht im heimischen Daunenbett. Die Arme hatte er bockig über dem Graffiti-Logo verschränkt. Lasse war auch nicht im Geringsten süß, dazu hätte er ja mal den Mund aufmachen und zumindest guten Tag sagen können. Und man verspürte auch keine große Lust, ihn zu knutschen, denn da, wo gerade kein Pickel sprießte, wuchs ihm ein unregelmäßiger Bartflaum auf den Wangen.

Wen hatten Danni und Siebelt sich da denn angelacht? Jannike musste sich zusammenreißen, um ihre Enttäuschung nicht offensichtlich werden zu lassen. Denn irgendwie hatte sie mit etwas anderem gerechnet. Etwas Netterem. Dass dieser – ja, früher hätte man wohl «Halbstarker» gesagt – von nun an Mitglied in diesem kleinen, kuscheligen Männerhaushalt sein sollte, schien unmöglich. Bei Danni harmonierte jedes Kissen mit der Sofadecke, jede Stoffserviette mit dem Blumengesteck, jede Glaskaraffe mit dem frischen Obst in der Keramikschale. Dieser schlaksige Junge war dort fehl am Platz wie ein Außerirdischer, den ein Schiffbruch mit der Raumkapsel zur Notlandung auf einer Nordseeinsel gezwungen hatte. Jannike wusste nicht, wer ihr mehr leidtun sollte: Danni und Siebelt, die bestimmt schon bereuten, einen solchen Pflegesohn aufgenommen zu haben – oder Lasse, der bis jetzt sicher in einer dunklen Pubertätshöhle gehaust hatte, mit Staubschicht, Sockenberg und Schweißgeruch. Denn dass es so etwas bei Danni nicht geben würde, war sonnenklar. Zwar hatte er seinem neuen Ziehsohn ein Zimmer im Souterrain der Mansardenwohnung eingerichtet, für ein bisschen Distanz war also gesorgt, doch Jannike war sicher, der Raum war mit hübschem

Schnickschnack ausgestattet, das würde Danni sich nicht nehmen lassen.

«Und? Wie war deine erste Arbeitswoche im Schwimmbad?», eröffnete Jannike das Gespräch, nachdem sie allen reihum den Kandiszucker in die kleinen Porzellantässchen gelegt hatte. Eine stilechte Teezeremonie zur Begrüßung, das war ihre Idee gewesen, denn draußen war es schon entsprechend kühl, und wie sonst sollte man einen Neuostfriesen passender willkommen heißen?

«Ganz okay», sagte Lasse und schob seine Hand über die Tasse, bevor Jannike einschenken konnte. «Habt ihr Cola?»

«Kannst du dir gern selbst zapfen», schlug Danni ganz ohne seine sonstige Ungeduld vor. Im Umgang mit diesem Jungen wirkte er wie ausgewechselt, überhaupt nicht hibbelig und überdreht, sondern männlich cool. «Im Speisesaal an der Theke. Gläser findest du in der Vitrine dahinter.» Lasse erhob sich und schlurfte aus der Küche. «Ist doch okay, wenn ich Lasse das erlaube? Der Junge soll sich schließlich zu Hause fühlen.»

Jannike nickte und goss weiter den Tee ein. Der Kandis knisterte, danach löffelte sie die Sahne über den Porzellanrand, betrachtete die kleine Wolke, die daraufhin in der Tasse emporquoll. Ein bisschen enttäuscht war sie schon, dass ihre Kostprobe der Friesenkultur von Lasse verschmäht wurde. Cola! Gab es schließlich überall.

«Er hat ein bisschen Heimweh, weißt du?» Dannis Blick war leicht zu deuten: Er bat um Nachsicht für seinen unhöflichen Filius.

«Kenne ich», sagte Mattheusz. «Wenn man neu hier ist, glaubt man, es keine vierundzwanzig Stunden aushalten zu können. Keine Fluchtmöglichkeiten, überall Wasser drum herum ...»

«Das ging mir nie so», widersprach Jannike. «Als ich damals auf diese Insel gekommen bin, hatte ich das Gefühl, endlich am richtigen Ort zu sein.»

«Klar! Deshalb hast du gleich losgelegt und dir ein Hotel gekauft, fast wie bei Monopoly.» Siebelt lachte. «Aber soweit ich mich erinnere, übermannte dich keine Woche später der erste Inselkoller, und du hast im Rathaus erst einmal Alarm geschlagen, was hier alles anders und vor allem besser werden muss.»

Der Bürgermeister hatte recht. Ganz so rosig war das erste Inseljahr wirklich nicht verlaufen. Damals hatte Jannike sich an einem persönlichen Tiefpunkt befunden, ihre Beziehung zu einem verheirateten Produzenten befand sich kurz vor dem Aus, die Karriere als Sängerin und Moderatorin war bereits grandios den Bach heruntergerauscht, und sie war völlig orientierungslos auf die Nordseeinsel gefahren. Wenn nicht sogar geflüchtet. Dort hatte dann am westlichen Ende dieses romantische Leuchtturmwärterhaus zum Verkauf gestanden: efeubewachsener Backstein und holzvertäfelte Giebel, alte Dachziegel, grüne Fensterläden, Sonnenterrasse in den Dünen, acht Doppelzimmer mit Bad – kurz: ein Traum, der noch dazu direkt neben dem Seezeichen stand und somit begehrtes Ausflugsziel war. Dass sich das Inselleben dennoch alles andere als einfach gestaltete, hatte Jannike bald schon gemerkt und beinahe kapituliert, bevor der erste Gast überhaupt einchecken konnte. Doch als ihr bester Freund Danni dann in die Hotelleitung mit eingestiegen war, sie sich als Hochzeitshotel einen Namen machten, den Saunagarten gestaltet hatten und nicht zuletzt Oma Maria mit ihren Kochkünsten das Restaurant allabendlich füllte, war zumindest das Geldproblem zum Glück aus der Welt. Sie schrieben schwarze Zahlen, und die Gästeanfragen nahmen von Monat zu Monat zu. Also alles im Lot?

Nun, ein Traum war und blieb ein Traum. Die Realität sah immer etwas anders aus. Heute, zwei Jahre später, stand Jannike tatsächlich manchmal am Deich, schaute zum Festland hinüber und erinnerte sich mit leichter Wehmut an die Zeit, als sie noch spontan über den Wochenmarkt auf dem Maternusplatz schlendern, das Programmkino im Eigelsteinviertel besuchen oder einfach mit dem Auto in die Eifel fahren konnte. Hier, zwischen Deich und Dünen, war die Welt deutlich kleiner und die Möglichkeiten zur Zerstreuung überschaubar. Das musste man aushalten können.

«Wie lange wird Lasse bei euch bleiben?»

«Bis er seine Ausbildung beendet hat.»

«Drei Jahre?»

Siebelt und Danni nickten. Sie schienen nicht die geringsten Zweifel zu hegen.

Der Notruf aus Hürth war vor zehn Tagen gekommen: Maike, eine gute Freundin von Danni, suchte dringend eine Bleibe für ihren Sohn, der von der Schule geflogen und beim illegalen Autorennen erwischt worden war, beides übrigens zum wiederholten Male. Ein «Crash-Kid» mit prima Karriereaussichten, allerdings am ehesten in der Jugendknasthierarchie. Der komplette Neustart würde Lasse vielleicht retten, hoffte Maike, und das Jugendamt war wohl gleicher Meinung gewesen.

«Findet er es nicht komisch, zwei Papas zu haben?», fragte Mattheusz, der Maike nie kennengelernt hatte und somit nicht wissen konnte, dass es für Lasse wahrscheinlich eine willkommene Abwechslung bedeutete, nachdem er bislang mit zwei Mamas zurechtgekommen war. Maike und Senta hatten ihre Sache gut gemacht, Lasses älterer Bruder studierte inzwischen Medizin. Doch aufmüpfige Teenager kamen ja sprichwörtlich in den besten Familien vor.

«In Köln und Umgebung ist das nichts Besonderes», klärte Jannike auf.

Die Tür zum Restaurant quietschte, und Lasse kam herein, die Cola war gerstengelb und hatte eine Schaumkrone. Danni verzog den Mund. «Lasse!»

«Ich bin sechzehn. Ich darf das.»

«Es ist noch nicht mal halb fünf!»

Lasse nahm einen trotzigen Schluck. «Ich hab Feierabend!»

Oh, oh, dachte Jannike und griff vorsichtshalber den Gesprächsfaden von vorhin wieder auf. «Und, was machst du denn so *vor* deinem Feierabend?»

«Erste-Hilfe-Kurs.»

«Ach, spannend! Und was noch?»

Lasse zog die Schultern hoch. «Fliesen schrubben.»

«Nils Boomgarden meint, dass Lasse sich richtig gut anstellt», berichtete Siebelt, ganz der stolze Herr Vater. «Er übernimmt jetzt regelmäßig das Jugendtraining.»

«Das *was*?»

«Bis vor vier Jahren war Lasse Mitglied im Schwimmverein in Hürth. Ganz erfolgreich sogar. Und nun soll er die Teilnehmer für das Inselduell in Bestform bringen.»

Vom Inselduell hatte Jannike bereits gehört, ganz große Sache: Eine Brauerei veranstaltete am Ende des Monats ein Wettschwimmen. Dazu wurden die besten Sportler der Nachbarinseln erwartet, und die Konkurrenz, die ohnehin zwischen den ostfriesischen Eilanden brannte, würde noch weiter entflammen, denn der Siegerinsel winkten stolze 50 000 Euro.

«Wer macht denn da mit?», fragte Jannike. Sie gab die Hoffnung nicht auf, mit Lasse ins Gespräch zu kommen.

«Ich», antwortete Lasse.

Danni sprang ein. «Außerdem trainiert Lasse zwei Mädchen und einen Jungen, in der Altersklasse sind wir also gut aufgestellt. Nur bei den späteren Semestern sieht es schlecht aus.» Er seufzte. «Wir brauchen zwei Männer und zwei Frauen. Und wenn wir nicht genügend Teilnehmer haben, fällt das Ganze buchstäblich ins Wasser.»

«Dabei könnte die *Sprottengrotte* das Preisgeld gut gebrauchen.» Siebelt hatte als Bürgermeister die Siegprämie natürlich bereits vor dem Startschuss sinnvoll eingeplant. «Wir hoffen auf einen Zuschuss für die Wasserrutsche.»

«Soll *sie* doch mitmachen», sagte Lasse das erste Mal mehr als drei Wörter am Stück. Und mit *sie* meinte er Jannike, das hatte also fast schon was mit Konversation zu tun, was er hier gerade betrieb.

«Ich? Bin nicht besonders sportlich!»

«Man muss bloß vom Westbad zum Leuchtturm schwimmen, das sind nur ungefähr tausend Meter.» Lasse sagte das, als ginge es um einen Spaziergang zur Eisdiele und nicht um einen Kilometer im offenen Meer gegen die Strömung und womöglich mit herbstlich hohem Wellengang.

«Das ist nicht mal eben um die Ecke!»

«Siegerehrung am Leuchtturm.»

«Schon deswegen kann ich nicht mitmachen. Wir sollen da nämlich das Catering übernehmen. Große Party für die Teilnehmer, mit allem Pipapo.» Jannike war regelrecht erleichtert, diese Ausrede gefunden zu haben. Denn die Idee, dass sie beim Inselduell an den Start gehen könnte, war hirnrissig.

«Das schaffen wir auch ohne dich», relativierte Danni leider.

«Trotzdem. Ich bin überhaupt nicht in Form.»

«Komm, Jannike, du joggst doch ab und zu am Strand», mischte Mattheusz sich jetzt ein. «Und die 172 Stufen, die du ständig im Leuchtturm rauf- und runtermusst, wenn du bei den Besuchertagen den Kontrollgang machst, sind auch ein Supertraining.»

Jannike starrte ihren Liebsten an. Der fiel ihr doch glatt in den Rücken, und sie musste sich beherrschen, damit sie keinen Schluckauf bekam, wie es ihr in letzter Zeit manchmal passierte, wenn sie sich furchtbar aufregte: Mattheusz war allen Ernstes dafür, dass sie in drei Wochen an einem Wettschwimmen teilnahm. Obwohl er doch wusste, dass sie, um es überhaupt nur in die Nähe des Ziels zu schaffen, einige Stunden und Tage Zeit investieren müsste. Zeit, die sie beide doch eigentlich auch mal für sich nutzen könnten. Ein bisschen schmusen und kuscheln und so weiter. Doch ihm war lieber, dass sie stattdessen einen auf Rocky Balboa machte und ein knallhartes Training absolvierte. Liegestütze und Sit-ups und Seilspringen womöglich. Wie romantisch.

«Tolle Idee», versuchte sie es mit beißender Ironie. «Und die Arme trainiere ich, indem ich ab heute das Geschirr von Hand spüle?»

«Warum nicht», sagte Mattheusz. «Kartoffelschälen mit gleichzeitigem Küchenbodenwischen soll übrigens besonders effektiv für die gesamte Körpermuskulatur sein.»

«Und wenn du dann noch nebenbei meinen Telefondienst übernimmst, hast du dich in puncto Belastbarkeit in Stresssituationen auch noch gestählt», schlug Danni vor. «Braucht man alles, wenn man im offenen Meer schwimmt.»

«Es könnte ja ein weißer Hai vorbeikommen.» Siebelt stimmte jetzt also auch mit ein.

Und Mattheusz nahm den Faden prompt auf. «Dann würde Jannike aber so richtig schnell werden. Tausend Meter kraulen in fünf Minuten.»

Alle lachten. Sogar Lasse bewegte seine Mundwinkel nach oben. Dabei waren diese Scherze auf ihre Kosten ganz und gar nicht witzig. Zumindest heute nicht. Vorhin erst hatte ein undichter Wasserhahn in Zimmer 8 ihren Plan von einem gemeinsamen Mittagsspaziergang am Strand torpediert. Und als sie sich stattdessen für eine halbe Stunde aufs Sofa setzen und Musik hören wollten, war eine wichtige E-Mail vom Steuerberater an der Rezeption angekommen, die Danni nicht ohne Absprache mit Jannike beantworten wollte. Es war wirklich wie verhext: Trotz Nachsaison kamen sie einfach nicht zur Ruhe. Und die Einzige, die sich daran zu stören schien, war anscheinend Jannike.

Weshalb bloß unterstützte Mattheusz jetzt noch diese bescheuerte Schnapsidee, fürs Inselduell zu trainieren? Es gab nur eine logische Erklärung: Jannike war ihm bestimmt zu unfit, zu schwabbelig, vielleicht sogar zu alt. Klar, er war fünf Jahre jünger und durch seine Arbeit als Hausmeister und Hilfskoch bestens in Schuss, er hatte leicht reden. Aber sie? Jannike schaute an sich herunter. Erblickte das Lieblings-T-Shirt, das weder figurbetont noch besonders modisch, sondern in erster Linie bequem und schmutzunempfindlich war. Darunter trug sie Unterwäsche vom Kaffeehändler. Mit Blümchen drauf. Keine Frage, in Sachen Sex-Appeal könnte sie durchaus eine Schippe draufschlagen.

«Was ist los, Jannike?», fragte Mattheusz jetzt auch noch total unschuldig.

«Was los ist?» Wenn in diesem Moment nicht die Klingel an der Rezeption gebimmelt hätte, wäre Jannike vielleicht in Tränen ausgebrochen, weil sie ihrem Freund eine solche Gemeinheit niemals zugetraut hätte. Aber so ergab sich die Chance, diese unerfreuliche Tischrunde schleunigst zu verlassen. Die

Pflicht rief. Das war bestimmt die Anreise für heute, eine Frau Galinski, die sich für drei Nächte in Zimmer 6 eingemietet hatte. Eine schöne, problemlose, alltägliche Aktion also, die Jannike von den jüngsten Ärgernissen ablenkte.

Doch da hatte sie sich getäuscht. Denn Frau Galinski, eine hagere, nicht unfreundlich wirkende Mittfünfzigerin mit aschblondem Pagenschnitt und silberner Brille, war in Begleitung angereist.

«Sie haben einen Hund?», platze Jannike heraus, noch bevor sie ihren obligatorischen Willkommen-im-kleinen-Inselhotel-Gruß losgeworden war.

Frau Galinski folgte Jannikes Blick und erweckte beinahe den Anschein, dass sie selbst verwundert war, neben ihren Beinen einen weißen, plüschigen Wauwau zu entdecken. «Das ist Pepsi!», entgegnete sie dann, als würde das bedeuten: Nein, das ist kein Hund, sondern irgendetwas anderes, das so ähnlich aussieht, und weil ich ihm einen putzigen Namen verpasst habe, fällt es sowieso in eine andere Kategorie.

Heute kam der Ärger aber auch geballt, dachte Jannike, riss sich zusammen und begrüßte ihren neuen Gast dann doch erst mal, wie es sich gehörte, nahm der Frau das Gepäck ab und legte die Anmeldeformulare bereit. «Entschuldigen Sie, dass ich Sie vielleicht etwas barsch begrüßt habe, doch wir nehmen eigentlich keine Hunde auf.»

«Pepsi ist aber ein Bichon Frisé», war Frau Galinskis Reaktion. Das klang ja, als wäre sie mit einem französischen Patisserieteilchen unterwegs. Bichon Frisé, Baiser Soufflé …, und viel anders sah das Schoßhündchen mit dem glitzernden Halsband auch nicht aus. Jannike überlegte, ob sein zartwollenes Fell nicht vielleicht doch aus Zuckerwatte bestand. Und die schwarzen Knopfaugen aus Mokkabohnen, das Schnäuzchen aus Lakritz. Tja, wäre das Tier eine Süßigkeit gewesen, sie hätte ein Problem weniger gehabt. Aber so?

«Viele unserer Gäste leiden unter Allergien und sind genau deswegen auf die Insel gekommen.»

«Das ist mir klar, doch Bichon Frisé haaren nicht», klärte Frau Galinski auf und relativierte gleich: «Jedenfalls kaum. Pepsi ist ein Allergikerhund! Zudem gut erzogen, leise und absolut stubenrein. Und ich werde ihn auch nicht mit in den Speisesaal nehmen. Versprochen.»

Es war ja nicht so, dass Jannike keine Hunde mochte. Oder Tiere im Allgemeinen. Früher, in ihrer WG in Köln, hatte Dannis Siamkatze Holly bei ihnen gelebt, hier auf der Insel war sie jedoch zur Draußen-Mieze mutiert, die es sich in der hinteren Ecke des Gartens gemütlich gemacht hatte und dort – ungelogen – in trauter Zweisamkeit mit einem wilden Kaninchen lebte. Auch mit den manchmal etwas aufdringlichen Möwen hatte Jannike sich inzwischen arrangiert. Und zugegeben, dieser Hund sah nicht so aus, als könne er großen Schaden anrichten. Dennoch war es nervig, dass Frau Galinski sich einfach über die geltenden Regeln hinwegsetzte. Denn dass ins *Hotel am Leuchtturm* keine Tiere mitgebracht werden durften, war aus den Buchungsunterlagen eindeutig ersichtlich. So etwas passierte öfter, einige Insulaner hatten Jannike schon ihr Leid geklagt und von Gästen berichtet, die dachten, dass sie ihre drei Kinder nicht extra anmelden müssten, wenn diese doch alle bei ihnen mit im Doppelbett schliefen. Oder von geforderten Preisnachlässen, weil das Hotel keine eigenen Garagenplätze besaß – auf einer autofreien Insel, wohlgemerkt. Und heute hatte es eben sie erwischt: ein Hund im kleinen Inselhotel. Pech gehabt. Es nutzte nichts, heute ging ohnehin keine Fähre mehr zum Festland, und diese eine Nacht mussten Frau Galinski und ihr Pepsi ja schließlich irgendwo ihre Häupter betten.

Jannike könnte Danni um Rat fragen, doch der war heute viel zu sehr mit seinem neuen Familienmitglied beschäftigt. Oder vielleicht sollte sie Mattheusz' Meinung hören? Nein, auf den war sie sauer, und zwar richtig.

In diesem Moment erschien Bogdana auf der Treppe, einen Eimer in der Hand. Jannikes Hausdame war das Beste, was diesem Hotel hatte passieren können. Die polnische Sauberkeitsexpertin liebte ihren Job und kannte wahrscheinlich jeden noch so vergessenen Winkel in diesem Gebäude, weil sie ihn regelmäßig mit Lappen und Putzzeug blank schrubbte. Doch jetzt, als Bogdana den Hund neben der Rezeption erblickte, ließ sie das erste Mal, seitdem Jannike sie kannte, alles stehen und liegen und kam die Stufen herabgerannt. «Was das ist!» Der Hund kläffte drollig, als er diese kleine, kräftige Frau auf sich zukommen sah. «Oh, *mój słodziutki*!» Jannike konnte leider noch immer kein Wort Polnisch, aber das dies eben eine Liebeserklärung aus Bogdanas Mund gewesen war, ließ sich nicht fehldeuten. Die sonst so resolute Frau schmolz beim Anblick des Vierbeiners regelrecht dahin.

Die Zuneigung schien auf Gegenseitigkeit zu beruhen, Pepsi hüpfte aufgeregt auf und ab und wedelte so eifrig mit seinem im Fell versteckten Schwänzchen, dass er beinahe die schmale Bodenvase mit dem Sanddornstrauch darin umgeworfen hätte.

«*Jesteś słodka jak cukierek!*», rief Bogdana.

«Was heißt das?», fragte Frau Galinski amüsiert.

«Ist so süß wie Bonbons!» Bogdana kraulte die flauschigen Öhrchen. «Liebe ich Hunde wie diese!»

Na, damit war die Genehmigung doch schon so gut wie erteilt, fand Jannike. Und Bogdana war ja im Grunde genau die richtige Ansprechpartnerin für ihren Gewissenskonflikt. «Würde es dir etwas ausmachen, wenn Frau Galinski mit dem Hund …»

«Nein!», unterbrach Bogdana sofort. «Überhaupt nicht!»

«Aber die Haare …»

«Ist das kein Problem!» Bogdana strahlte. «Ich mache alles sauber hinterher. Wie neu, das ganze Zimmer. Für diese süße Bärchen mache ich alles!»

Jannike überlegte kurz, natürlich hatte sie Bedenken. Was, wenn demnächst ein Hundeallergiker … Ach, der würde dann ein anderes Quartier bekommen. Zum Glück hatte Mattheusz im letzten Winter aus allen Hotelzimmern die Teppichböden herausgerissen und Dielen verlegt, die ließen sich viel besser putzen. Außerdem lag das Zimmer 6 etwas abseits der anderen Gästeräume am Ende des Flurs im ersten Obergeschoss, direkt über dem Anbau, in dem sich auch der Fahrradschuppen befand. Sollte der Hund bellen, würde er also nicht unbedingt jemanden stören. Und allein Bogdanas strahlende Augen ließen keine andere Entscheidung zu. Liebe auf den ersten Blick, wenn es so etwas zwischen Mensch und Tier gab. Und es war ja nur für drei Tage.

«Na dann, herzlich willkommen!», sagte Jannike, händigte den Schlüssel aus und führte Frau Galinski und Pepsi in den ersten Stock.

Was die Sache mit den Haufen angeht, ist das hier wirklich eine Riesensauerei.

Selten hat Pepsi dermaßen gewaltige Kötel einfach so herumliegen sehen, braun, bröselig und rund wie die Tennisbälle, mit denen er ab und zu mal spielt. Die nach Pferd stinkenden Klumpen liegen dicht an dicht, so richtig mitten auf der Hauptstraße, wo kleine und große Menschen den ganzen Tag langspazieren – und keiner regt sich auf. Aber wehe, er muss mal ganz dringend und erledigt das sauber und ordentlich auf dem Rasen und in Gebüschnähe, dann treffen ihn gleich diese Blicke, bei denen er froh ist, dass sie bloß von Menschen kommen und nicht von einem Artgenossen, denn das wäre böse ausgegangen. Sogar wenn sein Frauchen gleich mit den Plastiktütenhandschuhen alles wegräumt, immer guckt einer fies. Aber diese Brocken da – so große Säckchen gibt es gar nicht, dass man die mit einem Handgriff wegräumen könnte. Da muss schon jemand mit Schaufel und Schubkarre kommen. Also, jetzt mal ehrlich, was ist denn an seinen Hinterlassenschaften so viel schlimmer als an diesen Pferdeäpfeln? Völlig unverständlich.

Dann diese Gemeinheit mit der Leine. Er versucht es mit seinem Spezialtrick: Das Frauchen von unten herauf anblicken, die Ohren in all ihrer Pracht aufstellen, das Schnäuzchen ein bisschen beben lassen, dazu ein feines Fiepen, wie ein Vögelchen, das aus dem Nest gefallen ist. Auf diese Weise bekommt er eigentlich immer alle Wünsche erfüllt, doch die Leine bleibt dran. Obwohl dieser gigantische Sandkasten, über den sie gerade spazieren, das absolute Paradies ist. So viel Platz zum Rennen, aber nein, er muss brav bei Fuß bleiben. Überall liegen Stöckchen herum, in allen Längen, als hätten gerade Tausende von Herrchen und Frauchen mit ihren Vierbeinern gespielt, doch für ihn wird kein einziger aufgehoben und geworfen. Nächster Nachteil hier: Es gibt keine richtigen Bäume. Nur komische bunte Häuser auf Stelzen, die sich zwar auch zum Beinchenheben anbieten, aber ziemlich weit voneinander entfernt sind, also in puncto Reviermarkieren nicht taugen.

Pepsi weiß wirklich nicht, was er von diesem plötzlichen Ortswechsel halten soll. Sonst sind sie ja immer zu Hause, wo er jeden Hund von weitem am Geruch erkennen kann, wo der Napf immer neben der Tür steht und die Zeiten für frische Luft und Auslauf fest geregelt sind. Nun leben sie auf einmal in einem großen Haus mit Garten, in dem es nach Katze und Kaninchen riecht, der Napf steht unterm Fenster, und niemals zuvor ist ihm ein solcher Wind durch das Fell geweht. Na ja, mit ihm kann man es ja machen, er ist schließlich gutmütig, sauber und unkompliziert.

Nur heimlich beneidet er manchmal die anderen Rassen, die laut sind, bissig, knurrig, sabbern, sich im Dreck suhlen und freche Kinder wegbellen. So wie die da hinten. Eine Hündin. Braunes Fell, schlappe Ohren, schöne, seidige Nasenhaare. Und vor allem: eine Duftnote zum Verlieben. Die darf hier am Strand frei herumlaufen. Kümmert niemanden. Nur er darf wieder gar nichts.

Aber wenigstens ist sein Frauchen nicht mehr so traurig. Seit sie hier sind, hat er sie kein einziges Mal heulen sehen. Zu Hause ist das jeden Tag der Fall. Meistens abends, nach dem letzten

Spaziergang, wenn er auf den Sessel hüpfen und seinen Kopf auf ihren Oberschenkel legen darf, dann seufzt sein Frauchen, hat rote Augen und tupft mit einem Tuch das Wasser aus dem Gesicht. Oder wenn sie diese andere Frau besuchen, wo er nicht auf die Couch springen darf, obwohl sein Frauchen sich da hinlegt und die ganze Zeit redet und weint und redet und weint. Warum geht sie da überhaupt hin? Die andere Frau sagt nur ganz wenig, lächelt manchmal und hat auf ihren Beinen so etwas Viereckiges, das aus demselben Material besteht wie die Zeitung, die Pepsi morgens immer apportiert. Und ein sehr kleines Stöckchen in der Hand, mit dem sie geschwungene Linien aufmalt. Danach ist sein Frauchen nicht mehr ganz so traurig, aber meistens hält das nicht lange. Diese Traurigkeit kann Pepsi schon im Voraus wittern. Sie ist vergleichbar mit dem Geruch von weicher, feuchter, dunkler Erde im schattigen Wald, wo sie manchmal unterwegs sind. Irgendwie vertraut, und man weiß auch, dass es zu etwas gut ist, dass da etwas tief drinnen steckt, aber man kommt nicht so einfach dran.

Jetzt beißt ihn etwas anderes in der Nase. Sehr unangenehm. Kein Möwendreck, obwohl das auch schmerzhaft sein kann, wenn man den beschnuppert, hat er vorhin mal ausgetestet – nie wieder! Nein, das jetzt riecht anders, erinnert Pepsi an den Tag, als vor dem Haus mal ein Auto gegen seinen Stamm-Laternenpfahl geknallt ist und anschließend schwarzer Rauch aufstieg. Feuer!

Er bellt vorsichtshalber. Oder besser: kläfft. Bellen will ihm irgendwie nicht so richtig gelingen. Die Hündin da hinten hat mehr Wumms in der Stimme. Dagegen wirkt sein Fiepsen wirklich albern. Sein Frauchen versteht zudem wieder mal nicht, was er will. Das kennt er schon, die riecht immer erst, was Sache ist, wenn man es schon sehen kann. Er lässt nicht locker, zerrt ein bisschen an der Leine, kriegt natürlich einen Anschiss deswegen, aber der Gestank wird immer stärker, da muss man doch mal warnen dürfen.

Jetzt, da, schwarzer Rauch. Auf seine Nase kann Pepsi sich nun mal verlassen. Sie werden langsamer, bleiben stehen, schauen zu einem seltsamen, farbigen Kasten, der wie ein Sofa mit Dach drüber aussieht. Das Polster, auf dem es sich bestimmt ganz gemütlich sitzen und ein Nickerchen machen lässt, wird hässlich und dunkel, die Hitze lässt den Bezug Blasen werfen, und das ist es auch, was so furchtbar stinkt. Feuer sieht nämlich interessanterweise immer ganz ähnlich aus, riecht aber grundverschieden. Das Feuer, wenn sein Frauchen in der Wohnung diese Holzstücke anzündet und hinter eine Glasscheibe wirft, riecht scharf, aber gut. Das Feuer, mit dem sie nach dem Essen manchmal das Ende dieses kleinen Stöckchens zwischen ihren Lippen zum Glimmen bringt, riecht würzig, aber wenn es kalt wird, stinkt es ekelhaft. Doch dieses Feuer hier hat etwas Öliges, das Aroma legt sich einem auf die Nase wie ein klebriges Tuch. Scheußlich.

Pepsi würde jetzt gern abhauen. Doch sein Frauchen bleibt stehen und guckt den Flammen zu, als wäre das nun was besonders Tolles. Andere Menschen machen das auch.

Neben ihm steht zum Beispiel einer, der riecht extrem seltsam, erinnert Pepsi an … an dieses besonders blaue Wasser, an dem sein Frauchen und er manchmal vorbeispazieren, wenn es draußen warm ist. Normalerweise hat Pepsi es ja nicht so mit den Farben, sie interessieren ihn nicht, er findet sie langweilig, aber dieses besonders blaue Wasser befindet sich in einem Kasten, und lauter Menschen springen da rein und quieken. Er wollte dann natürlich auch mal hin, denn er liebt Wasser, aber sein Frauchen hat ihn nicht gelassen. «Naaiin!», hat sie gesagt.

Es gibt viele Orte, an die man als Hund nicht hindarf, warum auch immer. Dieses besonders blaue Wasser im Kasten gehört anscheinend dazu. Nicht so schlimm. Es riecht ohnehin nicht so gut. Wie dieser Mensch da ganz in ihrer Nähe.

Ein paar andere Leute kommen angerannt, bis nah an den Brandherd. Sie haben lange Schläuche dabei und spritzen mit Wasser. Es zischt und qualmt. Pepsi wird ein bisschen schlecht. Zu viel um die Nase, das kann er nicht gut vertragen.

Die Wasserspritzer bellen, der eine, der besonders dick ist, am lautesten. Scheint der Leitmensch zu sein. Er hat noch ein anderes Ding dabei, aus dem Schaum kommt, damit deckt er den Rest des verkokelten Etwas ab. Was auch immer da gebrannt hat, es ist jetzt nur noch halb so groß, nicht mehr farbig, sondern schwarz, und ganz bestimmt würde sich da niemand mehr gemütlich hinsetzen und ein Nickerchen machen.

Kein Wunder, dass der Leitmensch so sauer ist. Er reckt seinen Arm in die Höhe. Sein Gesicht ist nicht so blass wie sonst bei den Menschen.

Als er in Pepsis Richtung schaut, verliert sein Frauchen plötzlich das Interesse an der Veranstaltung, dreht sich um, ruckelt sogar an der Leine, was sie sonst selten tut. Schade, jetzt ist es gerade spannend geworden, findet Pepsi. Denn den Geruch, den er eben an seinem Frauchen wahrnimmt, den hat er noch nie an ihr erschnüffelt, er hat auch nichts zu tun mit der Walderde-Traurigkeit. Erinnert eher an kaltes Wasser, das auf einen warmen, trockenen Stein trifft. Ein völlig neues Aroma. Eine Prise Angst ist dabei, aber auch Freude. Wie passt das denn zusammen?

Pepsi kläfft. Scheinen spannende Tage zu werden hier an diesem Ort. Hoffentlich bleiben sie etwas länger.

DER INSELBOTE

Brandstifter auf der Insel?

Gestern gegen 19.30 Uhr musste die Freiwillige Feuerwehr zu einem dringenden Einsatz am Hundestrand ausrücken. Mehrere Urlauber hatten dort den Brand eines Strandkorbs gemeldet. «Wir gehen von Brandstiftung aus», so Gerd Bischoff, Gemeindebrandmeister und Leiter der Löschaktion. «Ein mit Terpentin getränkter Lappen wurde benutzt, um das Feuer zu legen.» Menschen waren laut Aussage Bischoffs nicht in Gefahr, doch der Strandkorb konnte leider nicht gerettet werden, die starke Hitzeentwicklung hat das Plastik fast vollständig schmelzen lassen. «Wir werden den Täter schon schnappen», gibt sich der Gemeindebrandmeister zuversichtlich. Die Polizei sei bereits eingeschaltet worden.

Endlich wieder Zeit zum Tratschen – das war noch so ein gravierender Unterschied zwischen Haupt- und Nebensaison. Im Juli und August könnten auf der Insel die dollsten Sachen passieren, es würde niemanden interessieren. Vor einigen Jahren, so erzählte man, hatte wohl auch mal irgendein Bundeskanzler die Sommerferien auf der Insel verbracht, gemeinsam mit Ehefrau Nummer vier und ein paar Leibwächtern. Kein Schwein hatte Notiz davon genommen. Ein A-Promi? Na und? Und dass der Spitzenpolitiker bei dem Versuch, während des Fahrens den Dynamo am Vorderrad anzuwerfen, gestürzt war und in den nächsten Wochen mit aufgesprungener Lippe in die Kameras der Welt grinste, davon hatte niemand etwas mitbekommen. Keine Zeit für Neuigkeiten, auch nicht, wenn sie die Oberlippe des Bundeskanzlers betrafen. Im Sommer wurde nicht geboren und nicht gestorben, man verliebte sich nicht und beendete erst recht keine Beziehung. Dafür waren die anderen Monate da.

Und prompt bot die erste Septemberwoche den Insulanern gleich ein Spitzenthema: Ein Pyromane war unter ihnen! Herzlich willkommen, lieber Feuerteufel, ohne dich würde uns doch glatt der Gesprächsstoff fehlen, wenn wir uns zufällig über den Weg laufen. So wie jetzt.

Kaum hatte Jannike *Wiebke's Strandboutique* betreten, um sich einen neuen Badeanzug zu kaufen – einfach nur mal so, ihr alter war noch völlig in Ordnung, aber durch die lange Liegezeit im Kleiderschrank aus der Mode gekommen –, da wurde sie von Wiebke Ahrens und deren Busenfreundin Hanne Hahn gleich in Beschlag genommen. Die berüchtigten Gerüchteköchinnen der Nordseeküste feierten den Beginn der neuen Klatsch-Saison. Es gab sogar Prosecco dazu, den Jannike jedoch dankend ablehnte.

«Da war ein Profi am Werk!», wusste Wiebke zu berichten, während sie Jannike ein ziemlich scheußliches Teil in Grün mit spitz ausgepolsterten Brustkörbchen und glitzernder Papageienbrosche aus dem Regal zupfte und auf dem Glastisch neben den Sektgläsern ausbreitete. «Hier, deine Größe!»

«Aber nicht ganz mein Stil.»

«Der Inselbote schreibt ja auch wieder nur die Hälfte», krittelte Hanne Hahn, die Gleichstellungsbeauftragte, die den Gemeindebrandmeister Bischoff noch aus der Zeit kannte, als dieser stellvertretender Bürgermeister gewesen war. Natürlich verfügte sie somit bis ans Ende aller Zeiten über Insiderwissen. Wäre dem nicht so gewesen, Hanne Hahn hätte womöglich elendiglich sterben müssen, denn Gerüchte waren ihr Lebenselixier. «Angeblich hat es einen Augenzeugen gegeben, der eine große, schlanke Gestalt am Strand gesehen haben will.»

«Es war halb acht Uhr abends. Da werden doch mehrere Personen unterwegs gewesen sein.» Nein, Jannike hatte keine Lust auf dieses Gespräch. «Bestimmt auch ein paar dicke und kleine. Oder mittelgroße mit Normalgewicht. Dann wäre ich jetzt auch verdächtig.» Der nächste Badeanzug aus Wiebkes Kollektion war zwar schlicht schwarz, doch der Stoff über den Beinen so schmal geschnitten, dass Jannike sich damit nicht unter Menschen trauen würde. Erst recht nicht unter die Augen von Nils Boomgarden. Sie hatte sich nämlich vorgenommen, den neuen Badeanzug direkt einzuweihen, und der Chef aller Bademeister war ein Mann, dem man nicht so gern als Allererstes die Orangenhaut präsentierte.

Wiebke guckte schon leicht genervt, als Jannike den Stofffetzen kopfschüttelnd über den Ladentisch zurückschob. «Das wird nicht so einfach, Jannike. Wir haben Saisonende, die Gäste haben mir die Regale leergekauft.»

«Dann bestell doch neue Ware.»

«Das lohnt sich nicht. Für die paar Insulaner ...» Wiebke kramte weiter. «Und hat Gerd Bischoff denn einen konkreten Verdacht?»

Hanne Hahn freute sich offensichtlich, dass sie hier als Koryphäe für den Großbrand im Strandkorb galt. «Ja, hat er wohl. So 'n junger Kerl. Vorbestraft. Den hat er im Visier.»

Endlich zog Wiebke aus dem hintersten Eck ihrer Bademodenschublade etwas heraus, das auf den ersten Blick in Form und Farbe passend erschien. Sie hielt es hoch: dunkelrot wie Erdbeerkonfitüre, schlicht geschnitten, kein Firlefanz. «Den nehme ich!», entschied Jannike, ohne weitere Inspektionen vorzunehmen.

«Echt?» Wiebke schien wirklich erstaunt zu sein. «Willst du ihn vorher vielleicht noch anprobieren?»

Und mir weiterhin euer Geschwätz anhören?, dachte Jannike. «Ist doch Größe 38.»

Wiebke nickte.

«Na dann!»

«Du bist ja mutig», fand Hanne Hahn, und Jannike wusste nicht, ob sich das nun auf die Größe oder die Farbe bezog. Es war ihr auch egal, sie bezahlte das Ding, freute sich, weil es auch noch um dreißig Prozent reduziert war, und steckte es in die Tasche, die sie bereits für das Hallenbad gepackt hatte. Dann war sie froh, *Wiebke's Strandboutique* verlassen zu können. Tausend Euro, dass die beiden Damen sich nun erst einmal über sie ausließen: *Die hat wohl zu viel Zeit, einfach am Nachmittag schwimmen zu gehen. – Ist ja auch kinderlos. – Der geht es sowieso nur um die Karriere. – Welche Karriere? So ein Wahnsinnserfolg ist es nun auch wieder nicht, wenn man ein Minihotel hat und sich den Rücken krumm buckelt, damit man sechs Leute bezahlt kriegt. – Sechs Leute, das finde ich sowieso total übertrieben, andere schafften ein Haus dieser Größe fast allein – Eben, deswegen hat die auch so viel Zeit und kann einfach am Nachmittag schwimmen gehen. Überhaupt, dieser Badeanzug! – Hätte sie mal den grünen mit dem Papagei genommen …*

Vielleicht blieben die Sätze auch unausgesprochen. Doch Jannike ahnte, was einige Insulaner von ihr dachten. Und sie wusste auch, dass es ihr eigentlich egal sein sollte. War es aber nicht. Leider.

Die *Sprottengrotte* thronte auf einer Düne. Architektonisch bemerkenswert war das Meerwasserhallenbad nicht. Wie die meisten seiner Art war es in den späten sechziger Jahren des letzten Jahrhunderts entstanden, versprühte also den tristen Charme der rechten Winkel. Daran konnten auch die zahlreichen Umbauten nicht viel ändern, hier mal eine Backsteinecke dran, da mal etwas Holzverkleidung – doch es blieb, was es war: ein wenig einladender Bau, der einen unwillkürlich an Asbest denken ließ. Entsprechend war Jannike auch noch nie drin gewesen.

Warum sie heute hier aufkreuzte, darüber war sie sich selbst nicht ganz im Klaren. Vielleicht aus Trotz, damit Mattheusz merkte, wie blöd seine Idee mit dem Training gewesen war, denn eigentlich hatte er sich heute einen gemütlichen Mittagschlaftag gewünscht, mit Kaffee im Bett und bequemer Hose bis mindestens siebzehn Uhr. Lust hatte sie darauf auch gehabt – ganz bestimmt mehr als auf Badekappen, Gruppenduschen und nasse Schwimmbadklobrillen –, ihn aber trotzdem auflaufen lassen: «Ich dachte mir, ich gehe mal schauen, wo der Lasse so arbeitet.»

Blöderweise hatte Mattheusz dann gelächelt, genickt und kein bisschen sauer gewirkt. «Bei der Gelegenheit kannst du doch gleich fürs Inselduell trainieren, es wäre zu schade, wenn unser Team auf eine Sportskanone wie dich verzichten muss.» Da war Jannike schon fast zur Tür raus. Und stinksauer. Auf Mattheusz, weil er anscheinend nicht die selbe Sehnsucht nach trauter Zweisamkeit hegte wie sie. Auf sich selbst, weil sie die Sache nicht viel lockerer sehen konnte und sogar schon überlegt hatte, Buch zu führen über die Minuten, die sie mal ungestört blieben. Und natürlich auf die ganze Welt. Wenn schon, denn schon.

Sie schob das Fahrrad die Düne hinauf, stellte es neben dem Eingang ab und ließ das Schloss zuschnappen.

«Hallo», grüßten helle Stimmen neben ihr. Zwei Teenagermädchen, die Jannike vom Sehen kannte, die eine war die Tochter des Inselpolizisten, die andere irgendwie mit Bäcker

Meyerhoff in der Meerstraße verwandt. Ein Stück hinter ihnen wartete noch ein ihr unbekannter Junge, der die beiden um mindestens einen Kopf überragte. Ihre geschulterten Sportbeutel ließen darauf schließen, dass sich die drei ebenfalls auf dem Weg in die *Sprottengrotte* befanden.

«Trainiert ihr auch für das Inselduell?», fragte Jannike, als die dünne Blonde mit den langen Haaren ihr die Tür aufhielt, als sei sie eine ältere Dame.

«Ja», antwortete die Polizistentochter und warf ihr einen abschätzigen Blick zu, der eventuell bedeuten könnte, dass sie von dem «auch» in Jannikes Frage irritiert war. Nach dem Motto: O nein, wenn die Alte mitschwimmt, haben wir keine Chance. Aber vielleicht war Jannike auch etwas dünnhäutig heute und bekam einfach alles in den falschen Hals.

Auf der Treppe zu den Umkleiden schlug ihnen der Geruch von Chlor und Fußpilzdesinfektionsmittel entgegen. Jannike zog sich aus, packte ihre Klamotten in einen dieser Netzbügel, band sich die halblangen Haare zum Pferdeschwanz, riss das Preisschild und die Hygienefolie aus dem Badeanzug und streifte das neue Teil über. Na also, passte wunderbar. Da hätten Wiebke Ahrens und Hanne Hahn sich sich gar nicht so anstellen müssen.

Im Schwimmbad war nur wenig los. Der Junge von vorhin legte sein Laken auf die Bank, zwei Männer mit faltigen Armen kraulten um die Wette, eine Schwangere lag mit geschlossenen Augen auf dem Rücken und ließ sich treiben, drei Jungs im Grundschulalter tauchten sich im Nichtschwimmerbereich gegenseitig unter. Alles keine ihr bekannten Insulaner, soweit Jannike das beurteilen konnte. Außer den beiden Mädchen, die jetzt hinter ihr aus der Dusche getrippelt kamen.

«Ist er da?», flüsterte die eine.

«Hinter der Scheibe», antwortete die andere quietschig.

«Oh Mann, ich sterbe, ich schwöre es dir, ich sterbe auf der Stelle.»

Jannike schaute zum Kabuff, in dem die Bademeister ihren Dienst taten, schließlich war sie neugierig, für wen die Mädels ihr junges Leben lassen würden. Und tatsächlich musste sie zugeben, die beiden hatten absolut recht: dieser Nils Boomgarden, der sich gerade sein T-Shirt über den Kopf zog und damit den Blick auf einen Bauch freigab, der nicht zu fest und sixpackig war, sondern genau richtig, das war schon ein Mann zum Dahinschmelzen. Kerle in Badehosen konnten bei Frauen und solchen, die es werden wollten, die ganze Bandbreite an Emotionen hervorrufen – von peinlich berührt bis vollends begeistert, von fremdschamgeplagt bis zu dem Wunsch, von genau diesem Menschen vor dem Ertrinken gerettet zu werden. Der Chefbademeister in der *Sprottengrotte* löste nur angenehme Gefühle aus.

«Der ist einfach hammersüß!», seufzte das eine der Mädchen. Dann schlenderten sie auf das Becken zu, setzten die Schwimmbrillen und einen betont gleichgültigen Gesichtsausdruck auf, dehnten sich halbherzig und stiegen ins Wasser.

Jetzt ließ sich auch Lasse blicken, der bislang hinter seinem Chef gestanden hatte. Schlurfte in Flipflops und sehr weiten, auf Halbmast hängenden Bermudashorts, die den Blick auf die Unterhose freigaben, auf sie zu. Falls er Jannike überhaupt erkannte, ließ er es sich nicht anmerken. Warum auch, er hatte ja bloß gestern zwei Stunden an ihrem Tisch gesessen und Bier getrunken. Nein, sie würde nicht so bald warmwerden mit diesem Jungen, wusste Jannike.

Lasse begrüßte die beiden schwimmenden Mädchen und den Jungen, der sich gerade anschickte, vom Einer zu springen, mit einem angedeuteten Nicken. Dann stellte er in bester Bademeistermanier eines seiner blassen Beine auf den Beckenrand und zeigte zehn Finger.

«Zehn Bahnen?», fragte die mit den blonden Haaren. Lasse nickte. Toller Trainer!

Die beiden Mädchen schwammen los, trafen sich am anderen Beckenrand, wo sie sich festhielten und wieder kichernd tuschelten. Bestimmt ging es immer noch um ihren Schwarm Nils ... Nein, die schmachtenden Blicke wurden ganz woanders hingeschickt, galten eindeutig Lasse. Was bitte schön war an diesem schlaksigen Kerl nur im Entferntesten attraktiv? Vor allem, wenn sich als Kontrast ein Mann wie Nils Boomgarden in unmittelbarer Nähe befand.

«Hi», hörte Jannike plötzlich jemanden in ihrem Rücken sagen, sanft und tief, angenehmes Timbre. «Schöner Badeanzug!»

Jannike drehte sich um. Sie hatte nicht bemerkt, dass Nils Boomgarden zu ihr getreten war.

«Neu», sagte Jannike.

«Extra fürs Training gekauft?»

«Was für 'n Training?»

Nils lachte. Er hatte ein paar Fältchen um die Augen, die aber nicht betagt, sondern lebendig machten. Er musste ungefähr in ihrem Alter sein, konnte aber mühelos seinen jungenhaften Charme spielen lassen, ohne dass es aufgesetzt wirkte. «Siebelt Freese ist mein Chef, schon vergessen? Und er hat mir versprochen, dass er dich überreden wird, beim Inselduell mitzumachen.»

So? Hatte Siebelt das versprochen? Soweit Jannike sich erinnerte, war der Vorschlag von Lasse gekommen und von Matheusz bestätigt worden ... Nein! Das war also mal wieder ein

Komplott gewesen. Von Danni eingefädelt, jede Wette. Der hatte, Puppenspieler, der er sein konnte, genau festgelegt, wer wann was sagen sollte, damit Jannike nicht merkte, wie man sie zu manipulieren versuchte.

«Ich sehe dich öfter am Strand joggen. Und wer so weit draußen wohnt wie du, wird auch beim Fahrradfahren im Training sein, hab ich mir überlegt. Ganz zu schweigen von den vielen Stufen im Leuchtturm. Also wurdest du meine Wunschkandidatin fürs Inselduell.»

Jannike wusste nicht, ob sie geschmeichelt oder erschrocken reagieren sollte. «Aber dass du mich noch nie hier beim Schwimmen gesehen hast, macht dir keine Sorgen?»

«Was das angeht, kann ich gern ein bisschen Hilfestellung geben …»

Eine verräterische Hitze stieg Jannike ins Gesicht. Eben noch hatte sie sich ihrer ganz persönlichen Vision von *Baywatch* hingegeben, mit Nils Boomgarden statt David Hasselhoff natürlich, der sie an seine starke Brust hob und zum rettenden Ufer trug. Aber dass es jetzt so konkret wurde, gefiel ihr irgendwie gar nicht. «Ich hab keine Zeit für so was.»

Seine Überzeugung, hier die absolute Top-Athletin vor sich zu haben, schien dadurch keinen Schaden zu nehmen. «Aber jetzt bist du schon mal hier. Da könnten wir doch eine kleine Probestunde absolvieren.»

«Ich weiß noch nicht mal, wie man richtig krault. Da bleibt mir immer nach zehn Sekunden die Puste weg, und ich spritze so rum, dass am Ende mehr Wasser neben als im Becken ist.»

«Beim Inselduell schwimmt ihr in der Nordsee, die wird schon nicht trockenfallen wegen dir.» Nils zog irgendwie magiermäßig ein Schwimmbrett hinter seinem Rücken hervor. «Außerdem gibt es ein paar Tricks.» Der war aber echt hartnäckig. «Die Übung heißt Superwoman», machte er weiter. «Müsste dir also im Blut liegen.»

Huch? Was hatte der denn vor? Die Zeiten, in denen man vom Bademeister angebaggert wurde, waren für Jannike doch eher vorbei. «Na gut», sagte sie, denn ganz verlernt hatte sie das Mann-Frau-Spiel ja noch nicht. Auch wenn es in ihrem Leben derzeit eigentlich keinen Bedarf für Flirts gab, schließlich war Mattheusz an ihrer Seite, und sie wollte von keinem erobert werden, außer endlich mal wieder von ihm.

Sie nahm das Brett, stieg damit die Leiter hinunter und riss sich zusammen, um wegen des kalten Wassers keine Schnappatmung zu bekommen. Einer der älteren Männer ließ das Schwimmen sein und grinste Jannike an, als sie neben ihm im blauen Nass dümpelte. «Toller Badeanzug», fand auch er.

Was war denn heute mit den Männern los? Versprühte sie irgendeine Duftmarke, die vom anderen Geschlecht wohlwollend erschnuppert wurde? Von allen, außer von dem, auf den es ihr eigentlich ankam, denn Mattheusz hatte heute Morgen nur ein einziges Kompliment über die Lippen gebracht, und das war eins von der Sorte gewesen, über das man sich mehr ärgerte als freute: «Du hast so einen weichen Bauch.» Na toll.

Nils ließ sie beide Arme über das Schwimmbrett legen und durchs Becken gleiten, mit den Beinen musste sie Bewegungen machen, die wohl dem eleganten Flossenschlag einer Nixe gleichen sollten, bei ihr aber eher an ein Tretboot denken ließen. Von Superwoman war sie definitiv einige Seemeilen entfernt.

«Und jetzt mit einem Arm immer lang unter dir durchs Wasser ziehen und dann schnell und körpernah nach vorn.»

Mann, war das anstrengend.

«Jetzt probier, bei jedem dritten Mal zur Seite einzuatmen.»

Jannike verschluckte sich. Hustete. Überlegte, ob in der *Sprottengrotte* schon mal jemand abgesoffen war.

«Machst du super», lobte Nils. Und irgendwann, nach einer Ewigkeit von fünf Minuten, glaubte Jannike sogar, was er sagte.

Die fließenden und doch irgendwie stupiden Abläufe beim Schwimmen taten richtig gut. Halfen dabei, endlich mal nicht nachzudenken über das Hotel und den Zyklus und die Zeit, die verstrich, während sie beispielsweise die Buchführung machte. Jannike war jetzt einfach hier, kraulte durch die Gegenwart des Salzwasserbeckens und fühlte sich wohl.

Auch wenn die Schwimmsache ein böses Komplott der ihr liebsten Männer gewesen war – na und, egal, dann war sie eben darauf reingefallen.

Als sie ziemlich ausgepowert, aber zufrieden den Schwimmunterricht beendet hatte und nach einem Wellendurchgang – den sie neben einer Schwangeren einfach nur relaxed auf dem Rücken liegend verbracht hatte – das feuchte Element verließ, stand Nils Boomgarden neben den Duschtüren, applaudierte und schenkte ihr schon wieder dieses Lächeln. «Du hast es drauf. Es wäre schade, wenn du nicht für unsere Insel kämpfst.»

Da hatte er sie. «Okay, ich bin dabei.» Sie würde in der Nordsee schwimmen, damit die *Sprottengrotte* eine Wasserrutsche bekam. Und damit sie ein neues Ziel anvisieren konnte. Eines, das nichts mit dem Hotel zu tun hatte und auch nicht mit Mattheusz. Der würde sich noch wundern!

«Ich freu mich riesig», reagierte Nils auf ihre Zusage. Schnell verschwand Jannike in die Damenduschen, denn sie wollte nicht noch einmal erröten, während er dabei zuschaute.

Das breite Lächeln, das er auf ihr Gesicht gezaubert hatte, hielt an. Verschwand nicht, als sie sich den Badeanzug auszog, sich unter die Brause stellte, den Chlorgeruch vom Körper und aus dem Haar spülte. War noch immer da, als sie sich in ihr flauschiges Laken hüllte und die Tropfen von der Haut rieb. Begegnete ihr im Spiegel, als sie die zerzausten Strähnen auf ihrem Kopf mit einer Bürste ordnete.

Das Lächeln machte sich erst aus dem Staub, als sie ihren neuen Badeanzug mit klarem Wasser ausspülte. Denn erst da bemerkte sie das kleine, puschelige Hasenschwänzchen, das hinten mittig über den Po genäht worden war.

Rollo hätte die Kohle gehabt, Champagner zu trinken. Oder Cocktails von morgens bis abends. Doch er liebte nun mal das deutsche Bier. Und vertrug es auch viel besser. Zu viel Säure schlug ihm schnell auf den Magen.

Allerdings trank er kein Kölsch, auch wenn die Stadt am Rhein und ihre Gemeinden umzu seine Heimat waren, er den Karneval genauso feierte wie den ersten FC, aber trotzdem: Kölsch schmeckte ihm ungefähr so gut wie das Wischwasser für die Windschutzscheibe, das neben den Zapfsäulen stand, damals, an der Autobahnraststätte, an der er bis vor fünfzehn Jahren gearbeitet hatte. Nein, er bevorzugte ein ordentliches Pils. Herb musste es sein, blond und ehrlich. Wie die Traumfrau, die er leider immer noch nicht gefunden hatte.

Oder eben wie das *Nordlicht Pilsener.* Kam – wie der Name schon verriet – aus dem Norden der Republik und war im Kölner Umland schwer zu kriegen. Genau genommen nur hier, in *Ulf's Getränkebüdchen* in Hürth-Knapsack gegenüber vom Schrottplatz, und da hatten sie es wohl bloß im Angebot, weil er als Nachbar und Stammkunde alle zwei Tage in dem ramschigen Laden vorbeikam und 'nen Sixpack mitnahm. Bezahlen brauchte er nicht. Ulf hatte mal einen Achsschenkel für seinen alten Porsche benötigt. Rollo hatte ihm das Teil innerhalb von einer Woche besorgt und somit nicht nur einen Stein im

Brett beim Bierlieferanten seines Vertrauens, sondern auch ein Guthaben von mehr als tausend Euro. So lief das hier. Schön unter der Hand. Und Ulf kannte genug Leute, die genauso alte Karren fuhren wie er, die meldeten sich nun bei Rollo, wenn mal was hinüber war. Getriebe, Stoßdämpfer, Kabelbaum, Kondensator – alles kein Thema. Zumindest bislang.

«Joode Daach», grüßte Ulf, schlurfte zum Kühlschrank, an dem die aktuelle Bundesligatabelle hing, und holte ohne viel Aufhebens den Sechserträger heraus. «Dat passt, dat do do bist.» Er schob mit dem Bier noch einen Zettel über den Tresen. Krakelschrift, ein paar Zahlen und Buchstaben. «Kanns do dat besorje?»

Rollo versuchte, die Bestellung zu entziffern, was nicht leicht war, seit ein paar Monaten machten die Augen Probleme. Er war nicht mehr der Jüngste, andere Männer dachten in seinem Alter schon über den Ruhestand nach. Rollo war kein französischer Käse, er wurde nicht besser mit der Zeit, genau wie das Auto, um das es hier ging.

«Wird schwierig», sagte er. «Achtziger Jahre, Alfa Romeo sowieso, aber das Teil hier wurde überhaupt nur drei oder vier Jahre lang gebaut. Sicher aus gutem Grund.»

Ulf kratzte das herzlich wenig. Wahrscheinlich dachte er, Rollo wollte nur labern und den Preis ein bisschen nach oben schrauben. Von wegen Angebot und Nachfrage.

Schön wär's. Die Wahrheit sah nämlich leider anders aus: Die Nachfrage war wie immer groß, nur das Angebot ließ wirklich zu wünschen übrig. Seine Lieferanten schlampten. Bis vor kurzem hatte er da noch einen astreinen Trupp zusammen gehabt. Fünf, sechs Jungs aus der Gegend, die genau wussten, wo man suchen musste. Auch 'nen mehr als dreißig Jahre alten Alfa Romeo hätten die gefunden. Doch damit war es aus.

Denn der eine war erwischt worden. Und hatte die anderen verpfiffen.

«Na ja, ich seh mal, was ich tun kann», sagte Rollo und klemmte sich die von einer Pappbandage zusammengehaltenen Flaschen unter die Achsel. Die Kühle des Glases tat gut, er hatte heute schon ordentlich geschwitzt, vielleicht noch kein Fieber, aber bestimmt erhöhte Temperatur. Dann grüßte er kurz zum Abschied und ging raus.

Zwischen *Ulf's Getränkebüdchen* und seinem Schrottplatz lagen nur ein paar armselige Birken und die Bundesstraße, die von Hürth zur Autobahn führte. Um diese Uhrzeit war immer viel los, Feierabendverkehr, alle Welt verließ Köln, als wäre die Luft dort plötzlich aufgebraucht. Rollo überquerte die erste Fahrspur und blieb auf dem Mittelstreifen stehen. Die nächste Ampel war einfach viel zu weit weg, lieber wartete er zwischen knurrenden Motorrädern, LKWs und den Familienkutschen der Pendler. Einer zeigte ihm einen Vogel. Rollo hätte gern den Mittelfinger rausgeholt, doch mit der einen Hand sicherte er das Bier, und mit der anderen wischte er sich den Schweiß von der Stirn. Heute tropfte es bei ihm aus allen Poren. Das konnte doch echt nicht normal sein. Vielleicht ein Infarkt, dachte Rollo und spürte ein Kneifen in der Herzgegend. Ach, du Scheiße, was, wenn er jetzt zusammenbrach? Nach vorn kippte oder nach hinten, egal, in beiden Richtungen würde er innerhalb von Sekunden erwischt und über den Asphalt geschleift werden. Rollo schaute an sich herunter, an der knochigen Schulter vorbei zu der Stelle, an der es so fürchterlich weh tat. Gott sei Dank, es war nur der Kronkorken einer Flasche *Nordlicht Pilsener*, der sich in das T-Shirt und seine darunterliegende Haut gedrückt und ein bisschen gescheuert hatte. Aber viel schmerzhafter konnte so ein Herzkasper auch nicht sein. Man wusste nie, mit über sechzig konnte schließlich jeder Tag der letzte sein.

Bei dem ganzen Stress wäre es auch kein Wunder, wenn ihm sein Körper dafür schon bald die Quittung präsentierte. Seit seine Jungs aufgeflogen und in U-Haft gelandet waren, ging es ihm gar nicht gut. Nicht nur, dass die Geschäfte schleppend liefen und er sich sorgte, dass die Kunden demnächst jemand anderen nach den passenden Felgen, dem fehlenden Auspuff oder speziellen Autoradio fragen würden. Nein, Rollo hatte vor allem Schiss, dass die Jungs beim Verhör die Nerven verloren und den Bullen verrieten, für wen sie eigentlich die ganzen Wagen aufbrachen. Jeden Tag rechnete er damit, dass auf seinem Schrottplatz das Blaulicht kreiste und er in Handschellen abgeführt wurde. Er, Rollo, Herrscher der Ersatzteillager, mit seinem Königreich an der B265 zwischen Hürth und Erftstadt.

Ein Reisebus hupte, als er dann doch endlich über die Straße lief. War vielleicht ein bisschen knapp gewesen, aber Rollo wollte schließlich nicht ewig warten. Er stellte den Sixpack auf den staubigen Boden, kramte aus seiner verbeulten Jeans den Schlüsselbund hervor und öffnete das rostige Eisentor. Dahinter türmten sich die vertrauten Berge aus Blech in den wolkenverhangenen Septemberhimmel. Alte Einkaufswagen verhakten sich mit den verbogenen Elementen eines ehemaligen Bauzauns, Heizkörper und Dachrinnen, wohin das Auge reichte. Und natürlich die Autos, ein Manhattan aus aufgetürmten Karosserien, ausgeschlachtet bis auf die letzte Schraube, teilweise schon von der Presse zu kompakten Würfeln gequetscht. Mittendrin stand sein dottergelber Wohnwagen, davor wiederum das himbeerrote Samtsofa, das früher in der guten Stube seiner Oma gestanden hatte. Richtig schön!

Okay, ein Schrottplatz war kein Schlosspark und sein Wohnwagen kein Palast, aber manchmal war es auch ganz gut, wenn sich nicht sofort erkennen ließ, dass bei einem das Geld zu Hause war.

Jetzt war Feierabend. Das Tor fiel scheppernd zu, und Rollo fläzte sich auf die kleine Couch vor dem Wohnwagen. Er schob eine Flasche aus dem Sechserträger und wollte gerade mit dem Feuerzeug den Deckel abhebeln, als sein Blick auf die bunt bedruckte Pappe fiel. Neben dem Logo der Brauerei prangte eine Sonderreklame für irgendein Sportevent, das gerade gesponsert wurde. Normalerweise interessierte Rollo sich nicht die Bohne für Sport. Höchstens für Eiskunstlauf der Frauen, besonders die Kür, aber das wurde von *Nordlicht Pilsener* nicht finanziell unterstützt, nein, die machten Werbung für einen Wettkampf auf irgendeiner Insel. Was genau die Athleten dort trieben, war Rollo eigentlich piepegal, sein Blick war von etwas anderem eingefangen worden:

Bald ist es so weit, an der Küste wird schon fleißig trainiert, so zum Beispiel die Jugendgruppe im heimischen Meerwasserhallenbad mit dem ulkigen Namen «Sprottengrotte». Und auf dem Foto daneben stand – man glaubte es nicht, hinter zwei Mädchen und einem Jungen in Badeshorts – kein anderer als Lasse, das Weichei!

Lasse, der Junge, der vor drei Wochen einfach verschwunden war. Keiner hatte sich erklären können, warum und wohin. Obwohl Rollo sich die Truppe direkt danach echt zur Brust genommen hatte, und zwar ohne Rücksicht auf Verluste:

«Was ist passiert, raus mit der Sprache!»

«Da hatte ein Typ bei McDonald's sein Jackett hängen lassen, als er zum Klo war. Autoschlüssel drin. Mercedes SLK, 480 PS, schwarz, neu, geil. Den hättest du sehen sollen, Rollo, echt!»

«Okay, und weiter?»

«Wir also raus aus dem Laden, rein in die Karre, zu sechst, Lasse am Steuer. Stau auf der Autobahn, also lieber die B265, mit hundertzwanzig Sachen. Bis da diese Kurve kam und das schöne Auto im Busch hing. Brombeeren. Lila Flecke auf der Windschutzscheibe.»

«Scheiße!»

«Wir sind alle raus, einige hatten Panik wegen Jugendstrafe und so, weil klar war, da kommen gleich die Bullen. Aber Lasse kannte eine Unterführung. Brennnesseln und nasse Füße, als man das Tatütata hören konnte, waren wir schon bei der Fabrik und in Sicherheit.»

«Schade ums Auto. Da hättet ihr noch den Vergaser ...»

«Ey, Rollo, keine Chance. Aber hör zu, am nächsten Tag stand es fett in der Zeitung: *Hürther Crash-Kids fahren Nobelauto zu Schrott und entkommen*. Titelblatt, nicht schlecht, oder?»

«Ich kann auf solche Aufmerksamkeit gut verzichten.»

«Aber pass auf, Rollo, erst aus der Zeitung haben wir erfahren, dass wir wohl bei unserer Tour einen Mann aus dem Liegerad geschoben haben. Haben wir echt nicht mitgekriegt. Wer solche Dinger fährt, muss sich auch nicht wundern.»

«Tot?»

«Ne. Alles noch dran. Nur das Fahrrad ein Fall für deinen Schrottplatz.»

«Und Lasse? Was ist mit ihm?»

«Keine Ahnung. Der ist seitdem weg. Vielleicht haben ihn die Bullen kassiert. Fingerabdrücke auf dem Lenkrad oder so ...»

Wenn es dabei geblieben wäre, gut. Doch nur drei Tage später wartete Rollo vergeblich auf seine Jungs. Stattdessen las er im Zeitungsständer bei *Ulf's Getränkebüdchen*, dass die Kölner Kripo eine Crash-Kid-Bande hat hochgehen lassen. Ihm war gleich klar gewesen, wieso: Lasse, das Weichei, hat sich bessere Bedingungen erkaufen wollen und die Kumpels bei den Bullen verpfiffen. Klar wie Kloßbrühe. Seitdem schwitzte Rollo Blut und Wasser, dass demnächst auch bei ihm die Bullen auftauchen könnten. Und Stress war bestimmt nicht gut für sein Herz. Ihm war schon ganz schwummerig.

Die Jungs saßen jedenfalls seitdem in U-Haft. Alle bis auf Lasse, der es sich ja laut *Nordlicht Pilsener* anscheinend gutgehen ließ auf irgendeiner Nordseeinsel. Verwunderlich war das nicht. Dieser Lasse war schon immer ein anderes Kaliber gewesen. Soweit Rollo wusste, wohnte der noch zu Hause, war eigentlich auf dem Gymnasium gewesen und hatte einen Bruder, der ganz wichtig Medizin studierte. So ein verhätscheltes Söhnchen wie Lasse, der hatte bestimmt keine Skrupel, die Kumpels zu verpetzen, wenn er seine eigene Haut retten konnte. Schwimmtraining auf einer Nordseeinsel statt Autoknacken im Großraum Köln – echt, könnte witzig sein. Wenn es nicht so todernst wäre.

Rollo ließ das Bier neben dem Sofa stehen und ging ins Innere des Wohnwagens. Irgendwo unter dem Zeitschriftenstapel mit den Barbusigen musste doch eine verdammte Straßenkarte sein. Gab es da nicht diese Autobahn, die direkt von hier zur Nordsee führte? Ohne Geschwindigkeitsbeschränkung einfach geradeaus? *Ostfriesenspieß* hieß das Teil im Volksmund.

Rollo verspürte Lust auf einen Ausflug.

Bestimmt war die Luft an der See total gesund. Hatte Rollo mal gehört. Irgendwas mit Jod und Spurenelementen. Nebenbei könnte er auch noch ein bisschen Stress abbauen. Was gegen seine Rückenschmerzen tun zum Beispiel. Und gegen die ewige Kurzatmigkeit. Klang gut.

Zudem: Lasse, das Weichei, würde sich über Besuch aus der alten Heimat sicher mächtig freuen.

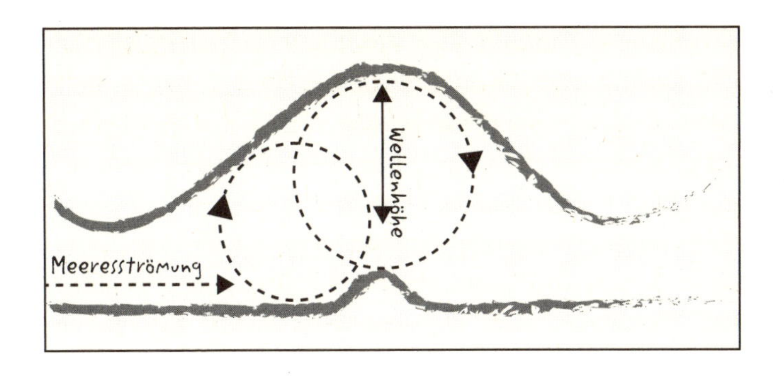

Vier Kilometer am Strand waren wie acht Kilometer Asphalt! Zumindest was die Reaktion der Wadenmuskeln betraf, denn die spannten unter Jannikes Haut wie die Saiten einer Rockgitarre, die eine Stunde in den Händen von Jimi Hendrix gelegen hatte. Trotzdem war das Laufen wunderbar wie immer, wenn Jannike es nach dem allmorgendlichen Aufbau des Frühstücksbuffets schaffte, sich in die Sportklamotten zu werfen, um die Strecke am Leuchtturm vorbei zur Wasserkante zu nehmen. Viele tausend Schritte durch den Sand, der sich überraschend abwechslungsreich zeigte, direkt an den Dünen noch weich war wie Daunen, dann fester wurde, überzogen war von flachen, brüchigen Sandschollen, die auseinanderstoben und verpufften, wenn Jannike hindurchrannte. Am anstrengendsten war der Lauf durch den vollgesogenen, satten Brei auf halber Strecke zwischen Dünen und Meer, dort sanken die Schuhe ein, hinterließen messerscharfe Abdrücke, aus denen sich das Sohlenprofil lesen ließ, dass jeder Kriminaltechniker seine Freude gehabt hätte. Hier stockte Jannike, verlor an Tempo, spürte jede Sehne und jedes Gelenk. Danach war der Abschnitt direkt an der Wasserkante entlang paradiesisch. Rund um ihre Tritte floh die Feuchtigkeit aus dem Sand, machte die Stelle hell und trocken, federte zurück. Jannike musste nur noch aufpassen, dass sie vor lauter Hochgefühl nicht vergaß, ab und zu den Wellen auszuweichen.

Angeblich rollte jede siebte Welle höher ans Ufer als die anderen davor und danach. Manche erklärten das mit der Überlagerung von Ober- und Unterströmung, die in der siebten Welle sozusagen ihren kleinsten gemeinsamen Nenner fanden. Doch wahrscheinlich war das Seemannsgarn oder Inselmystik, zumal die Zahl Sieben seit jeher einen Rattenschwanz an Bedeutung mit sich herumzuschleppen hatte: Die Erde wurde in sieben Tagen erschaffen, dort konnte man sieben Weltwunder bestaunen, und sieben Todsünden würden einen direkt von dort in die Hölle befördern. Über sieben Brücken musste man gehen, Schneewittchen war bei den sieben Zwergen ... Jannikes Gedanken wirbelten erfreulich leicht durcheinander, und sie hatte sowieso keine Lust, diese Theorie mit der siebten Welle ernsthaft zu überprüfen, denn sie wusste, die Nordsee ließ sich nicht berechnen, folgte keiner Statistik. Und egal, ob es die sechste, siebte oder achte Woge war, wenn sie heranrollte, musste Jannike einen Schlenker laufen, sonst standen in ihren Schuhen kalte, feuchte Pfützen, was den Rest der Strecke mühsam werden ließ.

Jannike verließ auf Höhe des Inseldorfs den Strand, erklomm den Dünenaufgang und entschied sich spontan für einen kleinen Umweg über den Deich, denn es war angenehm windstill. Eine milchige Septembersonne sorgte für das ideale Klima, und die drei Tage Schwimmtraining, die hinter ihr lagen, waren ihrer Kondition schon jetzt zugutegekommen. Der Atem ging auch nach einer Dreiviertelstunde noch immer unaufgeregt und regelmäßig, als hätte sie eben erst mit dem Lauf begonnen. Nur wenn sie an Nils Boomgarden dachte, wurde er etwas schneller, was Jannike ganz und gar nicht gefiel.

Sie hatten gestern das Kraulen geübt. Er war zu ihr ins Wasser gestiegen, hatte erklärt, wie die Arme sich gegeneinander und doch synchron zu bewegen hätten, eng am Körper, tief durchs Wasser und so weiter. Und dabei hatte er sie mehrfach berührt. Das war normal im Schwimmtraining, das hatte überhaupt nichts zu bedeuten. Und dieses putzig-peinliche Anhängsel am unteren Rücken ihres Badeanzuges hatte sie auch längst abgetrennt, kein Bunny-Schwänzchen mehr an Jannikes Po, das falsche Signale senden könnte. Also, was sollte dieses unerwünschte Gefühl da in der Herzgegend, wenn sie an Nils Boomgarden dachte?

Jannike wurde langsamer, denn sie hatte einen Kormoran entdeckt, der still auf einem Pfahl im Wattenmeer stand, um das von der Jagd feuchte Gefieder im lauen Seewind trocknen zu lassen. Ein schwarzer Schatten in grauer Landschaft, als gäbe es nur die lautlose, herbstliche Natur zwischen Ebbe und Flut. Diese Momente waren wertvoll, wischten alle Zweifel beiseite. Träumen konnte man viel – am Meer sogar mit offenen Augen.

Das Ankommen im Hotel wenig später fühlte sich aber doch eher an wie das allzu abrupte Ende eines schönen Films. In der Küche roch es nach den Dünsten der Spülmaschine, in die Lucyna gerade die Teller und Tassen der letzten Frühstücksgäste schob. «Hallo, Jannike, alles klar?»

«Hm», antwortete Jannike knapp und bemühte sich, dem Laut eine fröhliche Tendenz zu geben. Natürlich, alles klar!

«Wirklich?» Bogdanas Tochter Lucyna war nicht nur eine sehr fleißige Mitarbeitern, sondern verfügte auch über feine Antennen, was ihre Mitmenschen betraf. Die zierliche junge Frau mit dem Nasenring hatte Jannike ganz zu Beginn der Inselära mal aus einer sehr prekären Situation gerettet und arbeitete seit zwei Jahren, und somit fast seit der ersten Stunde, im Hotel. Lucynas Beziehung mit Frachtschiff-Ingo war – milde formuliert – ziemlich spannungsgeladen, dennoch hatte sich die Polin kürzlich mit dem Insulaner verlobt und lebte seit letztem Winter unter seinem Dach, viel zu dicht an Hanne Hahn, ihrer Schwiegermutter in spe. Manchmal vermisste Jannike die Feierabende, an denen Lucyna und sie noch zusammengesessen, ein Glas Bier oder Wein getrunken und einfach so gequatscht hatten, nicht Chefin und Angestellte, sondern im Grunde Freundinnen gewesen waren. Doch jetzt, in diesem Moment, verspürte Jannike keinen Drang, Lucyna ihr Herz auszuschütten, denn immerhin ging es auch ein bisschen um Mattheusz, und der war Lucynas Bruder, auf den ließ sie ohnehin nichts kommen. Es würde nichts bringen, mit ihrer Beinahe-Schwägerin diese ganzen Dinge zu bekakeln: Liebe und Zärtlichkeit, Aufmerksamkeit und Kinderwunsch und so weiter. Erst recht nicht, wenn Lucyna nebenbei damit beschäftigt war, die Schalen aus den Eierbechern zu kratzen oder Kaffeefilter in der Biotonne zu entsorgen. Also setzte Jannike ein Lächeln auf. «Wirklich, alles in Ordnung. Ich bin nur ein wenig erschöpft vom Laufen.»

Lucyna ahnte wohl, dass ihr etwas vorenthalten wurde, doch sie spielte mit und ging zum Geschäftlichen über: «Ach ja, die Frau aus Zimmer 6, die mit dem Hund, will dich sprechen.»

«Jetzt sofort?» Jannike blickte an sich herunter, auf dem T-Shirt zeichneten sich feuchte Flecken ab, außerdem spürte sie, dass einige Haare an ihrer verschwitzen Stirn klebten. Wahrscheinlich roch sie wie ein nasser Pudel. Oder ihretwegen auch wie ein Bichon Frisé.

«Ich glaube, sie ist nach dem Frühstück Gassi gegangen. Aber danach.»

«Worum geht es denn?»

«Wahrscheinlich will sie noch länger bleiben.»

Jannike seufzte. War ja klar. Wenn man mal eine Ausnahme machte, wurde das direkt ausgenutzt. Aus den anfänglich vereinbarten drei Übernachtungen waren bereits fünf geworden, und so wie es aussah, war das Frau Galinskis Strategie: Anreisen, unschuldig tun, den Hund lieb gucken lassen, keine weiteren Probleme verursachen – und dann einfach Nacht um Nacht verlängern. Nicht der schlechteste Trick. «Haben sich schon Gäste beschwert?»

«Der Hund ist lieb, hab ihn noch nicht einmal bellen hören. Und sie nimmt ihn wirklich nicht mit in den Speiseraum, also weiß kaum jemand davon.» Lucyna schob den Besteckkorb in die Maschine, schloss die Tür und stellte den Spülgang ein. Sofort rauschte das Wasser hinter den metallenen Wänden. «Außerdem ist meine Mutter so happy mit Pepsi. Sie braucht im Zimmer 6 immer doppelt so lange. Bestimmt nicht nur, weil sie die Hundehaare gründlich wegputzt.»

«Gut, dann sag Frau Galinski: Eine weitere Nacht noch. Ausnahmsweise.»

Lucyna nickte.

Jannike zog sich die sandigen Schuhe aus und lief in Socken durch den Flur.

Oben in den Zimmern surrte Bogdanas Staubsauger, an der Rezeption tippte Danni, einen Telefonhörer zwischen Schulter und Kinn geklemmt, eifrig Daten in den Rechner, und im Büro ging Mattheusz mit Oma Maria das Tagesgericht und die Vorräte durch, damit man am Abend im Restaurant einen reibungslosen Ablauf gewährleisten konnte. Sie alle blickten kurz auf, nickten ihr zu und waren dann wieder in die Arbeit vertieft.

Dass man ihre Rückkehr nicht sonderlich zur Kenntnis nahm, war vollkommen okay. Hier passierte gerade der stinknormale Alltag, und die Gelassenheit ihres Teams zeigte Jannike, dass alles wunderbar eingespielt war und sie sich somit ohne Probleme eine sportliche Strandstunde erlauben konnte, auch als Hoteldirektorin. War das nicht toll? Trotzdem fehlte etwas. Vielleicht das Prickeln, welches sie noch vor einem Jahr verspürt hatte, als sie beinahe bankrott gewesen waren. Als sie damals alle die Ärmel hochgekrempelt und das Hotel auf Vordermann gebracht hatten, damit sie sich mit drei Sternen plus Zusatzstern schmücken durften. Sie hatte nicht vergessen, wie furchtbar aufregend die Zeit gewesen war, Jannike hatte ordentlich Nerven gelassen und in all dem Durcheinander endlich zu Mattheusz gefunden. Aber jetzt, wo das Hotel wie eine stattliche Galeere auf ruhiger See schipperte, da vermisste sie die Magie von damals, die siebte Welle sozusagen.

Die Erkenntnis hing wie ein Senkblei an Jannike, erschwerte ihr den Aufstieg in den zweiten Stock, obwohl dort die kühle Dusche wartete, ein weiches Badelaken, frische Klamotten.

«Jannike?» Hinter ihr kam Danni die Treppe hoch, leichtfüßig wie immer. «Kannst du in einer halben Stunde die Rezeption übernehmen? Das Telefon steht nicht still, weil alle ihren Sommerurlaub buchen wollen.»

«Im September?»

Danni zog die Schultern hoch. «Weil sich inzwischen wohl auf der ganzen Welt herumgesprochen hat, dass man bei uns die sowieso schon schönsten Wochen im Jahr am allerschönsten verbringen kann … also ich werde mich darüber jetzt nicht beklagen.»

Da hatte er natürlich recht. «Und was hast du vor?»

Er grinste. «Ich werde zu Hause Spaghetti bolognese kochen. Lasses Leibspeise. Die Soße muss mindestens eine Stunde gut durchziehen.»

Spaghetti bolognese? Seit Danni «Papa» war, nahm er die Einhaltung seiner Mittagspause besonders ernst. Ihm war wichtig, dass Siebelt, Lasse und er sich pünktlich um halb zwei am Tisch versammelten. Selbst, wenn im Hotel gerade Hochbetrieb herrschte. «Und du glaubst allen Ernstes, dass Klein Lasse sich jetzt besonders beeilt heimzukommen, weil er es kaum erwarten kann, in trauter Familie Spaghetti bolognese zu mampfen?» Das hatte böser geklungen als beabsichtigt. Danni zuckte sichtbar zusammen. «Entschuldige, so war das nicht gemeint.»

«War es doch», sagte Danni, der ein paar Stufen tiefer stand. «Du glaubst, dass wir es verbocken, stimmt's?»

«Nein», sagte Jannike – und meinte eigentlich ja. Oder zumindest jein. Denn sie würde es Danni natürlich von Herzen gönnen, dass seine Heile-Welt-Träume sich problemlos verwirklichen ließen. Dennoch war sie da mehr als skeptisch.

«Ich weiß, Lasse ist kein Sonntagskind. Und was das Thema Freundlichkeit angeht, müssen wir ihm noch einiges beibringen, die Sache mit dem Bier war wirklich …»

«Als Schwimmtrainer ist er zumindest super, Danni», versuchte Jannike, die schlechte Stimmung aufzubessern. «Immer, wenn ich in der *Sprottengrotte* bin, ist er sehr ehrgeizig bei der Sache. Und die Mädels stehen auf ihn.» Das stimmte wirklich, denn gestern erst hatte Jannike in der Umkleidekabine ein Gespräch der beiden Mädchen mit angehört und kapiert, dass sie nicht für den attraktiven Nils Boomgarden schwärmten, sondern tatsächlich für Lasse. «*So süß, wie er mir vorhin ge-*

sagt hat, wir sollen beim Schwimmen immer in drei Etappen atmen. Ich dachte, mir bleibt die Luft weg, und der sagt mir was von ruhiger Atmung.» – «Ich liebe seine Frisur. Sieht sogar geil aus, wenn sie nass ist.» – «Stell dir vor, er will mich morgen vielleicht von der Schule abholen.» – «Wow, Insa, ich beneide dich!» Unfassbar, wie unterschiedlich die Geschmäcker sein konnten.

«Ich glaube an den Jungen.» Dannis Gesicht wurde ernst, und das kam selten vor. «Gut, in Hürth hat er viel Mist gebaut, aber jetzt ist er hier. Er hat eine Chance verdient. Meine Güte, er ist sechzehn, in der Zeit habe ich auch keine Sympathiepunkte bei den Menschen in unserem Alter gesammelt. Auch wenn du denkst, dass es ein sinnloses Unterfangen ist ...»

«Denk ich gar nicht!»

«Jannike! Erzähl keine Märchen.»

Sie schluckte. Danni war doch eigentlich ein Harmoniebolzen. Hasste Unstimmigkeiten und versuchte, selbst im schlimmsten Gewitter die Sonne scheinen zu lassen, was ihm auch meistens gelang. Aber jetzt? Baute er sich regelrecht vor ihr auf, trotz der Stufen. «Du solltest wissen: Meine Familie ist mir das Allerwichtigste. Wenn es hart auf hart kommt, würde ich sogar meinen Job im Hotel sausenlassen.»

«Was redest du da?»

«Oder zumindest die Stunden reduzieren», ruderte er zurück. Sie musste ihn angeschaut haben, als drohte er damit, der Nordsee den Stöpsel zu ziehen. Jedenfalls wurden Dannis Gesichtszüge etwas weicher, und er kam eine Stufe nach oben. «Wahrscheinlich hast du andere Prioritäten. Bei dir stehen eben die Gäste an erster Stelle, das ist auch ganz toll, da will ich niemanden kritisieren.»

Wäre ja auch noch schöner, dachte Jannike, sagte aber nichts. Irgendwie fühlte sie sich von Danni im Stich gelassen.

Zumindest hatte er gerade ihre Überzeugung ins Wanken gebracht, dass sie beide ihr kleines Hotel hegen und pflegen würden, bis sie irgendwann mal das Serviertablett auf dem Rollator abstellen und einen Treppenlift in den Leuchtturm einbauen müssten.

Dass Danni plötzlich andere Prioritäten hatte, versetzte ihr noch einen zusätzlichen Stich, denn immerhin hatte er eine Familie, um die er sich kümmern konnte, auch wenn sie nicht dem üblichen Vater-Mutter-Kind-Schema entsprach. Jannike hingegen hatte nur das Hotel und einen Freund, der genau wie sie zu beschäftigt war, um sich dem Thema Familie zu widmen. Stattdessen musste sie sich ersatzweise ein neues Ziel setzen, zum Beispiel einen Kilometer durch die Nordsee schwimmen.

«Jedenfalls», fuhr Danni fort, der wohl doch bemerkt hatte, dass er auf vermintem Gelände unterwegs war, «du solltest wissen: Ich bin bereit, für Lasse alles zu tun. Ich möchte diesen Jungen nicht aufgeben, denn er hat einen ganz liebenswerten Kern. Den muss man nur entdecken wollen. Und ich habe den Eindruck, dass du dazu die Energie nicht aufbringen kannst. Oder willst.» Dann machte Danni auf dem Absatz kehrt und ging die Stufen hinunter. Sein Gang war nicht mal halb so fröhlich wie vor dem Streit.

Und Jannike war zum Heulen zumute. Aus Wut. Aus Frust. Und auch aus Angst.

Er würde alles hinschmeißen. Das Hotel im Stich lassen. Ihre Freundschaft aufgeben.

Das durfte nicht passieren!

Binomische Formeln

$$(a+b)^2=a^2+2ab+b^2$$

$$(a-b)^2=a^2-2ab-b^2$$

$$(a+b)(a-b)=a^2-b^2$$

Kapier ich nicht», stöhnte Insa. Die roten Strähnen hingen über den dick mit Kajal umrandeten Augen. So schade, früher war Insa richtig hübsch gewesen. Blond und ganz natürlich. Seit den Sommerferien hatte sie sich anscheinend «neu definiert», wie man das mit vierzehn Jahren ganz wichtig auszudrücken pflegte.

«Vielleicht guckst du mal an die Tafel?», schlug Sonka Waltermann leicht gereizt vor. «Da steht's groß und breit: A plus B in Klammern hoch zwei sind ...»

«Mensch, hör auf, du Idiot», motzte Insa, und ganz kurz fühlte Sonka Waltermann sich angesprochen, doch dann kam sie dahinter, dass irgendjemand ein feuchtes Papierbällchen durch den Raum geschossen und damit in Insas ziemlich tiefes Dekolleté getroffen hatte.

«Ich erinnere euch alle: In knapp zwei Wochen schreiben wir bereits die erste Mathearbeit. Binomische Formeln. Wer das vergeigt, für den wird es bis zum Ende des Schuljahres nicht einfacher.»

«In knapp zwei Wochen ist aber auch das Inselduell!», protestierte Greta. «Wir müssen jeden Tag trainieren.»

«Sehr lobenswert», fand Sonka Waltermann, denn auch ihr Sohn Fridjof fieberte auf diesen Termin hin, ging regelmäßig zum Schwimmunterricht und absolvierte fleißig den Trainingsplan. Sie als Sportpädagogin kannte natürlich auch die besten Methoden, den Körper für eine solche Herausforderung zu stählen. Ganz sicher erreichte Fridjof am Ende das beste Ergebnis der Insel. Bei dem Talent, der Disziplin, dem Know-how. «Im Übrigen, Mathe und Sport schließen sich nicht aus. Im Gegenteil: Körperliche Aktivität kann auch für den geistigen Prozess förderlich sein.» Doch allem Anschein nach hörte keiner mehr zu.

Sonja Waltermann teilte seufzend die Arbeitsblätter aus.

Schuld waren eigentlich die Kinder aus Bullerbü. Die hatten ihr vor vielen Jahren den Floh ins Ohr gesetzt, dass es wunderbar sein müsste, Lehrerin an einer Schule zu sein, wo die Klassen aus höchstens zehn Schülern bestehen, die dann auch alle zu Fuß oder mit dem Rad zum Unterricht kommen.

Heimlich hatte sie sich immer gewünscht, eine Lehrerin zu sein wie in einem Astrid-Lindgren-Roman. Eine, bei der man aufzustehen hatte, wenn sie den Raum betrat. Mit Dutt und Lesebrille, für ihre Strenge und Gerechtigkeit gleichermaßen geschätzt und gefürchtet. Die Lehrerin, die Sonka Waltermann hatte sein wollen, wurde aufgrund ihrer Bildung von den Eltern auf der Straße respektvoll als «Fräulein» gegrüßt und war das Vorbild der versammelten Dorfjugend. Und alle unverheirateten Männer der Gemeinde machten ihr den Hof, auch wenn sie unnahbar blieb und doch nur für ihren Beruf lebte.

Natürlich war dieser Traum schon während des Studiums in Braunschweig geplatzt, den Rest Desillusionierung übernahm das Referendariat in Hameln, und die zwölf Jahre Gesamtschule in Cloppenburg sorgten schließlich für die übliche Frustration, die in ihrem Berufsstand bundesweit kursierte. Damals, mit Mitte dreißig, hatte Sonka Waltermann eigentlich die Brocken hinschmeißen wollen.

Aber dann entdeckte sie zufällig diese Stellenanzeige und glaubte plötzlich wieder an Bullerbü: *Schulleiter/in für Dünenschule auf Nordseeinsel gesucht.*

Sie war zusammen mit ihrem Fridjof, damals noch ein süßes Kindergartenkind, dorthin gefahren und hatte ihr Glück kaum fassen können: Das Backsteingebäude lag etwas abseits vom Inseldorf in einer Dünenmulde, auf dem teils reetgedeckten Dach drehte sich ein goldener Wetterhahn, und der Schulhof musste nie gefegt werden, da er komplett aus Sand bestand. Am allertollsten waren aber die Kinder: flachsblonde Grundschüler mit gesunder Gesichtsfarbe trainierten auf dem kleinen, von Kaninchenlöchern durchsetzten Sportplatz Fußball. Die Älteren hatten schon frei, denn es war Nachmittag, die waren jetzt bestimmt alle segeln oder reiten oder schwimmen oder Krabben fangen, was Inselkinder nach Sonka Waltermanns damaliger Vorstellung in ihrer Freizeit eben so trieben.

Die Schulleiter-Wohnung im Nebengebäude erwies sich als sonnenhell, Fridjofs Kinderzimmer war doppelt so groß wie das in Cloppenburg, Sonkas Sohn wäre also immer in ihrer Nähe, könnte alle Spielgeräte auf dem Hof nutzen, unbeschwert aufwachsen. Das Problem, alleinerziehende Mutter und trotzdem voll berufstätig zu sein, würde sich hier in reine, sauerstoffreiche Seeluft auflösen.

Also hatte Sonka Waltermann sich beworben und am liebsten die ganze Welt umarmt, als die Zusage kam. Dass sie die einzige Bewerberin gewesen war, hatte sie erst nach ihrem

Einzug erfahren. Als es schon zu spät war. Als Bullerbü längst gestorben war.

Heute, einige Jahre später, stand sie vor der 8. Klasse und blickte in neun Gesichter, die sie im Laufe der Zeit nicht gerade lieber gewonnen hatte.

Der Sohn des Gemeindekämmerers – ihr Sport-Ass der Grundschule – war inzwischen ziemlich aus dem Leim gegangen und interessierte sich nur noch für irgendein Online-Spiel, bei dem es wohl weniger um Ball als um Ballerei ging.

Greta Meyerhoff hatte gewissermaßen das entgegengesetzte Problem: Sie war viel zu dünn. Das konnte nicht gesund sein. Aber die Eltern waren, was das anging, auf beiden Ohren taub. Nach drei Gesprächen hatte Sonka Waltermann aufgegeben, nicht zuletzt, weil sie das Gefühl hatte, bei Bäcker Meyerhoff nur noch hartes Brot über den Ladentisch gereicht zu bekommen. Das war das Risiko an Elterngesprächen: Auf der Insel traf man sich mindestens zweimal, meistens sogar wöchentlich. Die beleidigten Väter und Mütter hatten hervorragende Möglichkeiten, die Mathe-Fünf ihrer Sprösslinge zu rächen.

Und Gretas Freundin Insa Vollmer gab inzwischen auch immer mehr Anlass zur Sorge. Obwohl sie aus gutem Hause stammte – besser ging es eigentlich gar nicht, denn Insas Vater war der Inselpolizist, da sollte man doch meinen, alles wäre in Ordnung. Doch wie gesagt, nach den Sommerferien war Insa mit seltsam rot gefärbtem, asymmetrisch geschnittenem Haar aufgetaucht, und in ihren Ohren steckten viele kleine schwarze Ringe. Dass die Zeit, in der Insas Haare blond waren und ihr Finger im Unterricht stets nach oben gezeigt hatte, vorbei war, ließ sich nicht wegdiskutieren. Jetzt gerade lag das Kinn des Mädchens auf dem rechten Handteller, es sah aus, als schlafe Insa mit offenen Augen.

«Insa!» Keine Reaktion. Es klingelte. «Morgen lückenlose Hausaufgabenkontrolle!»

Die 8. Klasse war immer schwierig. Da entwickelten die jungen Menschen sich naturgemäß in alle erdenklichen Richtungen. Nur nicht in jene, in die Sonka Waltermann sie gern gelenkt hätte.

Die Schüler packten eilig ihre Sachen zusammen, der Schulschluss wirkte wie ein illegales Aufputschmittel, so zügig waren die Jugendlichen sonst nie. Ohne Abschiedsgruß räumten sie das Klassenzimmer und ließen Sonka Waltermann zurück, die die Fenster erst einmal aufriss, denn hier drinnen stank es nach Pubertät.

Draußen bei den Fahrradständern wartete ein junger Mann, den sie noch nie gesehen hatte. Kein Insulaner. Hager, mit dämlicher Frisur, roter, an den Nähten eingerissener Kapuzenjacke und einer dieser abartigen Hosen. «Machen Sie sofort die Zigarette aus», befahl Sonka Waltermann und legte alle Autorität, die sie nach sechs Stunden Unterricht noch erübrigen konnte, in ihre Worte. «Hier ist Nichtrauchergelände.»

Der Typ schaute sie an und zog am Glimmstängel. Unverschämtheit.

«Ich bin die Direktorin und kann Sie des Grundstücks verweisen lassen.»

Er klopfte die Asche ab und ließ die Zigarette in den Sand fallen. Dann schaute er weg. Lächelte plötzlich. Sonka Waltermann folgte seinem Blick. Aha. Die Insa. Was hatte die Polizistentochter denn mit einem solchen Typen zu schaffen? Nun, ein Paar schienen sie zumindest nicht zu sein, denn die Begrüßung fiel eher schüchtern aus, zum Glück.

Sonka Waltermann konnte sich nicht beherrschen und lehnte sich etwas weiter aus dem Fenster. «Insa, bitte, ich bin mir sicher, dass du in einem Jahr den Sprung auf das Gymnasium schaffst. Aber du musst auch etwas tun. Die Mathearbeit ...»

Insa nickte ihr bloß beiläufig zu. Nun, wenn sie sich partout nicht retten lassen wollte ...

Die Leistung in der 8. Klasse war unter anderem deswegen so wichtig, weil es auf der Insel keine weiterführenden Schulen gab. Wer das Abitur wollte, musste mit fünfzehn, sechzehn aufs Festland in ein Internat wechseln. Die meisten taten sich schwer auf dem Gymnasium, denn natürlich war der Unterricht in Kursen mit dreißig Schülern völlig anders strukturiert als hier in der Dünenschule, und der Durchschnitt sank mitunter um zwei bis drei Noten. Das demotivierte die Inselkinder verständlicherweise, nicht wenige brachen die Oberstufe ab und kamen auf das Eiland zurück, um Elektriker, Hotelfachfrau oder Verwaltungsfachangestellter im Rathaus zu werden. Alles ehrbare Berufe. Dennoch war es schade um die vertanen Chancen. Und um Sonkas Quote: Nur zwanzig Prozent ihrer Schüler erlangten die Hochschulreife. Statistisch gesehen ... Doch sie kam nicht dazu, über die Tabellen des Schulamtes nachzudenken, denn vom Flur her ertönte lautes Rufen. Nanu? Was war da los? Unverkennbar Herr Nordberg, der Hausmeister, der wurde öfter laut, doch jetzt schien er wirklich besonders aufgebracht zu sein.

«Feuer!», rief er. «Hilfe! Es brennt!»

Sonka Waltermann stürzte in den Gang. Jetzt roch sie es auch. Und aus dem Kopierraum quoll dunkler, stinkender Rauch.

«Der Papierkorb steht in Flammen!», berichtete Nordberg und verschluckte sich fast an seiner Panik.

«Dann löschen Sie das Teil», blaffte Sonka ihn an. «Die roten Flaschen hängen neben dem Lehrerzimmer an der Wand.»

«Die wiegen aber mehr als zehn Kilo. Und ich hatte doch den Bandscheibenvorfall!»

Alles musste man selbst machen. Sonka Waltermann schleuderte ihre hochhackigen Schuhe von den Füßen, weil sie damit nicht schnell genug gewesen wäre, rannte zu den Feuerlöschern, riss eines der klobigen Dinger aus der Verankerung – Mist, sie hatte sich immer schon mal damit beschäftigen wollen, wie der Mechanismus eigentlich genau funktionierte – und beeilte sich, denn der Rauch wurde immer dichter, biss schon in der Nase und ließ die Augen tränen.

Fast hätte sie sich die Finger an der Klinke verbrannt, als sie die Tür zum Kopierraum aufstieß. Das Feuer musste bereits länger lodern, die Flammen waren vom Papierkorb zum Kartenlager übergesprungen, gerade kräuselte sich die großflächige Ansicht der Bundesrepublik Deutschland vor der Wiedervereinigung zu einem schwarzen Aschelappen zusammen, auch Afrika kokelte bereits an einer Ecke in der Nähe von Kapstadt.

Wie konnte das passieren?

«Rufen Sie die Feuerwehr!», schrie Sonka Waltermann den immer noch tatenlos herumstehenden Nordberg an. Dann drückte sie das erstbeste Ventil, hatte Glück und zielte mit einem schäumenden Strahl auf den Bereich, der am schlimmsten brannte. Das Feuer fauchte, als wolle es ihr Angst einjagen. Doch Sonka Waltermann ließ sich nicht einschüchtern. Ganz sicher nicht. Sie war Lehrerin der Dünenschule. Sie wurde mit der 8. Klasse fertig. Da schreckte einen so leicht gar nichts mehr.

Die Flammen verstummten allmählich, nur der Löschschaum knisterte, und die Hitze ließ das Papier ringsherum seltsam zischen. Ein letzter weißer Schwall wurde von Sonka

Waltermann Richtung Kartenarchiv geschickt, auch dort schien das Schlimmste soweit verhindert worden zu sein.

Sie musste schrecklich husten, hatte das Gefühl, dass die im Raum herumflirrenden Aschepartikel sich ihr in den Rachen legten und alles wund werden ließen. Ihr Blick war verwischt, erst nachdem sie sich mit dem Papiertaschentuch ein paar Mal über die Lider gestrichen hatte, konnte sie wieder klar sehen. Doch da blieb ihr vollends die Luft weg, denn das Ausmaß des Zimmerbrandes war schockierend: Das Interieur müsste sie komplett entsorgen, so viel stand schon mal fest. Die Wände waren dunkel geworden, Schlieren von grauem Schaum liefen an den Regalen entlang bis zum Boden, der wie Stracciatella-Eis aussah, nur dass statt Schokolade Rußfetzen für das gesprenkelte Muster sorgten. Zudem: Bis die Schulbehörde ihr neues Material für den Erdkundeunterricht genehmigte, feierte man bestimmt schon Weihnachten. Das hier war wirklich eine Riesensauerei.

Sonka Waltermanns Feinstrumpfhose sog sich von den Zehen her mit der scheußlich riechenden Löschflüssigkeit voll. Ihre Bluse war schwarz verschmiert, und der Dutt löste sich in seine Bestandteile auf, weil die Haarnadeln verrutscht waren. In diesem Moment der Verzweiflung schwor sie sich: Wer immer das angerichtet hatte, der sollte büßen! Ein Feuer in ihrer Dünenschule, die Sonka Waltermann trotz allem so heiß und innig liebte wie am ersten Tag – das war ein Verbrechen, das nicht ungestraft bleiben durfte, dafür würde sie persönlich sorgen!

«Die Feuerwehr ist jetzt da!», rapportierte Nordberg, nachdem sie schon die wichtigsten Aktenordner in ihr eigenes Büro gerettet hatte und gerade den Pazifischen Ozean auf Brandlöcher untersuchte.

«Ich war deutlich schneller!»

«Das sehe ich», sagte eine Männerstimme. Sonka Waltermann drehte sich um. Gerd Bischoffs imposante Erscheinung stand in der Tür. Der Mann hatte auf der Insel einen VIP-Status, weil er nicht nur Brandmeister, sondern auch Hotelier, Kommunalpolitiker und Mitglied einer alteingesessenen Insulanerfamilie war. «Alle Achtung, Frau Direktorin, das hätten wir nicht besser hingekriegt.»

«Danke für das Lob», entgegnete Sonka Waltermann. «Aber ich hätte auf dieses Abenteuer trotzdem liebend gern verzichtet.»

«Sieht nach Brandstiftung aus», urteilte der Fachmann, nachdem er ein paar Schritte in den rauchgeschwärzten Kopierraum getreten war und zwischen den erbärmlichen Resten des Papierkorbs einen Lappen gefunden und aufgehoben hatte.

«Das erkennen Sie auf den ersten Blick?»

«Nein, aber vor drei Tagen hat ein Strandkorb gebrannt.» Er hielt den schmierigen Lappen auf Augenhöhe. «Ähnliches Szenario. Da hab ich noch gedacht: Würde mich nicht wundern, wenn der Feuerteufel bald schon ein zweites Mal zuschlägt.»

«Oh, haben Sie etwa einen konkreten Verdacht?»

«Den habe ich», sagte Bischoff und sah irgendwie zufrieden aus. «Und ob ich den habe.»

Manchmal hört man dem Telefon schon beim Klingeln an, dass gleich die Hütte brennt. Als wäre der Ton eine Nuance schriller, eine Spur hektischer, als wollte er schon warnen: Nimm bloß nicht den Hörer ab, sonst gibt es Ärger.

Danni hatte recht gehabt, seitdem Jannike zum Dienst an der Rezeption angetreten war, bimmelte es ununterbrochen. Bislang – bis zu diesem Klingeln, das Jannike irgendwie in Alarmbereitschaft versetzte – alles sehr erfreuliche Anrufe: Eine Familie Rose aus Oerlinghausen hat sich riesig gefreut, die letzten beiden Zimmer für Silvester ergattern zu können; Herr List aus Hannover, ein liebenswerter Stammgast, wollte schon mal sechs Betten für den ersten Mai reservieren, und die nette Frau von Bostenbelt aus Nordenham, die seit einiger Zeit hausgemachte Marmelade und Chutneys für das Frühstücksbuffet lieferte, interessierte sich für ein verlängertes Wochenende im Juni.

Einigen Anrufern hatte Jannike auch eine Absage erteilen müssen, einfach nur, weil zum gewünschten Termin beim besten Willen nicht mal mehr die Besenkammer frei war. Jannike betrachtete den Belegungsplan, der an der Wand neben dem

Schlüsselbord hing, nicht ohne Stolz. Es lief wirklich gut, im Juli und August hatten sie nur noch ganz wenige Lücken, wenn das so weiterging, wären diese spätestens im Oktober gefüllt. Wahrscheinlich musste es nur richtig herbstlich werden in München, Münster oder Mülheim an der Ruhr, schon wurden die Menschen von einer Sehnsucht nach Sommer gepackt und planten vorfreudig ihren nächsten Inselaufenthalt.

Doch jetzt, die Wanduhr zeigte gerade kurz nach halb zwei, war Jannike sofort klar, dass es bei diesem Anruf um etwas anderes ging. Etwas Unangenehmes. Vielleicht steckte in ihr eine verkappte Wahrsagerin, doch wahrscheinlicher war, dass sie unbewusst die auf dem Display aufleuchtende Nummer registriert hatte. Sie nahm den Hörer ab.

«Moin, *Hotel am Leuchtturm*, Sie sprechen mit Jannike Loog.»

«Dünenschule. Sonka Waltermann hier.» Was wollte denn die Schuldirektorin von ihr? Jannike hatte eine vage Vorstellung von der Frau. Sie waren etwa derselbe Jahrgang, doch die Waltermann wirkte – ohne jetzt unbescheiden zu sein – um einiges älter, war verstaubt wie der Tafellappen und frühstückte vermutlich Zeigestöcke im Stück. «Es geht um Herrn Butt.»

«Um wen?»

«Lasse Butt. Der Pflegesohn Ihres Mitarbeiters. Ist Herr Verholz vielleicht zu sprechen?»

«Nein …» Jannike war alarmiert. Irgendetwas schien hier absolut nicht in Ordnung zu sein.

«Wir haben bereits versucht, den Bürgermeister im Rathaus zu erreichen, aber der war wohl auch schon in der Mittagspause. Könnten Sie mir eine Handynummer geben?»

Auf keinen Fall, dachte Jannike. Wenn Lasse etwas ausgefressen hatte – und alles deutete darauf hin –, dann sollte

Danni nach Möglichkeit erst mal außen vor bleiben. Jannike erinnerte sich an die Worte, die ihr Freund und Geschäftspartner vorhin im Streit ausgesprochen hatte: dass er alles tun würde für Lasse, notfalls sogar den Job im Hotel kündigen, wenn die Umstände es erforderten. Waren das hier vielleicht genau solche Umstände? «Worum geht es denn?», fragte Jannike in ganz besonders verbindlichem Ton.

«Das würden wir Herrn Verholz oder Herrn Freese gern persönlich mitteilen.»

«Wer sind *wir*?»

Die Waltermann zögerte.

«Hören Sie, ich fürchte, wir werden die beiden nicht so schnell erreichen.» Okay, nun musste eine kleine Notlüge her, das war nicht die feine Art, aber der Zweck heiligte ja bekanntlich die Mittel. «Die machen gerade eine Wattwanderung und haben bestimmt keinen Handyempfang.» So ein Quatsch, als würden Danni und Siebelt je auf die Idee kommen, in der Mittagspause durch den Schlick zu stapfen und Wattwürmer zu belästigen. Doch die Waltermann hakte zum Glück nicht weiter nach. «Ich könnte stattdessen vorbeikommen. Wenn Sie wollen, jetzt sofort. Dazu wüsste ich nur gern, wer mich außer Ihnen noch erwartet.»

«Gerd Bischoff», antwortete die Waltermann schließlich, und Jannike zuckte zusammen wie immer, wenn dieser Name fiel. Mit Gerd Bischoff hatte sie ganz schlechte Erfahrungen gemacht. Kein Mensch hier auf dieser Insel hatte ihr so viele Steine in den Weg gelegt wie dieser – ach, warum es nicht offen aussprechen – Kotzbrocken Bischoff. Von Anfang an war der Hotelier, dessen Vier-Sterne-Haus das Nobelste war, was die Insel zu bieten hatte, ihr feindlich gesinnt gewesen. Wahrscheinlich ärgerte er sich noch immer, dass Jannike ihm damals vor zwei Jahren mit Lucyna und ihrer Mutter Bogdana zwei seiner besten Arbeitskräfte ausgespannt hatte. Aber Bischoff hatte die beiden Frauen schließlich auch behandelt wie den letzten Dreck, da musste der Mann sich nicht wundern, wenn irgendwann niemand mehr seine schicken Marmorklos putzen und die Seidenkissen mangeln wollte. Seitdem hatte es einige Intrigen und Streitereien gegeben, die sich aber glücklicherweise immer in Wohlgefallen aufgelöst hatten. Zumindest für Jannike. Gerd Bischoff war durch seine Ränkespiele den Posten als stellvertretender Bürgermeister losgeworden. Daran trug er allein die Schuld, letzten Sommer hatte er es einfach übertrieben. Sauer war er wohl trotzdem. Und dieser Anruf hier klang, als hätte Jannikes Lieblingsfeind mal wieder Stellung bezogen, um eine neue Schlammschlacht auszutragen. Konnte er haben.

«In seiner Funktion als Brandmeister», ergänzte die Waltermann, da Jannike nichts sagte. «Moment bitte!»

Es raschelte in der Leitung, anscheinend wurde der Hörer gerade weitergereicht. Dann räusperte sich eine tiefe Stimme: Bischoff! «Wir erwarten Sie in der Feuerwache. Ich warne Sie, lassen Sie sich nicht zu viel Zeit! Eigentlich hätten wir längst die Polizei einschalten müssen.» Und schon hatte er aufgelegt.

Hätte Jannike eine Waffenkammer besessen, sie wäre jetzt dorthin gestiefelt, um sich ordentlich zu rüsten. Ein, zwei Ladungen todsicher treffender Worte, ein paar pfeilspitze Kommentare und irgendeine Bombe, die man zur Not noch platzen lassen konnte, wenn Bischoff zu scharf schoss. Doch sie musste ohne Ausrüstung losmarschieren, denn sie hatte keine Ahnung, was Bischoff und die Waltermann überhaupt im Schilde führten. Wollten sie wirklich die Polizei einschalten? Jannike kam der Brandstifter in den Sinn. Laut Gerüchteküche gab es doch bereits einen Verdächtigen, jung, schlaksig, angeblich vorbestraft …

Das Telefon meldete sich wieder. Jannike ließ es klingeln, egal, sie musste sich beeilen. Wenn es wirklich wichtig war, würde der Anrufer sich bestimmt noch mal melden. Jannike schnappte sich die Jacke vom Garderobenhaken, tastete nach dem Fahrradschlüssel, der sich wie immer ganz unten in der linken Tasche befand, und lief los. Beinahe hätte sie Mattheusz umgerannt, der im selben Moment aus der Küche getreten war.

«Wo willst du hin?»

«Ich muss was Dringendes erledigen.» Mit einer leichten Drehung schraubte sie sich aus seiner Umarmung.

«Was ist denn los mit dir?»

Warum musste Mattheusz das ausgerechnet jetzt fragen? Wo keine Zeit blieb für eine angemessene Antwort. Obwohl, wann hatten sie die überhaupt einmal? «Tut mir leid, kann ich dir so schnell nicht erklären.»

«Und das Telefon?»

«Geh du dran.» Ihr Lächeln sollte als Ermunterung genügen.

«Aber ich …»

«Das schaffst du schon!», sagte Jannike, warf ihrem Liebsten eine Kusshand zu und ließ ihn stehen. Sein erstaunter Gesichtsausdruck war ihr natürlich nicht entgangen, und auch, dass er ihr noch etwas hinterhergerufen hatte, war natürlich angekommen. Ihren Namen hatte er gesagt und gefragt, wann sie wieder zurückkomme, denn in der Küche sei alles soweit erledigt, und man könne doch mal in Ruhe … Aber sie lief weiter, holte das Rad aus dem Fahrradschuppen, der sich neben dem Hinterausgang befand, und fuhr los.

Der Weg war verhältnismäßig kurz, denn die Feuerwache befand sich direkt an der westlichen Deichdurchfahrt und war somit für Jannike eines der ersten Häuser, die ihr im Inseldorf begegneten. Trotzdem beeilte sie sich, legte ein beachtliches Tempo vor und verbuchte es als Training für das Inselduell. Mit Bischoffs Drohung hatte das auf keinen Fall zu tun, von dem ließ sie sich bestimmt nicht antreiben.

Eines der drei Löschfahrzeuge, die sonst nur schemenhaft durch die Milchglasscheiben der Garagentore zu erkennen waren, stand vor dem Gebäude, und ein paar junge Kerle in dunkelblauen Overalls rollten die Schläuche auf, fuhren die Drehleiter ein und untersuchten das restliche Equipment. Ob die Wagen überhaupt mit Blaulicht und Martinshorn ausgestattet waren? Wahrscheinlich schon, doch kamen diese Dinge hier auf der Insel wohl nur selten zum Einsatz, und wenn, dann kriegte Jannike in ihrem Hotel am Ende der Welt wahrscheinlich gar nichts davon mit. Auf jeden Fall gehörten die Feuerwehrautos zusammen mit dem klapprigen Kleinwagen des Inselarztes zu den einzigen motorisierten Fahrzeugen auf diesem Fleckchen Erde. Wohl deswegen hatte die freiwillige Feuerwehr vor Ort keine Nachwuchssorgen, denn nur hier konnten die Inseljungs auch mal an Vehikeln herumschrauben, die mit mehr als zwei Pferdestärken gesegnet waren.

«Ich suche Gerd Bischoff», sagte Jannike, nachdem sie ihr Rad an einen Laternenpfahl gelehnt und abgeschlossen hatte. Einer der Jungs nickte in Richtung Tür. Großgewachsen, dunkle Stoppelhaare, aber eher schüchtern. Den kannte Jannike vom Sehen, der war auch beim Schwimmtraining öfter dabei, zusammen mit Lasse, Insa und Greta bildete er die Jugendriege für das Inselduell. Fridjof, genau, so hieß er, so ein typisch friesischer Name, den man in Köln immer buchstabieren müsste, der hier an der Küste aber häufiger vorkam als beispielsweise Dennis oder Kevin.

Jannike nickte ihm dankend zu und betrat die Feuerwache. Im Flur waren die Wände tapeziert mit Zeitungsausschnitten des *Inselboten*, die über die Heldentaten der hiesigen Löschtruppe berichteten. Vom verheerenden Dünenbrand in der Nähe des Flugplatzes vor vierzig Jahren, dann der verkohlte Dachstuhl der Töpferei Mitte der Siebziger, daneben der Wasserschaden im Inselkino. Eine kleine Katze, hilflos gefangen in der einzigen Baumkrone der Insel, die hoch genug war, dass es sich lohnte, mal die Drehleiter auszufahren. Alle Achtung, für die Freiwillige Feuerwehr gab es immer was zu tun, notfalls löschten sie auch nur den Durst auf einem der zahlreichen Feste. Gerd Bischoff musste schon seit langem dabei sein, jedenfalls grinste er bereits beim Feuerwehrball 1979 breit in die Kamera. Damals noch deutlich schlanker und weniger rotgesichtig, doch diese selbstzufriedene Miene hatte der Insulaner auch vor fast vierzig Jahren schon gern zur Schau gestellt. Jannike betrachtete die Galerie etwas genauer. Tatsache, auf einigen Bildern hatte Bischoff sogar eine Frau an seiner Seite, keine auffallende Erscheinung, aber neben dieser Ausgeburt an Eitelkeit wirkte so ziemlich jeder Mensch blass und farblos. Jannike wurde neugierig, und obwohl das Büro des Brandmeisters links lag, lief sie rechts entlang. Dort gab es nämlich noch ein paar gerahmte Originalfotografien zu begutachten. Hanne Hahn als ganz junges Ding auf dem Richtfest des Feuerwehrhauses, schon damals mit diesen vor Neugierde leicht aus dem Gesicht kippenden Augen. An ihrer Hand der kleine Frachtschiff-Ingo, damals natürlich eigentlich nur Ingo, ohne Frachtschiff, aber Lucynas Freund hatte nun mal diesen Spitznamen weg, und irgendwie sah man ihm auch schon mit drei oder vier Jahren an, dass er später mal den Frachtverkehr zwischen Insel und Festland befehligen würde, zumindest bildete Jannike sich das ein. Eine Aufnahme weiter und kaum zu erkennen, waren die Wittkamps, Jannikes beste Freunde und Nachbarn, zu einer winterlichen Boßeltour unterwegs. Diese ostfriesische Sportart war Jannike bislang völlig unbekannt gewesen, und erst im letzten Winter hatten Mira und ihr Mann sie einmal auf die vier Kilometer lange Strecke zum Flugplatz mitgenommen. Man warf eine Kugel auf die Straße, ähnlich wie beim Bowlen, die gegnerische Mannschaft tat das auch, und irgendwie gab es irgendwann auch mal Punkte, warum und wofür hatte Jannike nicht so richtig kapiert. Immerhin, nach mindestens fünf Schnäpsen – das sportliche Trinken war anscheinend Bestandteil des Boßelns, deswegen gehörte zum Outfit auch unbedingt ein Schnapsgläschen mit Bändchen um den Hals gehängt – hatte sie zumindest kurzzeitig geglaubt, die Spielregeln verstanden zu haben. Ein herrlicher Spaß, dem die Insulaner schon seit Jahrhunderten nachgingen. Dieses Foto hier war der Mode nach in den tiefen Achtzigern aufgenommen worden. Direkt daneben standen auf einem größeren Bild sehr viele uniformierte Feuerwehrleute Spalier, um ein frischgetrautes Ehepaar aus der Inselkirche zu geleiten. Feister Gatte, verschreckte Braut …

«Frau Loog, wir warten!», dröhnte eine Stimme über den Flur.

«Sie waren mal verheiratet?», fragte Jannike, denn sie hatte nicht vor, sich schikanieren zu lassen. Am wenigsten von Gerd Bischoff.

«Im Gegensatz zu Ihnen», konterte der.

«Dafür bin ich aber auch noch nicht geschieden.»

Auch wenn Bischoff, der ja in so ziemlich jedem Verein der Insel Vorsitzender war, bei der Laientheatergruppe mitmischte, das Schauspielern war nicht sein herausstechendes Talent.

Jannikes letzter Satz gefiel ihm überhaupt nicht, was er erfolglos zu verbergen suchte. «Nun mal nicht frech werden. Dazu ist die Lage viel zu ernst.»

Erst jetzt sah Jannike, dass hinter Bischoffs massiger, in einer Feuerwehruniform steckender Gestalt die Tür offen stand und im Zimmer dahinter Lasse an einem ziemlich großen Tisch saß, auf dem etliche rußgeschwärzte Gegenstände lagen. Lasse hielt die Arme so krampfhaft verschränkt, als hätte man ihm eine rote verwaschene Zwangsjacke mit Kapuze verpasst. Er schaute Jannike an, als wollte sie gleich eine Darmspiegelung bei ihm vornehmen. Viel anders hatte er sie vor ein paar Tagen bei seinem Antrittsbesuch im Hotel auch nicht angeguckt, und dazwischen, beim Training in der *Sprottengrotte*, hatte Lasse sie nach allen Regeln der Kunst ignoriert. Aber in diesem Moment erkannte Jannike zwischen der ganzen Ablehnung, dem Trotz und der gepflegten Scheißegal-Haltung auch ganz viel Angst.

«Hallo, Lasse», sagte sie, ging an Bischoff vorbei und reichte dem Jungen die Hand, als wären sie beste Freunde und froh, sich endlich mal wieder zu begegnen. Lasse griff zu, drückte leicht, seine Haut war kühl und doch verschwitzt. Es fühlte sich trotzdem gut an, denn direkt neben ihm saß Sonka Waltermann, im aschegrau verschmierten Schuldirektorinnenkostüm, mit den Händen auf der Tischplatte und pikierter Visage. Klar, laut Knigge hätte ihr die erste Begrüßung zustehen müssen. Aber who the fuck is Knigge, wenn Dannis Sohn in Bedrängnis war? «Was ist denn passiert?», frage Jannike und fühlte sich wie eine Löwenmutter.

«Brandstiftung!», donnerte Bischoff.

«Zehntausend Euro Schaden mindestens!», brachte die Waltermann hervor.

«Und was genau hat gebrannt?»

«Afrika, Skandinavien und Deutschland vor der Wiedervereinigung.» Die Waltermann schnappte nach Luft. «Also, das Kartenmaterial. Und jede Menge Akten, die Papiervorräte der Schule. Der Kopierer ist vielleicht auch unbrauchbar, das müsste man noch austesten, dann wird es noch teurer.»

«Aha. Und das soll Lasse gewesen sein?» Bischoff und die Schuldirektorin nickten heftig. Lasse hingegen schüttelte kaum wahrnehmbar den Kopf. «Wie kommen Sie gerade auf ihn?»

«Er war nach Schulschluss unbefugt vor Ort. Und hat eine Zigarette geraucht, obwohl das auf dem Gelände strengstens verboten ist, worauf ich ihn eindringlich hingewiesen habe.»

«Na, Lasse, da sprechen ja hammerharte Beweise gegen dich. Leute, die das Nichtraucherschutzgesetz ignorieren und sich zudem unerlaubterweise auf dem Hoheitsgebiet von Bildungseinrichtungen aufhalten, sind geradezu prädestiniert, Brandstifter zu sein.» Jannike wandte sich an die Lehrerin und konnte sich ein Grinsen nur schwer verkneifen. «Unter diesen Umständen rufen Sie direkt am besten ein Sondereinsatzkommando und lassen ihn in einen Hochsicherheitstrakt abführen, schlage ich vor.»

«Verkneifen Sie sich Ihre Scherze, Frau Loog. Wir ziehen tatsächlich in Erwägung, die Polizei zu verständigen. Und wir alle wissen, dass dieser Bursche dort bereits öfter vorstellig geworden ist.» Die Waltermann blickte so hektisch zwischen Bischoff, Jannike und Lasse hin und her, dass sich ihr strenger Dutt löste und eine Strähne über die Augen fiel, was der sonst so steifen Frau etwas Verwegenes gab.

«Woher kennen Sie eigentlich Details aus Lasses Lebenslauf?», fragte Jannike.

«Auf einer kleinen Insel bleibt nichts geheim, das müssten Sie inzwischen auch mal kapiert haben.» Bischoff nahm am Tischende Platz und beugte sich leicht nach vorn. «Gerade wenn unser Bürgermeister meint, einen vorbestraften Autoknacker als Lehrling im Schwimmbad anstellen zu müssen, macht so eine Information zu Recht die Runde.» Fast sah Bischoff aus wie ein vernünftiger, konsequenter und ernstzunehmender Mensch. Mit der Einschränkung, dass er Jannike dabei absolut nicht ins Gesicht sehen konnte. Dieses Ausweichmanöver verriet ihn. Es ging ihm nicht um Recht und Ordnung und schon gar nicht um die faire Beurteilung eines jungen Menschen. Nein, es ging wieder einmal um das alte Thema: Wie kann ich dem *Hotel am Leuchtturm* mit möglichst wenig Aufwand einen möglichst schmerzhaften Hieb versetzen? Ganz einfach: indem ich den Pflegesohn des Geschäftsführers als Brandstifter diffamiere. «Wir dulden nämlich keine Kriminellen.»

«Was hat Sie denn bislang davon abgehalten, Anzeige zu erstatten?»

«Meine Menschenfreundlichkeit!» Dass der Kerl nicht an seiner eigenen Falschheit erstickte, war schon erstaunlich. «Ich will Lasse die Möglichkeit geben, selbst für seine Taten einzustehen und ...»

Plötzlich stand Lasse auf, so schnell, dass der Stuhl, auf dem er bislang gesessen hatte, nach hinten kippte. «Sie haben sie doch nicht mehr alle, Sie Fettfresse!»

O nein, dachte Jannike, das ist jetzt aber nicht gerade die richtige Methode, heil aus der Nummer herauszukommen. Selbst wenn Lasse immerhin beim höflichen *Sie* geblieben war und mit jeder Silbe so was von recht hatte.

Die Waltermann schnappte erschrocken nach Luft. «Was ist ...»

«Sie auch!» Lasses Blick war wirklich furchteinflößend, und die Schuldirektorin wirkte auf ihrem Stuhl gleich zehn Zentimeter kleiner. «Ich hab jemanden von der Schule abgeholt. Das ist nicht verboten.»

«Ach! Und dass ungefähr zur selben Zeit jemand einen mit Brandbeschleuniger getränkten Lappen angezündet und in den Papierkorb neben dem Kopierer geworfen hat? Zufall?»

«Ich war's jedenfalls nicht.»

«Der Raum ist direkt neben dem Haupteingang, keine zwanzig Schritte entfernt von den Fahrradständern, an denen Sie herumgelungert haben.»

«Es hat geklingelt. Da waren mehr als dreißig Schüler. Jeder hätte das Feuer legen können. Warum also gerade ich?»

Bischoff haute mit der Faust auf den Tisch, so wuchtig, dass die Gegenstände, die Jannike erst jetzt als einen tiefschwarzen Mülleimer und ein völlig verschmortes Feuerzeug identifizierte, hüpften. «Vielleicht, weil man dich auch neulich am Hundestrand gesehen hat? Und zwar rein zufällig in dem Moment, als der Strandkorb gebrannt hat.»

«Schwachsinn, damit hab ich nichts zu tun!», knurrte Lasse.

«Sicher?»

«Moment, wer genau will ihn da überhaupt gesehen haben?», hakte Jannike nach.

Bischoff holte ein Handy aus der Tasche seines Feuerwehroveralls, legte es vor sich auf den Tisch und drückte ein paar Knöpfe. Er ließ sich Zeit, demonstrierte Gelassenheit, also war klar, er musste tatsächlich etwas in der Hand haben, sonst wäre sein Temperament schon längst mit ihm durchgegangen. Schließlich zeigte Bischoff auf sein Display, wo ein Foto geöffnet war. Lasse bewegte sich nicht, als interessierte ihn nicht, was genau es da zu sehen gab. Doch Jannike beugte sich über das Bild. Es war nicht scharf, nicht besonders hell, ein typischer Handyschnappschuss eben, wenn es schnell gehen musste und man nicht genau wusste, worauf der Fokus überhaupt zu lenken war. Trotzdem war die schlanke Gestalt mit der roten Kapuzenjacke bestens zu erkennen. Sie stand mit dem Rücken zur Kamera ungefähr zwanzig Meter vom Strandkorb entfernt, auf dessen Sitzfläche die Flammen ihr zerstörerisches Werk schon fast vollendet hatten. Und die Kapuze hatte unverkennbar eine aufgerissene Naht, genau wie die von Lasse, man konnte es nicht schönreden: Davon gab es auf der ganzen Welt sicher keine zweite.

«Wer hat das Bild gemacht?», fragte Jannike.

«Das weiß ich nicht. Es ist mir zugespielt worden.» Bischoff steckte das Smartphone wieder ein.

«Klingt nach einer seriösen Quelle», konnte Jannike sich nicht verkneifen.

Doch Bischoffs Sicherheit bröckelte keineswegs. «Kann ich gut verstehen, wenn ein wichtiger Informant seinen Namen nicht nennen will. Wer weiß, wie gefährlich solch ein Gewohnheitstäter werden kann, wenn herauskommt, von wem er verpfiffen wurde.»

Blöderweise sah Lasse gerade wirklich alles andere als harmlos aus. Die Hände hatte er zu Fäusten geballt, die Schultern nach hinten gezogen, und auf seiner Brust prangte die Graffiti-Schrift der Kapuzenjacke, erstmals konnte Jannike die Buchstaben entziffern: *Leckt mich!* Das war nicht gut.

Die Situation war festgefahren, entschied Jannike. Jede Minute, die sie blieben, würde es verschlimmern. Und sie hatte keine Lust, Bischoff und der Waltermann noch mehr Raum für ihre Beschuldigungen zu geben. Schließlich war Lasse ganz sicher kein Brandstifter. Oder etwa doch?

Jannike drückte den Rücken durch. «Ich bin keine Juristin. So wie Sie, Herr Bischoff, meines Wissens kein Brandsachverständiger sind. Und Sie, Frau Waltermann, keine Ausbildung als Kriminalpsychologin haben. Bevor Sie beide hier also weiter haltlose Vorwürfe gegen einen Minderjährigen loslassen, die hinterher eventuell juristische Konsequenzen für Sie haben könnten, schlage ich vor, Sie tun, was Sie nicht lassen können, und schalten für professionelle Ermittlungen die Polizei ein.» Es entging Jannike nicht, dass Lasse beim Wort Polizei jeden Muskel seines Körpers anspannte. Der Junge konnte schließlich nicht ahnen, dass der Inselsheriff in diesem Fall wohl das kleinere Übel war. Jannike kannte Kommissar Vollmer zwar nur flüchtig, doch sie hielt ihn für einen vergleichsweise besonnenen Beamten, obwohl, neben Bischoff würde sogar Hulk ausgeglichen wirken. «Und wir werden im Gegenzug Beweise erbringen, dass Lasse nicht der Feuerteufel ist, den Sie suchen.»

Jannike nickte Lasse zu. Der verstand, riss sich zusammen und folgte ihr nach draußen. «Schönen Tag noch», verabschiedete sich Jannike knapp und fand, dass ihr Abgang einigermaßen gelungen war, denn ein kurzer Blick zurück zeigte Bischoff und die Waltermann, die sich beide erhoben hatten und ihr hinterherblickten. Na also, ging doch.

Draußen liefen sie ohne ein Wort an den Feuerwehrjungs vorbei bis zu Jannikes Fahrrad.

«Wo ist denn dein Drahtesel?», fragte sie.

«Bei der Schule.»

«Und wie bist du hergekommen?»

Lasse zeigte auf das Feuerwehrauto.

«Damit? Dann hat dich aber wirklich jeder neugierige Insulaner als Tatverdächtigen präsentiert bekommen.» Lasse schwieg. Wie konnte der nur so ruhig bleiben? Jannike hingegen merkte, wie die Wut in ihr hochstieg, Zentimeter für Zentimeter die Kehle nach oben, bis sie – hicks – einen heftigen Schluckauf bekam. Das passierte ihr in letzter Zeit öfter, sobald sie sich aufregte. «Das ist echt das Letzte! Lass mich raten: Bischoff hat darauf bestanden?» Lasse nickte. Mehr war aus ihm erst einmal nicht herauszubekommen.

Also schob Jannike ihr Rad, und sie gingen nebeneinander zu Fuß weiter, sagten nichts, man hörte nur Jannikes Hicksen. Dann war wider Erwarten Lasse es, der das Schweigen brach.

«Danke», sagte er. Jannike hatte sich wirklich nicht verhört. «Wissen Danni und Siebelt ...»

«Nein, noch nicht. Aber du hast ja mitbekommen, was Bischoff gesagt hat: Solche Dinge bleiben auf der Insel nicht lange geheim.»

«Die werden mich wieder nach Hürth schicken.»

«Glaub ich kaum, wenn du es nicht gewesen bist.»

Er kickte eine Muschelschale weg, die auf dem rot gepflasterten Pfad gelegen hatte. «Du hältst mich für unschuldig?»

Jannike nickte.

«Spricht doch einiges gegen mich.»

«Stimmt. Aber Danni und Siebelt glauben an dich wie kleine Kinder an den Osterhasen.»

«Den es nicht gibt. Na super.» Er verzog das Gesicht. Machte schon wieder einen schnellen Schritt nach vorn, als würde er mit der Fußspitze etwas wegschießen wollen, obwohl da gar nichts lag. Es war einfach nur eine möglichst lässige, trotzdem hilflose und deswegen total liebenswerte Bewegung. Auf einmal begriff Jannike, was Danni vorhin gemeint hatte mit dem guten Kern, der in diesem Jungen schlummerte, und musste sich zusammenreißen, um Lasse nicht mütterlich beruhigend den Rücken zu tätscheln.

Das rostige, aber fahrtüchtige Hollandrad, das Siebelt für Lasse aus dem Fundbüro mitgebracht hatte, lag unabgeschlossen am Rand der Dünen. Lasse bückte sich, hob es auf und klopfte den Sand von der Kette.

«Blöd ist nur, dass du beim ersten Brand auch schon vor Ort warst.»

«War ich doch gar nicht.»

«Aber deine Kapuzenjacke.»

«Keine Ahnung. Die hab ich an dem Abend noch gesucht. Als ich Feierabend machen wollte, war sie weg.»

«Und am nächsten Tag plötzlich wieder da?» Er nickte. Die Geschichte klang wenig überzeugend. «Warst du zu Hause?»

«Ja. Allein.»

«Tolles Alibi.»

«Aber die Wahrheit. Nur können Danni und Siebelt leider nichts bestätigen oder so. Die waren nämlich im Hotel.»

«Apropos, die beiden machen sich bestimmt schon Sorgen, wo du steckst. Danni hat extra dein Lieblingsessen gekocht.»

Lasse schaute sie ungläubig an. «Döner?»

«Spaghetti bolognese.»

Er rollte genervt mit den Augen. «Das hat Danni von meiner Mutter. Dabei hab ich das Zeug geliebt, als ich zehn oder so war und im Fernsehen noch Pippi Langstrumpf geguckt hab. Also vor 'ner Ewigkeit.» Lasse holte sein Handy heraus und stellte es an. «Mist, Danni hat schon dreimal bei mir angerufen.»

«Sag ich doch, die warten auf dich.»

Er wollte auf Rückruf tippen, doch dann zögerte er. «Was soll ich überhaupt sagen?»

«Was genau ist denn passiert?»

«Keine Ahnung, ich hatte Mittagspause, wollte Insa von der Schule abholen, wir haben rumgetrödelt ...» Er wurde knallrot. Redete weiter, stotterte mehr, aber Jannike hörte sowieso nicht so ganz genau hin. Wie blind hatte sie sein können? Die beiden Teenagermädchen hatten wirklich recht: Lasse Butt, der Einsneunzig-Kerl mit Pubertätspickeln, Bartflaum und furchtbarem Klamottenstil, war wirklich süß. Und offensichtlich verknallt bis sonst wo, und zwar ausgerechnet in die Tochter des Inselpolizisten. «… jedenfalls waren wir schon auf dem Weg nach Hause, und da kam dieser Bischoff wie ein Wahnsinniger hinter mir her. Ernsthaft, der hat mich gepackt und mitgeschleppt. So scheiße bin ich noch nie behandelt worden. Noch nicht einmal von den Bullen in Köln, und da hab ich ja im Gegensatz zu hier tatsächlich ganz schön was verbockt.»

«War jemand dabei?»

«Klar.» Er zögerte. «Insa.» Seine Gesichtsfarbe bekam Ähnlichkeit mit den Hagebutten, die an einem dornigen Strauch neben ihnen wuchsen.

«Wir könnten den Spieß umdrehen.»

«Was?»

«Wir sollten zur Polizei. Jetzt sofort, bevor Bischoff es tut. Wenn alle Stricke reißen, zeigen wir ihn wegen Nötigung an.»

«Quatsch.»

«Und wegen Verleumdung. Steig aufs Fahrrad, wir müssen uns beeilen.»

«Ich zeig doch keinen an!»

«Aber du bist im Recht.» Jannike wendete auf dem engen Pfad und trat dann ordentlich in die Pedale. Am Scheppern und Quietschen hinter sich erkannte sie, dass Lasse folgte. Gut, denn sie hatten keine Zeit zu verlieren. Dieses Mal wollte Jannike ihrem ewigen Widersacher zuvor kommen.

Erst jetzt merkte sie, dass der Schluckauf schon längst vorbei war.

War das etwa Fett da auf dem blauen Teppich vor Zimmer 6? Bogdana beugte sich runter, rieb vorsichtig mit einem Tuch darüber, schnupperte kurz. Zweifelsohne Sonnenöl. Kein Problem! Solche Flecken beseitigte Bogdana mit einem Blatt Löschpapier und einem nicht allzu heißen Bügeleisen in nur wenigen Sekunden. Kaugummis auf dem Polster – auch so etwas hatte Bogdana in Hotelzimmern durchaus schon gesehen – ließen sich mit Klarspüler für die Spülmaschine mühelos entfernen. Und die Fliesen im Bad glänzten wunderbar, wenn man dem Putzwasser einen Teelöffel Speisestärke zufügte und anschließend mit einer Mullwindel polierte.

Bogdana machte diesen Job seit mehr als zwanzig Jahren. Und sie liebte ihn. Manchmal war es ein regelrechter Kampf, Schmutz gegen Mensch, den nahm sie gern auf und gewann fast immer. Ab und zu hatte ihre Tätigkeit sogar etwas Kreatives. Die Idee mit der Speisestärke zum Beispiel war ihr mal ganz zufällig gekommen, als damals, noch zu Zeiten, in denen sie für den alten Bischoff gearbeitet hatte, in der Hotelküche ein ganzer Karton von dem Zeug heruntergefallen war und sich das schneeweiße Mehl auf dem Fliesenboden verteilt hatte. Die Küchenhilfe durfte damals sofort ihre Koffer packen und die Insel verlassen, hochkantig rausgeschmissen von Gerd Bischoff. Nachdem Bogdana dann aber alles weggefegt und anschließend gewischt hatte, waren die Kacheln so sauber gewesen wie nie zuvor. Diesen Trick könnte sie vielleicht sogar für viel Geld verkaufen. Ein Buch darüber schreiben. *Flecken und Schmutz? Fragen Sie Bogdana Pajak!* Machte sie aber nicht. Geheimrezepte behielt man nämlich für sich. Verriet sie noch nicht einmal der besten Freundin. Anna beispielsweise, die noch immer im *Hotel Bischoff* arbeitete und mit der sie ab und zu, wenn ihre Dienstzeiten zueinander passten, spazieren ging, erzählte sie nichts von Löschpapier, Speisestärke und Spülmaschinenreiniger. Mit der redete sie lieber über gemeinsame Bekannte in Polen und auf der Insel, wer mit wem und warum, der ganz normale Tratsch eben. Nein, Geheimrezepte gab man höchstens innerhalb der Familie weiter. Lucyna wusste natürlich alles, Mattheusz ebenfalls, aber der interessierte sich mehr fürs Kochen, und da kamen die Geheimrezepte von Oma Maria zum Einsatz. Auch Jannike würde sie irgendwann ihre Zaubertricks verraten, denn die gehörte quasi dazu. War nicht nur Chefin, sondern vielleicht auch bald Bogdanas Schwiegertochter, wenn Mattheusz, der verschlafene Kerl, es endlich schaffte, um ihre Hand anzuhalten. Manchmal wollte Bogdana ihren Sohn am liebsten wachrütteln, denn eine Frau wie Jannike ließ man nicht einfach mitlaufen, die wurde geheiratet, und zwar so schnell wie möglich. Jannike Loog war obendrein noch Hotelbesitzerin, ein guter Fang also, aber an allererster Stelle hatte sie ein Herz aus Gold, jawohl, das hatte sie. Ohne Jannike müssten Lucyna und sie womöglich noch immer im *Hotel Bischoff* arbeiten und sich von diesem scheußlichen Kerl ausbeuten lassen. Und Oma Maria würde noch immer allein in Polen zurechtkommen müssen, statt wie jetzt ein glückliches Leben an dem Ort zu verbringen, den sie am meisten liebte: eine große, sonnige, ständig in Betrieb befindliche Küche, bis zu den Ellenbogen im Brotteig oder mit dem Rühren von Heringssalat beschäftigt. Der Wechsel ins *Hotel am Leuchtturm* war für Bogdanas Familie ein Glücksfall gewesen. Und nun lag es an Mattheusz, dieses Glück mit einer anständigen Heirat zu krönen. Aber ihr Sohn war wohl leider mehr nach dem Vater geraten, und der war so flink wie ein Schlachtrind und so romantisch wie ein Bolzenschussgerät.

Der Fettfleck im Flur musste warten. Erst war Zimmer Nummer 6 an der Reihe, wo momentan Bogdanas Lieblingsgast lebte. Nein, nicht Frau Galinski, die war zwar freundlich, aber irgendwie auch komisch, da sie mit kaum jemandem ein Wort wechselte und zudem Tag um Tag ihren Aufenthalt verlängerte. Hatte die Frau keinen Beruf? Keine Familie? Warum war es Frau Galinski nicht möglich, den Urlaub von vornherein zu planen, wie andere Menschen es taten?

Nun, das war nicht Bogdanas Problem. Sie hatte das Zimmer zu reinigen, wenn Frau Galinski außer Haus ging, und die Hundehaare im Zimmer 6 waren für Bogdana eine Herausforderung geworden, der sie sich jeden Tag aufs Neue stellte. Und zwar sehr gern. Denn der kleine, süße Schatz, von dem die Haare stammten, sollte so lang wie möglich hierbleiben dürfen. Es war einfach zu schön, sein seidiges Fell zu kraulen, in seine lieben Knopfäuglein zu schauen und ihm ein heimlich aus der Küche mitgebrachtes Eckchen Leberwurst zu überreichen. Dann sprang er an ihr hoch und fiepte, wackelte mit dem flauschigen Schwänzchen, leckte zart ihre Finger und war ihr bester Freund. Denn so ein bisschen was fürs Herz, das fehlte Bogdana manchmal schon auf dieser Insel. Ihren Mann Boris sah sie nur in den Wintermonaten, wenn das Hotel geschlossen war und sie für einige Wochen nach Polen fuhr. Boris war ein guter Mann, aber nicht zum Schmusen geeignet, auch wenn er so viele Haare auf der Brust hatte, dass mancher Hund neidisch werden könnte. Aber Boris war Maurer. Da wurde nicht gestreichelt. Nicht lieb geguckt. Erst recht nicht gefiept. Schade, dass Pepsi nicht für immer hierbleiben durfte.

Bogdana klopfte an die Tür. «Zimmerservice.» Als auch nach dem zweiten Klopfen keine Antwort kam – wenig überraschend, denn sie hatte Frau Galinski und Pepsi vor einiger Zeit schon Richtung Dorf spazieren sehen und eigentlich nur geklopft, weil es sich so gehörte –, schloss sie auf.

Man lernte die Menschen, deren Zimmer man putzte, gut kennen, ob man wollte oder nicht. Es gab welche, die sich ganz locker gaben, aber ihre Unterwäsche in luftdichte Plastikdosen verpackt in den Schrank legten. Oder die Sorte, die geschnürt und gestriegelt im Speisesaal tafelten, aber oben im Zimmer ein heilloses Chaos hinterließen, mit Socken neben der Toilette und längst vergessenem Reiseproviant in der Nachttischschublade. Aus Frau Galinskis Zimmer wurde man jedoch nicht schlau. Sie las Hundezeitschriften und Bücher über das Wiederfinden der Seele als Frau über fünfzig – es hatte lange gedauert, bis Bogdana den Titel auf dem Cover überhaupt ins Polnische übersetzt hatte, und auch dann erschloss sich ihr der Sinn nicht so ganz. Frau Galinski benötigte Pillen zum Einschlafen, dafür verzichtete sie weitestgehend auf Kosmetikartikel. Nur eine Feuchtigkeitscreme, eine Zahnpasta und ein Kräuter-Duschzeug für Haut und Haare. Dagegen besaß Pepsi drei verschiedene Shampoos, ein Hundezahngel, Augensalbe,

Flohpuder und ein Döschen, in dem Halsbänder nach Farben sortiert waren, zudem drei Bürsten und zwei Kämme. Also, genau genommen verriet das Ganze dann natürlich schon etwas, nämlich dass Frau Galinski ihren Hund über alles liebte und verwöhnte, viel mehr als sich selbst. Bogdana räumte die Tuben und Tiegel zur Seite, wischte über Schränkchen und Waschtisch, dann ordnete sie wieder alles, links Frau Galinski, rechts der süße kleine Pepsi.

Sie tauschte die Handtücher, die auf dem Boden lagen, aus, wischte den Spiegel und putzte die Toilette, faltete das Klopapier und legte eine neue Ersatzrolle auf den Fenstersims. Da die Dusche heute unbenutzt war, hatte sie das Bad schnell geschafft und machte im Schlafzimmer weiter.

Zum Glück schlief der Hund nicht im Bett, das wäre vielleicht doch zu viel des Guten gewesen. Bogdana konnte verstehen, dass im Haus eigentlich keine Tiere geduldet waren, denn wenn man erst einmal damit anfing, rannten die Hundebesitzer einem die Bude ein. Die langen, blonden Haare eines Golden Retrievers waren hartnäckig, wenn man die wegputzen musste, war das kein Spaß, daran konnte Bogdana sich noch gut aus ihrer Zeit im *Hotel Bischoff* erinnern. Zudem waren nicht alle Vierbeiner wirklich stubenrein und nicht alle Herrchen und Frauchen regelmäßige Spaziergänger, eine gefährliche Kombination, selbst Essig und Pfefferminzöl hatten da nicht wirklich geholfen.

Aber Pepsi war gut erzogen. Und seine paar Haare konnte Bogdana mit ihrer Spezialwaffe, einem Gummi-Duschabzieher, relativ schnell vom kleinen Sofa entfernen. Den Rest schaffte der Staubsauger. Sie kurbelte das Kabel aus und wollte es gerade in die Dose neben der Tür stecken, da stieg ihr dieser seltsame Geruch in die Nase. Intensiv und eindeutig von dem dicken Mantel ausgehend, der am Garderobenhaken hing und den Frau Galinski in den letzten Tagen, als es noch deutlich kühler gewesen war, bei ihren Spaziergängen getragen hatte. Bogdana hielt ihre Nase in den dunkelblauen Wollstoff und sog die Luft ein. Kein Zweifel, ihr erster Eindruck war richtig gewesen.

In diesem Moment hörte Bogdana Schritte auf der Treppe, dem Gang nach müsste es Lucyna sein, die um diese Uhrzeit Mittagspause hatte und nicht immer zu ihrem Freund Ingo fuhr, sondern oft bis zur Restaurantöffnung am Abend bei Oma Maria blieb. Bogdana öffnete die Tür. «Psst, komm mal rein», flüsterte sie auf Polnisch.

Lucyna guckte verwundert und folgte der Einladung.

«Riech mal.»

Lucyna schnupperte kurz und verzog das Gesicht. «Rauch.»

«Und noch was anderes.»

Wieder bemühte Lucyna ihre Nase. «Benzin?»

«Terpentin.» Bogdana kannte den Gestank nur zu gut. Früher hatten sie mit diesem Zeug die Schuhe und Teppiche gereinigt. Am Strand lagen manchmal klebrige Teerklumpen im Spülsaum, die unachtsame Gäste dann an ihren Sohlen ins Zimmer trugen. Zum Glück hatte Bogdana einmal heimlich eine Kollegin beobachtet, wie diese dem Teer mit einem Spray zu Leibe rückte, das eigentlich zum Reinigen von Backöfen gedacht war. Natürlich hatten auch die anderen Zimmermädchen ihre Tricks und Kniffe, die sie für sich behielten. Bogdana war auch deshalb die beste Putzkraft der Insel, weil sie stets als Geheimagentin in Sachen Putztricks unterwegs war.

Lucyna war schon immer etwas forscher gewesen als der Rest der Familie, und jetzt griff sie beherzt in die fremde Manteltasche, um ein paar Plastikbeutel herauszuziehen, die wahrscheinlich zum Einsammeln von Pepsis Hinterlassenschaften gedacht waren. Doch in einem davon war ein feuchtes, extrem nach Terpentin stinkendes Tuch verpackt. «Warum schleppt die Frau so etwas mit sich herum?»

Bogdana und Lucyna schauten sich an. Sie waren Mutter und Tochter und dachten oft dasselbe. «Ob Frau Galinski ...»

«Das Feuer? Aber warum sollte sie?»

Bogdana zog die Schultern hoch. Auch sie wünschte sich eine andere Erklärung, denn sie mochte Pepsi sehr, also wollte sie sein Frauchen nicht einfach beschuldigen, eine Brandstifterin zu sein. Aber Anna hatte alles haarklein berichtet: Derjenige, der für den Brand im Strandkorb verantwortlich war, hatte höchstwahrscheinlich Terpentin als Brandbeschleuniger benutzt. Das Feuer war am Abend von Frau Galinskis Anreisetag gelegt worden. Und hatte sie sich nicht bei Bogdana erkundigt, wo denn wohl der Hundestrand zu finden sei? Ganz sicher hatte Frau Galinski dabei den dunkelblauen Mantel getragen.

«Vielleicht sollten wir die Frau im Auge behalten. Ein bisschen seltsam ist sie ja schon ...» Einerseits war Bogdana keine Detektivin. Wollte sie gar nicht sein. Höchstens, wenn es um effektive Putzmethoden der Konkurrenz ging. Andererseits ... «Es wurden zweitausend Euro Belohnung ausgesetzt. Zweitausend Euro, Lucyna, überleg doch mal!»

Lucyna überlegte. Dann schüttelte sie den Kopf. «Unsinn. Wir sollten uns da besser nicht einmischen. Du weißt, Bischoff ist der Brandmeister, und mit dem will ich nie wieder etwas zu tun haben. Auch nicht für eine Million Euro.»

«Und eigentlich glaube ich, wer einen so lieben Hund hat, kann kein Unmensch sein.»

Lucyna lächelte. «Genau.»

Vielleicht hatte ihre Tochter recht, und Bogdana verrannte sich da in etwas. «Aber wenn du wieder etwas Seltsames bemerkst ...»

«... dann sag ich dir Bescheid.» Lucyna öffnete die Tür nach draußen. «Schon allein wegen der Belohnung. Von den zweitausend Euro könnten wir schließlich Urlaub unter Palmen machen oder uns in Polen ein neues Auto kaufen ...»

«Eben.» Bogdana seufzte. «Aber vorher muss ich auf jeden Fall noch diesen Fettfleck im Flur entfernen.»

Es gab lässigere Erinnerungen als die an Konrads Spezialkleber, doch man konnte sich ja leider nicht aussuchen, woran man in bestimmten Situationen dachte. An die hundert Autos hatte er geknackt, aber jetzt, als wäre er zehn, üble Visionen aus *Pippi außer Rand und Band*. Ihm war nämlich, als hätte er Konrads schleimig-grünen Spezialkleber unter den Füßen, mit dem man zwar Wände hinaufklettern konnte, aber nur mühsam vorankam.

Sie hatten die Räder in den Ständer neben dem blau-weißen Schild mit dem Polizeistern abgestellt, und genau ab dem Moment wurden Lasses Schritte voll langsam. Er hatte so was von keinen Bock, jetzt bei dem Bullen anzutanzen. Diese Jannike, tja, was sollte er von der halten? Sie erinnerte ihn an Senta, die Freundin seiner Mutter, die war auch immer so – positiv ausgedrückt – energiegeladen. *Anzeige wegen Nötigung und Verleumdung*, das klang so was von schwachsinnig, warum ließ er sich da überhaupt hinschleifen? Echt, er machte normalerweise einen weiten Bogen um jeden Ordnungshüter. In Köln hatte er oft genug mit denen zu tun gehabt. Immer diese Mischung aus Verständnis und Machtgehabe: «Ja, wir wissen, ihr jungen Leute habt es nicht leicht heutzutage, so eine Langeweile, so wenig Geld, Frust in der Schule. Aber Pech gehabt, trotzdem nehme ich dich jetzt mit, stecke dich in eine kleine Zelle und rufe deine Mutter erst in drei Stunden an.» Ernsthaft, Lasse hasste Polizeistationen. Auch wenn sie, wie diese hier, völlig harmlos aussahen, mit Rüschengardinen in den Fenstern und einem Vorgarten, in dem zwischen lila Blumen ein ermordeter Gartenzwerg lag, haha, sehr witzig.

Es ging ja nicht nur um die Bullerei. Nein, der Sheriff war auch noch der Vater von Insa. Wie peinlich war das denn. Schon vorhin dieser Zoff an der Schule, den Insa voll mitgekriegt hatte, die musste wer weiß was von ihm denken. Er konnte drauf verzichten, jetzt auch noch ihrem Erzeuger gegenüberzustehen. «*Hallo, Herr …*» Ach, Lasse kannte Insas Familiennamen gar nicht. «*… Herr Sowieso, ich steh auf Ihre Tochter und außerdem im Verdacht, die Insel in die Luft jagen zu wollen.*» Da wäre es noch nicht mal von Vorteil, wenn er, keine Ahnung, Pralinen dabei hätte. Der Mann würde ihn auf jeden Fall hassen.

Aber Jannike gab natürlich nicht nach. «Hey, dass der Bischoff dich vor der ganzen Inselbevölkerung als Brandstifter diffamiert, geht gar nicht. Dagegen müssen wir uns wehren.»

«Ich nicht.»

«Den Ruf wirst du nie wieder los. Dann kannst du gleich die Koffer packen.»

Wogegen er ja im Prinzip überhaupt nichts einzuwenden hätte. Zumindest, sobald das Inselduell vorbei war, denn da hatte er jetzt so viel Power reingesteckt, das ganze Training jeden Tag, auch mit so Flachpfeifen wie diesem Fridjof, der beim Schwimmen dasselbe Talent zeigte wie eine Scheibe

Toastbrot mit Nutella, aber egal, denn jetzt war Lasse dabei und wollte den Scheiß auch gewinnen. So viel Kohle für die *Sprottengrotte*, eine neue Wasserrutsche wäre nicht schlecht, der Laden war ja sonst nicht wirklich spannend. Das Wissen, dass er, Lasse Butt, auch ein bisschen dafür verantwortlich war, ob man das Preisgeld kassieren konnte oder nicht, fühlte sich gut an. Und wegen Insa, okay, wegen ihr würde er auch lieber noch etwas bleiben. Er hatte nämlich den Eindruck, dass sie auf ihn stand. Die Idee, sie von der Schule abzuholen, war jedenfalls von ihr gekommen. Und dass Insa inzwischen jeden Tag zum Schwimmtraining erschien, wertete Lasse natürlich auch als ziemlich gutes Zeichen. Doch vielleicht hatte sich das inzwischen geändert? Ein Mädchen wie Insa konnte sich die Kerle aussuchen, warum sollte sie einen nehmen, der in seinem verkorksten Lebenslauf fünf verschiedene Schulen, aber keinen vernünftigen Abschluss stehen hatte? Von seiner Polizeiakte ganz zu schweigen.

«Klingel du», forderte Jannike mit diesem Grinsen, das ihm wohl Mut machen sollte. «Es steht ja zum Glück noch kein weiteres Rad vor der Tür, also war Bischoffs Drohung, hier aufzukreuzen, doch nur heiße Luft.»

«Oder er braucht mit seinem fetten Hintern einfach deutlich länger.»

Jannike lachte über den Witz. Okay, sie war vielleicht ein bisschen nervig, aber im Großen und Ganzen in Ordnung. Nils Boomgarden hatte auch schon von Jannike geschwärmt, neulich, bei ihrer gemeinsamen Zigarettenpause, da hatte er gesagt, die Frau sei etwas ganz Besonderes. Vielleicht kein Ass im Schwimmen, aber ansonsten das Beste, was auf dieser Insel herumlief. Na ja, vielleicht in der Altersklasse vierzig plus, keine Ahnung. Man musste wohl mit einrechnen, dass Nils den ganzen Tag wurstige Seniorinnen mit bunten Badekappen präsentiert bekam. Im Kontrast dazu war Jannike natürlich das Filet.

Das Klingeln hatte den Inselsheriff anscheinend beim Mittagessen gestört, denn im Flur roch es nach Linseneintopf, und der kleine, glatzköpfige Beamte wischte sich mit einer Papierservierte über die Mundwinkel, während er Jannike in sein Büro führte. Lasse schlurfte hinterher, im Konrad-Spezialkleber-Tempo.

Der Raum war so klein und eng, dass man zu dritt gerade mal Platz darin fand. Hier fühlte man sich zumindest schon mal nicht ganz so unbehaglich wie in Köln. Statt Fahndungsplakaten oder ekelhaften Bildern von Crystal-Meth-Junkies gab es ein buntes Poster, auf dem eine glückliche Vater-Mutter-Kind-Familie für Fahrradhelme warb. In den Regalen standen kaum Akten, dafür Pokale und Urkunden, die der Bulle anscheinend mal irgendwo gewonnen hatte. Lasse ging näher ran, Bernd Vollmer hieß er also, und er hatte bei den Darts-Turnieren in der *Schaluppe* laut den Gravuren dauernd den ersten oder zweiten Platz belegt. Sollte Lasse jetzt etwa gratulieren?

«Tut uns leid, wenn wir Sie ausgerechnet in der Mittagszeit überfallen», sagte Jannike.

«Daran hab ich mich gewöhnt», winkte Vollmer ab. «Bin sowieso im Dauereinsatz. Im Rest der Republik haben die eine Extraabteilung für so was, Kriminaldauerdienst, gibt bestimmt auch schon eine Fernsehserie, die sich so nennt. Aber ich bin hier auf der Insel alles auf einmal: Sitte, Drogendezernat, Verkehrspolizist und manchmal auch Seelsorger.» Er setzte sich auf seinen Drehstuhl, zog einen Papierblock heran und schnappte sich einen Kuli, dann blickte er Jannike und Lasse aufmunternd an. «Also, worum geht's?»

«Gerd Bischoff», antwortete Jannike. Irgendwie schienen die beiden die Sache unter sich klarzumachen, was Lasse eigentlich ganz recht war.

«Ach, der Gerd. Was ist mit ihm?»

Scheiße, schon am Tonfall erkannte Lasse, dass die beiden gut miteinander konnten, irgendwie klang dieses «Ach, der Gerd» nach Kumpel, nach vielen gemeinsamen Bierchen im *Störtebeker* oder beim Darts-Turnier in der *Schaluppe*. Die Insel war einfach zu klein, jeder kannte jeden, es wäre überhaupt kein Wunder, wenn Polizist und Gemeindebrandmeister vielleicht sogar *Best Friends* waren.

«Herr Bischoff hat heute ein bisschen über die Stränge geschlagen, im wahrsten Sinne des Wortes.»

Natürlich guckte Jannike ihn jetzt auffordernd an, aber Lasse sagte nichts. Das war ihm zu ungemütlich, wenn Bischoff und der Bulle dicke miteinander waren. Unter Kumpels war man nun mal loyal. Lasse wusste, wovon er sprach. Er hätte seine Leute in Hürth auch verpfeifen können. Das hätte ihm einiges erspart. Diese Insel zum Beispiel. Aber er hatte die Klappe gehalten, keinen verraten, da konnten die ihn noch so auseinandernehmen.

«Was genau hat er dir denn getan?», fragte Vollmer und schaute ihn ebenfalls an. Wirkte weder ungeduldig noch neugierig. Und sah blöderweise auch noch ein bisschen so aus wie Insa. Also nicht die Glatze natürlich oder die Bartstoppeln, klar, aber die dunkelbraunen Augen und die schmalen Lippen, die von Natur aus so rot waren, dass sie wie geschminkt wirkten, was bei Insa natürlich viel besser aussah als bei ihrem Vater. Vor allem aber die fragend nach oben gezogenen Augenbrauen, die wellenartige Stirnfalten warfen, waren anscheinend familiär bedingt. «Und?»

Lasse sagte nichts. Damit seine Schultern nicht so blöd nach unten hingen, verschränkte er lieber die Arme.

«Geht es um die Brände?», fragte der Bulle und lehnte sich mit ebenfalls verschränkten Armen zurück. Das hatte Lasse schon mal in irgend so einer Actionserie gesehen, dass die Cops immer dieselbe Körperhaltung einnahmen wie die Verdächtigen, von wegen Spiegelung und so, Beeinflussung des Unterbewusstseins, keine Ahnung, Lasse fiel auf so was jedenfalls nicht herein. «Die Meldung vom Feuer in der Schule ist natürlich bereits bei mir angekommen. Einmal offiziell, einmal aus dem Mund meiner Tochter Insa, die gerade Unterrichtsschluss hatte und mir eben beim Mittagessen erzählt hat, was passiert ist. Ich will gleich zur Dünenschule und mir den Schaden mit eigenen Augen ansehen.»

Jannike seufzte. «Herr Bischoff ist der Meinung, in Lasse den Brandstifter gefunden zu haben. Und statt den Verdacht diskret zu handhaben, hat er den Pflegesohn meines Kollegen dermaßen öffentlich beschuldigt, ihn behandelt wie einen überführten Schwerverbrecher ...»

«Wer behauptet das?», unterbrach der Bulle.

«Lasse.» Jannike holte Luft. «Wir überlegen, Bischoff anzuzeigen.»

Vollmer klackerte mit dem Kugelschreiber auf dem Notizzettel herum, Mine rein, Mine raus, Mine rein – ziemlich nervig. «Gibt es Zeugen?»

Lasse hielt die Luft an. Bitte nicht, flehte er stumm, bitte, Jannike, sag jetzt nichts von Insa. Wenn die auch noch in die Sache mit reingezogen wurde, dann wären seine Chancen, jemals bei ihr zu landen, unterirdisch, so viel stand fest. Mist, er hätte gar nicht erst herkommen sollen. Doch Jannike hielt sich zum Glück zurück.

Der Bulle grinste schief und gab sich selbst die Antwort. «Klar gibt es Zeugen. Auf einer kleinen Insel hat ja immer irgendwer irgendwas mitgekriegt, oder?» Er stand auf und öffnete die Tür, die zwischen den Pokalregalen nach hinten führte. «Insa, kommst du mal?»

Scheiße! Das war der Super-GAU. Schlimmer konnte es nicht kommen. Lasses Gesicht glühte, weil das Blut in seinem Schädel so heftig zirkulierte. Er musste aussehen wie eine dieser Leuchttonnen im Wattenmeer, die knallroten natürlich.

«Was ist denn?», schallte Insas Antwort maximal gelangweilt durch den Flur. Insa war echt 'ne tolle Frau.

«Besuch für dich!»

O nein. Lustlose Schritte kamen näher, dann stand Insa im Türrahmen, starrte ihn an, als wäre er bewaffnet, wischte sich eine rote Haarsträhne aus dem Gesicht und sagte «Hi!»

«Willst du unsere Gäste nicht mal anständig begrüßen», schlug ihr Vater vor.

Insa schlurfte herein und gab Jannike die Hand. «Hallo. Wie geht's?»

«Muskelkater in den Schultern!», antwortete Jannike und stellte klar: «Wir kennen uns nämlich vom Schwimmtraining. Lasse trainiert Ihre Tochter, wussten Sie das?»

«So, tut er das?», sagte Vollmer unbeeindruckt und wandte sich dann direkt an Lasse, ein undefinierbares Grinsen im Gesicht. «Und was hast du heute bei der Schule gesucht?»

Lasses Lippen blieben verschlossen. Die konnten ihn mal. Auch Jannikes eindringlicher Blick änderte daran wenig. Und dass Insa nichts zur Aufklärung beitrug, war ihm egal.

«Erzähl doch mal: Du stehst da rum, wartest auf deine Schwimmschülerin …»

«Papa!», sagte Insa.

«Komisch ist das schon, denn soweit ich über deine Vorgeschichte informiert bin, hast du sonst die Nähe zu Bildungseinrichtungen eher vermieden. Und dann kommt Gerd Bischoff plötzlich an und macht dich zur Schnecke. Einfach so, ohne Grund ...»

Lasse überlegte, mit den Schultern zu zucken, ließ es aber bleiben. Alles, was er hier tat, könnte ein Fehler sein.

«Wenn du nichts sagst, wird das schwierig mit der Anzeige, Freundchen!»

Freundchen? Er hielt das echt nicht länger aus. Alles erinnerte ihn an Köln und die Verhöre, an den Druck von seinen Kumpels, die Angst vor Rollo ... Zum ersten Mal wurde ihm bewusst, dass er diesen ganzen Mist überhaupt nicht vermisste. Dass die Ruhe und der Frieden auf der Insel bei aller Langeweile auch etwas Gutes hatten. Und er sich diesen Stress nicht länger antun wollte. Also stand er auf.

«Wohin willst du?», fragte Jannike.

«Steckt euch eure Anzeige sonst wohin. Ich muss jetzt zur Arbeit. Bin sowieso schon zu spät.» Und dann haute er ab. Knallte die Haustür zu. Schloss sein Fahrrad auf. Fuhr los Richtung *Sprottengrotte*. Und versuchte die ganze Zeit, sich die Gesichter im Polizeirevier vorzustellen. Jannike stand der Mund bestimmt jetzt noch offen. Superhauptkommissar Vollmer rieb sich wahrscheinlich die Hände und freute sich mächtig über einen neuen Lieblingsverdächtigen. Und Insa? Keine Ahnung. Es war schon irgendwie klar, was die jetzt alle dachten: Wenn der flüchtet, hat er Dreck am Stecken. Sonst wäre der geblieben, hätte sich den Vorwürfen gestellt wie ein ganzer Kerl und dann zum Abschluss noch völlig souverän eine Anzeige gegen einen der wichtigsten Männer der Insel zu Protokoll gegeben. Als wäre das alles so einfach.

Zum Glück war Nils nicht wirklich sauer, auch wenn Lasse eine satte Stunde zu spät gekommen war. Er hatte sich die halblange Frisur mit einem Haargummi zurückgebunden, stand in der kleinen Personalküche und schnippelte Obst in mundgerechte Stücke, was eigentlich Lasses Aufgabe gewesen wäre. Die Bananen-, Apfel- und Orangenscheiben sollten später den frisch durchgeschwitzten Saunagästen gereicht werden. Heute war *Relaxtag* in der *Sprottengrotte*, und zu jeder Eintrittskarte gab es noch irgend so eine Sanddorncreme gratis und einen Hagebuttentee aufs Haus. Entsprechend viel war los. Und es war abgemacht, dass Lasse heute das erste Mal bei den Aufgüssen mithelfen sollte. Dem großen Saunameister Nils über die Schulter schauen, wenn er jede volle Stunde bei über neunzig Grad und oben ohne einen Ritualtanz aufführte. Vorhin hatte Lasse noch richtig Bock drauf gehabt. Jetzt nicht mehr.

«Was war denn los?»

«Ärger.» Lasse zog seine Kapuzenjacke aus, darunter trug er sein atmungsaktives Bademeisteroutfit, nicht wirklich hip, aber plötzlich fühlte er sich wohl darin, war froh, wieder hier zu sein, was zu tun zu haben, auch wenn auf seiner Brust etwas so Albernes wie I LOVE SPROTTENGROTTE geschrieben stand.

Nils bot ihm einen halben Apfel an. «Du musst hungrig sein. Zum Mittagessen bist du ja wohl auch nicht erschienen. Danni hat ganz besorgt hier angerufen.»

Tatsächlich, erst jetzt merkte Lasse, wie leer sein Magen und wie trocken sein Mund war. Also nahm er die Vitamine, auch wenn er eigentlich grundsätzlich kein Obst aß. «Ich erzähl's dir später. Vielleicht.»

Das reichte Nils zum Glück. Eine Eigenschaft, die Lasse an seinem Chef zu schätzen wusste: Der nervte nicht! Nachdem beide Shorts und Badelatschen angezogen hatten, gingen sie die Treppe rauf, denn die Sauna lag im ersten Stock. Die Luft dort war dunstig, und sie wurden von den splitterfasernackten Leuten begrüßt wie wahre Helden, die im Begriff waren, mal eben die Welt zu retten. Lasse war noch nie selbst in der Sauna gewesen. Seine Mutter und Senta gingen regelmäßig, aber dann immer nur für Frauen. Es gab eigentlich keinen vernünftigen Grund, so etwas freiwillig zu machen. Hitze, Enge, fremde Körper ohne Klamotten, und die Tür durfte nicht geöffnet werden – Horror!

Nils drückte ihm einen Holzbottich in die Hand. «Dreiviertel mit Wasser füllen, dann zehn Tropfen Aroma drauf.»

«Und welches?»

«Entscheide du», sagte Nils und zeigte auf die Reihe dunkelbrauner Fläschchen, die in Augenhöhe im Regal standen.

«Keine Ahnung», sagte Lasse und schaute sich um, erblickte jede Menge entblößte Haut und, als er vor lauter Peinlichkeit den Kopf gesenkt hatte, weiter unten ein Sammelsurium von Flipflops auf den nassen Fliesen. «Was ist mit *Latschenkiefer*?»

«Total out», sagte Nils. «Die Fläschchen gibt es nur immer gratis dazu, wenn du ein Aromaset bestellst. Manchmal auch *Fichtennadel* oder *Harzige Tanne*. Alles Restposten, glaub ich. Will kein Mensch mehr, noch nicht einmal die Senioren da drinnen.»

«Soll aber aufmuntern. Steht auf der Flasche.»

«Die sind munter genug.» Nils grinste. «Komm, nimm einfach irgendeine, wir haben schon eine Minute nach, und die Leute warten.»

Also griff Lasse ins Regal, zog blind eine Flasche heraus und hatte ausgerechnet *Orientalische Lust* erwischt, was vor seinem innerem Auge Bilder aufleben ließ, die keiner gern sehen wollte. Schließlich waren die Männer und Frauen da auf den Holzbänken entweder fett oder klapperdürr, beides unpraktisch beim Kamasutra, denn darauf spielte dieses Saunaöl doch bestimmt an, oder?

Nils zog sich das T-Shirt aus. «Solltest du auch tun. Wird verdammt heiß da drin.» Doch Lasse wollte nicht. Dann lieber schwitzen als oben ohne. Neben seinem durchtrainierten Chef würde er aussehen wie ein Hering. Nils drückte ihm zwei Laken in den Arm, rührte mit einem Holzlöffel die *Orientalische-Lust*-Suppe noch mal durch und nahm den Bottich. «Auf geht's!»

Sie öffneten die Tür zur finnischen Sauna. Alle Plätze waren besetzt, und ihre Ankunft wurde erneut mit großem Hallo gefeiert. Lasse fächelte noch etwas Frischluft in den nach heißem Holz riechenden Raum, dann wurde das *Aufguss*-Schild umgedreht und die Tür geschlossen. Mann, war das heiß hier!

Die Sauna war vor zwei Jahren modernisiert und mit einem Panoramafenster ausgestattet worden, das den Gästen eine ziemlich geile Aussicht auf das Wattenmeer und den Segelhafen bot. Es war Ebbe, der freigelegte Meeresboden glänzte so nass wie die Oberkörper der Saunabesucher. Lasse wurde ein bisschen schwummerig.

«Willkommen zum Aufguss», sagte Nils. Sein buddhistisches *Ewige-Liebe*-Tattoo spannte sich, als er den Wasserbottich auf die Umrandung des Saunaofens stellte. «Lasse, unser neuer Azubi in der *Sprottengrotte*, ist heute das erste Mal dabei. Falls er umkippt, bitte ich Sie, ihn zur Abkühlung direkt ins Tauchbecken zu tragen.» Die Leute lachten. Über ihn? Mit ihm? Einfach nur so? Das war schwer zu unterscheiden, denn dass sie alle da saßen, wie von Gott oder sonst wem geschaffen, irritierte Lasse dermaßen, er war tatsächlich außer Gefecht gesetzt. Riesige Brüste, winzige Brüste, pralle und schlaffe, helle und dunkle, mit und ohne Piercings, männlich und weiblich. Also starrte er lieber auf den Boden.

«Lasse hat sich spontan für *Orientalische Lust* entschieden. Sinnliche Aromen von Zimt, Kardamom und Mandarine. Wir können nur ahnen, warum dieser Duft seine erste Wahl gewesen ist.» Wieder ein paar Lacher. Nils schöpfte drei Kellen Wasser auf die heißen Steine, es zischte und dampfte, ein harmloser Geruch, der eigentlich mehr an Weihnachtsgebäck erinnerte als an Kamasutra, breitete sich zur Decke hin aus und wurde von Nils mit lassogeschwungenem Handtuch im Raum verteilt. Die Leute seufzten. Lasse versuchte zu überleben, presste die heiße Luft in seine Lungen, während Nils weitermachte. Erneut goss er Wasser auf den Ofen, schlug mit dem Handtuch Hitzewellen durch die Sauna, dass es weh tat, doch niemand beschwerte sich. Was, wenn diese Arbeit tatsächlich Lasses Zukunft war? Wellengang, Thalassoschlamm, Saunahitze und ab und zu ein im Drehkreuz verkeiltes Kleinkind. Nun, es war nicht das Schlechteste. Denn diese Viertelstunde in der Polizeistation hatte ihm mehr als deutlich gemacht: Sein altes Leben wollte er ganz bestimmt nicht zurück. Das hatte er so was von satt.

Okay, er war kein Unschuldslamm. Viele Dinge, die man ihm vorwarf, hatte er auch tatsächlich verbockt. Der Liegeradfahrer zum Beispiel, den er bei seiner letzten Tour mit dem Mercedes SLK in Hürth-Knapsack aus der Kurve gedrängt hatte, der hätte auch tot sein können. Toll war das nicht. Nein, es war außerdem auch anstrengend. Immer schauten die Menschen einen an, als hätten sie Angst. Oder sie hatten Verachtung im Blick, Überheblichkeit. Davon hatte er die Schnauze gestrichen voll.

Eigentlich war es doch auch ganz lustig, vor schwitzenden Nacktfröschen einen Affenzirkus mit dem Frotteetuch zu veranstalten. Nils knallte das Laken nur wenige Zentimeter vor den Nasen der Anwesenden auf und nieder, und die Leute schauten zu ihm hoch wie zu einem Künstler auf der Bühne. Bewundernd und dankbar. Das war echt was anderes. So wollte Lasse auch mal angeschaut werden.

Nils entleerte den Holzbottich nun ganz. Ein Dampfpilz quoll zur Decke. Vielleicht doch ein bisschen Kamasutra, fand Lasse jetzt. Hoffentlich konnte er gleich an die frische Luft. Auch die Saunabesucher guckten inzwischen ziemlich ausgelaugt.

Besonders der eine da, auf der oberen Bank, direkt neben dem Ofen. Der sah aus, als hätte man bei ihm ein bisschen zu viel Luft abgelassen. Der sah aus wie ... Lasse stockte.

Dann wurde ihm noch heißer als heiß. Und die Luft kam ihm noch dicker als dick vor. Er wusste, es gab nichts Uncooleres, als während des Aufgusses die Sauna zu verlassen, da müsste er sich gleich von Nils ganz schön was anhören. Ein hundertprozentiges No-Go! Trotzdem stürzte er zur Tür, stieß sie auf, flüchtete nach draußen. Und am liebsten wäre er jetzt bis ans verdammte Ende der Welt gerannt.

Denn, kein Zweifel, da hinten auf der oberen Bank direkt neben dem Saunaofen saß niemand anderes als Rollo. Schrottplatz-Rollo. Nackt. Und ganz bestimmt nicht zufällig.

Zweimal Piroggen für Tisch 3!», rief Lucyna, streckte sich durch die Durchreiche und klebte den Zettel, auf dem die Bestellung notiert war, neben die vielen anderen kleinen Blättchen an die Metallschiene. Das System mit den gelben Post-it-Zetteln hatte sich bewährt. Lucyna, die die Wünsche der Gäste im Speisesaal entgegennahm, pappte die Order immer ganz links. Dort wurde sie von Mattheusz gelesen, ausgeführt und weiter nach rechts verschoben. Sobald die Teller dann fertig waren und für Lucyna zur Abholung bereitgestellt wurden – das war Jannikes Job –, landeten die Notizzettel im Papierkorb. So kam man nicht durcheinander. Meistens jedenfalls.

«Welche Füllung?», rief Mattheusz.

«Nordseekrabben.» Und schon war Lucyna wieder im Gastraum verschwunden.

Heute herrschte Hektik. Viel los war ja eigentlich immer im *Roten Hering*, doch irgendwie schien die halbe Insel beschlossen zu haben, ausgerechnet an diesem Abend im Restaurant des kleinen Hotels zu speisen. Wahrscheinlich war das schöne Septemberwetter dafür verantwortlich, draußen ging kaum Wind, und ein glutroter Sonnenuntergang beschien den langen Weg vom Dorf zum Leuchtturm. Entsprechend war jeder Tisch besetzt, und neben der Rezeption wartete noch ein weiteres Paar auf einen freien Platz. Danni hatte sich jedoch wegen der Sache mit Lasse für heute abgemeldet, und Jannike musste zusätzlich zur Kontrolle der ein- und ausgehenden Bestellungen nun auch noch gemeinsam mit Lucyna seinen Dienst am Tresen übernehmen, was die sonst so reibungslosen Abläufe im Service ins Stocken brachte.

Besonders wenn die Gäste einen ungewöhnlichen Wein orderten, so wie gerade eben. Dann musste Jannike nach unten gehen, um die gewünschte Flasche aus dem Keller zu holen. Währenddessen fehlte sie an der Durchreiche, die Speisen gingen in der verkehrten Reihenfolge raus oder kamen an den falschen Tisch.

Jetzt stimmte anscheinend schon wieder etwas nicht, denn Lucyna kam im Stechschritt auf sie zu. «Leute, was ist mit dem Borschtsch für Tisch 8? Die meckern schon.»

Mattheusz nickte und hob den Deckel vom großen Topf. Dichter Dampf stieg in sein Gesicht, und die dunkelblonden Locken, die unter der Kochmütze hervorlugten, kringelten sich. Er wich zurück, dann befüllte er die bereitgestellten Teller mit der sämigen, pinkfarbenen Flüssigkeit – der köstliche Duft von Dill und geschmorten Zwiebeln wehte bis zu Jannikes Nase – und stellte die beiden Portionen etwas zu hastig auf die Arbeitsplatte. Die Rote-Bete-Suppe schwappte über den Rand. Jannike wischte mit einer Papierserviette über das Porzellan. «Da fehlen noch Schmand und Petersilie!», erinnerte sie ihn.

Mattheusz reagierte sofort, dekorierte die Suppe entsprechend, kleckste etwas Sauerrahm in die Mitte und verwirbelte das Weiß dekorativ mit einer kleinen Gabel, als Krönung landete ein hübsches Kräuterästchen im Zentrum des Strudels. Sehr appetitlich. Und nebenbei schaffte Mattheusz es sogar noch, Jannike anzulächeln, bis er von Oma Maria zur Ordnung gerufen wurde.

«*Nygus*», schimpfte die Herrscherin der Küche, und Jannike hatte dieses Schimpfwort inzwischen so oft gehört, dass sie seine Bedeutung kannte: Faulpelz. Ja, Oma Maria mochte weit über siebzig sein, weißhaarig, schwerhörig, manchmal etwas schusselig und nicht viel größer als ein Kürbis – aber sie war eine knallharte Chefin. Und eine sagenhafte Köchin.

Wahrscheinlich wurde nirgendwo auf der Welt so gekocht wie im kleinen Inselhotel. *Piroggen mit Nordseekrabben* zum Beispiel, das war die neueste Erfindung von Oma Maria und ein echter Bestseller auf der Speisekarte. Zugegeben, die Gaumen der Nation hatten bei der Restauranteröffnung vor einem Jahr nicht gerade auf eine Kombination aus polnischer und friesischer Küche gewartet. Schließlich war der mitteleuropäische Feinschmecker eher an mediterrane oder asiatische Spezialitäten gewöhnt und konnte mit Gerichten wie *Schlesisches Himmelreich* oder *Auricher Speckendicken* erst einmal nichts anfangen. Jedenfalls bis er die Köstlichkeiten im *Roten Hering* probiert hatte. Dann war er nämlich auf ewig Oma Marias Kochkünsten verfallen und würde ohne Frage ihren Heringssalat auf frischem Roggenbrot einer noch so exotisch belegten Pizza vorziehen.

Die Arbeitsteilung in der Küche war von Oma Maria klar geregelt: Sie mischte die Zutaten zusammen! Sie schmeckte ab! Sie stand am Herd! Am Ofen! Eigentlich überall!

Und Mattheusz musste um sie herumtanzen, immer zur Stelle sein, alles vorbereiten, nachbereiten und von A nach B tragen. Sein Werkzeug war jedoch vor allem das Küchenmesser, mit dem er Berge von Gemüse, Kartoffeln, Brot und Fleisch in die von seiner Großmutter gewünschte Form brachte. Und wehe, er war nicht schnell genug.

Zum Glück waren Geduld und Gelassenheit die herausstechendsten Eigenschaften von Jannikes Liebstem. Zumindest in der Küche war das ein Vorteil. In der Beziehung vielleicht nicht so unbedingt, zumindest momentan übertrieb er es ihrer Ansicht nach ein bisschen mit der Langmut. Trotzdem, dieses kurze Lächeln eben, zwischen Zwiebelschneiden und Petersilienzweigdekorieren, das hatte gutgetan, und Jannike beschloss, diesem verflixten Tag noch eine Chance zu geben. Stand der Weißwein eigentlich noch oben im Kühlschrank?

Jannike zupfte den jetzt erledigten Bestellzettel mit den zwei Suppen für Tisch 8 von der Leiste, drehte ihn um, malte ein nicht zu kleines Herz auf die Rückseite und schrieb eine kurze, ganz persönliche Botschaft für Mattheusz. *Ich freu mich auf uns. J.* In ihren Fingern kribbelte es, ja, sie war tatsächlich aufgeregt. Fast wie frisch verknallt. Sie schob den Zettel über die Arbeitsplatte, dann würde Mattheusz ihn entdecken, wenn er die nächsten Teller brachte. Beinahe hätte sie sogar gekichert.

«Zwei Pils für die beiden Herren am Tresen!», rief Lucyna, und die Romantik war erst einmal verpufft, Jannike ging in den Schankraum, nahm zwei Gläser aus der Vitrine, spülte sie kurz mit kaltem Wasser aus und hielt eines davon schräg unter den Zapfhahn, dann das andere. Ein perfektes Bier war auch eine Kunst für sich, die Jannike erst hier im Hotel gelernt hatte. Nicht zu viel und nicht zu wenig Schaum, im richtigen Moment nachzapfen, zum Ende hin in kurzen, mehrfach hintereinander folgenden Schüben, damit die Krone richtig schön weiß und fluffig wurde – dann konnte der Gerstensaft serviert werden.

«Sieht gut aus, wie du das machst», sagte eine Stimme neben ihr, und Jannike hätte beinahe das Glas fallen lassen. In den letzten Tagen hatte sie genau diese Stimme genau diesen Satz schon mehrfach sagen hören, nur in einer völlig anderen Umgebung.

«Hallo, Nils!» Er saß ganz am anderen Ende des Tresens, deswegen hatte Jannike ihn bei all dem Stress wohl übersehen. Es war vielleicht das erste Mal, dass Jannike und der Schwimmmeister sich in voller Montur gegenüberstanden, sonst trug er lediglich ein T-Shirt oder sogar nur die Badeshorts. Seltsam, wenn man einen Menschen besser leicht bekleidet kannte, oben ohne und mit nackten Beinen, als in Jeans und weißem Hemd, so wie jetzt. Doch die Straßenkleidung stand ihm auch, musste Jannike zugeben. Dem Mann, der auf dem Barhocker neben Nils saß und erwartungsfroh lächelte, war sie jedoch noch nie begegnet.

«Wenn es mit deiner Schwimmerkarriere nichts wird, kannst du bestimmt als Werbe-Ikone bei der Brauerei einsteigen.» Nils zeigte auf seinen Sitznachbarn. «Das ist nämlich der Mann, der dafür zuständig ist: Dietmar Roberts, Marketingleiter bei *Nordlicht Pilsener.* Er ist hier, um mit mir die letzten Details zum großen Inselduell zu klären.»

Jannike stellte die Biere vor den beiden ab. «Hätte ich das gewusst, wäre mir wahrscheinlich vor Aufregung der Zapfhahn aus der Hand geflutscht.»

Der fremde Mann lachte, als wäre das der Witz des Tages gewesen. Jannike kannte das. Manche Menschen hatten ein ausgeprägtes Langzeitgedächtnis und konnten sich noch erinnern, dass sie in ihrem vorigen Leben – also in der Zeit ohne ihr geliebtes Inselhotel – als Sängerin und Moderatorin regelmäßig im Samstagabendprogramm der Öffentlich-Rechtlichen zu sehen gewesen war. Das sicherte Jannike einen kleinen Rest Promi-Status: *Ach ja, die Janni von damals, die war doch auch immer so schlagfertig in ihrer Sendung. Jeder Spruch ein Lacher. Aber älter ist sie geworden, nicht mehr ganz so weizenblond und außerdem vielleicht etwas runder um die Hüften, aber den Humor, ja, den hat sie sich doch bewahrt.* Es störte Jannike nicht besonders, eigentlich war sie sogar stolz auf ihre VIP-Vergangenheit. Dahin zurückkehren wollte sie aber niemals.

Sie reichten sich die Hand und wechselten direkt zum Du, das ging auf der Insel ohnehin deutlich schneller als im Rest der Republik. «Jannike!»

«Freut mich. Dietmar!» Der Bier-Werbefuzzi musterte Jannike von oben bis unten. «Nils hat erzählt, dass du nächste Woche mit von der Partie bist und bereits fleißig trainierst. Du bist seine Lieblingsschülerin, würde ich mal tippen.» Irgendwie drängte sich ihr der Verdacht auf, dass Nils über mehr als nur über das Schwimmtraining gesprochen hatte, denn die Begutachtung hatte noch eine andere Komponente, so etwas merkte man als Frau. «Außerdem soll die Siegerehrung ja hier am Leuchtturm sein. Da müssten wir auch noch einiges besprechen.»

«Jetzt ist es gerade etwas ungünstig, wie du siehst. Kurzfristiger Personalmangel.» Lucyna kam schon wieder mit einem Zettel vorbei, und drinnen rief Mattheusz, dass die Piroggen fertig waren. «Aber ich würde euch gern etwas zum Bier spendieren. Die Spezialität des Hauses: Heringssalat.»

Beide nickten zufrieden, und Jannike war froh, wieder in die Küche flüchten und sich mit der Zubereitung von zwei Stullen ablenken zu können. Diese Treffen mit Nils Boomgarden verwirrten sie. Es passte ihr nicht, dass er auf einmal da in ihrem Hotel saß und Bier bestellte, auch wenn daran nichts Verbotenes war, er natürlich nicht nur das Recht, sondern offensichtlich auch einen guten Grund dazu hatte. In knapp zwei Wochen fand das große Sport-Event statt, da war es tatsächlich an der Zeit, die Abschlussparty am Leuchtturm zu organisieren. Jannike fand ihn sympathisch, ziemlich attraktiv noch dazu.

Wenn Mattheusz nicht wäre, sähe die Sache vielleicht ganz anders aus, und sie würde sich geschmeichelt fühlen, dass ein Mann seines Kalibers sich an ihr interessiert zeigte. Aber Mattheusz war nun mal da, und das fühlte sich auch meistens ganz richtig an.

Außerdem hatte Mattheusz feine Antennen, das mochte Jannike besonders, dass ihm trotz Küchenstress nicht entging, wenn seine Liebste sich – so wie jetzt – irgendwie merkwürdig verhielt. Er ließ das Küchenmesser sinken und stellte sich neben sie. «Alles in Ordnung?»

Jannike seufzte und löffelte den Heringssalat auf das dick geschnittene, noch warme Roggenbrot, das sie bereits auf zwei kleine Teller gelegt hatte. «Viel zu tun.»

«Was hältst du davon, wenn wir beide heute den anderen das Aufräumen überlassen und uns einfach mal ein bisschen früher zurückziehen?»

«Davon halte ich eine ganze Menge.» Sie sah zu ihm auf, begegnete seinen Augen, küsste ihn auf die Nasenspitze. Bestimmt hatte er den Zettel gefunden und verstanden! Sie schaute sich um, ja, das kleine, gelbe Blättchen war nicht mehr da, wo sie es hingelegt hatte. Na also. Ihr Herz schlug schneller. Dann bemerkte sie Oma Maria, die wohl schon Luft holte, um ein paar polnische Sprichwörter über Taugenichtse herauszuschmettern. Zum Glück konnte Lucyna, die ebenfalls in die Küche gekommen war und die Situation voll im Blick hatte, der Großmutter gerade rechtzeitig beruhigend die Hand auf die Schulter legen und ihr etwas ins Ohr flüstern, was ein wissendes Grinsen auf das Gesicht der alten Frau zauberte.

Der Tag würde ein gutes Ende nehmen. Hoffentlich. Denn der Ärger mit Lasse heute Mittag hatte Jannike Zeit, Kraft und Nerven gekostet. Dass der Junge einfach aus der Polizeistation abgehauen war, hatte die Situation nicht gerade vereinfacht. Dabei waren sie auf einem guten Weg gewesen, fand Jannike, der Inselsheriff war ein wirklich feiner Kerl. Natürlich hatte er die Lage ausgenutzt, den Schwarm seiner pubertierenden Tochter ein bisschen zu foppen. Typisch Vater eben, gleichzeitig besorgt und gerührt, hatte er ein Kreuzverhör abgehalten, Fragen gestellt und Andeutungen gemacht, die Lasse aus der Reserve locken sollten. Solche Szenen spielten sich in jeder Familie ab, auch Jannikes Vater hatte damals ihrem ersten Freund auf den Zahn gefühlt, wortwörtlich sogar, denn er war Kieferorthopäde gewesen und hatte den armen Jungen tatsächlich zu einer sauteuren Zahnspange überredet. Väter mussten so etwas wohl tun, irgendwie aus evolutionstechnischen Gründen. Doch Lasse war leider komplett überfordert gewesen, vielleicht, weil er sich mit Vätern einfach nicht so gut auskannte.

«Ich dachte, wenn einer schon so oft mit uns Bullen zu tun hatte, dann kann der so was ab. Da hab ich mich wohl getäuscht.» Bernd Vollmer schien richtig enttäuscht gewesen zu sein, doch dann, nach einer kurzen Pause, hatte der Polizist noch hinzugefügt: «Spricht eigentlich für ihn.»

Seine Tochter Insa war feuerwehrrot geworden und hatte sich schnell in die Privaträume zurückgezogen.

«Ach, noch einmal so jung sein», hatte Jannike geseufzt und den Wunsch beinahe augenblicklich wieder zurückgenommen. Nein, es war anstrengend, 13 Jahre alt zu sein, noch anstrengender als 43. Und das war schließlich schon der Hammer.

«Glauben Sie denn, dass Lasse gezündelt hat?», wollte der Polizist schließlich wissen, nachdem er aus dem Nebenraum zwei Becher und eine Thermoskanne geholt und ihnen beiden Kaffee eingeschenkt hatte. Wäre die Lage nicht so prekär gewesen, man hätte glauben können, er gehe zum gemütlichen Teil des Gesprächs über.

«Lasse beteuert, das Feuer nicht gelegt zu haben, weder in der Schule noch am Strand. Und obwohl einiges dagegenspricht, verrät mir meine Intuition, dass er uns die Wahrheit erzählt.» Sie zögerte, man musste in einer kleinen Gemeinde sehr vorsichtig sein, was man von sich gab, doch dann fasste sie Mut: «Bei Gerd Bischoffs Version sagt mir mein Bauchgefühl etwas anderes.»

Vollmer grinste plötzlich und beugte sich vertraulich nach vorn. «Unter uns: Wenn dieser Lasse sich tatsächlich mit Gerd Bischoff anlegen will, kassiert er von mir einige Sympathiepunkte.»

«Warum?», fragte Jannike nach. Damit hatte sie nicht gerechnet.

«Sie erinnern sich noch an die Aktion mit dem Strandhafer? Den Bischoff heimlich nachts gestutzt hat, damit seine Gäste auf der Sonnenterrasse eine bessere Aussicht haben?»

Natürlich erinnerte Jannike sich daran. Das Thema war letztes Jahr hochgekocht und hatte Bischoff seinen Job als stellvertretender Bürgermeister gekostet. Wofür er von kaum einem Insulaner Mitleid erwarten durfte. «Wir haben ja damals versucht, ihn dranzukriegen. Immerhin hat er mit seiner illegalen Gärtnerei die Sicherheit unserer Insel gefährdet, nicht umsonst ist das Betreten der Dünen strengstens verboten.»

«Lassen Sie mich raten: Es ist nie zur Anklage gekommen, weil Bischoff sich mal wieder geschickt herausgewunden hat.»

Vollmer leerte den Rest Kaffee in einem Zug. «Deswegen hätte ich nicht übel Lust, den Kerl endlich mal dranzukriegen. Der kann nicht einfach einen Minderjährigen festnehmen, wie es ihm in den Kram passt. Wenn, dann wäre das mein Job.»

«Das sehe ich auch so.»

«Doch sollte Lasse als Belastungszeuge nicht zu Verfügung stehen, wird es schwierig, Frau Loog. Sie verstehen, dass ich meine Tochter Insa da nicht unbedingt in die Verantwortung nehmen will. Sie hat mir zwar von dem Vorfall berichtet, aber privat, am Mittagstisch. Das kann ich schlecht in die Akten nehmen.»

Das hatte Jannike natürlich eingeleuchtet, und schließlich einigte man sich darauf, dass Jannike noch mal mit Lasse reden sollte. Da Lasse bis acht arbeiten musste und Jannike seit sieben im Restaurant stand, hatte sich die Gelegenheit aber leider noch nicht ergeben.

Jannike legte noch jeweils zwei saure Gürkchen und einen Zweig Dill als Dekoration zu den Heringsstullen und drückte Lucyna die beiden Teller in die Hand. «Sei so lieb, und übernimm du das Servieren für die beiden Herren am Tresen.»

Sicher war sicher. Zu viel Herzklopfen an einem Tag war bestimmt nicht gesund. Außerdem fühlte Jannike eine unangenehme Müdigkeit, die sich so plötzlich über sie stülpte, dass sie sich kurz an der Tischkante festhalten musste. Was war nur los mit ihr? Sie schloss die Augen, öffnete sie wieder, ein Mini-Gewitter entlud sich mit gleißenden Blitzen rings um ihren Kopf.

Mattheusz kam glücklicherweise zu ihr geeilt, nahm sie in die Arme und hielt sie richtig schön fest. «Hey, Jannike, ich glaub, es reicht für heute», flüsterte er ihr zu, und seine Worte fühlten sich an wie kleine, kühle Schneeflocken, die aus ihrem Haar hinabrieselten, den Rücken entlang, über die Beine bis zu den Zehenspitzen. Sofort ging es ihr deutlich besser, wäre sie katholisch, würde sie Mattheusz jetzt beim Papst als Wunderheiler vorschlagen.

«Ist schon okay, ich …»

«Nichts ist okay. Du bist dermaßen blass um die Nase, dass der Schmand neben dir wie Schokoladenpudding aussieht.»

Inzwischen waren auch Oma Maria und Lucyna in Jannikes Blickfeld getreten und schauten sie mit besorgen Mienen an.

«Wir kriegen das auch ohne dich hin!», versicherte Lucyna. «Der schlimmste Ansturm ist sowieso geschafft.»

«Das war doch nur ein kleiner Schwindelanfall, ich könnte jetzt schon wieder …»

«Geh nach oben!», befahl Oma Maria streng. *«Kto zdrowia nie szanuje, ten na starość żałuje.»*

Jannike schaute fragend zu Mattheusz.

«Das bedeutet: Wer seine Gesundheit nicht achtet, der wird es im Alter bereuen», übersetzte er. «Und meine Oma weiß, wovon sie spricht, schau sie dir an: Sie hat immer gesund gelebt, gut gegessen und täglich genau ein Glas Wodka getrunken – deswegen ist sie mit über siebzig noch in der Lage, ein ganzes Heer zu kommandieren.»

Zu allem Überfluss spürte Jannike jetzt auch noch, dass ihr Tränen der Rührung in die Augen stiegen. War sie also nicht nur schlapp und zu nichts zu gebrauchen, sondern auch noch eine Heulsuse? Leicht schwankend verließ sie die Küche und war froh, als sie das Treppengeländer zu fassen kriegte. Langsam schlich sie nach oben. Eigentlich war dieser kurze Blackout kein Wunder: Sie war seit halb sieben auf den Beinen. Frühstück machen, Joggen, Rezeptionsdienst, Lasse retten, Küchenarbeit – und eine Herzensangelegenheit in die Wege leiten. Zudem trug sie die Anstrengungen der Hauptsaison noch wie einen mit Backsteinen bestückten Rucksack mit sich herum. Es war also nur eine Frage der Zeit, bis ihr Körper mal SOS. funkte.

Trotzdem war es Mist.

Sie schloss die Wohnungstür auf, streifte sich die Schuhe von den Füßen und stellte sie in die Ecke neben dem Spiegel, der, nebenbei bemerkt, ein wirklich unvorteilhaftes Bild von ihr zeigte. Mattheusz hatte nicht übertrieben, sie war blass und zudem ganz aufgequollen rund um die Augen. Komisch, bis eben hatte sie doch noch das Gefühl gehabt, ohne Probleme einen Marathon laufen zu können. Und jetzt sah sie aus, als hätte sie die 42,195 Kilometer bereits hinter sich.

Sie stellte das Handy auf lautlos, die Hose landete neben dem Bett – und Jannike darin. Kaum berührte ihr Gesicht das Kissen, wurde der Wunsch nach Schlaf übermächtig, hüllte sie ein wie eine Decke, gemütlich und warm, schützend und weich. Dass sie so k.o. gewesen war, hatte sie gar nicht …

Erst als Mattheusz sich an sie schmiegte, erwachte sie wieder.

«Sorry, ich wollte dich nicht wecken.» Seine Hand streichelte sanft über ihre Schulter.

Sie drehte sich zu ihm um. «Ich hab doch auf dich gewartet.»

«Quatsch, du hast geschlummert wie ein … Welches Tier sagt ihr in Deutschland immer?»

«Murmeltier.» Jannike richtete sich auf und versuchte, ihrem Liebsten trotz des Dämmerlichts in die Augen zu schauen. «Aber du weißt doch, dass ich mich auf dich gefreut habe.»

«Na ja, ich hab es geahnt. Und natürlich auch gehofft. Aber wissen …»

«Ich hab dir doch den Zettel hingelegt!»

«Welchen Zettel meinst du? Zwei Mal Piroggen für Tisch 3? Oder die Grünkohltarte für Tisch 7?» Er lachte und legte vorsichtig den Finger auf ihre Lippen. «Schluss jetzt, Chefin. Wir haben Feierabend. Und du musst dich schonen.»

«Mir geht es aber eigentlich schon wieder ganz gut.»

«Das freut mich, dann müssen wir ja nicht unbedingt gleich schlafen!» Mattheusz zog sie zu sich her. Er tat das mit einer zärtlichen und doch fordernden Bewegung, wie kein anderer Mann es zustande gebracht hätte. Jannike ließ sich das gern gefallen, mochte seine Hand auf der Haut und sein Gewicht, als er sich auf sie legte. Vielleicht hatte sie wirklich zu viel Aufhebens gemacht um die ganze Liebe. Es war doch im Grunde so einfach: Nur er und sie und nichts dazwischen. Außerdem ein bisschen Ruhe.

Ruhe? Etwas brummte am rechten Kopfende. Das zeitgleich aufleuchtende Display wirkte in der gemütlichen Lichtlosigkeit des Schlafzimmers geradezu grell.

«Geh nicht dran», murmelte Mattheusz, der sich gerade der weichen Haut ihrer Achselhöhle gewidmet hatte.

Jannike war entschlossen, auf ihn zu hören. Er hatte recht, sie durfte dem Handy keine Beachtung schenken. Schließlich hatte sie es extra lautlos gestellt, blöd, dass es nun so aufdringlich vibrierte. Einfach ignorieren und weiterschmusen. Viel zu selten waren sie für sich, das durfte nichts und niemand zerstören. Nur ein kurzer Blick, wer denn überhaupt etwas von ihr wollte, musste aber sein. «Es ist Danni.»

«Der kann bis morgen warten.»

«Bestimmt wegen Lasse.»

Mattheusz rollte sich zur Seite und stützte seinen Kopf auf der Hand ab. «Hast *du* dir einen Sohn angeschafft oder *er*?» Er sagte das nicht böse, da war keine Spur von Groll oder Sarkasmus. Zum Glück endete das Vibrieren in diesem Moment, und die Mailbox übernahm.

«Was wäre denn, wenn es um unseren Sohn ginge?», hörte Jannike sich plötzlich sagen. Eigentlich hatte sie das bestenfalls denken wollen, aber tja, nun war es raus.

«Wie meinst du das?»

«Angenommen, wir beide hätten ein Kind. Und das würde uns stören, wenn wir nach zwölf Stunden Arbeit im Hotel geschafft sind und unseren wohlverdienten Schlaf brauchen.»

«Ich dachte, wir wollten gar nicht schlafen.»

Jannike boxte ihn leicht in die Seite. «Lenk nicht ab.»

Mattheusz ließ sich auf den Rücken sinken, als wäre er eben hinterrücks erschossen worden. Zum Glück atmete er noch. Oder war das ein Stöhnen?

«Warum sagst du nichts?» Blöde Frage, dachte Jannike, er hatte natürlich kapiert, worauf sie hinauswollte. Wahrscheinlich haute das Thema ihn schlichtweg um. Hätte sie mal besser die Klappe gehalten.

«Wir beide hätten ein Kind?», stammelte er.

«Mal angenommen.»

«Ein süßes Mädchen, mit derselben neugierigen Nase wie seine Mutter?»

«Oder vielleicht auch einen unsüßen Jungen mit Pickeln und Bartstoppeln. Also, zumindest fünfzehn Jahre später.»

Er seufzte wieder. «Ich habe nicht damit gerechnet, dass du mich jemals danach fragen würdest.»

Jannike schluckte trocken. Mattheusz' Verhalten fiel noch schlimmer aus als erwartet. Oder täuschte sie sich? Es war zu dunkel im Raum, deswegen konnte sie seinen Gesichtsausdruck nicht deuten. War er gequält? Oder erfreut? «Aber jetzt frage ich dich danach.»

«Also, liebe Jannike Loog, wenn wir beide ein Kind hätten, müssten wir unsere Arbeit hier im Hotel ganz genau einteilen. Es würde sehr anstrengend werden, und natürlich würde ein schreiender Säugling uns um unseren dringend benötigten Nachtschlaf bringen, was aber nicht bedeutet, dass wir nicht trotzdem morgens pünktlich auf der Matte stehen müssten, um das Frühstücksbuffet zu richten. Das Kleinkind würde in der Küche herumtoben und die Schüssel mit dem Heringssalat runterschmeißen. Das Schulkind würde uns zwingen, regelmäßig zu Elternabenden zu gehen, auch wenn das Restaurant geöffnet hat. Und der Teenager würde sowieso unsere Geduld strapazieren, das tun sie doch alle.»

«Würde, würde, würde …»

«Die nächsten mindestens achtzehn Jahre wären auf jeden Fall kein Zuckerschlecken.»

Jannike vergaß fast zu atmen. «Also sagst du nein?»

Wieder brummte das bescheuerte Handy. Wieder Danni. Nur dieses Mal war Jannike irgendwie heilfroh, dass er anrief. Mattheusz konnte gar nicht so schnell reagieren, wie sie den Apparat aufgehoben und ans Ohr gehalten hatte.

«Geh nicht dran!», sagte er nur.

Jannike drückte den grünen Knopf. «Was gibt's?»

«Ich war doch noch gar nicht fertig», protestierte Mattheusz.

«Störe ich?», legte Danni gleich los.

«Du störst überhaupt nicht», behauptete Jannike und schaltete das Licht an. Aus die Maus, heute würde es nicht mehr romantisch werden, so viel stand fest.

«Ich mache mir solche Sorgen. Lasse hat sich in seinem Zimmer eingeschlossen, als er von der Arbeit nach Hause gekommen ist.»

«Wundert mich nicht, nach dem, was passiert ist.» Natürlich hatte sie Danni und Siebelt telefonisch über Bischoffs Auftritt und den Besuch in der Polizeistation informiert. Genau deswegen hatte Danni ja auch seinen Dienst geschwänzt.

«Wir wollten ihn wirklich in Ruhe lassen. Siebelt hat bloß den Teller vor die Tür gestellt. Schließlich muss der Junge ja auch irgendwann mal was essen, er wächst ja noch. Dann hat Siebelt nur kurz und sachte geklopft und ist wieder verschwunden.»

Mattheusz stand auf, zog sich das T-Shirt über und verschwand im Badezimmer. Ob er beleidigt war, hatte Jannike nicht so eindeutig erkennen können. Wahrscheinlich schon.

«Doch als ich gerade eben nachgeschaut habe, stand der Teller noch immer unberührt im Flur. Obwohl wir die Spaghetti noch mal in der Pfanne gebraten haben, das ist doch immer besonders lecker, mit 'nem Ei drüber.»

«Vielleicht hättest du einen Döner hinlegen sollen.»

«Mach jetzt bitte keine Witze, Jannike. Ich hatte Angst, er könnte sich was angetan haben oder vielleicht heimlich zu viel getrunken haben und nun völlig hilflos im Bett liegen. Jedenfalls hab ich mit dem Ersatzschlüssel die Zimmertür geöffnet. Und weißt du was?»

«Er war nicht da», riet Jannike.

«Das Fenster stand offen. Da ist er raus.»

«Das muss nichts heißen.»

«Doch! Stell dir vor, er hat noch nicht mal sein Handy mitgenommen. Ohne sein Handy geht der sonst nicht mal aufs Klo. Da stimmt was nicht!»

«Und jetzt?», fragte Jannike und wollte die Antwort lieber nicht hören. Es war klar: Jetzt konnte so einiges passieren. Lasse war unberechenbar. Die einzige Konstante im Verhalten dieses Jungen war, dass er grundsätzlich dazu neigte, alles nur noch schlimmer zu machen.

Das Klima war Gift für ihn, da war Rollo sicher. Warum allerlei Gesundheitsapostel die gute Nordseeluft beschworen, war ihm schleierhaft. Das hier konnte doch nur schädlich sein: orkanartige Böen bis gestern – na gut, der Wetterbericht hatte von Windstärke vier gesprochen, aber für sein Empfinden war das ein handfester Sturm gewesen, was ihm da bei seiner Ankunft am Hafen dermaßen ins Gesicht geschlagen hatte, dass er heute ein Brennen im Auge verspürte, hundertprozentig eine beginnende Bindehautentzündung, wenn nicht sogar ein Gerstenkorn. Zum Glück hatte er seine Tropfen dabei. Als ob das nicht schon genug wäre, wimmelte es hier auf der Insel nur so von Dingen, die er überhaupt nicht vertrug: Pferdehaar zum Beispiel, seine Nase juckte penetrant. Und heute hatte die Sonne ziemlich grell geschienen, sodass er um seine Haut fürchten musste. Das Wasser ringsherum reflektierte die UV-Strahlen, hatte er mal in der *Apothekenumschau* gelesen. Er betrachtete den Leberfleck auf seinem Handrücken eingehend, konnte aber keine alarmierende Veränderung feststellen. Noch nicht.

Doch die Krönung war: Sein Plan, das Weichei Lasse völlig aus dem Konzept zu bringen, indem er ihm bei der Arbeit auflauerte, war ein Schuss in den Ofen gewesen. Im wahrsten Sinne des Wortes, denn eigentlich hatte Rollo nur ins Schwimmbad gewollt, war aber stattdessen in der Sauna gelandet – und beinahe krepiert.

Aber der Reihe nach: Er hatte sich schon in Köln gegen ein luxuriöses Hotel entschieden und stattdessen eine unauffällige Ferienwohnung im *Haus Hahn* gebucht. Da lief er nämlich nicht alle naselang irgendwelchen Leuten über den Weg. Je weniger er auffiel, desto besser. Das hier war nun mal kein Vergnügungsurlaub, sondern Arbeit. Harte, sehr unangenehme Arbeit. Schlimmer als Schrottplatz. Er wollte einen Verräter bestrafen. Das machte keinen Spaß.

Seine Vermieterin, wie hieß die noch? Frau Henne oder so? Was sollte er von der halten? Denn leider war sie schrecklich neugierig, fragte, woher er komme, ob er das erste Mal hier sei, warum er ausgerechnet diese Insel ausgewählt habe, wo es doch noch sechs andere gab, weshalb genau ihr Haus, bei dem gewaltigen Angebot an Gästebetten, ob er verheiratet sei, Kinder habe … Rollo befürchtete schon einen Tinnitus. Aber es hatte auch sein Gutes, denn wissbegierige Weiber wussten eben eine Menge. Und so hatte er schon nach drei präzisen Fragen herausbekommen, dass Lasse, das Weichei, eine Ausbildung im Hallenbad machte, beim schwulen Bürgermeister lebte, der mit einem Hotelmanager verheiratet war, dessen Chefin irgendwann mal beim Fernsehen gewesen war, jetzt aber ausgerechnet mit dem ehemaligen Briefträger Tisch und Bett teilte. Natürlich hatte Rollo sich eigentlich nur für Ersteres interessiert, aber er wollte ja nicht unhöflich sein.

Also hatte er sich für einen Besuch im Schwimmbad gerüstet, blöderweise aber erst an der Kasse bemerkt, dass er gar keine Badehose dabeihatte. «Wenn Sie die Dünen runtergehen, kommen Sie zu *Wiebke's Strandboutique*, die haben gerade Ausverkauf», hatte die Frau an der Schwimmbadkasse geraten. «Oder Sie gehen in die Sauna, da brauchen Sie gar keine Buxe.» Er hatte gezögert, sie weiter Überzeugungsarbeit geleistet: «Heute haben wir unseren Relax-Tag. Es gibt eine Sanddorncreme und für jeden Besucher den hausgemachten Hagebuttentee gratis.» Er war immer noch unentschlossen gewesen. «Außerdem überraschen unsere Bademeister Nils und Lasse Sie mit besonderen Aufgüssen.» Zack, da war der Name gefallen, auf den Rollo gewartet hatte, und die Eintrittskarte gekauft.

Sauniert hatte er noch nie, sein Hausarzt war aber schon öfter darauf zu sprechen gekommen, von wegen Immunsystem. Vielleicht ganz gut für sein schlimmes Auge? Kaum war er drin und unbekleidet, hörte er die Leute jubeln und fragte nach, was denn so toll wäre. «Der Saunameister ist da.» Also war Rollo der Menge einfach gefolgt, alle rein in die Bude, die noch kleiner war als sein Wohnwagen in Hürth-Knapsack und von innen aussah wie ein Ziegenstall mit Bänken. Leider alle schon besetzt. Nur ganz oben war noch was frei, worüber Rollo sich schon etwas wunderte, denn von dort hatte man die beste Sicht aus dem Fenster, also kletterte er hoch. Dann kam der Saunameister, gefolgt von – Bingo! – Lasse, der Rollo zum Glück nicht gleich bemerkte. Er malte sich aus, wie er diesen Verräter gleich ins Schwitzen bringen würde, er würde den Jungen auf kleiner Flamme köcheln, bis der gestand. Aber stattdessen wurde leider ihm selbst eingeheizt, sein Herz machte Radau, und der Kreislauf drohte zusammenzubrechen. Diese Hitze! Und es wurde schlimmer, je länger der Saunameister um die glühenden Steine herumtanzte. Genau genommen wurde es sogar unerträglich. Rollo sah alles doppelt, halluzinierte wohl auch. Während das Handtuch des Saunameisters durch die Luft knallte, verwandelte sich die dünne Frau vor ihm in ein Gestrüpp, der Dicke daneben in einen Wasserfall, obwohl, der schwitzte wirklich so. Es war einfach furchtbar, und kurz hatte Rollo den Verdacht, dass Lasse ihn vielleicht doch hatte hereinkommen sehen und ihn auf diese Art umbringen wollte. Langsam geschmort wie eine Lammkeule. Oder in Dampf gegart wie ein Germknödel. Geröstet, gebacken, gegrillt und gekocht. Als Rollo schon darüber sinnierte, dass er gar kein Testament gemacht hatte, was nicht schlimm war, weil es auch keine Erben gab und sein Bargeld so gut versteckt war, dass niemand es finden würde nach seinem Tod, da schaute Lasse ihn an wie durch einen Schleier. Ganz eindeutig, ihre Blicke trafen sich in diesem Vorhof zur Hölle. Kurz darauf war das Theater Gott sei Dank vorbei und Lasse verschwunden.

Rollo schleppte sich nach draußen, wäre beinahe auf den Fliesen ausgerutscht, denn sogar die Fußsohlen waren von einem Schweißfilm überzogen, dann hätte er sich zu allem Übel auch noch das Genick gebrochen. Auf jeden Fall stand er anschließend eine halbe Ewigkeit unter der Dusche. Die anderen stellten das Wasser auf eiskalt, das tat er sich lieber nicht an, sondern wählte lauwarm und war froh, nach zehn Minuten sein Überleben gesichert zu haben.

Sein erster Racheplan war also gefloppt. Blöderweise wusste Lasse jetzt Bescheid, dass er ihm auf den Fersen war, aber der Junge musste nicht glauben, als Gewinner aus der Sache hervorgegangen zu sein. Im Gegenteil: Diese Qualen hatten Rollo rasend gemacht. Auch dafür würde das Weichei bluten, ganz bestimmt!

Und vorhin war der richtige Zeitpunkt gekommen. Rollo hatte vor dem Haus im Muschelweg Position bezogen. Ein Gebäude, das gar nicht nach schwulem Bürgermeister aussah, keine rosa Fensterläden und auch kein schwanenförmiger Türknauf oder so was. Wahrscheinlich Tarnung. Einfach nur ein dunkelrot geklinkerter, eckiger Mehrfamilienbau mit Betonbalkonen im ersten Stock, an einigen hingen Kästen mit halbverblühten Geranien. Er hatte das Zimmer, in dem Lasse wohnte, schnell ausgemacht, denn vorhin war dessen schlaksige Gestalt hinter der Scheibe aufgetaucht. Souterrain, perfekt, Rollo hatte schon befürchtet, den Balkon erklimmen zu müssen, da hätte sein malträtierter Körper bestimmt sein Veto eingelegt. Aber so war es praktisch: Das Fenster stand auf Kipp, und Rollo kannte aus der Zeit, als er noch als Kleinganove die Brötchen verdienen musste, den Kniff, mit dem man die Verriegelung innerhalb von Sekunden öffnete. Das klappte hervorragend, und er hatte schneller im Zimmer gestanden, als Lasse gucken konnte. Die Knarre in seiner Hand war ein überzeugendes Argument gewesen, ihm zu folgen. Da hatte Rollo vorgesorgt, denn auf einen Nahkampf mit einem Sechzehnjährigen wollte er sich besser nicht einlassen, da wäre sein Orthopäde bestimmt wenig begeistert, Stichwort Bandscheibe.

Jetzt liefen sie beide durch die Dünen Richtung Strand. Ein praktischer Ort: wenig los um diese Uhrzeit, viel Platz, genügend Möglichkeiten, eventuelle Spuren zu beseitigen. Einziger Nachteil: Es war ein bisschen kalt, und Rollo spürte, wie sich seine Finger mehr und mehr um die Waffe verkrampften. In der Jacke hatte er einen Taschenwärmer, extra für solche Fälle, aber was nutzte ihm das, wenn er die ganze Zeit zielen musste. Manchmal hasste er seinen Job.

«Was willst du, Rollo?», fragte Lasse jetzt zum x-ten Mal.

Erst jetzt, fernab der Zivilisation, sollte er eine Antwort erhalten. «Es geht um deinen Abgang.»

«Meinen Abgang?»

«Nach der Sache mit dem Mercedes SLK.»

Lasse wollte stehen bleiben, doch Rollo deutete mit der Pistole Richtung Meer.

Der Junge wurde nervös. «Die Sache ist aus dem Ruder gelaufen, Rollo. Tut mir leid. Es war eine Super-Gelegenheit, wir haben den Wagen da auf dem Imbissparkplatz stehen sehen, wussten gleich, den könntest du gebrauchen, doch auf der Fahrt haben wir ...» Er stockte und verbesserte sich: «... habe ich es wohl etwas übertrieben und den Wagen ins Abseits gelenkt.»

Sehr gut. Rollo mochte es, wenn die Jungs die Verantwortung für das, was sie verbockt hatten, übernahmen. Sie waren also auf dem richtigen Weg. «Und den Liegeradfahrer hast du auch mal eben mitgenommen.»

«Bist du mir deswegen hinterhergefahren?»

«Quatsch, der Typ ist mir so was von scheißegal. Aber die Bullen haben das Wrack ganz genau untersucht, Fingerabdrücke und so, stimmt's?»

Lasse nickte. «Du kannst mich einen Vollidioten nennen, aber ja, so war's.»

Eine Weile gingen sie wortlos nebeneinanderher. Die Dünen schoben sich immer weiter auseinander, gleich waren sie angekommen. Manchmal erinnerte ihn dieser Junge an ihn selbst, ganz zu Beginn seiner Karriere. Rollo hatte damals einen Boss namens Karel gehabt, ein furchterregender Typ, im Vergleich dazu navigierte er seine Truppe heute auf Kuschelkurs. Angst war nun mal das wichtigste Antriebsmittel in dem Job. Diejenigen, die unter einem standen, mussten Schiss haben, damit sie funktionierten. Und irgendwann kam man dann selbst ganz oben an und hatte nichts mehr zu befürchten. Außer vielleicht einen Herzinfarkt oder Parasitenbefall. Verdammt, er hatte mal gelesen, dass es auf den Inseln besonders viele Zecken gab, weil die Winter so mild waren und allerhand Rehe und Kaninchen durch die Dünen hoppelten. Er hatte keinen Bock auf Borreliose.

«Und dann hast du deine Freunde verraten», sagte Rollo und drückte den Lauf der Pistole zwischen Lasses Schulterblätter. Der lief automatisch schneller. Die Angst beschleunigte wie ein zuverlässiger Motor.

«Hab ich nicht.»

«Aber wie kommt es, dass genau zu dem Zeitpunkt, als du dich auf diesen Sandhaufen hier verpisst hast, alle deine Kumpels in den Knast gewandert sind? Hä?» Rollo stieß ihn voran. Er wusste gar nicht so genau, wohin er Lasse eigentlich treiben wollte. Dieser Strand, der sich jetzt ganz dunkel und weit und ein bisschen gespenstisch vor ihnen ausbreitete, bot so viele Möglichkeiten: links, rechts oder direkt ans Wasser? Überall war es gleich einsam und gleich finster. «Lasse, das Weichei, lässt es sich auf der Insel gutgehen, während die anderen vorm Haftrichter landen. Okay, es ist nicht gerade Mauritius, und deinen Job in der Sauna möchte ich auch nicht geschenkt, aber immerhin besser als im *Klingelpütz* die Sträflingskleidung deiner Mitinsassen zu bügeln, oder?»

«Die wollten, dass ich Namen nenne. Richtig fertiggemacht haben sie mich deswegen. Aber ich hab meine Schnauze gehalten. Ehrlich!»

«Glaub ich dir nicht.»

«Mann, ich schwöre es! Deswegen sollte ich sogar in den Bau gehen, aber meine Mutter und der Typ vom Jugendamt haben einen Deal ...»

«Sag ich ja: Ihr habt da was ausgehandelt», unterbrach Rollo. «Du hast gepetzt wie ein kleines Mädchen.»

«Ey, Rollo, diese Insel ist der Deal. Ernsthaft. Glaubst du, das war freiwillig? Schau dich um, Niemandsland, noch nicht mal Autos haben die. Bist du dir sicher, dass es hier besser ist als in der JVA Ossendorf?»

Da hatte Lasse schon irgendwie recht, aber das war gerade nicht das Thema. Rollo griff nach Lasses Kapuze, zog sie ruckartig zu sich her, der Junge röchelte und rang nach Luft. «Hast du was von mir erzählt?» Kopfschütteln. «Hast du den Bullen die Adresse von meinem Schrottplatz gegeben?» Hatte er angeblich auch nicht. «Weil, wenn die nämlich dahinterkommen, für wen ihr die Autos geknackt habt, dann ...» Er ließ ihn wieder los, stieß ihn von sich, Lasse taumelte und landete rückwärts im Sand.

«Ich hab niemanden verraten, Rollo. Bin ich wahnsinnig? Ich weiß, dass du jede Menge Leute kennst, die mir das Leben schwermachen können.»

«Dann hast du also doch was bei mir gelernt.» Eine Emotion, die Rollo lange nicht mehr verspürt hatte, die er sich eigentlich hatte abtrainieren wollen, weil sie total unzweckmäßig war, übermannte ihn: Mitleid! Dieser Junge war genau wie er damals in dem Alter. Ängstlich, hilflos und ohne einen Funken Selbstbewusstsein. Er erinnerte sich nur zu gut, was für ein mieses Gefühl das war, deswegen ging Rollo die Situation hier auch ziemlich an die Nieren. Der Junge könnte glatt sein Sohn sein. Mist, Mitleid war echt das Letzte, was er jetzt gebrauchen konnte. «Okay, du musst mir beweisen, dass du es ernst meinst.»

Langsam und mit deutlich wackeligen Knien erhob Lasse sich, und Rollo ließ die Pistole das erste Mal seit ihrer Begegnung sinken. Das tat gut, sein Arm kribbelte schon, als wäre er mit Styropor gefüllt.

«Was soll ich tun?»

«Du fährst mit mir zurück.»

«Wohin? Nach Hürth?»

«Die nächste Fähre morgen früh ist unsere, kapiert?»

«Mensch, Rollo, du verstehst das nicht: Wenn ich meine Lehre schmeiße, dann ist die Sache für mich gelaufen. Dann kommen die und stecken mich in den Jugendstrafvollzug.»

«Die kriegen dich aber nicht. Weil du nämlich bei mir wohnen wirst.»

«Ich? Bei dir?»

«Wenn stimmt, was du gesagt hast, und weder mein Name noch meine Adresse bei den Bullen gelandet sind, dann ist es in meinem Wohnwagen doch total sicher für dich, oder?»

Obwohl Lasse zwei Armlängen entfernt stand, hörte Rollo ihn schlucken. «Ich bin also so etwas wie eine Absicherung für dich? Wenn ich mitkomme, bedeutet das, ich habe dich nicht verpfiffen?»

«Genau. Wenn du mich aber verarscht hast und doch ein Verräter bist, dann gehen wir zusammen in den Knast, verstehst du? Da drin kenne ich nämlich noch mehr Leute, die dir das Leben definitiv schwermachen werden.»

«Kann ich mir vorstellen.»

«Aber eins versprech ich dir, Junge.» Rollo ging ganz nah an Lasse heran und wischte ihm etwas Sand von der Jacke. «Wenn du mich nicht verarschst und bei den Bullen wirklich geschwiegen hast, wenn das echt nur ein Zufall war, dass die anderen genau jetzt erwischt wurden, dann hast du was gut bei mir. Dann könnte ich mir sogar vorstellen, dich zu meinem Nachfolger zu machen.»

Und das erste Mal, seit Rollo auf dieser Insel angekommen war, fühlte er sich richtig gut. Beinahe gesund. Diese frische Luft, das Meer mit seinen Mineralien, ja, das alles zeigte seine Wirkung. Die Idee war ihm eben erst ganz spontan in den Kopf gesprungen, aber er wusste gleich, es war die richtige Entscheidung. Sein Arzt hatte schließlich geraten, er solle endlich kürzer treten. Der Schrottplatz und so, viel zu anstrengend für einen Mann seines Alters und seiner Konstitution. Mit einem Jungen wie Lasse, mit so einem Erben, wäre es auf lange Sicht machbar: Rollo im Ruhestand. Dann würde er vielleicht nochmal hierherkommen. Auf diese Insel. Einfach nur, um sich einen Urlaub zu gönnen.

Wäre Pepsi kein reinrassiger Bichon Frisé, man könnte sagen, er fühlt sich momentan pudelwohl.

Pepsi findet sich problemlos zurecht, kennt inzwischen jeden Pfahl und jeden Busch, hat sich sogar an den etwas ekligen Fischgeruch gewöhnt, der immer dann in der Luft liegt, wenn er mit seinem Frauchen auf dem langen Weg spazieren geht, der zu den vielen Häusern führt. Eine komische Welt ist das hier, fast schon unheimlich, denn manchmal gehen sie Gassi, und da ist hinter dem Zaun ein großes Wasser, manchmal aber auch Land. So wie jetzt.

Es interessiert ihn schon, was es damit auf sich hat, also zieht er sein Frauchen Richtung Zaun. «Naaiinn!», sagt sie. Pepsi kennt den Laut; wenn sein Frauchen so bellt, sollte er es lieber bleibenlassen. Gerade weil sie ihm schon viel mehr erlaubt als sonst.

Seit sie hier sind, hat sich vieles verändert zwischen Pepsi und seinem Frauchen. Es kann an der fehlenden Traurigkeit liegen, er hat nicht mehr das Gefühl, besonders lieb sein zu müssen, damit es ihr bessergeht. Er kann auch mal frecher werden und zum Beispiel diese wunderbare Wurst fressen, die das dicke Frauchen, das immer so lieb ist, ihm heimlich bringt. Daran könnte er sich echt gewöhnen.

Inzwischen darf er sogar manchmal ohne Leine laufen, wenn sie wieder auf diesem riesigen Sandplatz sind. Es ist herrlich.

Pepsi hat bislang gar nicht gewusst, wie schnell er überhaupt rennen kann. Er vergisst sein Frauchen – das in der Zeit irgendwelche komischen Bewegungen macht, die er sowieso nicht versteht –, er vergisst die strengen Regeln, vergisst, auf sein Fell achtzugeben – einfach nur los und frei sein! Das Allerbeste: Seit Neuestem hat Pepsi auch Kontakt zu der großen Hündin mit dem unwiderstehlichen Geruch aufgenommen. Sie sind zusammen bis zum Wasser gerannt, die Tropfen schmecken salzig und kleben im Fell, aber es hat Spaß gemacht. Er hat sie sogar kurz in den Schwanz gezwickt, nur so zum Spaß, und sie hat es bei ihm genauso gemacht. Ein sicheres Zeichen, dass sie ihn mag, findet Pepsi und kann es kaum erwarten, wieder dorthin zu gehen. Vielleicht wird ja was aus ihnen? Der Größenunterschied stört ihn nicht. Da gibt es ja ein paar Tricks, den zu umgehen. Erwartungsfroh springt er an den Beinen seines Frauchens hoch und kläfft ein bisschen. Fast kommt es ihm vor, als sei sogar das Bell-Problem hier besser geworden, er klingt nicht mehr so albern und fiepsig. Er springt nochmal, bellt lauter. «Naaiin!», sagt sein Frauchen. Schade.

Dann eben wieder artig sein. Bei Fuß bleiben.

Doch plötzlich sieht er die Vögel. Manometer, die flattern aber wild. Die muss man jagen. Da kann Pepsi beim besten Willen nicht vernünftig bleiben, er ist ja immerhin ein Hund, und so einladend zappelndes Gefieder löst etwas in ihm aus, da kann das Frauchen «Naaiin!» brüllen, wie es will, da geht es mit ihm durch.

Er spürt, dass sein Frauchen die Leine in diesem Augenblick eher lässig in den Händen hält und nutzt seine Chance. In null Komma nix hat er sich losgerissen und ist am Zaun, der fiese kleine Stacheln hat, aber da macht sich seine bescheidene Körpergröße bezahlt, und er kriecht einfach drunter durch. Und dann ab, die Menschen würden sagen: wie Schmidts Katze, aber Pepsi findet, dieser Vergleich hinkt ein bisschen. Er bellt, die Vögel flattern noch aufgeregter als vorhin, es macht tierisch Spaß! Der größte Vogel setzt zum Abflug an, leider, doch das kann Pepsi nicht aufhalten, seine kurzen Beine berühren kaum das feuchte Gras, so schnell ist er unterwegs, ihm hängt die Zunge heraus, und seine Ohren hüpfen auf und ab. Natürlich haben inzwischen auch die anderen Vögel die Gefahr erkannt und erheben sich in die Luft. Als Pepsi an der Stelle ankommt, wo das Federvieh gerade noch gehockt und geschnattert hat, sind sie alle auf und davon. Egal, darum geht es auch nicht, er hat ja nicht vor, einem der Tiere etwas anzutun, es geht eher ums Prinzip! Pepsi fühlt sich so hundegut wie schon lange nicht mehr.

Bis er bemerkt, dass er bis zum Bauch in einem müffelnden Brei steht, flüssiger als Hundefutter und dunkelbraun. Aha, also ist das hier überhaupt kein festes Land, auf dem man Knochen vergraben könnte. Der Teig klebt wirklich unangenehm an den Pfoten. Nachdem er sich geschüttelt hat, sieht er aus wie der Dalmatinerrüde, der ihn zu Hause auf der Hundekackwiese immer anschnauzt.

Pepsi dreht sich um. Sein Frauchen bellt ganz laut. Sie hat ja recht, das Zeug stinkt furchtbar und versaut ihm das Fell. Und er soll doch keinen Dreck machen in dem schönen Haus, in dem sie jetzt wohnen. Schuldbewusst will Pepsi zurücklaufen, doch das ist leichter gesagt als getan, denn da unten scheint etwas an seinen Beinchen zu ziehen, er kann sich anstrengen, wie er will, Pepsi bekommt die Pfoten nicht hoch, klebt fest in dieser Matschepampe. Mist! Und wenn jetzt auf einmal dieses Wasser zurückkommt, das sonst manchmal an dieser Stelle ist? Dann kann er gar nicht abhauen! Pepsi bellt und ist selbst ganz erstaunt, wie laut und tief sein Bellen klingen kann, wenn er Angst hat.

Sein Frauchen versucht, über den Zaun zu klettern, doch der ist viel zu hoch. Aber wenn sie es nicht schafft, wenn sie nicht zu ihm kommt und ihn hochhebt, auf den Arm nimmt und rettet, dann ist er verloren! Das Bellen geht in Jaulen über. Was ist das hier nur für ein sonderbares Fleckchen Erde? Und warum musste er auch so unartig sein, einfach abhauen, lospreschen, ohne die Gefahren zu kennen. Allmählich wird er immer schwächer. So wird er sich nie befreien können.

Doch dann – was für ein Glück – entdeckt er das andere Frauchen. Die ist um einiges dicker als sein eigenes Frauchen, was seine Vorteile hat, denn beim Schmusen mit ihr ist es viel weicher und gemütlicher. Pepsi hat das zweite Frauchen richtig lieb gewonnen. Manchmal, wenn er allein im Zimmer ist, kommt sie herein, krault sein Fell. Nie im Leben würde sie «Naaaiiin!» sagen, und vor allem bringt sie immer diese köstliche Wurst mit, die er ihr gern von den Fingern schleckt. Das dicke Frauchen und das dünne Frauchen probieren nun gemeinsam den Zaun zu überwinden. Sieht gut aus, die eine steigt der anderen in die gefalteten Hände, zieht sich hoch, hebt ein Bein – nie hätte Pepsi gedacht, dass Menschen zu solchen Bewegungen überhaupt fähig sind. Dann dauert es nicht mehr lang, und sein Hauptfrauchen ist bei ihm. Sie schimpft und schluchzt gleichzeitig. Er kann ihre Aufregung riechen. Als sie ihn mit einem schmatzenden Geräusch vom Untergrund löst und anschließend erleichtert an die Brust drückt, leckt er ihr das Gesicht. Normalerweise darf er das nicht. Aber heute ist alles anders.

Sein Frauchen trägt ihn zurück zum sicheren Boden. Er muss hecheln. Das war echt zu viel Aufregung, findet Pepsi. Das zweite Frauchen freut sich ebenfalls, ihn zu sehen. Sie nimmt ihn entgegen und setzt ihn im weichen Gras ab. Erst jetzt kann Pepsi seinen Bauch sehen, er ist dunkelgrau, und als er das Zeug ablecken will, muss er sich schütteln: Knirschender Sand und der Geschmack nach Fisch. Nie mehr will er so mutig sein. Ganz sicher nicht. Ab heute wird er auch nicht mehr an die große, wilde Hündin mit dem tollen Geruch denken. Das ist nicht seine Welt. Pepsi ist nun mal ein Schoßhündchen und wird es auch für immer bleiben.

Drei Tage ohne Lebenszeichen von Lasse.

Die Stimmung war furchtbar, da konnte auch der eigentlich wunderschöne Altweibersommer, der inzwischen die Insel umhüllte, wenig ausrichten. Fleißige Spinnen umwoben alles, was länger als eine Stunde stillhielt, mit ihren silbrigfeucht glänzenden Seidenfäden: die Hagebutten im Inselpark, die Bollerwagen am Hafen, das Fernglas auf der Promenade, die Notenständer des Kurorchesters, das am Wochenende sein letztes Konzert der Saison geben würde. Überall verfing sich das späte, sattorange Sonnenlicht, es wäre wirklich wunderschön gewesen, ein Kalenderbild der Extraklasse, doch niemand blieb stehen und fotografierte. Denn alle Menschen um Jannike herum machten sich Sorgen, was mit dem Sechzehnjährigen passiert sein könnte, seit er aus dem Fenster gestiegen und verschwunden war.

Danni ging gebeugt wie ein alter Mann und hoffte, dass irgendwann eine Nachricht aus Hürth eintraf, laut der Lasse einfach nur von Heimweh geplagt wieder nach Hause gefahren war. Siebelt versuchte, einen kühlen Kopf zu bewahren – was ihm nicht wirklich gelang. Denn schon allein die Tatsache, dass ein Sechzehnjähriger abhaute, ohne sein Handy mitzunehmen, war alarmierend. Nils zermarterte sich das Hirn, was in Dreiteufelsnamen ihm sein Azubi am Tag seines Verschwindens hatte erzählen wollen und ob das etwas geändert hätte, wenn er ganz Ohr gewesen wäre. Inselpolizist Vollmer hatte zwar keine Fahndung rausgegeben, aber dennoch seine Kollegen vom Zoll, von der Küstenwache und dem ostfriesischen Festland instruiert, die Augen offen zu halten nach einem Jungen mit roter Sweatshirtjacke. Frachtschiff-Ingo hatte die Videoaufzeichnungen am Hafen mehrfach durchgesehen, wonach Lasse nicht an Bord gegangen war, doch das musste nichts heißen, denn man konnte auch über das Achterdeck einsteigen, und da gab es keine Kameras.

Und Jannike? Stand gerade abfahrbereit und mit geschulterter Sporttasche neben ihrem Rad und wurde von einem furchtbar schlechten Gewissen geplagt. «Ich hätte Lasse nicht zwingen sollen, zur Polizei zu gehen. Im Grunde war ich da nicht besser als Bischoff mit seiner autoritären Art.»

«Unsinn», beschwichtigte sie Mattheusz, der sie zum Gartentor begleitet hatte. «Ich glaube nicht, dass du etwas damit zu tun hast.»

«Die Sache wird nicht mehr lange unbemerkt bleiben.» Der Gedanke, dass Lasses plötzliches Verschwinden hier auf der Insel die Runde machte, war unerträglich. Nicht auszumalen, wenn giftige Menschen wie Gerd Bischoff, Hanne Hahn und Sonka Waltermann daraus ihre Schlüsse zogen und den Jungen erst recht als verdächtig einstuften. Deswegen hielten alle dicht, und im Schwimmbad galt Lasse offiziell als krankgemeldet. Leider war es aber höchstwahrscheinlich bloß eine

Frage der Zeit, bis alles aufflog. Jannike kannte die Gegebenheiten nur zu gut, eine Sensationsmeldung verbreitete sich auf der Insel schneller als ein Magen-Darm-Virus im Bällebad von Ikea.

«Mach dich nicht verrückt! Vielleicht taucht er ja schon heute wieder auf, und alles ist gut.»

«Was ist, wenn er sich aus lauter Verzweiflung etwas angetan hat?», sprach Jannike aus, was sie am meisten quälte. Mattheusz streichelte ihr übers Haar, zärtlich und auch ein bisschen vorsichtig, denn er wusste, Sorgen machten Jannike dünnhäutig und reizbar, manchmal reagierte sie auf seine Tröstungsversuche wie eine Wildkatze. Auch jetzt rückte sie merklich von ihm ab. «Ich muss zum Training.»

«Du musst gar nichts, Jannike. Seit deinem Zusammenbruch vor drei Tagen ...»

«Das war kein Zusammenbruch, ich war bloß müde!»

«Egal, was es war, vielleicht solltest du das mit dem Training besser bleibenlassen. Es überfordert dich.»

Wahrscheinlich meinte Mattheusz es wirklich gut. Vor einer Woche hätte sie sich auch noch riesig gefreut über Sätze wie diese. Da hatte sie dauernd davon geträumt, dass Mattheusz und sie zur Ruhe kamen. Und zugegeben, die Vorstellung, sich auf die Couch zu schmeißen und von ihrem Liebsten verwöhnen zu lassen, war durchaus reizvoll. Er könnte ihr Tee servieren und die Füße kneten und alle drei Minuten nach ihren Wünschen fragen, die er dann auch prompt erfüllte, das wäre wunderbar.

Dennoch waren seine Ermahnungen heute vergebene Liebesmüh im wahrsten Sinne. Durch Lasses Verschwinden stand das Inselduell auf Messers Schneide. Nils musste neben den Erwachsenen auch die Jugendlichen auf den Wettkampf vorbereiten, außerdem war er für das Rahmenprogramm rund um das Sport-Event zuständig. Mehr als hundert Nachbarinsulaner wurden erwartet, denen wollte und musste man schon etwas bieten. Wenn also jemand Gefahr lief, sich zu überfordern, dann Nils. Gestern, bei der Vorbesprechung für die Siegerehrung am Leuchtturm, hatte der sonst so lässige Bademeister für seine Verhältnisse mächtig geklagt: «Ich hätte nicht gedacht, dass ich das je sagen würde, aber mein Lehrling fehlt an allen Ecken und Enden. Bislang hab ich gar nicht gemerkt, was Lasse mir so alles abgenommen hat. Er ist der Einzige, der das blöde Drehkreuz am Eingang auseinanderbauen kann. Mist, warum hab ich den Jungen nicht einmal gelobt? Vielleicht wäre er dann ...» Doch das Jammern war müßig und das Bereuen für die Katz. Lasse war abgehauen, und keiner von ihnen konnte das ungeschehen machen. Wer schuld daran war, ließ sich im Rückblick sowieso nicht nachvollziehen, dazu war Lasse stets viel zu verschlossen gewesen.

Das Leben ging weiter, und sie mussten zusehen, dass sie im Zeitplan blieben, denn am Wochenende kam das Sonderschiff mit den sportlichen Gästen, und dann wurde es ernst. Zum Glück hatte Dietmar Roberts von der *Nordlicht*-Brauerei keine allzu hohen Ansprüche bezüglich der Bewirtung der Teilnehmer gestellt. «Hauptsache, wir fühlen uns alle wohl, das geht auch mit Würstchen und Kartoffelsalat.» Da Erstere von der Feuerwehr gegrillt würden und Letzterer eine weitere Spezialität von Oma Maria war, schaute Jannike dieser Angelegenheit relativ entspannt entgegen. Ihr Team hatte schon so viele Feste ausgerichtet, Hochzeiten und Leuchtturmfeten und und und ... *Das* Kind würden sie jetzt auch noch schaukeln.

Anders sah es mit der Zuversicht aus, wenn sie an den sportlichen Teil dachte. Weil das Thermometer es heute noch mal knapp über die zwanzig-Grad-Marke geschafft hatte, wurde die Gelegenheit genutzt und unter Wettkampfbedingungen im offenen Meer trainiert. Jannike fröstelte schon, wenn sie nur daran dachte. Aber egal, sie hatte sich für die Teilnahme entschieden und wollte Nils gerade jetzt nicht hängenlassen. Das musste Mattheusz doch begreifen.

«Dann komm doch mit, wenn du dir solche Sorgen machst.»

«Du bist lustig! Oma Maria hat mich zu acht Kilo Bratkartoffeln verdonnert.»

«Falls du es dir überlegst: Wir sind am Weststrand.» Jannike küsste ihn flüchtig, mal wieder, in letzter Zeit gab es nur noch beiläufige Zärtlichkeiten. Doch sie war wirklich in Eile, radelte mit beachtlichem Tempo los, denn in einer Viertelstunde waren sie verabredet, und Jannike wollte die anderen vom Team nicht unnötig warten lassen. Inzwischen war auch die Erwachsenenriege komplett, zum Glück hatten sich noch ein Dachdeckergeselle, eine Friseurin und der Chef vom Inselkino bereit erklärt, mit an den Start zu gehen. Doch als Jannike die Mannschaft unten an der Wasserkante ihre Dehnungsübungen absolvieren sah, wusste sie genau: Dieses zusammengewürfelte Häufchen würde kaum imstande sein, der Konkurrenz ernsthaft Respekt einzuflößen, denn der Dachdecker hatte zwar Muckis, rauchte aber leider Kette; die Friseurin war die Freundin vom Dachdecker und machte nur ihm zuliebe mit, immer in Sorge, dass die blonden Strähnchen von Salz und Chlor strohig werden könnten, deswegen weigerte sie sich vehement, mit dem Kopf unterzutauchen, auch wenn das kostbare Zeit kostete. Und dem Kinomann sah man an, dass er beim Popcorn selbst sein bester Kunde war. Egal, motiviert waren sie trotzdem und wollten neben den Teenagern kein allzu armseliges Bild abgeben. Jannike sollte ohnehin den Ball flach halten, was die Beurteilung ihrer Teamkollegen anging, da sie selbst kreislaufmäßig noch immer schlapp unterwegs war und wohl kaum Bestzeiten erschwimmen würde.

Zum Glück war die Nordsee richtig glatt, Bedingungen wie im Pool, wenn man von der Temperatur mal absah. Die Vögel, die schnell und präzise wie kleine, schwarze Pfeile dicht über der Oberfläche flogen, spiegelten sich im Wasser, wurden durch die Dopplung zu ganzen Schwärmen. Jannike lief den Dünenabgang hinunter und zog sich währenddessen schon mal das Sportshirt aus. Die Haare an ihrem Ärmchen stellten sich auf. Rasierten sich die Profischwimmer nicht alles weg – von wegen Wasserwiderstand? Könnte sie notfalls auch machen, überlegte Jannike, sie war wirklich zu allem bereit, würde glatt wie ein Aal die Nordsee bezwingen, wenn es dem Team diente.

«Tut mir leid, dass ich zu spät bin!», begrüßte Jannike die Runde.

«Gibt's was Neues von Lasse?», fragte Insa flüsternd, wie jeden Tag seit dem Verschwinden des Jungen. Am Anfang war sie dabei rot angelaufen, inzwischen war es ihr nicht mehr peinlich, im Gegenteil: Sie zeigte offen, wie besorgt sie war. Und wie enttäuscht, weil man so gar nichts hörte.

Leider musste Jannike abermals den Kopf schütteln.

«Ich kapier das nicht!», sagte Insa. «Der Wettkampf war ihm doch wichtig! Lasse hätte uns nie einfach so im Stich gelassen.»

Fridjof, der Sohn der Schuldirektorin, rieb sich die Oberarme. «Können wir mit dem Training anfangen? Mir ist kalt!»

Nils nickte. «Also, lauft euch schon mal warm. Das solltet ihr am Samstag übrigens auch machen. Unbedingt dehnen, die Muskeln schonend aufwärmen, damit sie sich dann im kalten Wasser nicht verkrampfen. Aber ihr kennt das ja.» Die Truppe spurtete los, und auch Jannike wollte mitmachen, obwohl ihr von der langen Anfahrt eigentlich schon warm genug war.

Doch Nils hielt sie zurück. «Jannike?»

«Ja?» Sie verschränkte ihre Arme hinter dem Rücken und zog sie leicht nach oben, das lockerte die Schulter- und Rückenpartie.

«Na ja, wegen der Sache mit Lasse sind wir ja noch nicht dazu gekommen, miteinander zur reden.» Seltsamerweise schien es Nils schwerzufallen, die richtigen Worte zu finden. Das kannte man von ihm eigentlich nicht. «Neulich bei euch im Hotel …»

«Hm.» Worauf spielte er an? Auf die Abschlussparty bestimmt, klar, was sonst. Zwar hatten sie gemeinsam mit dem Marketing-Chef den groben Ablauf geplant und entschieden, dass die Trachtengruppe und der Shantychor gefragt werden sollten, ob sie auftreten wollten, doch bei einer solchen Veranstaltung gab es immer genug zu besprechen.

«Als …, ich meine an dem Abend, als ich zum Bier vorbeigekommen bin …»

Jannike begann, die Schultern zu bewegen, erst in kleinen Kreisen, dann immer größer, sie nahm die Arme dazu und änderte schließlich die Richtung, die Knochen knackten hörbar.

«… Ich hab mich jedenfalls sehr gefreut über das, was du mir da serviert hast.»

Ob er das Heringsbrot meinte? «Keine Ursache», sagte Jannike und begann mit den Beinübungen: Ausfallschritt, bis es an der Rückseite der Oberschenkel ziepte, erst links, dann rechts, mit aufgerichtetem Oberkörper.

«Können wir …» Nils schien irgendwie noch irritierter zu sein. «Ich meine, sollten wir uns noch mal treffen? Wenn nicht so viele dabei sind? Du verstehst schon.»

«Okay!» Warum war der plötzlich so verdruckst?

«Oder ist es blöd, sollen wir warten, bis Lasse wieder aufgetaucht ist?»

«Nein, schon gut. Ich stehe zu dem, was sich sage.» Die anderen kamen wieder angetrabt, leicht erhitzt und offenbar bereit, sich in die Fluten zu stürzen, genau wie Jannike, die sich ihre Sporthose von den Beinen streifte.

«Sagen wir, morgen um acht?», schlug Nils vor.

«Ja, komm zum Hotel, wir haben das Restaurant geschlossen, da ist Zeit für so was.»

«Ins Hotel? Bist du sicher?»

«Klar!» Dann rannte Jannike los. Kein normaler Mensch würde Mitte September noch in der Nordsee baden gehen, doch eine Mischung aus Kampfgeist und Neugierde trieb sie an.

«Denkt dran, erst mal ein paar Runden locker einschwimmen, danach nehmen wir die Zeit!», rief Nils ihr hinterher.

Der Tipp war schwer zu befolgen, denn die Kälte ringsherum wollte Jannike dazu zwingen, sich viel zu schnell zu bewegen – und zwar am besten Richtung Ufer, nur raus hier! Sie musste sich beherrschen, die Arme in langsamen, gleichmäßigen Bewegungen durchs Wasser zu ziehen und die Luftzufuhr dabei zu kontrollieren, eigentlich war ihr mehr nach Schnappatmung zumute. Allmählich gewöhnte sie sich an die Umgebung, ihre Sehnen wurden geschmeidig, bereit, die inzwischen schon gewohnten Abläufe zu vollziehen: links den Arm nach vorn, mit dem Kopf seitlich auftauchen und Luft holen, dann rechts nach vorn, tauchen, die Beine gleichmäßig schlagen, möglichst wenig unnötiges Gezappel, denn die Energie wurde noch gebraucht. Tausend Meter waren eine lange Strecke, und im Meer kam man nur mühsam voran. Die Strömung schob Jannike kaum merklich an oder bremste sie aus, ein ständiges Hin-und-Her-Geschaukel, das Kraft kostete und etwas anderes war als das Planschbecken in der *Sprottengrotte*. Einmal, als sie zum Einatmen das Gesicht aus dem Wasser hob, rollte in dem Moment eine kleine Welle heran, Jannike schluckte Wasser – nicht zu knapp –, hustete furchtbar und geriet aus dem Takt. Zum Glück fand sie gleich darauf in die Monotonie des Schwimmens zurück, switchte um und atmete jetzt zur rechten, dem Land zugewandten Seite. Das ging zwar besser, war aber nicht derselbe Rhythmus, an den sie sich in den letzten Tagen gewöhnt hatte.

Als sie das Gefühl hatte, warm genug zu sein, stellte sie sich hin, das Wasser reichte ihr bis an die Brust. Erstaunlich, welche Strecke sie bereits als Einschwimmübung zurückgelegt hatte, da konnte sie richtig stolz sein. Nun wechselte sie in die Rückenlage, auch etwas, das Nils ihr beigebracht hatte: ruhig mal Varianten in den Schwimmstil bringen, je ausgewogener die Muskulatur trainiert wird, desto leichter fällt … Huch, was war das? Plötzlich schmerzte es in ihrer Brust, links etwas mehr als rechts, kein wirklich stechender Schmerz, eher wie Muskelkater, doch bei jedem Armschlag, den sie machte, wurde es schlimmer. Sie drehte sich wieder um, versuchte zu kraulen, doch das änderte nicht viel. Wahrscheinlich hätte sie sich doch besser aufwärmen sollen. Sie versuchte, das Tempo zu halten, musste jedoch kapitulieren, das unangenehme Ziehen verhinderte, dass sie die Arme in vollem Schwung nach vorn ausstrecken konnte. Also probierte Jannike es lieber mit normalem Brustschwimmen, schaffte zehn oder zwanzig Meter, aber auch nur mit Zähnezusammenbeißen.

Und dann kam wieder der verdammte Schluckauf. Das war jetzt wirklich das Allerletzte, was sie gebrauchen konnte, schwimmen war damit so gut wie unmöglich. Doch ihre Füße suchten vergeblich den Boden. Mist, war sie etwa vom Kurs abgekommen? Sie tauchte auf, erkannte die Dünen, die tatsächlich weiter entfernt schienen als vorhin. Womöglich war Jannike in einen Pril geraten, und nur ein paar Meter weiter links oder rechts würde sie schon wieder stehen können, doch das Wasser war trüb und grau, man konnte nicht erkennen, welche Richtung die bessere war. Manchmal war es klüger, einfach weiter rauszuschwimmen, weil dort eine vorgelagerte Sandbank sicheren Halt bieten würde, und tatsächlich kräuselten sich da hinten die Wellen, was für flaches Gewässer sprach. Sollte sie? Jannike musste nach wenigen Zügen aufgeben, denn der Schluckauf wurde schlimmer, und eine fiese Unterströmung verhinderte zudem das Vorankommen. Langsam bekam sie es mit der Angst zu tun. Was für ein Quatsch, das hier war doch bloß die Nordseeküste und kein gefährliches Surferrevier in Portugal, wo Monsterwellen heranrollten oder giftige Quallen einem den Garaus machten. Trotzdem schlug ihr Herz viel zu schnell.

Jetzt steuerte sie die Küste an. Anscheinend hatte Nils sie nicht aus den Augen gelassen und ihre Notsituation bemerkt, jedenfalls zog er sich gerade die Jacke aus und rannte zum Wasser. Wie albern war das denn: Ihre Bay-Watch-Vision wurde wahr! Das wollte Jannike auf gar keinen Fall. Drüber nachdenken, ja, okay, sich erträumen, wie es wäre, von starken Armen aus Lebensgefahr geborgen zu werden, warum nicht! Doch in der Realität war das einfach nur peinlich. Sie musste es schaffen, an Land zu kommen, bevor Nils sie retten konnte. Dann würde sie so tun, als hätte er das alles gründlich missverstanden. Als dienten diese merkwürdig undefinierten Armbewegungen einem ausgeklügeltem Trainingsplan, und der Schluckauf wäre nichts weiter als eine ganz neue Atemtechnik.

Doch natürlich war Nils deutlich schneller, keine halbe Minute später tauchte sein Gesicht dicht vor ihr auf, und sie hatte noch immer keinen festen Boden unter den Füßen.

«Jannike, was ist passiert?»

«Nichts, gar nichts, ich …» Sie röchelte und hickste abwechselnd.

«Soll ich dich abschleppen?» Ein Satz, der in einer anderen Umgebungssituation eine Unverschämtheit gewesen wäre. Jetzt klang er verlockend.

«Es reicht mir, wenn du an meiner Seite schwimmst.»

«Okay. Und sag Bescheid, wenn du nicht mehr kannst.»

Sah man ihr so deutlich an, dass ihre Kräfte gerade baden gingen? «Weißt du, auf einmal war da … hicks.»

«Sag nichts, das kannst du dir für später aufheben, jetzt solltest du ruhig atmen, es ist nicht mehr weit!»

Sie gehorchte. Und ärgerte sich über sich selbst. Denn erstens würde Nils ihre Teilnahme nun ganz bestimmt in Frage stellen, wenn sie im Meer dermaßen verlorenging. Zweitens hatten auch alle anderen mitbekommen, was passiert war, sie galt jetzt sicher als schwächstes Glied im Schwimmerteam. Und drittens – was am allerärgerlichsten war – hatte Mattheusz vorhin recht gehabt: Sie war überfordert. Sie sollte sich schonen. Sie war zu alt, zu untrainiert und zu bescheuert für Aktionen wie diese. Und sie war heilfroh, diesen Mann in ihrer Nähe zu wissen, weil sie tatsächlich ein kleines bisschen Angst gehabt hatte zu ertrinken. Das konnte ihr nun nicht mehr passieren.

Endlich waren sie angekommen, zum Aufstehen fühlte sie sich noch zu schlapp, also blieb Jannike im seichten Wasser, krabbelte auf allen vieren hinaus, an Eleganz und Anmut wahrscheinlich kaum zu überbieten. «Komm, ich helf dir hoch», sagte Nils und wartete dieses Mal kein Ja ab, sondern griff ihr beherzt unter die Achseln, zog sie nach oben, umfasste ihre Hüfte und schaffte es, Jannike das Gefühl zu geben, dass er sie irgendwie schweben ließ, obwohl ihre Füße durch den Sand schleiften. «Kann jedem mal passieren», flüsterte er ihr tröstend ins Ohr.

Die anderen kamen dazu, erkundigten sich besorgt, wie es ihr ging. Häme war in keinem der Gesichter auszumachen, was Jannike blöderweise zu Tränen rührte. «Ich bin heute irgendwie nah am Wasser gebaut», schluchzte sie.

Alle lachten erleichtert.

«Zum Glück hast du deinen Humor nicht da draußen bei der Sandbank untergehen lassen!», sagte Nils und scheuchte die anderen wieder ins Meer. Dann holte er das Badelaken aus Jannikes Sporttasche und hüllte sie darin ein.

«Ich wünschte, ich könnte mich wie eine Krabbe zehn Meter in den Sand einbuddeln, so sehr schäme ich mich», gab Jannike zu.

«So tief? Dann wärst du schon längst im Grundwasser gelandet.» Er legte ihr die Hände auf die Schultern, drückte sanft, rieb die feuchte Kälte von der Haut. «Und übrigens: Ich fand dich noch nie so toll wie jetzt in diesem Moment!»

Jannike wollte irgendetwas sagen, doch ihr fiel nichts ein, und das Hicksen war zudem noch immer peinlich aktiv. Sie ließ ihren Kopf auf seine Brust sinken, schloss die Augen, hörte sein Herz und auch ihres, aber das löste nichts bei ihr aus, keine Überwältigung oder so. Wer hätte das gedacht? Nils war ein toller Mann, keine Frage, aber er könnte sie hundertmal aus den Wellen tragen, es würde nichts ändern, ihr Herz war nun mal vergeben.

Doch kaum hatte Jannike die Augen wieder geöffnet, wusste sie, es würde trotzdem schwierig werden. Denn weiter hinten, am Fuß des Strandaufganges, wo der Holzbohlenweg zu Ende war, stand Mattheusz und starrte herüber.

Es war klar, was er denken musste.

Und es war zu spät, ihm jetzt an Ort und Stelle alles zu erklären. Selbst wenn Jannike sofort losrennen würde, es würde nicht reichen. Sie würde ihn nicht einholen. Denn Mattheusz hatte sich bereits aus seiner Erstarrung gelöst und stieg den Holzpfad hinauf, als müsste er vor einem Tsunami flüchten.

Jannike löste die Umarmung und packte schleunigst ihre Sachen zusammen.

«Was ist los?», fragte Nils. Er hatte anscheinend nicht mitbekommen, dass Mattheusz sie gesehen und daraus die falschen Schlüsse gezogen hatte.

«Mir geht's wieder gut.»

«Ich kann dich auch begleiten», bot Nils an. «Vorsichtshalber.»

Das fehlt mir noch, dachte Jannike, sagte aber: «Danke, das schaff ich schon.» Und bevor es zu weiteren Nachfragen kommen konnte, verabschiedete sie sich von ihrem Team, rannte, so schnell es ging, die Dünen hinauf und fuhr zum Hotel. Besser wäre es gewesen, sie hätte sich noch ein wenig ausgeruht, sich in das Laken gehüllt in den weichen Sand gesetzt und den anderen weiter beim Schwimmen zugeschaut, bis sie wieder einigermaßen auf dem Damm war. Doch Mattheusz' Reaktion ließ keine Verschnaufpause zu.

Dass diese Eile tatsächlich geboten war, bestätigte sich, als Jannike endlich zu Hause angekommen und in den zweiten Stock gelaufen war. «Was zum Teufel machst du da, Mattheusz?»

Blöde Frage, sie sah es selbst: Er zog seine scheußliche Jugendzimmerbettwäsche ab und stopfte seine wichtigsten

Utensilien in den Bezug. «Ist dir doch bestimmt lieber, wenn ich woanders übernachte.»

«Wie kommst du darauf?»

«Jetzt verstehe ich erst, warum du unbedingt zum Training wolltest. Ich Idiot habe gedacht, es geht dir um das Team und darum, es gerade jetzt nicht hängen zu lassen, wo Lasse verschwunden ist.»

«Genauso ist es auch.»

«Erzähl mir nichts. Der eigentliche Grund für dein plötzliches Interesse am Schwimmen ist ungefähr eins neunzig groß, hat Muskeln wie Tarzan, Tattoos wie Beckham und ein albernes Pferdeschwänzchen wie dieser Geigenspieler, auf den alle Frauen stehen.»

Gern hätte Jannike ihn jetzt zurechtgewiesen, dass er völlig falschlag und sich nicht so anstellen solle, Eifersucht passe überhaupt nicht zu ihm und sei außerdem noch absolut unangebracht. Doch das wäre nicht die Wahrheit gewesen. Denn sie hatte es schon genossen, nach ihrem Desaster in der Nordsee von Nils gehalten zu werden. Sie fand es schön, dass dieser fast fremde Mann ihr so viel Aufmerksamkeit entgegenbrachte. War das etwa verboten?

«Siehst du, dir fehlen die Worte!», sagte Mattheusz. Es klang gequält. «Einfach stumm dastehen, ist ja normalerweise meine Spezialität. Dir passiert so was eigentlich nicht. Jannike Loog hat doch immer die passende Antwort auf den Lippen und für alles eine Erklärung. Aber jetzt bist du stumm, und das sagt alles.» Mattheusz griff nach seinem Schlaf-T-Shirt, seinen Boxershorts, seinem Buch, in dem er abends, wenn er nicht zu müde war, manchmal las. Kein Zweifel, er machte ernst, er war drauf und dran, ihre Wohnung zu verlassen.

«Es gibt so viel, was ich dir sagen will, Mattheusz.»

«Momentan interessiert mich aber nur das eine: Hast du was mit diesem Kerl?» Er biss sich auf die Lippen. «Oh Mann, ich höre mich schon an wie so ein Obermacho.»

«Nils hat mich gerettet, weil ich beim Schwimmen einen Schluckauf gekriegt habe und fast nicht mehr an Land gekommen wäre.»

«Ach, und als du dann an Land warst, hat dein Held dich noch mal eben ein bisschen in seine starken Arme genommen.» Mattheusz schulterte den Sack mit der Bettwäsche. «Eifersucht ist echt ein Scheiß-Gefühl, Jannike. Ich komme mir richtig mies vor, weil ich nicht einfach denke: Meine Freundin ist treu, was anderes hat die sowieso gar nicht nötig.»

«Und warum misstraust du mir?»

«Keine Ahnung. In letzter Zeit bist du irgendwie seltsam. Manchmal hab ich das Gefühl, ich weiß überhaupt nicht, was du von mir willst.»

Natürlich wäre jetzt der passende Augenblick gewesen, zu ihm zu gehen, seinen Griff, mit dem er seine Habseligkeiten umklammert hielt, sanft zu lösen, und seine Hand zu nehmen. Dann hätte sie ihm sagen können, dass er keine Angst haben musste und ihr Verhalten der letzten Tage genau den gegenteiligen Grund hatte, als er in seiner Eifersucht annahm. Es war nicht so, dass sie sehnsuchtsvoll an einen anderen dachte. Sie wollte nur ihn, Mattheusz. Wollte wissen, dass er sie liebte und sich eine Zukunft mit ihr wünschte.

«Warum sagst du immer noch nichts?», fragte er, für seine Verhältnisse richtig wütend.

Nun, irgendwie gefiel es ihr auch, dass Mattheusz so tobte. Das war nicht gerade fair, denn offensichtlich litt er wie ein Hund und wünschte sich genau wie Jannike nichts sehnlicher, als endlich ein absolutes und endgültiges Liebesversprechen zu erhalten. Ja, wahrscheinlich hatten sie ohnehin beide dieselben Träume. Nur dass sie viel zu selten darüber sprachen.

Aber bravo, jetzt machte Mattheusz endlich mal den Mund auf, sagte, wie es ihm ging, wovor er sich fürchtete, was ihn zur Weißglut brachte. Und zugegeben, Jannike war Frau genug, dass sie natürlich auch eine kleine geheime Vision hatte, wie ihr eifersüchtiger Liebster bei nächstbester Gelegenheit den schmachtenden Augen des Rettungsschwimmers ein enormes Veilchen verpasste. Sie wünschte sich das nicht wirklich, wollte nicht, dass Mattheusz aus Liebe zu ihr zum Haudegen wurde, mal abgesehen davon, dass Nils es auch nicht verdient hätte, Bekanntschaft mit Mattheusz' Faust zu machen. Sie wünschte sich eigentlich nur, dass Mattheusz es sich wünschte. Schließlich hatte er doch auch Gefühle, oder nicht? Er trug sie nur nicht zur Schau wie beispielsweise Danni, zum Glück nicht, das wäre dann ja auch schon wieder zu viel des Guten gewesen, wenn Mattheusz jetzt einen hysterischen Tobsuchtsanfall mit Tränen und Haareraufen bekäme. Nur eben eine Nuance mehr Emotionen als sonst würde ausreichen. Ach, die Männer hatten es im Grunde auch nicht so leicht, fiel Jannike auf, der Grat zwischen Held und Softie war schmaler als ein Liebesroman.

Trotzdem ließ sie ihn ziehen mit seinem Wäschesack und seinen hängenden Schultern. Denn sie hatte die Hoffnung, dass sie sich durch die Nacht in getrennten Betten vielleicht wieder näherkommen würden.

Doch kaum hatte er die Tür hinter sich zugeknallt, war ihr bereits klar: Diese Nacht musste sie erst einmal überstehen. Es fühlte sich schon jetzt absolut scheußlich an.

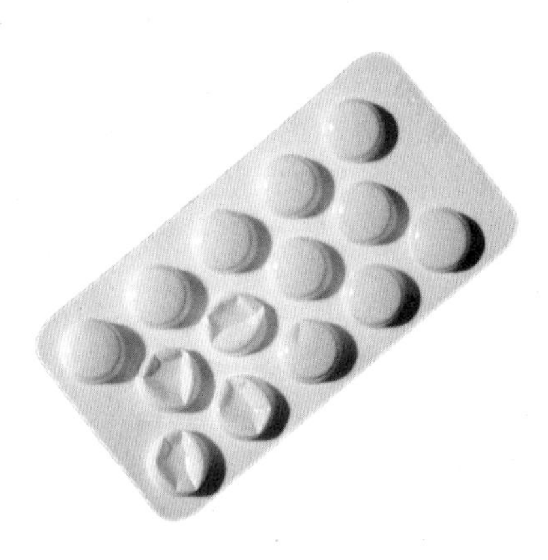

Tip.»

«Top.»

«Tip.»

«Top.»

Derjenige, dessen Fuß am Ende oben lag, durfte damit beginnen, sein Team zusammenzustellen. Dieses Mal war es wieder der Sohn des Gemeindekämmerers, den Sonka immer gern wählen ließ, weil der Arme sonst stets als Letzter auf der Bank sitzen blieb.

«Was spielen wir denn heute überhaupt?», fragte er, und die Lustlosigkeit steckte in jeder einzelnen Silbe.

«Völkerball», entschied Sonka Waltermann, denn Völkerball ging immer. Da waren alle beschäftigt. Die sportlichen Schüler, die mit Ballgefühl und Kondition, konnten ihre Mannschaft nach vorne bringen, indem sie das gegnerische Spielfeld durch gezielte Abwürfe leerten. Manche nutzten die Situation, um ihre aufgestaute Energie loszuwerden, sie schmetterten den Ball mit einer solchen Wucht gegen die Mitschüler, dass in den nächsten fünfundvierzig Minuten mit Sicherheit ein paar schmerzverzerrte Gesichter zu sehen sein würden, aber da musste man kein Bedauern zeigen, die hätten ja auch etwas geschickter ausweichen oder, noch besser, den Ball auffangen und zurückfeuern können. Hatten sie aber nicht, also wurden sie bestraft, mit Blessuren und einer Verbannung ins

Hinterfeld. So war nun mal die Regel. Mitleid hatte im Sportunterricht nichts verloren.

Das Fach war ohnehin kein Spaß in diesem schwierigen Alter. Sonka Waltermann hatte zu allem Überfluss auch noch Jungen und Mädchen gemeinsam zu unterrichten. Auf dem Festland wäre das umstritten, doch hier gab es einfach zu wenige Schüler, wenn man da noch nach Geschlecht getrennt hätte, wären als Mannschaftssport nur noch Beachvolleyball oder Tennisdoppel in Frage gekommen.

Sonka Waltermann blies in ihre Trillerpfeife. «So, bitte jetzt wählen.»

Greta Meyerhoff meldete sich. «Frau Waltermann, ich kann heute nicht mitmachen.»

«Warum nicht?»

«Ich hab meine Tage.»

Wenn Sonka Waltermann sich nicht täuschte, hatte das Mädchen in der letzten und vorletzten Woche dieselbe Ausrede benutzt. Und bei deren Untergewicht hegte sie als aufgeklärte Lehrkraft ihre Zweifel, ob Greta Meyerhoff überhaupt einen Zyklus hatte. Doch das ließ sich wohl kaum nachprüfen, und die Eltern würden ein Gespräch zu diesem Thema wie üblich im Keim ersticken. «Aber gestern Nachmittag beim Schwimmtraining am Strand warst du ja noch fit, soweit ich informiert bin.»

Greta schaute vorwurfsvoll in Fridjofs Richtung, der verdrehte die Augen und zuckte zusammen, als er sah, dass sie als seine Mutter es bemerkt hatte. Ja, natürlich hatte Sonka Waltermann ihren Sohn nach dem Training befragt, sie hatte eben genau wissen wollen, wie weit, wie schnell er im Vergleich zu den anderen geschwommen war. Auf die Weise hatte sie auch von dem kleinen Zwischenfall mit Jannike Loog erfahren, die wohl eine Art Kollaps erlitten hatte und vom Trainer gerettet werden musste. War eben auch nicht mehr die Jüngste, damit hatte man sich als Frau mittleren Alters nun mal abzufinden. Man konnte Fridjof doch keinen Vorwurf machen, wenn er seiner Mutter Rede und Antwort stand.

«Ich kümmere mich um Greta», zeigte Insa Vollmer sich hilfsbereit.

«So weit kommt's noch. Nein, ihr bleibt beide hier in der Halle. Greta ist zweite Schiedsrichterin. Und jetzt sollten wir endlich mit der Mannschaftsaufstellung beginnen, sonst ist die halbe Sportstunde schon um.»

Es gab das übliche Geschachere. *Wenn du den Kleinen mit dem Asthma nimmst, dann nehmen wir die Dicke mit den Plattfüßen.* Ja, das konnte für den einen oder anderen Schüler durchaus demütigend sein, und in den Pädagogenverbänden wurde immer wieder mal darüber diskutiert, ob man das Auswahlverfahren im Sportunterricht den Kindern heutzutage überhaupt noch zumuten durfte. Aber Sonka Waltermann sah das eher pragmatisch: Oft erfuhren die Schüler, die keine Mathegenies waren oder mit einer Rechtschreibschwäche zu kämpfen hatten, eine gewisse Genugtuung, den Klassenprimus möglichst lange auf der Holzbank schmoren zu lassen, weil er nun mal zwei linke Hände und Angst vor dem Ball hatte.

Das Spiel begann, beide Gruppen waren in etwa gleich stark, der Ball flog durch die Halle, und sie musste sich schon ganz schön konzentrieren, um die Übersicht zu behalten. Gezielte Würfe in die Lendengegend der Jungs waren verboten, bei den Mädchen musste man auf die Brustpartie aufpassen. Wenn jemand sich nicht daran hielt, wurde gepfiffen. Heute musste Sonka Waltermann mehrfach ermahnen. Die anfängliche Trägheit der Schüler wandelte sich von Minute zu Minute in einen erkennbaren Siegeswillen, und das mochte sie auch so am Sportunterricht, man musste nur die nötige Geduld mitbringen, irgendwann sprang der Funke über.

Auch Fridjof war in seinem Element. Er war der Fänger im Hinterfeld, musste schnell reagieren, das Team dirigieren und dafür sorgen, dass seine Mannschaft immer wieder den Ballbesitz gewann. Sonka Waltermann fand, dass er es großartig machte. Ihr Sohn war sozusagen eine Sportskanone. Das hatte er von seinem Vater. Der hatte Sport studiert, auf Lehramt, war an derselben Schule Referendar gewesen wie Sonka. Sie hatten eine kurze, leidenschaftliche Affäre gehabt, an die Sonka noch gern zurückdachte. Doch als sie schwanger wurde, hatte er doch tatsächlich seine seit Jahren geplante Rucksackreise durch Indien angetreten. Und entweder war er niemals von dort zurückgekommen, oder er hatte einen anderen Namen angenommen, jedenfalls war er seinen Vaterpflichten nicht nachgekommen und auch von keinem Gericht ausfindig zu machen. So richtig tragisch war das nicht, Sonka Waltermann hatte das auch ganz prima allein hinbekommen. Fridjof war ein guter Schüler. Überall Zweien oder Dreien. Sie hätte ihm auch gern die eine oder andere Eins ins Zeugnis geschrieben, doch schließlich war sie nicht nur seine Lehrerin, sondern auch die Mutter, da musste man besonders streng sein. Sie hatte es ihrem Sohn einmal erklärt, warum er kein einziges «Sehr gut» auf dem Zeugnis finden würde, wenn sie ihn unterrichtete. Und Fridjof hatte das verstanden. Er war ein kluger Junge. Da, jetzt gerade hatte er das runde Leder im Flug gefangen, kurz einen Wurf nach links angetäuscht und dann nach rechts einen der stärksten Gegenspieler abgeworfen. Vorbildlich! Das Spiel schien entschieden, in der anderen Mannschaft waren nur noch zwei Leute im Feld, oder, nein, Moment … Sonka

Waltermann zählte ab, und erst jetzt bemerkte sie, dass eine Schülerin fehlte. Greta Meyerhoff natürlich, wer sonst. Schrill hallte der Ton ihrer Pfeife durch den Raum. «Spielabbruch!», rief sie und ging Richtung Umkleideraum. Es würde sie nicht wundern, wenn das Mädchen sich dorthin zurückgezogen hatte, obwohl der Aufenthalt in den Garderoben während der Schulstunde strengstens untersagt war.

Und tatsächlich, da stand Greta in der hintersten Ecke und wühlte in einem pinkfarbenen Rucksack. Ganz leise pirschte Sonka sich näher heran, hörte ein Knistern. Bonbons etwa? Nein, Greta Meyerhoff naschte nicht, die aß eigentlich überhaupt nichts. «Was machst du da?»

Der Blick, mit dem sich das Mädchen erschrocken umdrehte, machte deutlich, dass sie bei etwas Verbotenem erwischt worden war. Zeitgleich ließ sie das knisternde Etwas zurück in den Beutel gleiten.

Sonka machte einen weiteren Schritt auf sie zu. «Zeig mir, was du da versteckt hast.»

«Pfefferminzbonbons», behauptete Greta. «Für frischen Atem.»

«Das sah mir aber eher nach Tabletten aus.»

Schuldbewusst blickte Greta zu Boden. «Stimmt. Es waren Schmerztabletten. Wegen meiner Unterleibskrämpfe.»

Sonka Waltermann glaubte ihr kein Wort und streckte auffordernd die Hand aus. «Bitte!»

Nie im Leben war das Aspirin. Dann würde Greta nicht so ein Theater veranstalten.

Die setzte nämlich prompt ihr patziges Gesicht auf und verbarg den Rucksack hinter dem Rücken. «Das ist meine Privatsache.»

«Privatsachen gibt es in meiner Schule nicht.» Jetzt stand sie direkt vor dem Mädchen und griff nach dem Beutel, der ihr aber sofort wieder entrissen wurde.

«Auch bei Taschen braucht man einen Durchsuchungsbeschluss, das weiß ich von Insas Vater.»

«Nun werd mal nicht frech!» Sonka Waltermann hielt Gretas Arm fest und versuchte, den Rucksack zu fassen zu kriegen.

«Lassen Sie los!», kreischte Greta und kniff mit langen Fingernägeln in Sonka Waltermanns Hand. Dieses ungezogene Verhalten versetzte Sonka derart in Rage, das sie zu schwitzen begann. Gleichzeitig wurde ihr Atem flach und hektisch. Eigentlich dürfte sie sich nicht so provozieren lassen. Doch manchmal war eben auch bei ihr eine Grenze überschritten, so wie jetzt, da konnte sie sich einfach nicht zusammenreißen, sie war doch auch nur ein Mensch. «Gib mir die verdammten Pillen!», schrie sie, und ihr Ton hatte durchaus Ähnlichkeit mit der Trillerpfeife, die auf ihrer vor Aufregung pochenden Brust lag. «Jetzt! Sofort!»

Dass die anderen Schüler, angelockt durch ihr hysterisches Gekreische, neugierig angerannt kamen, bemerkte sie erst, als sie sich schon mitten in einem kleinen Handgemenge befand. Auf keinen Fall durfte die Göre ihr auf der Nase herumtanzen. Wenn sie als Lehrerin diesen Beutel haben wollte, dann hatte sie ihn gefälligst auszuhändigen. Sonst konnte sie auch anders, oh ja, das konnte sie. Greta setzte sich zur Wehr, warf den Sack zu den anderen rüber, die auf einmal ganz prima fangen konnten, das Teil an den Nächsten weiterreichten – Spielzüge, viel präziser als vorhin beim Völkerball. Na wartet, dachte Sonka und folgte dem nächsten Wurf, streckte die Arme aus, lief los, stolperte über einen stinkenden, schmutzigen Teenagerturnschuh und fiel der Länge nach hin.

Das tat weh. Im Knie, aber vor allem in den Ohren, wo das hämische Gelächter der Jugendlichen nachhallte. Ihre Brille war heruntergefallen, und das Sportshirt verrutscht, sie musste aussehen wie ein gerupftes Huhn. Die Schüler lachten noch immer. Nicht nur diese unverschämte Greta, sondern alle anderen auch. Das Allerschlimmste war: Sogar ihr eigener Sohn Fridjof grinste. Das hatte sie nicht verdient. Das tat weh.

Sie stand auf, steckte das T-Shirt wieder in die Gymnastikhose und versuchte, lässig dreinzuschauen.

Die Glocke kündigte das Ende der Schulstunde an. Nein, sie hatte beileibe nicht verloren. Den pinkfarbenen Rucksack hatte sie nämlich erwischt, den hielt sie sicher in der Hand. Den würde sie jetzt in ihr Direktorenzimmer tragen und dort untersuchen.

Sonka Waltermann verließ zerfleddert, aber stolz und mit durchgedrücktem Rückgrat den Umkleideraum. Große Pause!

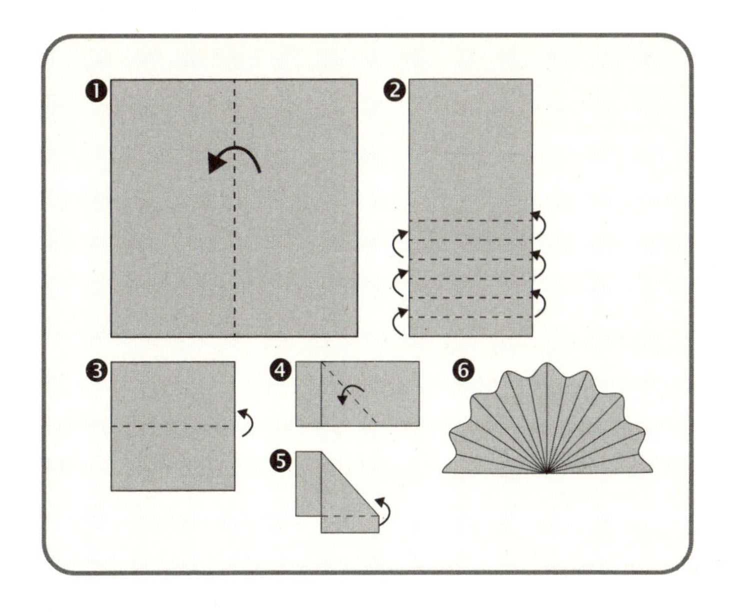

Irgendetwas Schlimmes war passiert. Bogdana hatte keine Ahnung, was genau, aber es musste wirklich richtig furchtbar sein, denn Jannike und Mattheusz redeten seit gestern kein einziges Wort mehr miteinander. Noch dramatischer war, dass Mattheusz die letzte Nacht sogar im leerstehenden Zimmer 1 hatte verbringen müssen. Er hatte das zwar verheimlichen wollen, sogar das Bett wieder abgezogen, die Handtücher in die Wäsche getan und das Badezimmer für seine Verhältnisse ordentlich hinterlassen, doch da kannte er seine Mutter schlecht, ihr entging nun einmal nichts. Der Radiowecker auf dem Nachttisch stand eindeutig zu weit am Rand, und die Gardinen waren nicht akkurat zur Seite gezogen, links war der Schal viel breiter als rechts – eine schlechte Angewohnheit, die Mattheusz schon als kleiner Junge in seinem Kinderzimmer gehabt hatte.

Bogdana hatte eine Ahnung, wo der Hase im Pfeffer lag. Es ging bestimmt ums Heiraten! Jannike wurde womöglich kratzbürstig, weil Mattheusz nicht um ihre Hand anhielt. Und recht hatte sie: Es war höchste Zeit.

Deswegen hatte Bogdana kurzerhand den weiblichen Teil ihrer Familie in die Hotelküche gebeten, wo heute wegen des Ruhetags nichts los war. Oma Maria war gut drauf, sie hasste Freizeit und griff fast instinktiv zur hölzernen Mehlbox, wo der Roggenschrot lagerte, um mit der Zubereitung ihres speziellen Hefeteigs zu beginnen. Kümmel, Milch und Honig standen bereit. Kein Problem, von dem polnischen Brot konnten sie nie genug im Haus haben, das war hier auf der Insel inzwischen zu einer ganz besonderen Spezialität geworden und würde auch morgen beim Frühstück reißenden Absatz finden.

Lucyna hingegen gab sich wenig Mühe, ihren Unmut zu verbergen. Sie setzte sich auf die Tischkante, verschränkte die Arme und ließ die Mundwinkel ganz weit nach unten sinken. Genau wie früher in der Pubertät, Kinder änderten sich wohl nie. «Was ist los?», fragte sie auf Polnisch. «Wieder die mysteriöse Frau Galinski?»

«Nein, dieses Mal nicht!»

«Ich habe nämlich langsam keine Lust mehr, dieser Dame hinterherzuschnüffeln. Das ist peinlich! Ingo macht sich schon über uns lustig, er sagt, wir würden zu viele schlechte Krimis lesen, und wenn du immer noch ernsthaft glaubst, dass Frau Galinski die Brandstifterin ist, solltest du es Jannike sagen.»

Dafür reichten die Beweise leider kaum, doch ganz ausgeräumt war der Verdacht gegen die Frau nicht. Dass sie noch immer im Hotel wohnte, Nacht um Nacht verlängert hatte, sodass es fast schon zur Gewohnheit geworden war und man Jannike gar nicht mehr extra um Erlaubnis fragen musste, weil die genügend andere Sorgen hatte – all das war wirklich seltsam. Vor ein paar Tagen, als Frau Galinski mal wieder mit dem Hund in den Ort spaziert war, ist Bogdana ihnen nachgeschlichen. Warum war die Frau so verschlossen und unnahbar? Warum rochen ihre Sachen nach Rauch? Zweimal hatte es gebrannt, und beide Male war die Verdächtige genau zu diesem Zeitpunkt unterwegs gewesen – womöglich mit Terpentin in der Manteltasche. Jedenfalls hatte Bogdana ihre Skrupel über Bord geworfen und war dieses Mal in einem Sicherheitsabstand gefolgt. Zum Glück, denn nur deswegen hatte sie Frau Galinski Hilfestellung leisten können, als der süße kleine Pepsi im Wattenmeer stecken geblieben war. Doch leider war so auch die Tarnung aufgeflogen. In Zukunft musste Bogdana sich also vorsehen und stattdessen Lucyna auf Beobachtungsposten schicken.

«Hast du verstanden, Mama? Heute kein Detektivspiel. Ich will mit Ingo meinen freien Abend genießen. Wir gehen vielleicht ins Kino …»

«Ich brauche dich. Wir müssen das Hotel retten.»

«Verstehe ich nicht!» Lucyna zog ihre schmal gezupften Augenbrauen nach oben. Bogdana mochte das nicht so besonders, diese fadendünnen, mit Kajal nachgezogenen Haarstreifen entstellten das Gesicht ihrer Tochter, dazu noch der Nasenring, der sie aussehen ließ, als hätte sie sich beim Essen versehentlich das Gesicht beschmiert. «Es ist doch alles okay.»

«Gar nichts ist okay! Wir müssen Jannike und Mattheusz helfen.»

Nun hielt sogar Oma Maria inne, eine grauweiße Mehlwolke umschwebte ihre Gestalt. «Was ist denn los mit den beiden?»

«Sie haben Krach.»

Lucyna stöhnte auf. «Mama, das ist völlig normal. Ingo und ich haben ständig Streit.»

«Ja, ich kenne dich, meine Tochter, mit dir kann man eben sehr schnell aneinandergeraten. Aber bei Jannike ist das etwas völlig anderes, die ist eigentlich ganz friedlich.» Es kamen keine Widerworte. «Wir müssen dafür sorgen, dass die beiden sich wieder vertragen. Und zwar so schnell wie möglich.»

«Warum die Eile?»

«Warum?» Bogdana zweifelte manchmal daran, dass ihre Tochter auch nur im Ansatz verstand, was in der Welt wirklich zählte. «Jannike ist schon über vierzig. Sie müssen sich schnell vertragen, damit sie bald heiraten und Kinder kriegen. Sonst ist es zu spät!»

«Du spinnst doch», sagte Lucyna, doch sie meinte es nicht böse, sondern nahm Bogdana lächelnd in den Arm, bevor sie sich an ihre Großmutter wandte. «Was sagst du denn dazu?»

Tja, was sollte Oma Maria schon groß dazu sagen? Die Antwort war im Grunde vorprogrammiert: «Die beiden müssen etwas Gutes essen!» Bogdana hatte nicht nur darauf gehofft, sondern sogar damit gerechnet, dass dieser Satz fallen würde.

«Superidee!», fand auch Lucyna und klatschte in die Hände. «Wir laden sie in ihr eigenes Restaurant ein. Nur Jannike und Mattheusz, dazu Kerzen, leise Musik, guter Wein …»

«Ich koche *kurczaka dla zakochanych*!», entschied Oma Maria und fischte gleich drei Bananen aus dem Obstkorb. Das sogenannte *Hähnchen für Verliebte* war wohl eines der exotischsten Gerichte der polnischen Küche und speziell für solche Anlässe gedacht. Sehr gut, Bogdanas Plan ging auf. Oma Maria würde das sinnlichste Menü kochen, das jemals im *Roten Hering* aufgetischt worden war, und Lucyna machte sich bereits daran, aus den guten Stoffservietten romantische Rosen zu falten.

Der Rest war Bogdanas Sache, also begab sie sich auf die Suche nach ihrem Sohn. In die Privatwohnung brauchte sie gar nicht erst zu gehen, da würde Mattheusz sich heute bestimmt nicht aufhalten. Die Männer der Familie Pajak waren bekanntermaßen stur und zudem auch noch etwas scheu, eine ungute Mischung, wenn es um Konflikte ging. Doch einen Streit zu schlichten, war im Grunde auch nicht viel anders, als einen hartnäckigen Fleck zu entfernen, fand Bogdana. Man musste nur genau wissen, womit man es zu tun hatte und woraus das Problem im Detail bestand, dann gab es für alles das richtige Gegenmittel – und das war meistens noch nicht einmal besonders schwer aufzutreiben: rohe Kartoffeln gegen Fett, Salzwasser gegen Blut, Zahnpasta gegen Rost. Ganz einfach.

Fühlte man sich ausgenutzt, weil der Mann ständig vor dem Fernseher saß und man die ganze Hausarbeit alleine bewältigen musste, dann machte man einfach mal etwas kaputt, was dem Gatten besonders wichtig war. Das Kabel, das den Flimmerkasten mit der Satellitenanlage verbindet, zum Beispiel. Huch, «aus Versehen» durchgeschnitten, dabei hatte man doch eigentlich nur einen herunterhängenden Faden von der Sofadecke entfernen wollen. In Zukunft würde der Mann ein Auge darauf haben, wann in dieser Ecke mal wieder etwas aufgeräumt gehörte, am besten machte er es dann nämlich selbst, bevor wieder was passierte. Funktionierte immer. Oder der lästige Streit um die Haushaltskasse. Da musste man einfach mal so richtig viel Geld ausgeben, es mit der Verschwendung total übertreiben – prompt fielen in den nächsten Monaten die kleinen Kleckerbeträge von fünfzig oder sechzig Złoty nicht mehr so ins Gewicht. Und wenn man glaubte, sich nichts mehr zu sagen zu haben – so wie Jannike und Mattheusz derzeit –, dann löste ein gemeinsames Essen die Zungen. Diese Methode hatte Bogdana auch schon zigmal erfolgreich getestet.

«Mattheusz?», rief sie, als sie durch die Hintertür in den Garten gelangt war. Vielleicht war ihr Sohn ja gerade im Fahrradschuppen beschäftigt. Gern ging Bogdana nicht hierher, seit vor einem Jahr um die Ecke eine Sauna aufgestellt worden war. Zwar war sie dank der hohen Hecke bestens abgeschirmt, aber manchmal liefen die Gäste auch ganz ungeniert aus dem für sie zugeteilten Bereich hinaus. Da konnte es schon mal passieren, dass Bogdana einem unbekleideten Mann gegenüberstand, dessen Badezimmer sie soeben geputzt hatte. Das war dann doch zu viel des Guten. Zu wissen, womit er sich die Zähne putzte und ob er mit Socken schlief, reichte ihr vollkommen aus. So genau wollte sie die Gäste gar nicht kennenlernen. Doch heute blieb der Außenbereich im *Leuchtfeuer-Spa* ungenutzt, es lagen keine Polster auf den Holzliegen, und die Markisen waren eingerollt. Der kleine Wasserfall, der sich ins Tauchbecken ergoss, plätscherte leise vor sich hin. Wahrscheinlich war es den Gästen zu kalt auf der Liegewiese.

«Mattheusz?» Keine Antwort, also ging Bogdana wieder ins Haus zurück und nahm die paar Stufen, die nach unten in den Keller führten. «Mattheusz?» Dieses Mal hatte sie Glück, und ihr Rufen wurde beantwortet.

«Was gibt's?» Mattheusz war im Weinkeller. Bogdanas Augen mussten sich erst einmal an das Dämmerlicht gewöhnen, dann sah sie, dass ihr Sohn ein Geschirrtuch in der Hand hielt und Flaschen, die so teuer waren, dass sie eine deutlich längere Liegezeit hatten als die preiswerteren Tropfen, entstaubte. Diese Arbeit musste zweifelsohne ab und zu getan werden, schließlich könnte sich ja theoretisch jeden Abend ein Gast entschließen, bei den Getränken besonders spendabel zu sein, dann mussten die Weine natürlich glänzen. Aber warum putzte Mattheusz ausgerechnet heute? Hatte er nichts Besseres zu tun?

«Wovor versteckst du dich, mein Sohn?»

«Tu ich doch gar nicht.»

Alles klar, er stellte auf stur. Man musste ihn also quasi über eine Umleitung auf den richtigen Weg bringen. «Welchen Wein würdest du dir aussuchen, wenn du die freie Wahl hättest?», fragte Bogdana, obwohl sie eigentlich keine Ahnung von edlen Traubensäften hatte. In Polen trank man Wasser zum Essen. Manchmal Bier. Und immer Wodka. Aber Wein?

Entsprechend entgeistert wurde sie von Mattheusz angeschaut. «Rot oder Weiß?»

Bogdana zuckte mit den Schultern. «Bei einem richtig guten Essen fängt man doch mit dem einen an und hört mit dem anderen auf.» Welche Reihenfolge die richtige war, entzog sich ihrer Kenntnis.

«Hm. Vielleicht zuerst den Riesling aus Rheinhessen.» Die Flasche sah eigentlich aus wie alle anderen auch. «Und danach den Bordeaux aus dem Jahr 2005, den würde ich gern mal probieren. Warum fragst du?»

«Pack die beiden ein, du kannst sie heute noch gebrauchen. Und einen Sekt dazu.»

«Wofür?»

«Du hast frei, und solltest dich mit deiner Freundin beschäftigen.»

«Mama!»

«Glaub nicht, dass euer Streit unbemerkt geblieben ist.»

«Wir haben gar keinen ...»

«Erzähl keinen Unsinn.» Bogdana stemmte die Fäuste in die Hüften und hoffte, dass ihr böser Blick trotz der schlechten

Beleuchtung entsprechend funkelte. «Und wenn du jetzt nicht genau das tust, was ich dir sage, dann sind wir beide ebenfalls verquer, das kann ich dir versprechen!»

Er ließ sich auf einer Kiste nieder. «Was soll ich denn deiner Meinung nach tun?»

«Du bist genau wie dein Vater: Ihr Männer habt einfach kein Gespür für das, was wir Frauen uns wünschen!», polterte Bogdana los.

«Ich kann mir denken, worauf du anspielst, Mama. Du willst, dass ich Jannike heirate!»

«Na also, geht doch. Und wo ist das Problem?»

Er seufzte schwer, und plötzlich wechselte Bogdanas Stimmungslage wie die Temperatur nach einem heftigen Gewitter. Sie kannte das schon von sich, natürlich war sie manchmal streng mit ihrem Sohn, aber mindestens genauso oft wurde sie von Mitgefühl überwältigt, wenn Mattheusz traurig war. Eigentlich war er doch ein lieber Kerl, gutmütig bis in den kleinen Finger. Jetzt würde sie ihn am liebsten an ihren Busen drücken und durch seine Locken wuscheln, so wie damals in ihrer polnischen Heimat, wenn Mattheusz sich beim Spielen das Knie aufgeschlagen hatte. Dass Mattheusz jetzt die Schultern hängen ließ und um Worte rang, brachte diese mütterliche Ader in ihr zum Pulsieren. «Was ist denn los?»

«Ich möchte Jannike ja heiraten, Mama. Glaub mir, seit wir zusammen sind, überlege ich jeden Tag, sie zu fragen. Aber das ist nicht so einfach!»

«Doch, das ist einfach, mein Sohn. Damals, vor vierzig Jahren, hat dein Vater einfach den Termin beim Standesbeamten festgemacht, die Musikkapelle bestellt und den Anzug seines Vaters umschneidern lassen. Erst dann hat er mich überhaupt gefragt, ob ich an dem Tag Zeit habe. Und Lust.»

«Mit einem solchen Hauruckverfahren kann ich bei Jannike kaum punkten.»

«Aber wenn du immer nur schüchtern bist und auf die richtige Gelegenheit wartest, ist es irgendwann zu spät. Ich meine», sie senkte die Stimme, «ihr wollt mich doch noch zur Großmutter machen, oder etwa nicht?»

Mattheusz nickte. «Ich schon. Aber mit Jannike hab ich über das Thema ehrlich gesagt noch nicht so richtig gesprochen. Nur mal ganz kurz, aber dann hat das Telefon geklingelt und ...»

Bogdana schlug die Hände über dem Kopf zusammen. «*Lepiej godzinę za wcześnie niż minutę za późno.* Dass du mit deiner Zögerlichkeit überhaupt schon mal geküsst wurdest, grenzt an ein Wunder.»

«Mama!» Eventuell wurde er rot, das war hier im Keller nicht so genau zu erkennen.

«Warum zierst du dich so?»

Seine Antwort kam zögerlich. «Ich bin mir nicht sicher, ob sie überhaupt ja sagen wird.»

«Aber natürlich wird sie das, mein Junge. Diese Frau liebt dich. Außerdem bist du ein guter Hilfskoch und hast zwei geschickte Hände.»

«Eben. Ich bin nur ein Hilfskoch. Ein Handwerker. Und sie ist Hotelbesitzerin.»

Bogdana wurde ganz warm ums Herz vor Mitleid. Ihr armer Sohn. Warum machte er sich nur solche Gedanken? «Ich verdiene mit meiner Arbeit hier auf der Insel auch doppelt so viel wie dein Vater zu Hause in Polen. Und wir sind trotzdem noch verheiratet.» Wenn auch vielleicht nicht glücklich, fügte Bogdana in Gedanken hinzu. Und vielleicht nicht mehr besonders verliebt. Und tatsächlich konnte es sein, dass Boris' Muffeligkeit auch damit zu tun hatte, dass seine Frau die Hauptverdienerin in der Familie war, so etwas kränkte einen stolzen polnischen Mann. Aber das Leben dauerte nun mal länger als die Flitterwochen.

«Außerdem gibt es da vielleicht einen anderen», rückte Mattheusz dann plötzlich mit dem eigentlichen Grund heraus, und es war ihm deutlich anzumerken, wie schwer ihm der letzte Satz fiel. «Ich habe sie gestern zusammen gesehen. Bei ihrem Schwimmtraining am Strand. Arm in Arm.»

«Nie im Leben!»

«Doch. Vorher hatte ich versucht, Jannike zum Bleiben zu überreden. Du weißt, es ging ihr ohnehin nicht so gut, dann der ganze Stress mit Lasse, ich dachte, es würde ihr guttun, sich ein bisschen auszuruhen. Zusammen mit mir. Aber sie war total stur und ist trotzdem zum Schwimmen gefahren.»

«Du glaubst, weil sie den anderen sehen wollte?»

Mattheusz zog die Schultern hoch und schwieg.

«Hast du sie darauf angesprochen?»

«Ja, aber sie hat nichts dazu gesagt.»

«Sie hat es nicht abgestritten?»

Er schüttelte den Kopf.

«Deswegen hast du heute in Zimmer 1 übernachtet.»

Er nickte.

«Gerade dann solltest du jetzt endlich Nägel mit Köpfen machen, mein Lieber. Wenn sie schon mit anderen herumzuturteln beginnt ...»

«Ich kann sie ja sogar verstehen. Der Kerl ist ein Bild von einem Mann. Muskelbepackt und mindestens einen Kopf größer als ich. Rettungsschwimmer.»

«Als ob es darauf ankäme. Nein, keine Ausreden, du machst jetzt genau das, was ich dir auftrage, verstanden?» Er schaute sie an wie damals, als er ein kleiner Junge gewesen war, dem man beibringen musste, sich die Schuhe zu binden. «Oma Maria und Lucyna wissen auch Bescheid. Es kann also wirklich gar nichts schiefgehen.»

Das hoffte Bogdana jedenfalls. Mit den blumigen Worten einer liebenden Mutter, die ihren Sohn vor einer großen Dummheit bewahren will, erklärte sie Mattheusz den genauen Plan, überredete ihn, zu diesem Anlass das weiße Hemd anzuziehen, welches sie jetzt gleich noch einmal aufbügeln wollte, dann solle er an ein gutes Rasierwasser denken und sich die Haare vernünftig kämmen, am besten mit Seitenscheitel. Sie ahnte, dass Mattheusz bestenfalls die Hälfte ihrer Ratschläge umsetzen würde, doch auch damit wäre ihm schon geholfen. Es war nur wichtig, dass Jannike den Ernst der Lage erkannte – und bitte, bitte ja sagte. Nicht auszudenken, wenn es bereits zu spät und ihr Interesse an Mattheusz abgeklungen war. Ein Rettungsschwimmer? Harte Konkurrenz!

Drei Stunden später erkannte man das Restaurant kaum wieder. Lucyna hatte alles rings um die Raummitte abgedunkelt, dort war ein runder Tisch platziert, auf dem eine eigentlich viel zu große weiße Tischdecke kunstvoll drapiert worden war. Der silberne Kerzenleuchter, ein Unikat aus den alten Hotelbeständen, viel zu unpraktisch für das Alltagsgeschäft, stand, poliert und mit sechs roten Kerzen bestückt, zwischen makellosen Wein- und Sektgläsern. Auf den Porzellantellern lagen die kunstvoll gefalteten Servietten, eingerahmt von Gabeln und Messern, in deren Silber sich das Kerzenlicht spiegelte und Sternenbilder an die Decke warf.

«Wirklich schön», lobte Bogdana ihre Tochter, und das tat sie selten, man durfte die Kinder nämlich nicht zu sehr verhätscheln. Doch hier hatte Lucyna wirklich ganze Arbeit geleistet.

Aus der Küche zog der Duft von Zimt und Nelken durch das Haus, das Hähnchen musste gleich fertig sein, dazu gab es Klöße und polnische Grillzwiebel, zum Nachtisch *sernik królewski*, einen Kuchen aus Quark, Sahne und Kakaostreuseln. Romantischer ging es ja wohl nicht, fand Bogdana, so etwas müsste sich ihr Gatte Boris mal für sie einfallen lassen. Sie blickte auf die Uhr, es war kurz vor halb acht. Langsam könnte Mattheusz aber auch mal … Ja! Schritte auf der Treppe, die Tür zum Speisesaal wurde geöffnet, und dann waren sie endlich da.

«Husch, husch», machte Bogdana und verschwand gemeinsam mit Lucyna in der Küche. Eigentlich wollten sie die beiden ja in Ruhe lassen, das war wichtig, Liebende darf man nicht stören. Doch der kleine Spalt in der Durchreiche sollte wohl erlaubt sein, schließlich mussten sie ja auch mitbekommen, wann die Teller leergegessen und die nächsten Leckereien fällig wären. Also klemmten sich drei polnische Generationen in die schmale Nische zwischen den Küchenschränken und warteten ab.

«In letzter Zeit spielen wir ständig Spion», flüsterte Lucyna.

«Psst!», machten Bogdana und Oma Maria gleichzeitig. Man verstand ja gar nicht, was die beiden miteinander sprachen.

«Was ist denn hier los?», fragte Jannike, in freundlichem Ton wohlgemerkt, also hatte die Überraschung funktioniert. Die Funkstille zwischen den beiden war schon mal beendet. Gott sei Dank!

«Wir beide haben doch immer so wenig Zeit füreinander.» Gut machte Mattheusz das. Er schob ihr sogar den Stuhl zurecht. Dann hob er den Sekt aus dem Kühler und goss sich und Jannike ein.

«Das hast du dir ganz allein für mich ausgedacht?»

Oje, gefährliche Frage. Doch Mattheusz hatte die passende Antwort: «Wer aus der Familie Pajak stammt, ist zu allem bereit.»

«Da hast du allerdings recht!» Sie stießen ihre langstieligen Gläser gegeneinander, und wenn Bogdana die Mienen im milden Kerzenschein richtig deutete, wechselten sie beim ersten Schluck verliebte Blicke. Sehr gut!

«Warte, ich hole den ersten Gang!» Mattheusz kam Richtung Küche gelaufen. Schnell stoben die Pajak-Damen auseinander und widmeten sich der Vorspeise. Oma Maria holte die frisch zubereiteten *nóżki w galarecie* aus dem Kühlschrank und stürzte die Schweinesülze mit geschickten Handgriffen auf die Teller. Zwar hatte Mattheusz behauptet, Fleisch in Aspik sei in Deutschland nicht so unbedingt auf Platz eins der romantischen Liebesspeisen, aber da konnte er sich auch irren. Schließlich hatte Oma Maria Herzförmchen gewählt. Lucyna spritzte mit Remoulade ein M und ein J auf das Porzellan und steckte Dillzweige in die Sülze, genau an die Stelle, wo normalerweise Amors Pfeil traf. Als Mattheusz die Tür öffnete, war alles fix und fertig.

«Und? Musstest du sie überreden?», fragte Bogdana im Flüsterton.

Mattheusz grinste. «Nein, im Gegenteil. Jannike hatte einen Riesenhunger. So kenne ich sie gar nicht.»

«Na also, dann ist die Sache mit dem Bademeister erledigt!», freute sich Bogdana und drückte ihrem Sohn die beiden Teller in die Hand. «Jetzt darfst du nur keinen Mist bauen!»

Er nickte pflichtbewusst und verschwand wieder im Restaurant. Sehr schön! Bogdana gönnte sich einen Moment und malte sich aus, wie es wäre, zwei oder drei Enkelkinder im

Hotel herumspringen zu sehen. Denen könnte sie dann immer Leckereien zustecken und ihnen durch das Haar kraulen, ein Junge und ein Mädchen, mit Mattheusz' Locken und Jannikes Charme …

«Mama, schau, er hat serviert!»

Wieder begaben sie sich zu dritt auf ihren Beobachtungsposten.

Das Paar im Speisesaal prostete sich zu. «Schweinesülze!», sagte Jannike. Das könnte durchaus anerkennend gemeint sein, fand Bogdana.

«Wann essen sie denn?», fragte Oma Maria voller Ungeduld und seufzte glücklich, als endlich die Gabeln zum Mund geführt wurden. Doch plötzlich stockte Jannike und kniff die Lippen zusammen.

«Ist was?», fragte Mattheusz.

«Warum isst sie nicht?» Oma Maria wurde laut. Sie konnte gar nicht vertragen, wenn jemand verschmähte, was sie mit geübten Handgriffen auf dem Herd gezaubert hatte.

Jannike betrachtete die *Nóżki*, als handelte es sich um irgendein Insekt, das gleich von der Gabel krabbeln würde. «Tut mir leid, ich krieg das nicht runter!»

«Ist vielleicht nicht jedermanns Sache», beschwichtigte Mattheusz sie.

«Normalerweise mag ich das schon …» Sie ließ die Gabel sinken.

Oma Maria war außer sich. «Sie will nicht essen!»

«Schon gut, Oma. Reg dich nicht auf!» Lucyna zog ihre Großmutter wieder Richtung Herd. «Mach doch mal das Hühnchen fertig, das ist Jannikes Leibgericht, da haut sie bestimmt richtig rein.»

Oma Maria beruhigte sich keineswegs. Während sie mit

Hilfe ihrer selbstgehäkelten Topflappen das Geflügel aus dem Ofen holte, murmelte sie ihr umfangreiches Schimpfwortrepertoire rauf und runter. Deswegen verstand man vor lauter *idż do diabła* und *szmata* und *nie mam pojęcia!* auch kaum, was die beiden da draußen zu besprechen hatten. Ob Mattheusz der Appetit nun ebenfalls vergangen war? Die Teller blieben jedenfalls unangetastet.

«Ich möchte dich etwas fragen!» Das war Mattheusz. Na endlich, jetzt wurde es ernst. Auch Jannike guckte ganz gespannt, und Mattheusz holte tief Luft. «Also ... willst du ...» Er hüstelte. «Willst du, dass ich schon mal den Hauptgang hole?»

Ohne eine Antwort abzuwarten, stand er auf, nahm die Vorspeisenteller und rannte fast zur Küche. Irrte Bogdana sich, oder stand ihm wirklich der Schweiß auf der Stirn? Jannike schaute ihm hinterher, ein Lächeln auf den Lippen. Oder deutete sie das falsch? War es Enttäuschung, Verärgerung, vielleicht Spott? Irgendwie war Bogdanas Glaube daran, dass sich heute Abend alles fügen würde, erschüttert.

Kaum hatte Mattheusz die Küche betreten und die Tür zum Speisesaal geschlossen, nahm Bogdana ihn ins Gebet. «Was ist mit dir? Du warst so dicht davor!»

«Warum hat sie die *nóżki w galarecie* stehen lassen?», fragte Oma Maria streng. «Vielleicht solltest du dir das noch mal überlegen. Frauen, die nicht essen, sind nichts wert!»

Mattheusz nahm seine schimpfende Großmutter beherzt in den Arm. «Sei nicht böse auf Jannike. Sie hat was mit dem Magen, glaube ich. Hoffentlich kein Infekt.»

Das war in Oma Marias Augen nur eine lahme Ausrede, doch was sollte sie tun? Das Hühnchen musste auf den Teller drapiert und zerlegt werden, Brust, Schenkel, Hals und Innereien.

Da blieb keine Zeit, ihrem Enkel noch länger ins Gewissen zu reden, stattdessen verfiel sie in ihren altbewährten Befehlston: «Und jetzt komm, hilf mir, ich halte fest, du schneidest.»

Lucyna kümmerte sich in der Zwischenzeit darum, die Klöße aus dem siedenden Salzwasser zu heben, und Bogdana, die somit überflüssig war, positionierte sich wieder an der Stelle, von der aus man den dekorierten Tisch im Blick hatte – und erstarrte! Jannike war nicht mehr allein. Ein Mann, zugegebenermaßen ein sehr gutaussehender Mann, hatte den Raum betreten, ging geradewegs auf Jannike zu, die sich von ihrem Platz erhob, und ... ja, wirklich ... zauberte einen Blumenstrauß hinter seinem Rücken hervor. Was war denn da los? Kurz überlegte Bogdana, mit lautem Getöse den Speisesaal zu stürmen. Doch entgegen ihrer sonst so direkten Art entschied sie sich anders, denn eine innere Stimme verriet ihr, dass man diesen Herrenbesuch diskret handhaben musste, zumindest fürs Erste. Wenn Mattheusz, der noch eine Weile mit dem Hühnchen beschäftigt sein würde, etwas davon mitbekam, könnte er womöglich für immer den Mut verlieren, seiner Liebsten einen Antrag zu machen.

Sie versuchte zu lauschen. «... für mich vorbereitet?», verstand sie aus dem Munde des Fremden. Mist, sie war zu weit entfernt, musste näher ran. Also schlich Bogdana von der Küche in den Flur und versteckte sich neben der großen Glastür, die ins Restaurant führte. Dort stand eine Bodenvase, in der Danni ein gewaltiges Blumengesteck drapiert hatte, so üppig, dass sogar Bogdanas ausladende Gestalt dahinter Platz fand. So war sie mindestens zwei Meter näher am Geschehen und hatte zudem eine bessere Sicht. Doch was sie sah, war alles andere als erfreulich: Jannike umarmte den Mann, hauchte ihm Küsse links und rechts auf die Wange.

«Ich bin so froh, dass du mir die Botschaft zugesteckt hast, sonst hätte ich mich wahrscheinlich nie getraut, dir so nahezukommen.» Der Mann – inzwischen war Bogdana sicher, dass es sich um besagten Bademeister handelte, die Beschreibung passte, und so viele Männer mit Adonisfigur liefen auf der Insel nun auch nicht herum – holte einen Zettel aus seiner Sakkotasche, so ein hellgelbes, quadratisches Teil, auf dem Lucyna üblicherweise ihre Bestellungen notierte und an die Leiste pappte. Eine Botschaft? Bogdana war ratlos, was er damit meinte. Zu gern hätte sie Jannikes Erwiderung gehört, doch ausgerechnet in diesem Moment tönte ein helles, kieksiges, vorfreudiges Kläffen durch den Flur, über das sie sich unter normalen Umständen gefreut hätte, doch jetzt war Pepsis Auftauchen auf der Treppe absolut ungünstig. Noch nie hatte der Hund innerhalb des Hotels gebellt, warum musste er ausgerechnet jetzt damit anfangen?

«Ruhig, mein Süßer», sagte Frau Galinski und nahm das Tier auf den Arm. «Ja, ist da die liebe Frau Pajak, ja, ist sie das?» Ja, da war sie, die liebe Frau Pajak. Das entging auch Jannike nicht, die auf den Lärm im Flur aufmerksam geworden war. «Ich bin Ihnen so dankbar, dass sie mir geholfen haben, Pepsi aus dem Watt zu retten, Frau Pajak!»

Irgendwann musste es auch mal gut sein mit der Dankbarkeit, fand Bogdana und schaute zu Jannike, die inzwischen in den Flur getreten war. Ihren Ärger über Bogdanas Versteck neben dem Blumenarrangement versuchte sie gar nicht erst zu verbergen. Mist, jetzt war alles rausgekommen. Der Abend war gelaufen.

Zum Glück hatte Frau Galinski überhaupt keine Ahnung, in welche Situation sie gerade geplatzt war, und ging direkt zum geschäftlichen Teil über: «Gut, dass sich Sie auch treffe,

Frau Loog. Es ist an der Zeit, dass ich mich mal bei Ihnen und Ihrem Team bedanke, dass Sie so flexibel sind und mich und meinen kleinen Schatz hier beherbergen.» Pepsi kläffte herzallerliebst. «Und wenn es nicht zu unverschämt ist, würde ich gern noch eine weitere Nacht …»

Bogdana hörte gar nicht mehr hin. Sie nutzte die Gelegenheit und schlüpfte an Jannike vorbei ins Restaurant. Der schöne Bademeister hatte sich etwas vom Tisch wegbewegt und tat so, als blickte er intensiv aus dem Fenster, aber Bogdana entging nicht, wie schrecklich verlegen er war. Sollte er doch, sie hatte kein Mitleid mit diesem Kerl und zögerte auch keine Sekunde, sich diesen gelben Zettel mit der geheimnisvollen Botschaft zu schnappen. Tatsache, da war etwas draufgeschrieben worden, Jannikes Handschrift, wenn sie sich nicht täuschte.

Mattheusz kam herein, zwei Teller in der Hand und mutige Entschlossenheit im Gesicht. Ja, zweifelsohne, er wäre jetzt bereit, die Frage aller Fragen zu stellen. Der Ärmste hatte ja keine Ahnung.

Auf dem Zettel stand nämlich *Ich freu mich auf uns. J.* Und ein Herz.

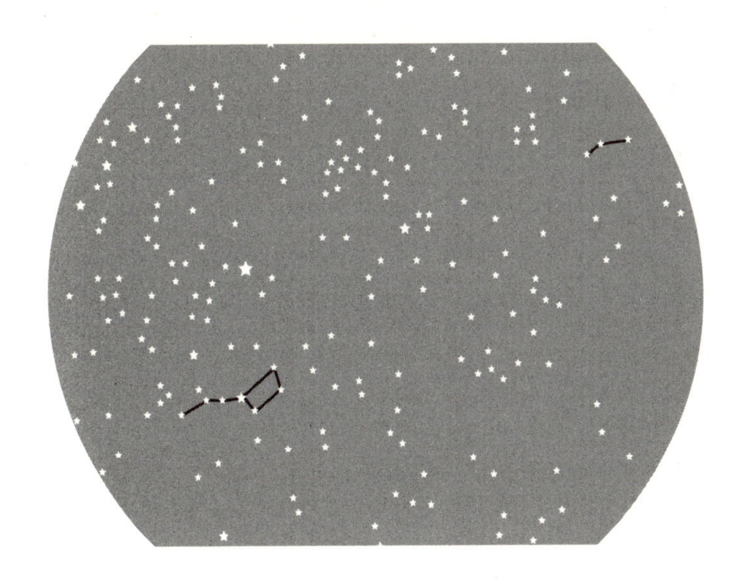

Es waren 172 Stufen. Manche davon so ausgetreten, dass der Stein in der Mitte scheinbar durchhing wie eine Hängematte. Für ungeübte Schritte mögliche Stolperfallen. Für Jannike inzwischen Gewohnheit. Sie bestieg den Leuchtturm mindestens zweimal die Woche. Normalerweise, um am Abend zu kontrollieren, ob sich oben noch Touristen befanden, die sonst womöglich die Nacht über eingeschlossen wären. Doch heute erklomm sie die Wendeltreppe weit außerhalb der Öffnungszeiten, weil dort der einzige Ort der Welt war, an dem sie jetzt sein wollte. Schon oft hatte ihr gerade die schwindelerregende Höhe dieses Seezeichens dabei geholfen, wieder festen Boden unter den Füßen zu gewinnen. Auf diesen Effekt hoffte sie jetzt auch. Einfach fünfzig Meter über dem Meeresspiegel ankommen, sich auf die Plattform stellen, die rund um das Leuchtfeuer verlief, den auffrischenden Westwind im Gesicht spüren, die Übersicht wiedergewinnen – und schon würde sich alles zum Guten wenden. Ja, das wäre schön. Doch nach all dem, was in den letzten Tagen geschehen war, wohl nicht mehr als ein frommer Wunsch.

Jannike hatte sich riesig gefreut, war sogar regelrecht gerührt gewesen, als Mattheusz sie heute Abend völlig überraschend in den *Roten Hering* eingeladen hatte. Dass dieser Einfall wohl kaum allein von Mattheusz stammte, war egal. Da steckte eindeutig eine Frau dahinter, wahrscheinlich waren es sogar drei, und alle hatten denselben Nachnamen. Jannike hatte sich gern von ihrem Liebsten zum Tisch geleiten und einen Sekt einschenken lassen. Mattheusz war mit einem feierlichen Ernst vorgegangen, den man von ihm so gar nicht gewohnt war – und es hatte ihr ausgesprochen gut gefallen. Kurz hatte sie das Gefühl gehabt, er werde ihr gleich einen Antrag machen. Aber dann ... war Jannike plötzlich speiübel geworden vom Anblick dieser Schweinesülze, die fettige Remoulade tat ihr Übriges. Zum Glück hatte sie sich nicht übergeben müssen, das hatte sie geistesgegenwärtig verhindert, indem sie nur noch flach geatmet und jeden Blick Richtung Teller vermieden hatte. Blieb nur zu hoffen, dass Oma Maria nichts davon mitbekommen hatte, die würde nämlich bis zum Sankt-Nimmerleins-Tag beleidigt sein.

Doch die Sache mit der Übelkeit war noch nicht einmal das Schlimmste gewesen. Nein, die eigentliche Katastrophe musste sie sich selbst zuschreiben, denn natürlich hatte sie völlig vergessen, dass sie an diesem Abend schon mit Nils verabredet gewesen war. Um acht im Hotel, so war es am Strand abgemacht worden. Das war ihr bei dem ganzen Stress wirklich entfallen. Und als ihr Lebensretter dann gebürstet und gestriegelt, noch dazu mit Blumenstrauß bewaffnet, vor ihr stand und dieses bescheuerte Post-it aus der Tasche zog, dessen Botschaft doch eigentlich für Mattheusz bestimmt gewesen war, aber im Küchenchaos aus Versehen unter Nils' Teller gelandet sein musste, da hatte Jannike gedacht, es könnte schlimmer nicht werden. Und wieder falsch gelegen, denn aus welchem Grund auch immer hatte Bogdana genau zu diesem Zeitpunkt an der Glastür gestanden und alles mitbekommen.

Langer Rede kurzer Sinn: Es war ein Desaster! Sie konnte den Irrtum nicht an Ort und Stelle aufklären, denn dann hätte sie den armen Nils vor allen Leuten ziemlich blöd dastehen lassen. Doch ihre Diskretion wurde natürlich wieder fehlinterpretiert, als Geständnis gewertet. Der Hauptgang war jedenfalls gar nicht mehr serviert worden, schade, es hatte nach Oma Marias *Hühnchen für Verliebte* gerochen, und darauf hätte sie wirklich riesigen Appetit gehabt. Der Sekt blieb ungetrunken. Die Kerzen brannten ohne sie herunter. Nils verstand die Welt genau so wenig wie Mattheusz, und die Frauen der Familie Pajak waren wirklich, wirklich sauer. Bislang hatte Bogdana nie ein böses Wort gegenüber Jannike verloren. Doch nun, als sie deren vermeintlichen Treuebruch entlarvt zu haben glaubte, ging man besser gehörig in Deckung. Die Bezeichnung Löwenmutter wäre eine Verniedlichung gewesen. Also hatte Jannike sich lieber ihre Jacke und den Schlüssel zum Leuchtturm geschnappt und war geflüchtet.

Das letzte Plateau, sie hatte es fast geschafft. Wenn sie hochschaute, konnte sie bereits das Leuchtfeuer sehen, eine riesige, bienenkorbförmige Linse, die heller brannte als eine Million Kerzen und deren Strahl durch die sich kreisende Haube unterteilt wurde, sodass das Licht draußen bis zu zwanzig Seemeilen weit im regelmäßigen Dreivierteltakt strahlte und den Schiffen verriet, welche Insel sie gerade passierten. Jannike floh vor der gleißenden Helligkeit, indem sie die Tür öffnete und nach draußen trat. Der Blick von hier oben aus überwältigte sie jedes Mal aufs Neue, auch wenn sie schon mehr als zwei Jahre auf der Insel lebte. Man konnte sich einfach nicht sattsehen an dieser kleinen Welt, die ihr nun zu Füßen lag und aus vielen roten Häuschen, noch mehr grünen Dünen und der schier endlosen grauen Nordsee bestand. Bei Tag und guter Sicht blickte man manchmal bis nach Helgoland. Jetzt, bei wolkenlosem Nachthimmel, spannte sich das von den Strahlen des Leuchtturms durchzogene Firmament über einem, und zwar mit allem Drum und Dran: Der große Wagen, der Orion, der Polarstern und der ganze Rest des Universums schienen zum Greifen nah. Hoffentlich entdeckte sie jetzt keine Sternschnuppe, dachte Jannike, denn erstens wäre das irgendwie kitschig gewesen, und zweitens hatte sie zur Zeit so viele dringende Wünsche, dass eine eh nicht ausreichen würde.

An erster Stelle hoffte sie natürlich, dass Lasse zurückkam, wohlbehalten und mit einer guten Erklärung, warum er sie alle so lange im Ungewissen gelassen hatte. An zweiter Stelle wünschte sie sich, dass Mattheusz und sie es endlich gebacken kriegten mit ihrer Beziehung und sich verhielten wie erwachsene Menschen, vielleicht sogar wie ein Ehepaar. Wie Eltern. Oder war das schon zu viel verlangt? An dritter Stelle – ja, darüber war Jannike tatsächlich selbst ein wenig erstaunt – verspürte sie den Wunsch, dass bitte, bitte alles so bleiben möge, wie es war. Spießiger ging es wohl kaum, aber es entsprach Jannikes tiefsten Gefühlen: Sie wollte jeden Morgen gegen halb sieben aufwachen – und zwar neben Mattheusz –, dann das Frühstücksbuffet eindecken und dabei schon mal ein bisschen mit Lucyna rumalbern. Anschließend mit Danni die Buchungen und Bestellungen durchgehen, die Vermietungsanfragen beantworten, mit den Gästen, die man zwischendurch traf, ein wenig plaudern, über das Wetter oder die Insel oder die unverschämt hohen Preise für eine Kugel Eis am Kurplatz. Sie wollte ab und zu mal joggen gehen und sich mit ihrer Freundin Mira auf eine Tasse Tee treffen. Ja, sie wollte sich sogar freiwillig ab und zu über Gerd Bischoff und Hanne Hahn aufregen, solange es nicht zu heftig wurde. Denn das war ihr Leben. Und es war im Grunde wunderbar und mindestens ein Dutzend Sternschnuppen wert.

Das Inseldorf lag von hier aus gesehen im Osten und war hübsch beleuchtet. Als würden die funkelnden Straßenlaternen ganz neue Sternbilder erfinden. Die Insel im Zeichen des *großen Wattwurms* – denn so ähnlich sah aus der Entfernung die Illumination der Strandpromenade aus. Und gegenüber, in der Nähe des Deiches, gab es die *kleine Krabbe* zu bewundern, zusammengefügt aus den gelblichen Leuchten, die im Hafen installiert waren.

Jannike wusste, die meisten Menschen hielten die Insel für das Paradies. Friede, Freude, Eierkuchen plus frische Luft im Überfluss. Sie wusste es besser. Doch als sie nun hier oben stand, wollte sie selbst einen Moment lang daran glauben.

Bis ihre Augen einen Lichtfleck ausmachten, der anders war als die anderen. Der sich bewegte, aufloderte und wieder in sich zusammensank, mal orange leuchtete, mal hellgelb und dann feuerrot. Wenn Jannikes Orientierungssinn sie nicht im Stich ließ, befand sich dieses flackernde Etwas in der Nähe des *Störtebeker*, einer abseits des Hauptdorfes gelegenen Strandbar, die aussah wie ein Schiff in den Dünen und von keinem Geringeren bewirtschaftet wurde als von Gerd Bischoff. Seine Goldgrube, munkelten manche, die wahrscheinlich mehr Gewinn abwarf als das gesamte Hotel, zumindest in der Hauptsaison. Jetzt im September mochte der Laden um diese Uhrzeit bereits geschlossen sein. Doch die Goldgrube brannte, ja, inzwischen war Jannike sicher, es waren Flammen, die da tanzten, immer größer wurden, gefährlich groß. Hektisch tastete sie ihre Jacke ab, doch natürlich hatte Jannike, kopflos, wie sie aus dem Hotel gerannt war, das Handy nicht mitgenommen. Wie dumm konnte man sein?

Jetzt musste es schnell gehen. Sie verließ die Aussichtsplattform, ließ die Tür krachend ins Schloss fallen und rannte 172 Stufen abwärts. Bloß keine auslassen, sonst war sie schneller unten, als ihr lieb sein konnte, blaue Flecken inklusive. Die Windungen erschienen Jannike in der Dunkelheit enger als sonst, fast wurde ihr schwindelig, sie musste sich links und rechts an der Mauer abstützen, um nicht zu fallen. Als sie endlich unten angekommen war, taumelte sie tatsächlich noch einige Schritte lang. Und bis sie endlich im Hotel einen Telefonhörer in der Hand hielt und die 112 wählte, kam es ihr vor, als wäre seit der Entdeckung des Brandes mindestens eine halbe Stunde vergangen, obwohl es wahrscheinlich nur wenige Minuten waren.

«Inselbrandmeister Gerd Bischoff am Apparat. Wo brennt es?»

«Hier ist Jannike Loog, Herr Bischoff, ich habe …»

«Sie wählen den Notruf, um mit mir über Ihren ungezogenen Pflegesohn zu reden?»

«Quatsch, das würde ich nie tun, ich …»

«Nur damit Sie informiert sind, die Sache mit der Anzeige ist noch nicht vom Tisch, wir …»

«Hören Sie doch mal zu!» Jetzt wurde Jannike richtig laut. Und es funktionierte, Gerd Bischoff hielt endlich die Klappe. «Im *Störtebeker* ist ein Feuer ausgebrochen!»

«Was? Sind Sie sicher?» Sie hörte ihn schnaufen.

«Ich denke, Sie müssen sich wirklich beeilen, das sieht ziemlich schlimm aus!»

«O-kay …» Wahrscheinlich überlegte er, ob sie ihn in den April schicken wollte, mitten im September.

«Über so was mache ich keine Scherze, Herr Bischoff!» Doch da hatte er bereits aufgelegt.

Im Hotel war ihr niemand begegnet, und die Stille war für Jannike kaum auszuhalten. Sie musste dorthin, zum *Störtebeker*. Und zwar sofort. Immerhin trug sie ja noch die Jacke, und das Fahrrad stand bloß um die Ecke. Wenn sie sich beeilte, würde sie knapp nach der Feuerwehr eintreffen. Sie wollte bloß nicht wie eine Schaulustige wirken, die sich an Schreckensszenarien der Konkurrenz ergötzte, denn das Gegenteil traf zu: Sie hoffte inständig, dass sich der Schaden im *Störtebeker* in Grenzen hielt und niemand verletzt war.

Und sie hoffte, dass es keinen Hinweis auf einen Brandstifter in roter Kapuzenjacke gab, der jung, wütend und seit einigen Tagen verschwunden war. Aber das konnte nicht sein, der Verdacht war hirnrissig. Warum sollte sich Lasse so wenige Tage vor dem Inselduell aus dem Staub machen und lieber zündeln, statt seine Wasserratten in Topform zu bringen? Ausgerechnet in einem Haus, das Gerd Bischoff gehörte, der sich ihm ja bereits von seiner gemeinsten Seite gezeigt hatte. Nein, das machte keinen Sinn. Lasse hatte keinen Ärger gesucht. Dem war es nur um das Training gegangen. Und natürlich um die Tochter des Inselpolizisten. Aber ganz bestimmt nicht darum, die Insel in Angst und Schrecken zu versetzen. Jannike wünschte nur, sie hätte eine Ahnung, wo der Junge steckte. Dann wäre es wesentlich einfacher, ihn zu verteidigen.

Der Weg ins Inseldorf zog sich mal wieder, obwohl der Rückenwind Jannike Hilfestellung gab, doch es war kalt und dunkel, außerdem saß die Sorge auf dem Gepäckträger und machte das Fahren schwer. Bis zu Miras Haus, das auf halber Strecke lag, war Jannike schon mehr als nur ein bisschen k.o., und sie überlegte sogar, hier anzuhalten, an die Tür zu klopfen und lieber gemütlich vor dem Kamin mit ihrer Freundin zu quatschen, denn das hatte sie seit Ewigkeiten nicht mehr getan. Doch dann siegte Jannikes Pflichtgefühl. Sie hatte die Flammen als Erste entdeckt, sie hatte Gerd Bischoff angerufen – sie musste auch an Ort und Stelle sein. Es ging um viel mehr als nur das Löschen eines Feuers.

Der Himmel über dem *Störtebeker* schimmerte grau-gelb, und je näher man dem Aufgang zum Hauptbadestrand kam, desto intensiver wurde der Gestank. Jannike erwartete das Schlimmste – und war wirklich erleichtert, als sie an der Promenade um die Ecke bog und auf den ersten Blick erkannte, dass nicht das Gebäude in Flammen stand, auch nicht die Dünen ringsherum, sondern lediglich eines der Sonnensegel, das zwischen den Masten auf der Terrasse gespannt gewesen war. Schwarze, schleierartige Lappen aus verkohltem Stoff schwebten durch die Luft. Ein Holztisch glühte ebenfalls an einer Ecke, und das Feuer war dabei, auf einen Sichtschutz aus Bambus überzugreifen, doch das hatten Gerd Bischoff und seine dunkelblau uniformierten Leute offensichtlich bereits unter Kontrolle. Aus den rüsselförmigen Schläuchen schoss das Wasser in hohem Bogen auf den Brandherd. Zwei Jungs von der Jugendfeuerwehr zogen gerade einen bereits gelöschten, kaum angesengten Gartenstuhl in den Sand, weiter hinten wurde von einem Mitglied der Truppe, in dem Jannike Fridjof Waltermann erkannte, die Befestigung des Sonnensegels gekappt, sodass dessen verkohlter Rest nass und qualmend auf die Steine klatschte.

Jannike schaute sich um, es waren einige Menschen herbeigeeilt, um sich das Spektakel anzuschauen. Hanne Hahn ließ sich so etwas natürlich auch nicht entgehen, und als sich ihre Blicke trafen, bemerkte Jannike den unausgesprochenen Vorwurf, der von der Gleichstellungsbeauftragten gegen sie gerichtet war. Alles klar, Hanne Hahn war inzwischen von ihrem Spezi Bischoff eingenordet worden: Der Schuldige stand fest, es konnte niemand anders als der vorbestrafte Lasse Butt sein, und alle, die den Jungen unterstützten, waren ebenfalls schuldig, basta. Nicht weit entfernt von Hanne Hahn stand der Inselpolizist, seine Miene war zum Glück durchaus freundlicher, doch ihm war der Schreck über das dritte Feuer innerhalb weniger Tage deutlich anzumerken.

Dass auch Frau Galinski am Rand des Geschehens stand und der Aktion mit irgendwie fasziniertem Blick folgte, erstaunte Jannike hingegen. Pepsi kläffte ganz aufgeregt und sprang an Jannikes Bein hoch, doch Frau Galinski schien durch sie hindurchzusehen, starrte nur auf die Flammen, die dank der Feuerwehrleute immer kleiner und harmloser wurden. Das war wirklich seltsam.

«Für den Hund muss der Qualm ja eine Zumutung sein», versuchte Jannike es mit Smalltalk. «Mit seiner Nase riecht er doch alles tausendfach stärker.»

Frau Galinski nickte nur und hielt die Leine kürzer. «Nicht, Pepsi, sei ruhig.» Bei Pepsi ging das Kommando zum einen Schlappohr rein und zum anderen wieder raus.

«Sind Sie schon länger hier?», fragte Jannike.

«Warum fragen Sie?», entgegnete Frau Galinski und schaute sie das erste Mal an.

«Na ja, vielleicht haben Sie ja was mitbekommen. Ob es Brandstiftung war, zum Beispiel.»

«Ich habe überhaupt nichts mitbekommen. Wir sind hier nur ganz zufällig auf unserem Abendspaziergang vorbeigekommen.»

«Für einen Abendspaziergang ganz schön weit», fand Jannike und meinte das eigentlich kein bisschen vorwurfsvoll oder misstrauisch, doch von Frau Galinski wurde es anscheinend so aufgefasst, denn ihr Gesicht verhärtete sich, und sie zog abermals an der Hundeleine.

«Deswegen gehen wir jetzt auch, nicht war, Pepsi?»

Jannike blickte ihrem Langzeitgast konsterniert hinterher. Wenn Frau Galinski nicht in Plauderlaune war, war das okay. Aber ein bisschen freundlicher könnte sie schon sein, nachdem man ihr im Hotel Tag für Tag entgegenkam.

Doch bevor sie sich weiter darüber ärgern konnte, wurde Jannikes Blick von etwas abgelenkt, von dem sie eigentlich gehofft hatte, es hier und heute nicht sehen zu müssen: Ein Stück weit entfernt, in den Randdünen, schimmerte es verwaschen rot. Kein Zweifel, dort stand jemand, groß, schlaksig ... und war ganz schnell wieder von der Bildfläche verschwunden. Um nicht unnötig Aufmerksamkeit zu erregen – Hanne Hahn hatte sie schließlich noch immer im Visier –, bewegte Jannike sich betont langsam in die Richtung, in der die Gestalt verschwunden war, und hoffte gleichzeitig, sich getäuscht zu haben. Denn sollte es wirklich Lasse gewesen sein, ließe das nur einen Schluss zu: Er hatte den Brand gelegt. Jannike schob sich am Windfang der Terrasse vorbei in die Dünen. «Lasse?» Keine Antwort, natürlich nicht. Sie stieg über einen üppigen Brombeerstrauch, der gerade noch vom Licht der letzten Flammen beleuchtet wurde. Wenige Schritte weiter war es stockfinster.

«Lasse? Ich bin es, Jannike. Komm doch her!» Es hätte sie gewundert, wenn er ihrer Aufforderung gefolgt wäre. Kurz hatte Jannike den Eindruck, einen Schatten zu sehen, viel weiter hinten, fast schon auf Höhe des Hundestrandes. Er musste gerannt sein. Sie würde ihn nie einholen.

Gerd Bischoff hatte ins Hotel eingeladen. Im kleinen Konferenzsaal *Memmert* war der runde Tisch eingedeckt, nichts Aufwendiges, nur ein bisschen Gebäck, Wasser und Kaffee. Doch in jedem Fall eine angenehmere Umgebung als das Lehrerzimmer, in dem Sonka Waltermann ihre Besprechungen sonst abzuhalten hatte. Wenn sie ganz ehrlich war, roch es dort nach Angstschweiß, und der Staub mehrerer Schuljahre lag auf den Pädagogik-Fachbüchern, weil keine jungen Polinnen regelmäßig mit dem Feudel drüberwedelten. Dort waren schon so viele Träume geplatzt, dass die pessimistische Aura wie eine dicke braune Samttapete an den Wänden klebte.

«Sehr schön, Sie alle hier zu haben», begrüßte Bischoff die Runde und öffnete das Fenster zum sonnigen Hotelgarten, bevor er sich setzte. Ein dringendes konspiratives Treffen hatte er angekündigt. Zum Wohl und zur Sicherheit der Insel. Weil man ja schon aufpassen müsse, mit wem man auf einem so überschaubaren Eiland zwangsläufig zusammengepfercht wurde. Drei Brände innerhalb von wenigen Tagen auf so engem Raum, da konnte man nicht einfach so zur Tagesordnung übergehen. Das sah Sonka Waltermann genauso, deswegen hatte sie auch keinen Moment gezögert, die Einladung anzunehmen.

«Ich gehe zwar davon aus, dass sich alle untereinander kennen, dennoch würde ich mich über eine kurze Vorstellung der Anwesenden freuen.» Man merkte Bischoff an, dass er auf diesem Parkett zu Hause war. Sein jahrelanges Engagement im Inselrat hatte ihm die nötige Routine verschafft, Sitzungen zu leiten. Davon war Sonka Waltermann beeindruckt, auch wenn sie Bischoff sonst nicht allzu sympathisch fand, man kannte ja die Geschichten, die auf der Insel erzählt wurden, demnach hatte der Hotelier sich auch nicht immer ganz astrein verhalten. Doch das war heute nebensächlich. Gestern Abend war seine Strandbar um ein Haar einem verheerenden Brand entgangen. Dass dies eine Racheaktion von Lasse Butt gewesen sein könnte, eventuell sogar so etwas wie ein Warnschuss, dass noch Schlimmeres folgen würde, lag auf der Hand. Es musste etwas passieren. Dieser Lasse Butt musste von weiteren Schreckenstaten abgehalten werden. Deshalb hatte man sich heute versammelt.

Sonka würde bei der Gelegenheit gleich von ihrem Fund im Sportunterricht berichten, da gab es vermutlich auch einen unschönen Zusammenhang. Das durfte nicht länger verschwiegen werden. Aber noch war sie nicht an der Reihe.

«Mein Name ist Hanne Hahn, ich bin die Gleichstellungsbeauftragte der Insel und mache mir große Sorgen.» Alle nickten betroffen, selbst wenn Hanne Hahn nicht näher darauf einging, worin genau ihre großen Sorgen begründet lagen, sondern lieber einen dreiminütigen, etwas zusammenhanglosen Vortrag hielt über Gäste, die heutzutage auch keinen Anstand mehr besaßen, letzte Woche habe ein alleinreisender, ziemlich undurchsichtiger Herr ihre Ferienwohnung in einem schrottplatzähnlichem Zustand hinterlassen und sei ohne persönlichen Abschied mit der Frühfähre abgereist. Thema verfehlt, fand Sonka Waltermann, doch Hanne Hahn entschuldigte sich: «Was ich damit sagen will: Die Menschen werden immer dreister. Genau wie dieser Lasse Butt. Soll hier angeblich resozialisiert werden, stattdessen macht er unsere Insel kaputt!»

Der eindeutig schlechtgelaunte Mann neben ihr räusperte sich und nutzte die kleine Monologpause, um das Wort zu ergreifen: «Moin, Peter Peters, Strandzeltvermieter! Mir gehörte der Korb, der neulich abgefackelt wurde. Ganz neues Ding, erst diese Saison angeschafft. Die Versicherung zickt rum, kann sein, dass ich auf dem Schaden sitzenbleibe. Wäre mir also sehr lieb, wenn wir den Rotzlöffel bald einbuchten. Vielleicht erstattet mir dann ja der Bürgermeister höchstpersönlich den erlittenen Verlust.»

Bischoff nickte. «Hast du denn eine Ahnung, warum Lasse Butt ausgerechnet deinen Strandkorb in Brand gesteckt hat?»

Peter Peters zuckte mit den Schultern. «Das ist ja grad das Beunruhigende: Ich hab dem Kerl nichts getan, kenne den nicht mal, nie gesehen, und der vernichtet mal eben meine Existenzgrundlage.»

«Hattest du denn vielleicht mal Ärger mit Siebelt Freese?»

Erst jetzt verstand der Strandzeltvermieter den Zusammenhang und riss die Augen auf. «Und ob! Er wollte die Pacht für meine Stellfläche am Hundestrand erhöhen. Da hab ich letzte Woche natürlich Beschwerde bei der Bezirksregierung eingelegt. Aber meinst du wirklich ...?»

Gerd Bischoff machte eine vielsagende Geste. Die Empörung aller war mit Händen zu greifen. Wieder erteilte Hanne Hahn sich selbst das Wort und hielt einen vierminütigen Vortrag über ihre Erlebnisse mit Versicherungen, die auch nie hielten, was sie versprachen, sie selbst habe da mal einen Zwischenfall mit der Haftpflichtversicherung gehabt, als ihr Sohn Ingo vor vielen Jahren, als er noch richtig klein gewesen war …

Sonka Waltermann schaltete auf Durchzug und schnappte sich einen Keks. Gleich war sie an der Reihe, dann würde sie aber richtig Tacheles reden und nicht so ein Gegacker von sich geben wie diese Gleichstellungsbeauftragte. Doch erst einmal kam noch ein junger Mann vom Ordnungsamt zu Wort, der sich unglaublich echauffierte, weil sein Chef, der Bürgermeister, ihm nicht das Okay gegeben hatte, nach all den Vorkommnissen zusätzliche Überwachungskameras auf der Insel zu installieren. «Es ist ja wohl klar, warum Siebelt Freese sich da verweigert: Er will nicht, dass sein toller Familienzuwachs beim Zündeln erwischt wird.»

«Unmöglich», kreischte Hanne Hahn und steigerte sich prompt auf fünf Minuten mit ihren detaillierten Ausführungen, wie sie ihren Sohn Ingo, sollte er jemals kriminell werden, was aufgrund ihrer Erziehung wohl kaum zu befürchten sei, aber wäre es doch der Fall, welche Maßnahmen sie dann ergreifen würde, um ihren eigentlich wohlgeratenen Sohn Ingo wieder auf den rechten Weg zu bringen … Auf die Dauer war diese Frau doch ein bisschen anstrengend. Und soweit Sonka Waltermann informiert war, gab es an Hanne Hahns Sohn ohnehin nicht mehr viel zu erziehen, weil er schon über dreißig, neuerdings verlobt und leitender Angestellter am Hafen war.

«Danke, Hanne», unterbrach Bischoff schließlich. «Wir wollen doch noch hören, was Sonka Waltermann, Direktorin an der Dünenschule, zu berichten hat. Sie war nämlich vor einigen Tagen dabei, als wir Lasse Butt quasi auf frischer Tat ertappt haben.»

Alle Augen richteten sich auf Sonka Waltermann, eine solche Aufmerksamkeit wünschte sie sich auch mal bei ihren Schülern. Sie berichtete von dem Brand im Kopierraum, von Bischoffs Eintreffen an der Schule und der Festnahme von Lasse Butt. Das freche, unhöfliche Verhalten dieser Jannike Loog anschließend in der Feuerwache sorgte für den entsprechenden Sturm der Entrüstung.

«Warum seid ihr nicht zur Polizei?», fragte der Mann vom Ordnungsamt.

«Weil ich Bernd Vollmer nicht über den Weg traue», antwortete Bischoff. «Frau Waltermann und ich haben den Verdacht, dass der Polizist seine Tochter schützen möchte. Die ist nämlich in der Schule total abgesackt, färbt inzwischen ihre Haare, also liegt die Vermutung nahe, dass Insa auch in der Sache mit drinsteckt.»

Nun, ganz so drastisch sah Sonka Waltermann die Sache eigentlich nicht. Und dass Bischoff die Dinge, die sie ihm im Vertrauen erzählt hatte, hier so jovial herausposaunte, war ihr unangenehm. Aber sie mochte nicht vom Thema ablenken und sagte nichts weiter dazu. Stattdessen berichtete sie von der gestrigen Sportstunde. Es tat gut, diesen Vorfall endlich einmal jemandem erzählen zu dürfen, denn er lag ihr schwer auf der Seele. «Ich habe den Verdacht, dass Lasse Butt auch was mit Drogen zu tun hat.»

«Was?», riefen alle anderen unisono, Hanne Hahn am lautesten.

«Also, genau genommen mit Dopingmitteln.»

«Wie kommen Sie zu der Annahme?», fragte Bischoff, der seine komplexe Leibesfülle aus diesem Anlass sogar aus dem Stuhl gewuchtet hatte.

«Einige meiner Schüler, darunter auch mein Sohn Fridjof,

nehmen ja am großen Inselduell teil und haben in den letzten Wochen hart trainiert. Es ist ein Unding: Bei mir im Unterricht schlafen sie fast ein, und wenn ich sie ermahne, dass wir bald die Mathearbeit schreiben, kommen sie mir immer mit diesem Inselduell, für das sie so schrecklich viel Zeit aufwenden müssen. Und zwar unter der Anleitung von ebendiesem Lasse Butt.»

«Ich habe gehört, er macht das ganz anständig», sagte der Strandzeltvermieter.

«Das mag sein. Obwohl er diese Woche plötzlich nicht mehr zum Training erschienen ist. Angeblich ist er krank. Aber wenn so ein Event ansteht, wird man doch nicht krank. Das hat mich schon stutzig gemacht.» Sie nahm wieder einen Keks, aß ihn aber nicht, sondern zerkrümelte das Gebäck langsam auf der bereitliegenden Serviette. Ja, sie war nervös. Störenfriede wie dieser Lasse kamen in Sonka Waltermanns Welt eigentlich nicht vor. Das alles warf sie doch ziemlich aus der Bahn. «Jedenfalls habe ich gestern in der achten Klasse Sport unterrichtet.» Und dann erzählte sie die ganze unschöne Begebenheit. Ließ fast nichts aus, nur die Szene, in der sie über den Schuh gestolpert und lang hingeschlagen war, dichtete sie etwas zu ihren Gunsten um, ohne jedoch den Sinn zu verfälschen. Wenn sie ganz ehrlich war, genoss sie die Reaktion der anderen. Die hatten wohl geglaubt, eine Lehrerin hätte keine spannenden Sachen zu berichten. Aber falsch gedacht, stattdessen hatte sie hier die dramatischste Geschichte von allen zum Besten gegeben.

«Und was waren das für Pillen?», fragte der Ordnungsamtsmann.

«Jedenfalls kein Aspirin.» Sonka Waltermann machte eine Kunstpause, das hatte sie nicht im Studium beigebracht bekommen, solch wichtige dramaturgische Details bekam man dort leider nicht vermittelt, doch ihre langen Jahre als Lehrerin hatten die Wirksamkeit dieser Verzögerungspraktik bestätigt. «Ich bin extra damit zur Apotheke gefahren. Dort hat man mir gesagt, es handle sich um ein gefährliches Mittel, das zur Muskelbildung und Fitnesssteigerung beitragen soll. Bekommt man nur über das Internet. Illegal.»

Jetzt waren die anderen baff. Na also.

«Und haben Sie die Kinder zur Rede gestellt?», wollte Bischoff wissen.

«Selbstverständlich habe ich das. Doch die haben kein Wort gesagt. Wundert mich nicht, schließlich wollen die ihren Schwimmtrainer ja nicht verpetzen. Wer weiß, womit der gedroht hat.»

«Wie furchtbar», rief Hanne Hahn. «Sie glauben, die haben das Teufelszeug von Lasse Butt bekommen?»

«Von wem denn sonst? Bislang haben wir hier auf der Insel mit solchen Problemen nichts zu tun gehabt. Aber jetzt taucht dieser Kriminelle vom Festland auf, verlangt unseren Kindern Höchstleistungen ab und bietet ihnen chemische Hilfestellung an. Für mich ist die Sache klar.»

«Für mich auch!», sagte Hanne Hahn nahezu atemlos, und die anderen drei nickten. «Und was machen wir jetzt?»

«An die Polizei können wir uns schlecht wenden», bedauerte Bischoff. «Aus besagten Gründen.»

«Und wenn wir Nils Boomgarden informieren?», schlug Peter Peters vor.

«Ich bin mir nicht sicher, auf wessen Seite der steht», gab Bischoff zu bedenken.

«Jannike Loog geht regelmäßig bei ihm schwimmen», wusste Hanne Hahn. «Sie hat sich extra dafür einen ziemlich aufdringlichen Badeanzug gekauft.»

Bischoff nickte. «Diese ganze Truppe rund um das kleine Inselhotel ist mir nicht geheuer. Die stecken alle unter einer Decke, glauben Sie mir, ich hab da schon meine bitteren Erfahrungen gemacht. Wenn wir einen informieren, wissen gleich alle anderen Bescheid und sind gewarnt.»

Sie saßen zusammen um den runden Tisch, und einen Moment lang fühlte Sonka Waltermann sich wie das Mitglied einer geheimen Verschwörung. Gemeinsam gegen die finsteren Mächte, die ja offensichtlich auf dieser Insel existierten und übermächtig zu werden drohten. Das hatte mit Bullerbü von Astrid Lindgren so gar nichts mehr zu tun, eher mit Illuminati von Dan Brown. Sie mussten herausfinden, wer die Brände gelegt und die Dopingmittel an die Kinder verteilt hatte, erst dann war der Frieden gesichert.

«Ich hätte eine Idee», sagte der Mann vom Ordnungsamt. «Lasse Butt ist minderjährig, sollte er wirklich ein Vorstrafenregister haben, dann wird er auch beim zuständigen Jugendamt gemeldet sein.»

«Sie meinen, Sie könnten Akteneinsicht fordern?»

Der Beamte nickte vielsagend. «Ich weiß, dass die Kollegen in solchen Fällen leider nur aktiv werden, wenn sie eine konkrete Meldung erhalten. Solange die Eltern oder Pflegeeltern verschweigen, dass etwas aus dem Ruder läuft, werden die nichts unternehmen.»

«Aber wenn wir dort anrufen …», sagte Bischoff.

«Genau. Dann käme jemand hierher und würde sich mal genauer anschauen, wo der feine Herr Butt denn überhaupt untergebracht ist.»

Bischoff grinste. «Hätten Sie da eventuell eine Telefonnummer?»

Ganz früher, vor mehr als fünfhundert Jahren, war der alte, massive Backsteinturm noch das mit Abstand höchste Gebäude der Insel gewesen und hatte mit einem gewaltigen, durch Öl genährten Feuer im steinernen Dachgeschoss als Seezeichen gedient. Gleichzeitig war er – wo man schon mal so hoch gebaut hatte – der erste Kirchturm auf dem Eiland. Auch heute noch, viele, viele Dekaden später, verwitterten ringsherum die Grabmale als Zeugen der Vergangenheit, erinnerten halb von Moos bewachsen an Kapitänsfamilien, Deichbauer und Seehundjäger, die auf dieser Insel ihr Leben verbracht und in deren sandigem Grund die letzte Ruhestätte gefunden hatten. Im Vergleich zu Jannikes Bilderbuch-Leuchtturm wirkte der eckige, rote Koloss wie ein Monument der Unbezwingbarkeit. Seht her, ich habe den Jahren getrotzt, den Stürmen und Kriegen und den Insulanern, mich wirft nichts und niemand um.

Weil der alte Turm recht zentral im Dorf stand, hatte er natürlich auch eine Uhr, die von fast jedem Punkt der Insel und auch aus der Entfernung gut erkennbar war. Die Zeiger zeigten dramatischerweise, dass es bereits fünf vor zwölf war. Und das war es auch im übertragenen Sinne. Siebelt hatte es wirklich dringend gemacht, als er für Punkt zwölf eine Krisensitzung einberufen hatte. Hochoffiziell im Rathaus, bitte möglichst pünktlich, möglichst zahlreich und mit etwas Zeit im Gepäck.

Worum genau es ging, hatte er nicht gesagt, noch nicht einmal angedeutet, doch allen war klar: irgendetwas mit Lasse. Vielleicht – hoffentlich – war er endlich aufgetaucht. Oder Gerd Bischoff hatte – hoffentlich nicht – neue Beweise gefunden, dass der Junge tatsächlich für die Brände verantwortlich war. Jedenfalls waren sie alle umgehend auf ihre Räder gestiegen und ins Dorf gefahren. Sogar Bogdana und Lucyna hatten sich bei der Arbeit beeilt und waren mit von der Partie. Wie eine kleine, aber umso tatkräftigere Einsatztruppe war bis auf Oma Maria das ganze Hotel-Team unterwegs zum Inseldorf. Danni übernahm selbstredend das Kommando, fuhr in einem Affenzahn voraus und drehte sich nur ab und zu nach den anderen um, um sie heftigst anzutreiben: «Leute, wir müssen uns beeilen!»

Bogdana japste, und Lucyna rief während des Fahrens ihren Verlobten an. «Ingo, wir brauchen dich im Rathaus. Jetzt gleich. Kommst du?»

Die Pension am Dünenpfad kam in Sicht, und Jannikes Nachbarin stand gerade im Garten, um die Wäsche aufzuhängen. «Was ist los?», fragte Mira Wittkamp. «Ist euch der Klabautermann auf den Fersen?»

Doch kaum hatte Jannike, die etwas langsamer geworden und schließlich vom Rad gestiegen war, ihrer Freundin im Schnelldurchlauf erzählt, warum sie sich so abhetzten – oder besser gesagt: weshalb vermutlich Eile geboten war –, da ließ Mira den Wäschekorb fallen und schnappte sich ihr Fahrrad. «Warte, das passt, ich komme mit!»

«Super!» Jannike war wirklich erleichtert, endlich eine Freundin an ihrer Seite zu wissen. Denn Danni war völlig durch den Wind und redete zwar mit Jannike, aber alles, was er sagte, drehte sich um Lasse und Siebelt und seine Sorgen, als Pflegevater versagt zu haben. Mattheusz und der Rest der Familie Pajak hingegen hatten sich Jannike gegenüber in den letzten Tagen nur auf das Wesentliche beschränkt. Und das waren erbärmliche Sätze wie: «Zweimal Gurkensuppe für Tisch 9» oder «Zimmer 3 ist fertig für die Anreise». Mattheusz schlief noch immer beleidigt in einem anderen Bett, und wenn sie mit ihm reden wollte, wandte er sich ab und tat so, als hätte er genau in diesem Moment etwas sehr Wichtiges zu tun, das unmöglich aufgeschoben werden konnte. So waren auf diese Weise endlich mal wieder die Klingen des Rasenmähers geschärft, der Abfluss im Saunatauchbecken enthaart und sogar das verlassene Dohlennest aus dem Schornstein entfernt worden. Trotzdem stand das größte Stück Arbeit noch bevor: Jannike musste das Vertrauen zurückgewinnen, nicht nur von Mattheusz, sondern das seiner gesamten Sippe noch dazu. Sie hatte sich sogar die Mühe gemacht, endlich einmal ein paar polnische Satzfetzen zu übersetzen. Bislang hatte die Familie Pajak Polnisch ja immer als eine Art Geheimsprache genutzt, und das war auch in Ordnung gewesen, schließlich vertraute man sich gegenseitig und konnte sich sicher sein, dass hinter dem Rücken nicht gelästert wurde. Doch nachdem sie heute beim Aufbauen des Frühstücksbuffets sowohl von Oma Maria wie auch von Bogdana und Lucyna die fast beschwörende Formel *Wdzięczność poszła do nieba i drabinę ze sobą zabrała* zugeraunt bekommen hatte, holte sie doch mal das Wörterbuch für Zitate aus dem Regal: *Die Dankbarkeit ist in den Himmel gestiegen und hat auch gleich die Leiter mitgenommen.* Aha. Das also machten ihr die Mitarbeiter, die auch ihre Freunde waren, sogar fast ihre Familie, zum Vorwurf: Sie habe Mattheusz ausgenutzt, sich seiner bedient, doch jetzt, wo der Laden läuft, suche sie sich einen Besseren.

Unglaublich, dass man ihr so etwas Gemeines zutraute, obwohl sie überhaupt nichts Schlimmes getan hatte. Für eine entsprechende Verteidigung fehlte ihr jedoch einfach die Energie. Und ein bisschen bockig war sie auch.

«Du siehst schlecht aus», bemerkte Mira dann auch prompt, wie es sich für eine gleichermaßen aufmerksame wie auch grundehrliche Freundin gehörte. Mit skeptischem Blick wurde Jannike von der Seite taxiert, während beide in die Pedale traten. «Bist du krank?»

«Der Kreislauf.»

«Und du hast ganz schön abgenommen, meine Liebe.»

«Der Magen.» Jannike begann sich zu fühlen, als wäre sie bei einem Seniorentreff gelandet, wo die Rentner ihre Wehwehchen wie Skat auf den Tisch kloppen: Mein Rücken, mein Herz, meine Blutgefäße – wer die schlechtesten Werte vorlegen kann, gewinnt. Nur um sich selbst zu beweisen, dass sie sich durchaus für fit, jung und absolut belastbar hielt, fuhr sie etwas schneller.

«Oder trainierst du zu hart für das Inselduell?» Mira zwinkerte ihr zu. «Nils Boomgarden erzählt wirklich jedem, dass übermorgen die Hoffnung des gesamten Teams auf dir ruht.»

«Ich bezweifle, dass ich die Erwartungen von Nils Boomgarden auch nur ansatzweise erfüllen kann.» In jeder Hinsicht, fügte Jannike in Gedanken hinzu.

Mira gab sich mit diesem Satz zufrieden, sie war zum Glück nicht besonders neugierig. «Mensch, Jannike, wir haben uns einfach viel zu lange nicht mehr gesehen, und ich hatte auch schon ein ganz schlechtes Gewissen, weil ich es nie geschafft habe, auf eine Tasse Tee zu dir ins Hotel zu kommen.»

«Mach dir keinen Kopf, mir ging es genauso. Mindestens zehnmal bin ich schon an deinem Haus vorbeigefahren und hab überlegt zu klingeln. Aber mir fehlte die Zeit. Bei uns ist momentan die Hölle los.»

«Ich weiß, der Inselfunk ist schon bis zu uns durchgedrungen.» Mira war eher zurückhaltend, was Klatsch und Tratsch anging, jedoch konnte man auf diesem beengten Raum unmöglich gar nichts mitbekommen, es sei denn, man war blind, taub und zudem noch ein Stubenhocker. «Übrigens, falls dich das beruhigt: Nicht jeder glaubt, was Gerd Bischoff über Lasse Butt so herumposaunt.»

«Na, hoffentlich.» Die Kirchenglocken läuteten. Zwölf Uhr, sie würden zu spät kommen. Die anderen waren bereits außer Sichtweite, und Jannike und Mira passierten gerade erst den Deich; um pünktlich zu sein, müssten sie sich jetzt direkt an Siebelts Schreibtisch beamen lassen.

«Die meisten Insulaner sind auf eurer Seite, da kannst du sicher sein. Gerd Bischoff hat sich seinen Ruf in den letzten Jahren schön selbst ruiniert, Hanne Hahn ebenfalls. Und wenn ausgerechnet die beiden behaupten, dass Dannis Pflegesohn mit Drogen handelt, dann ...»

Jannike musste unwillkürlich bremsen. «Die behaupten was?»

«Amphetamine. Wegen des Inselduells. Das ist doch lachhaft.» Und Mira lachte tatsächlich. «Als ob sich die Leute wirklich so ein gefährliches Zeug einwerfen, bloß um an eine neue Wasserrutsche für die *Sprottengrotte* zu kommen. Ich bitte dich.»

Jannike sagte nichts, sondern blickte stur geradeaus, als forderten die leeren Inselstraßen ihre gesamte Aufmerksamkeit.

«Mensch, sorry, du wusstest nichts davon», schlussfolgerte Mira messerscharf. «Theelke hat mir gestern nach der Schule davon erzählt. In der Klasse über ihr sind neulich im Sportunterricht Pillen aufgetaucht. Angeblich hat Greta Meyerhoff ...» Mira seufzte. «Nein, Jannike, ich will das Thema gar nicht weiter ausbreiten. Das ist doch alles Schwachsinn. Ich kann mir das einfach nicht vorstellen.» Aber ihr Blick sah eher flehend aus, als wolle sie Jannike auffordern, ihr möglichst überzeugend zu versichern, dass die Geschichte erstunken und erlogen sei. So etwas passte doch nicht hierher, auf diese Insel mit den weichen Dünen und dem sanften Deich, über den die Möwen flogen, mit ihren weißen Schwingen, direkt in den Sonnenuntergang. Drogen?

Sie kamen am Rathaus an, schoben die Räder in den Ständer und betraten das Gebäude durch den Nebeneingang, denn von hier aus gelangte man am schnellsten in das Büro des Bürgermeisters. Seine Sekretärin Uda nickte ihnen bereits sorgenvoll zu, die Tür war nur angelehnt, und als Mira und Jannike den Raum betreten hatten, waren sie beinahe im Dutzend: Neben Jannikes Leuten stand auch Nils Boomgarden parat, der gleich auf Jannike zugeeilt kam, um sie mit Wangenküsschen zu begrüßen. Zum Glück beließ Nils es dabei, Matheusz' Gesichtsausdruck sprach bereits jetzt Bände. Zudem war Insa mit ihrem Polizistenvater zugegen, und kurz darauf kam auch Frachtschiff-Ingo herbeigeeilt, sichtlich gespannt, warum Lucyna ihn so dringend herzitiert hatte. Eine große, zu allem entschlossene Truppe, genauso viele Leute wie in einem Fußballteam. Wozu um Himmels willen brauchte Siebelt diese Mannschaft?

Hinter seinem Schreibtisch war eine große Inselkarte an die Wand gepinnt worden. Knapp zehn Quadratkilometer auf drei DIN-A-2-Seiten ausgedruckt. Doch wofür?

«Wir haben bis vier Uhr Zeit, Lasse zu finden», begann Siebelt, ohne sich mit einer Vorrede aufzuhalten. «Dann kommt nämlich die Fähre vom Festland an, und darauf sitzt der Mann vom Jugendamt, der für Lasse zuständig ist.»

Danni war ganz bleich geworden. «Was will der hier?»

«Es gab eine Meldung, wonach Lasse auf der Insel kriminell geworden sein soll.»

Der Inselpolizist räusperte sich. «Es ist tatsächlich so. Zum Vorwurf der Brandstiftung gesellt sich aktuell noch der Verdacht auf Handel mit unerlaubten Substanzen zur Stimulanz der sportlichen Leistung.»

«Doping?», vergewisserte sich Danni, und Bernd Vollmer nickte.

«Die Waltermann dreht total am Rad», mischte Insa sich ein. «Ja, in der Schule sind Pillen aufgetaucht. Und nein, Lasse hat damit nichts zu tun.»

«Aber wer … und woher …?» Man sah Danni an, dass er gerade von seinen schlimmsten Sorgen überrollt wurde.

«Hey, das ist doch nur böses Gerede.» Siebelt ging zu ihm und nahm seinen Liebsten kurz in den Arm, dann wandte er sich wieder an alle anderen. «Ich vermute, dass es hier im Rathaus leider eine undichte Stelle gibt. Irgendjemand muss Lasses Akten eingesehen haben. Normalsterbliche kommen da nämlich nicht einfach so dran.»

«Bischoff!», vermutete Mira. «Der wird dahinterstecken.»

«Es ist egal, wer dahintersteckt. Das ist jetzt nicht unser dringendstes Problem.» Da hatte Siebelt womöglich recht. «Nur Lasse selbst kann die Gerüchte entkräften, deswegen müssen wir ihn finden, bevor der Mann vom Jugendamt auf die Insel kommt. Wenn uns das nicht gelingt, wird womöglich eine offizielle Fahndung nach ihm ausgeschrieben. Ob er dann noch hierbleiben und seine Ausbildung zu Ende machen darf, ist mehr als fraglich.»

Das waren klare Worte. Niemand der hier Anwesenden wollte, dass Lasse ins Gefängnis ging, das war klar. Selbst wenn seine Vergangenheit wenig rühmlich war, er auf dem Festland wirklich Autos gestohlen und einen Mann in Lebensgefahr gebracht hatte, jeder hier im Raum glaubte felsenfest daran, dass Lasse eine Chance verdient hatte. Nur knapp vier Stunden blieben, um den Jungen zu finden und der Wahrheit damit hoffentlich ein Stückchen näher zu kommen, das war sehr wenig Zeit.

«Wer sagt denn eigentlich, dass Lasse noch auf der Insel ist?», fragte Nils Boomgarden.

«Wir haben die Videoaufzeichnungen mehrfach durchgeschaut, auf die Fähre ist er jedenfalls nicht gegangen», berichtete Frachtschiff-Ingo und wirkte wie ein IT-Spezialist in einer besonders kniffligen CSI-Folge. «Und die Möglichkeit, dass er über das Achterdeck gegangen sein könnte, schließe ich mittlerweile aus. Wir haben uns nämlich inzwischen auch die Kamerabilder vom Festland zuschicken lassen. Die haben beide Gangways im Visier, Lasse war nirgends zu erkennen.»

«Glaubt uns, wir haben das Videomaterial bestimmt fünfmal durchgeschaut», bestätigte Lucyna. «Vorwärts und rückwärts. Nichts!»

«Vielleicht ist er geflogen?», überlegte Insa.

Doch jetzt schüttelte der Inselpolizist den Kopf. «Dort gibt es Passagierlisten. Auf keiner steht sein Name.»

«Das ist ja gerade das Gute an der Insel, dass man eigentlich nicht einfach so abhauen kann», sagte Siebelt. «Der ideale Ort für einen Jungen wie Lasse, dachten wir zumindest. Er wusste, dass er bei uns nicht unbemerkt irgendwelchen Mist verzapfen und ungestraft davonkommen kann. Die soziale Kontrolle hier mag für viele ein Fluch sein, für gefährdete Jugendliche wie Lasse ist sie mitunter ein Segen.»

Danni schniefte. Vor lauter Aufregung brachte er keinen Satz heraus, der Ärmste.

«Und wenn er hat ein private Boot?», fragte Bogdana. Sie meldete sich in solchen Runden nur selten zu Wort, wohl wegen der Sprachbarriere. Dass sie es heute dennoch tat, rechnete Jannike ihr hoch an. «In Segelhafen?»

«Mein Dad hat allen Hafenmeistern auf dem Festland Bescheid gegeben», berichtete Insa und schaute ihren Vater an. «Stimmt doch, oder? Die hätten das mitgekriegt.» Der Polizist nickte.

Jannike räusperte sich, sie konnte ihre Beobachtungen nicht länger für sich behalten, auch wenn das, was sie vor zwei Tagen nur aus dem Augenwinkel wahrgenommen hatte, eher gegen Lasse sprach. «Ich glaube, ich habe Lasse gesehen.»

«Wann und wo?»

«Beim Brand im *Störtebeker.*» Alle starrten sie an. «Ich hatte gerade Frau Galinski getroffen, unseren Gast aus Zimmer 6. Sie war unter den Schaulustigen, wir haben uns über den Brand unterhalten, und dann war da diese Gestalt in den Dünen, die sofort abgehauen ist, sobald ich in die Richtung geschaut habe.»

«Sicher, dass es Lasse war?», fragte Siebelt.

Nein, sicher war Jannike nicht. «Ich bin natürlich sofort hinterher, aber wer immer das war, ob Lasse oder nicht, er hatte es sehr eilig. Es war unmöglich, da hinterherzukommen.»

«Wohin ist er gerannt?», wollte Bernd Vollmer wissen und stellte sich neben die Inselkarte.

«Zum Hundestrand.»

«Auch wenn der Brand schon zwei Tage zurückliegt ...»

Der Polizist nahm einen Edding und kreiste den östlichen Strand- und Dünenbereich ein. «Dort gibt es tatsächlich viele Möglichkeiten, sich auch etwas langfristiger zu verstecken. In dem Gebiet zwischen Dorf und Flugplatz befinden sich noch ein paar Betonhöhlen, alte Bunkeranlagen aus dem Zweiten Weltkrieg.» Der Stift tippte auf großflächige Schraffuren in der Dünenlandschaft.

«Wir müssen Suchtrupps einteilen», schlug Ingo vor, und Lucyna lächelte ihn stolz an. «Wir übernehmen das eingekreiste Gebiet!»

«Komme ich mit!», sagte Bogdana und gesellte sich zu Tochter und Schwiegersohn in spe.

«Ich übernehme das Dorf», entschied Nils. «Dort könnte ich die Leute befragen, ob sie etwas gesehen haben. Immerhin war Lasse durch seine Arbeit und das Jugendtraining kein Unbekannter, und nicht jeder hier hält ihn für einen Schwerverbrecher.» Er schaute Insa auffordernd an. «Willst du mich dabei unterstützen?» Und schon war die Suchbrigade Inseldorf gegründet.

Mattheusz und Bernd Vollmer teilten sich das Naturschutzgebiet im westlichen Teil der Insel, sie wollten via Handy in Kontakt bleiben. Für Jannike und Mira blieb dann noch der Hafen mit dem Areal vor und hinter dem Deich übrig. Wahrlich keine kleine Ecke, aber im Vergleich zu den anderen hatten sie die beste Übersicht, denn die Seite zum Wattenmeer war größtenteils flach und unbebaut.

In seinem Zustand war Danni zu nichts zu gebrauchen, besser, er blieb, wo er war: an Siebelts Seite. Die beiden wollten vom Rathaus aus die Suchaktion koordinieren.

Nie war Jannike die Insel größer erschienen als in dem Moment, als sie gemeinsam vor die Rathaustür traten, sich umschauten, auf die Räder stiegen und in alle Richtungen auseinanderfuhren. Lasse konnte überall sein. Und sie mussten ihn finden. Irgendwie. Irgendwo. Aber nicht irgendwann: Es war halb eins, ihnen blieben dreieinhalb Stunden.

Wenigstens war die Matratze im Hotel Bischoff deutlich besser als die im Haus Hahn. Somit hatte der unfreiwillige Umzug zumindest einen Vorteil für Rollo gebracht: Sein Rücken war des Nachts bequemer gebettet. Schlafen konnte er trotzdem nicht. Weil er sich den Kopf darüber zerbrach, wo Lasse, das Weichei, untergetaucht sein könnte, statt das wirklich großzügige Angebot, gemeinsam die Insel zu verlassen, nach Hürth-Knapsack zurückzukehren und zusammenzuarbeiten, anzunehmen. So ein verdammter Mist! Nach der Aussprache am Strand war Rollo eigentlich sicher gewesen, den Jungen auf seine Seite gezogen zu haben. Was für eine Zukunft hatte er diesem Mistkerl versprochen: Den Schrottplatz hätte er leiten dürfen, und da kam schon eine Menge Kohle bei rum, aber langfristig hätte er auch den wesentlich lukrativeren Handel mit den Auto-Ersatzteilen übernehmen können. So viel konnte ein junger Mann sonst nirgendwo verdienen, vor allem nicht in einem Hallenbad, das *Sprottengrotte* hieß. Das war doch albern.

Rollo war sich total sicher gewesen, dass Lasse am nächsten Morgen beim Schiff auftauchen und mit ihm gemeinsame

Sache machen würde. Welche Chance hatte er auch sonst? Rollo hatte ihm ja wohl mehr als deutlich gemacht, dass es hier um sein Leben ging. Deswegen hatte Rollo seiner neugierigen Vermieterin das Geld abgezählt auf den Tisch gelegt und seine Ferienwohnung geräumt, um dann wie ein Trottel Ewigkeiten am Hafen auf Lasse zu warten. Frühmorgens, im September, an der Nordsee – ein echtes Gesundheitsrisiko. Und der Ärger, weil der Kerl nicht auftauchte, hatte bestimmt zusätzlich für eine zeitweilige Verschlechterung seines Immunsystems gesorgt. Stress wirkte sich bei Rollo direkt auf die Abwehrkräfte aus. Ihn hatte also prompt eine schreckliche Erkältung erwischt, Husten, Schnupfen, Hals- und Ohrenschmerzen, tränende Augen – die Liste seiner Beschwerden war lang. Als das Schiff dann ohne ihn und den von ihm auserkorenen Geschäftserben abgelegt hatte, war ihm auf jeden Fall schon sterbenselend zumute gewesen.

Ins Haus Hahn hatte er nicht zurückkehren wollen, zu auffällig das Ganze. Diese Frau Henne hätte ihn sicher ausgequetscht wie eine Zitrone, warum er es sich nun doch anders überlegt hatte und in die Ferienwohnung zurückgekehrt war und so weiter und so weiter. Deswegen war Rollo durch das Inseldorf gekrochen – ja, von Gehen konnte nicht die Rede sein, dazu war er zu fertig gewesen – und hatte beschlossen, sich in seiner miesen körperlichen Verfassung mal was zu gönnen, also war er im vornehmsten aller Hotels abgestiegen. Einzelzimmer mit Meerblick, obwohl ihn die Sicht auf die Wellen missmutig stimmte. Ihm wurde nur zu deutlich bewusst, dass er hier festsaß und nichts tun konnte, solange er nicht Lasse, das Weichei, gefunden und mundtot gemacht hatte. Er war gefangen. Und krank. Er sehnte sich nach seinem gasbeheizten Wohnwagen und der beschaulichen Ruhe seines Schrottplatzes. Hier musste er beim Frühstück immer links und rechts die anderen Gäste begrüßen und dann den bereitgelegten Inselboten studieren, weil das alle anderen auch machten und er sonst wieder aus der Reihe getanzt wäre. Innenpolitik, Europadebatten, Weltfrieden – für den Inselboten schien das nur eine Randnotiz wert zu sein. Viel wichtiger war, dass morgen die Schwimmer der Nachbarinseln mit einem Sonderschiff zum großen Wettkampf anreisen würden, das war die Titelstory. Platz zwei teilten sich: Hat der Feuerteufel wieder zugeschlagen? Und: Wie wird das Wetter heute? Ein Käseblatt, nein, ein absolutes Quarkblatt, in dem nicht mal Anzeigen für Gebrauchtwagen standen, das wäre ja wenigstens noch interessant gewesen.

Rollo hatte Heimweh. Und in seiner Lieblingszeitschrift, der Apotheken-Umschau, hatte mal gestanden, dass echtes Heimweh sogar gefährlich werden kann: Appetitlosigkeit soll zum Beispiel zur völligen Entkräftung des Körpers führen, die Folgen sind Fieber, Halluzinationen und irgendetwas mit dem Stoffwechsel. Nun, Appetitlosigkeit verspürte Rollo eher nicht, im Gegenteil: Er nahm jeden Abend alle fünf Gänge mit Nachtisch, aber irgendwie entkräftet fühlte er sich trotzdem.

Zum ungefähr tausendsten Mal lief er jetzt am Kurplatz entlang. Vorbei am kleinen Supermarkt, an der Fischbude, am Teeladen, an *Wiebke's Strandboutique*. Er kannte die Auslagen im Schaufenster auswendig, Neue Regenjacken eingetroffen und Sonnenbrillen um 50 Prozent reduziert. Die warmen Tage des Jahres waren gezählt, hieß das. Oft hatte er hier in der vergangenen Woche gestanden und getan, als bummle er durch die Insel-City auf der Suche nach einem Sommerschlussverkaufsschnäppchen, doch in Wahrheit hielt er nur nach einem Ausschau: nach Lasse, dem Weichei. In der Nähe des Restaurants *Windrose*, das gerade Werbung für seine Labskaus-Woche machte, zeigte die kleine Uhr mit dem darunter in den Stein eingelassenen Inselwappen, dass es noch nicht einmal eins war. Die Zeit verlief hier so zäh, als wäre eine Sanduhr am Werke, deren Körner verklumpt waren und nicht mehr geschmeidig durch die Öffnung rieselten. Was sollte er nur tun?

Ein Mädchen mit rot gefärbten Haaren kam auf ihn zu, lächelte ihn an, in Hürth oder Köln hätte er geglaubt, die wollte ihm was verkaufen, die Mitgliedschaft in einem Tierschutzverein oder so. «Entschuldigen Sie, wir suchen jemanden», sagte sie. «Haben Sie zufällig einen jungen Mann gesehen, sechzehn Jahre alt, ungefähr eins neunzig groß, schlank, etwas längere Haare, weite Jeans, rote Sweaty-Jacke?»

Interessant, dachte Rollo, da suchen wir womöglich denselben. Doch er war gewieft genug, sich nichts anmerken zu lassen. «Klingt nach dem jungen Bademeister in der *Sprottengrotte.*»

Das Mädchen lächelte. «Ja, genau der!»

«Hat er was ausgefressen?»

«Nein», sagte sie und schaute glaubhaft unschuldig. «Er ist mein Freund.»

«Und warum rufst du ihn nicht einfach an? Ihr Jugendlichen habt doch heutzutage alle ein Handy, oder?» Das Mädchen guckte genervt, klar, Sätze, die mit *ihr Jugendlichen habt doch heutzutage alle* begannen, hörte in dem Alter niemand gern. Bevor sie sich von ihm abwenden konnte, setzte er deshalb etwas freundlicher nach: «Aber ich könnte bei der Suche helfen, wenn du willst.»

Begeisterung sah anders aus, doch das Mädel war wohl zu gut erzogen, als dass sie das Angebot eines alten, offensichtlich kranken Mannes einfach ausschlug. «Danke, aber …»

«Weißt du, ich habe ohnehin nichts zu tun.» Er beschloss, ein bisschen auf die Tränendrüse zu drücken, das wirkte immer. «Seit meine Frau vor einem Jahr gestorben ist …»

«Oh.»

«Wir haben unseren Urlaub immer hier verbracht, vier Wochen Nordsee im September, 30 Jahre lang. Und ich dachte, es wäre schön, der Erinnerung nachzuhängen. Aber weißt du was? Es ist einfach nur schrecklich.»

Die Augen des Teenagers wurden groß wie die Scheinwerfer eines Citroën Traction Avant. «Das tut mir wirklich leid.»

«Etwas Abwechslung wäre bestimmt das Allerbeste.» Ein bisschen fühlte Rollo sich wie der böse Wolf bei Rotkäppchen, der sich die Naivität eines jungen Mädchens zunutze machte. Aber hatte das kluge Tier nicht am Ende die Großmutter verspeist? Na bitte. «Darf ich dir vorher zur Stärkung noch ein Eis spendieren?»

Doch das Mädchen lehnte ab. Sie hätte keine Zeit, bis vier müsse der Gesuchte gefunden sein, sonst bekomme er mächtig Probleme.

Rollo schaute wieder auf die Uhr. Jetzt war es Viertel nach eins. Wie schnell doch die Zeit verging, wenn man endlich sicher sein konnte, auf dem richtigen Weg zu sein. In weniger als drei Stunden würde er Lasse, das Weichei, zwischen die Finger kriegen.

Lasse schlich zwischen den roten und grünen Leuchttonnen umher, die ganz in der Nähe des Hafens frisch mit Signalfarbe bepinselt und in langen Reihen zum Trocknen aufgestellt worden waren. Ein Wald aus stählernen Bojen, dicke und schlanke, beschriftet mit Zahlen und Buchstaben, mit langem und kurzem Hals und mit einem Seepocken abweisenden Schutzanstrich lackiert, man könnte hier verlorengehen, dachte Lasse. Hänsel und Gretel fanden ein Pfefferkuchenhaus, nachdem sie sich verlaufen hatten, und Rotkäppchen hatte wenigstens einen Korb mit Keksen und Saft dabei, im Gegensatz zu ihm. Er hatte einfach nur tierischen Hunger. Heute Vormittag hatte sein Magen noch geknurrt wie ein böser Wolf, doch seit ein paar Stunden gab er Ruhe, vielleicht war er inzwischen zu schwach, um Geräusche zu produzieren. Wenn Lasse daran dachte, dass Siebelt ihm vor ein paar Tagen diese große, schon durchs Schlüsselloch absolut lecker riechende Portion Spaghetti bolognese vor die Tür gestellt hatte, und er hatte die einfach stehen lassen, weil er, wie Mama und Senta es ausgedrückt hätten, mal wieder die beleidigte Leberwurst spielen musste, ernsthaft, da könnte Lasse sich heute eine für schallern. Nudeln! Und Hackfleischsoße! Parmesan! Hmm! Dafür würde er in diesem Moment seinen rechten Arm opfern.

Zum Glück hatte er sein Portemonnaie in der Hosentasche gehabt, als Rollo ihn an diesem beschissenen Abend quasi aus den eigenen vier Wänden entführt hatte. Da war zwar leider nicht allzu viel Kohle drin gewesen, eigentlich nur das, was ihm von der alten Thalassofrau mit dem prinzessinnenrosa Bademantel in den letzten Tagen zugesteckt worden war. Bei der Abreise hatte die nette Dame zum Glück noch einen Zehn-Euro-Schein draufgelegt, «für den jungen Mann, der mir immer so schön die Krampfadern abgespült hat. Damit er sich was Feines kaufen kann». Es hatte gerade mal gereicht für ein paar Brötchen, Mini-Salami, Käsecracker, zwei Tüten O-Saft – ja, er dachte auch an Vitamine! –, Wasser, Schokolade und Chips, alles gekauft in einem Supermarkt im Ostdorf, wo er noch nie zuvor gewesen und deshalb hoffentlich unbekannt war. Und alles seit gestern Abend restlos aufgegessen. Das Portemonnaie war genau so leer wie sein Bauch, und dabei hatte er sich noch nicht einmal Zigaretten gekauft, sondern nur das Überlebenswichtige.

Ihm war klar, das hier musste bald ein Ende haben. Er hatte nur keinen blassen Schimmer, wie. Jede Stunde, die er ohne eine Erklärung von zu Hause fortblieb, verkomplizierte die Lage. Bestimmt wussten inzwischen Mama und Senta Bescheid und machten sich schreckliche Sorgen, aber die machten sie sich schließlich immer. Vielleicht war auch schon der Typ vom Jugendamt alarmiert, Lasse konnte sich genau vorstellen, wie der sich wieder seine Sorgenfalten ins Gesicht knetete und seufzte, weil er doch so gern möchte, dass der Junge endlich von der schiefen Bahn runterkommt, laber, laber. Wer weiß, vielleicht wurde auch schon nach ihm gefahndet. Crash-Kid, Brandstifter und welche Etiketten sie ihm inzwischen sonst noch so verpasst hatten. Inselmonster. Nordseegangster.

Es wäre wirklich besser, sich zu stellen. Wenn bloß Rollo nicht wäre. Denn der machte keinen Spaß. Besonders nicht, nachdem Lasse sein pseudogroßzügiges Angebot, ganz fett in die Autoschiebereien einzusteigen, einfach ausgeschlagen hatte. Der würde ihn so was von kaltmachen. Deswegen musste Lasse sich weiterhin verstecken.

Obwohl, er hatte auf gut Deutsch gesagt keinen Bock mehr, sich ständig eine andere Unterkunft zu suchen, das war echt die Hölle. Die ersten Nächte hatte er in den Dünen in der Nähe des Hundestrands geschlafen, da gab es verschiedene Möglichkeiten, mehr oder weniger trocken und warm, aber immer verdammt ungemütlich. Doch dann hatte es wieder gebrannt. Am *Störtebeker.* Und Jannike Loog hatte ihn womöglich entdeckt. Also war klar gewesen, dass er sich nach etwas anderem umschauen musste. Vorgestern waren es die abgestellten Wagenanhänger am Deich gewesen. Da hatte er eine alte Satteldecke auf ein paar Europaletten gepackt und sich zwischen die Hinterräder gelegt, wo es relativ windstill gewesen war. Aber ziemlich früh am Morgen waren die Kutscher dort aufgekreuzt, um die Pferde einzuspannen. In allerletzter Sekunde war er noch drunter weggekrochen und unbemerkt im hohen Gras verschwunden. Von gestern auf heute war dann dieser Tonnenpark am Hafen sein Nachtquartier gewesen. Es gab eine Ecke, in der die dicken Seile gelagert wurden, das war sein bislang bequemstes Lager gewesen, und er hatte, verglichen mit den Nächten zuvor, verhältnismäßig lange ausgeschlafen. Dahin würde er heute Abend zurückkehren. Doch noch lieber wäre ihm, er könnte nach Hause, in sein Bett, mit einer Tasse Tee auf dem Nachttisch, noch ein bisschen am Laptop irgendwas daddeln und dann einfach nur pennen. Wie chillig wär das denn!

Erst einmal musste er jetzt hier weg, denn die Digitalanzeige am Schiffsanleger verriet, dass in etwas mehr als zwei Stunden die Fähre vom Festland ankam. Gleich würde hier richtig was los sein. Zu riskant zum Bleiben. Außerdem hoffte Lasse, vielleicht irgendwo etwas Essbares aufzutreiben. Notfalls musste er in den Dünen nach reifen Brombeeren suchen, die gab es da tonnenweise. Und Sanddornbeeren, aber die Teile schmeckten ziemlich bitter. Echt, wie so ein Neandertaler war er unterwegs, fehlte nur noch, dass er anfing, auf die Jagd zu gehen, Fasanen und Kaninchen gab es hier genug. Er sah sich schon mit so 'nem Fell um die Hüfte und langem, verfilztem Bart über die

Insel rennen, best friend mit den wilden Tieren. Ach Quatsch, so langsam drehte er am Rad. Außerdem müsste er dann ja ein Lagerfeuer machen, um seine Beute zu grillen. Und Feuer war jetzt mal echt eine ganz schlechte Idee.

Er schob sich durch die Lücke zwischen Mauer und Zaun und trat auf die breite Straße, die vom Anleger ins Inseldorf führte. Noch war hier kein Mensch unterwegs. Der Hafen war so ein Ort, der entweder proppenvoll oder gähnend leer war. Entweder man trat sich gegenseitig auf die Füße, musste aufpassen, nicht vom Gepäckfahrer überrollt oder im Gedränge ins Hafenbecken geschubst zu werden. Oder man stand völlig allein zwischen den Verladekränen und verschlossenen Metallcontainern und war von weitem schon für jedermann sichtbar. Lasse musste diesen Marsch übers freie Feld so schnell wie möglich hinter sich bringen, also rannte er los, auch wenn das an seine Kraftreserven ging. Durch die Deichscharte hindurch, am Spielplatz vorbei, bis in den Ort, wo natürlich deutlich mehr los war, wo es aber auch einige Ecken und Nischen gab, in denen er sich notfalls verstecken konnte. Er musste nur aufpassen, durfte keinen Fehler machen. Wie in einem Egoshooterspiel.

In der Nähe des Kurplatzes blieb er hinter einer altmodischen Telefonzelle stehen, versuchte, seinen hektischen Atem zu beruhigen, wischte sich den Schweiß von der Stirn. Wer ihn nicht sah und nicht hörte, der würde ihn womöglich am Gestank entlarven. Obwohl Lasse jeden Tag im Meer schwimmen war, die letzte Woche hing geruchsmäßig in seinen Kleidern fest, er merkte selbst, dass der Muff kaum auszuhalten war. Durch die Scheiben der Telefonzelle konnte er die Szenerie im Zentrum der Insel einsehen. Nur alte Leute auf den Parkbänken. Und ein paar Insulaner, die in hoher Geschwindigkeit auf ihren Fahrrädern unterwegs waren, immer beschäftigt, immer auf Tour, das war hier nicht anders als auf den Straßen in Köln.

Hufgeklapper näherte sich, womöglich eine gute Gelegenheit, weiter voranzukommen. Eine Art Bus bog um die Ecke, also, was man hier eben Bus nannte: eine Passagierkutsche mit besonders kräftigen Pferden, in deren kastenförmigem Wagen mindestens zwanzig Leute Platz fanden. Diese Dinger dienten als Shuttle zum weit im Osten gelegenen Flugplatz und waren klobig und vor allem langsam genug, um sich in ihrem Windschatten unbemerkt voranzubewegen. Die Kutsche war leer, also stieg Lasse auf die kleine Stufe am hinteren Ende des Wagens und hielt sich am Bügel fest, der den älteren Passagieren als Einstieghilfe diente. Einige Meter ging das immerhin gut. Sie fuhren am Zeitschriften- und Tabakladen vorbei, am Inselkino und an der Bäckerei Meyerhoff. Doch dann, als sie am Restaurant *Windrose* um die Ecke biegen wollten und ein Werbeschild für die Labskaus-Woche etwas im Weg stand, bemerkte ihn der Wagenlenker wohl im Rückspiegel. Ja, auch Pferdekutschen hatten so etwas, das hatte Lasse nicht gewusst. «Hau ab, du Idiot!», schimpfte der Kutscher und knallte sogar mit seiner Peitsche in die Luft, wovor sich die Klappergäule anscheinend genauso erschreckten wie Lasse, jedenfalls verfielen sie plötzlich in einen holprigen Trab, und es war gar nicht so einfach, jetzt noch abzuspringen. Wie der letzte Honk stolperte Lasse über seine Beine, verfing sich auch noch mit der Kapuze an der Türklinke des Wagens und landete schließlich mitten auf der Straße, zum Glück einige Zentimeter neben dem frischen Pferdehaufen, den die Tiere in ihrer Panik wohl noch schnell losgeworden waren. Schöner Mist!

Hoffentlich hatte das niemand gesehen! Aber nein, so funktionierte das ja leider nie im Leben. Wenn man was richtig Tolles machte, einen kleinen Jungen aus dem Drehkreuz befreite zum Beispiel oder die hundert Meter im offenen Meer bei ziemlichem Wellengang unter eine Minute zehn schwamm, dann bekam das keine Sau mit. Doch fiel man wie ein Vollidiot auf die Fresse, dann landete man natürlich zu Füßen von …

«Lasse!» Insa strahlte ihn an.

Er rappelte sich hoch. Versuchte, seinen scharfen Eigengeruch zu ignorieren und nicht daran zu denken, wie dreckig seine Klamotten wohl waren und wie fettig seine Haare. Denn Insa nahm ihn einfach in den Arm. Die hatte Nerven.

«Wir haben dich schon überall gesucht!»

«Wir?» Lasse löste sich aus der Umarmung. Wäre ein schöner Moment gewesen, wenn eine tolle Frau ihn trotz Worst-Case-Outfit begrüßte wie Justin Bieber persönlich. War es aber nicht, denn hinter Insa stand Rollo. Und sein Gesichtsausdruck spiegelte zwar auch eine Art von Wiedersehensfreude, die jedoch völlig anders gelagert war, nichts zu tun hatte mit dem, was Insa vor lauter Erleichterung von sich gab: «Wir haben uns solche Sorgen gemacht! Alle werden sich riesig freuen, dass dir nichts passiert ist!» Wenn Rollo den Mund aufgemacht hätte, wär da was anderes rausgekommen. In etwa so: «Du weißt genau, ich habe meine Knarre dabei, und wenn du nicht machst, was ich von dir verlange, geht es der hübschen Rothaarigen hier verdammt schlecht, kapiert?» Das brauchte er nicht zu sagen. Lasse verstand auch so. Und schluckte.

«Guck mal, der nette ältere Herr hier hat bei der Suche geholfen.»

Lasse schaffte so etwas Ähnliches wie ein Lächeln.

«Obwohl er so eine schlimme Erkältung hat. Und eine Pferdehaarallergie.»

Rollo grinste ziemlich gesund.

«Warum bist du denn überhaupt abgehauen? Kein Mensch glaubt, dass du etwas mit den Bränden zu tun hast. Oder mit den Drogen.»

Drogen? Wovon redete Insa da bloß? Doch Lasse fragte nicht nach, er musste sich konzentrieren und ließ Rollo nicht aus den Augen. Dieser Arsch hatte sich als süßer, kleiner, kranker Opi ausgegeben und sich an Insa gehängt. Nun saßen sie beide in der Falle, nur dass Insa nichts davon ahnte.

«Du sagst ja gar nichts», stellte sie enttäuscht fest.

«Warum habt ihr mich überhaupt gesucht?», brachte er schließlich heraus.

«Was ist denn das für eine Frage? Du verschwindest einfach fast eine ganze Woche, niemand weiß, wo du steckst, was du isst, trinkst ...» Insa schaute verlegen zu Boden. Sie musste bemerkt haben, dass sie klang wie eine besorgte Mutter. Obwohl solche Worte aus ihrem Mund viel toller rüberkamen. Unter normalen Umständen wäre er jetzt echt happy gewesen bis sonst wo. Aber diese Situation war leider alles andere als normal.

Lasse hatte vieles gehört über Rollo. Dass er bei seiner Oma auf dem Schrottplatz groß geworden und schon sehr früh das erste Mal im Knast gelandet war. Wegen gefährlicher Körperverletzung, so ging das Gerücht, irgendein Bandenkrieg in den Siebzigern des letzten Jahrhunderts, als man sich noch mit Fäusten prügelte, weil es noch nicht so einfach war, sich übers Internet Waffen zu besorgen. Rollo wurde nachgesagt, er habe mit neunzehn sein erstes Opfer in den Rollstuhl gekloppt, daher vielleicht auch sein Spitzname. Und seine Geschäftsmethoden seien im Laufe der Jahre angeblich nicht zimperlicher geworden. Zwar musste er auch einige Jahre an verschiedenen Tankstellen jobben, aber hauptsächlich, um für seinen Boss dort die passenden Autos auszuspähen, die der anschließend klauen ließ. Wenn man das erzählt bekam, klang es fast so spießig wie die Struktur von irgend so einem blöden deutschen Amt – Katasteramt, Jugendamt, Finanzamt, keine Ahnung – wo alles prima organisiert war und der Chef den Angestellten Befehle erteilte, die ausgeführt werden mussten, sonst gab es Druck von oben. Irgendwann war Rollo dann selbst zum Schrottplatzkönig von Hürth-Knapsack aufgestiegen und eindeutig jemand, mit dem man sich besser gutstellte. Sonst musste man schon mal seine eigene Beerdigung planen, so viel stand fest.

Hätte Lasse sich doch niemals auf so ein Schwein eingelassen. Er konnte sich kaum mehr erinnern, warum er damals bei den Crash-Kids mitgemacht hatte. Wahrscheinlich bloß aus Langeweile. Und weil er keinen Bock hatte, immer mit seinem Musterbruder verglichen zu werden. Dann hatte ihn einer aus seiner Schule überredet, hey, du bist doch handwerklich so geschickt, und du stehst doch auf schnelle Autos und … Lasse wünschte, er hätte damals eine andere Entscheidung getroffen, einfach seine Hausaufgaben gemacht und Vokabeln gelernt und das Schwimmtraining weiterverfolgt. Das wäre garantiert öde gewesen, doch dann sähe die Lage jetzt ganz anders aus, und er wäre wesentlich entspannter. Beziehungsweise wäre er höchstens deswegen unentspannt, weil er vorhatte, demnächst mal Insa zu küssen. Aber das war ja kein echtes Problem.

«Komm mit ins Rathaus», schlug diese vor. «Deine Daddys warten schon sehnsüchtig auf dich, und wir könnten die Suchaktion abblasen.» Dann berichtete sie nicht ganz ohne Stolz, dass derzeit mehr als zehn Leute die Insel nach ihm abklapperten, weil der Typ vom Jugendamt sich tatsächlich auf den

Weg hierher gemacht hatte und die Lage für Lasse wohl noch verkorkster war als angenommen.

Tja, und Rollo würde gleich dafür sorgen, dass die Lage ganz und gar verkorkst war. Er nutzte die erstbeste Gelegenheit, in der Insa mal kurz wegschaute, und zog etwas ein Stück aus seiner Manteltasche. Es war schwarz, kantig und gefährlich. Alles klar!

«Geh doch schon mal vor», schlug Lasse deswegen vor.

«Quatsch, du kommst mit!» Insa versuchte, sich bei ihm unterzuhaken. «Wir müssen doch mit dem Training weitermachen. Morgen kommt die Konkurrenz zur Insel, und übermorgen wird es ernst: Das große Inselduell! Schon vergessen?»

Lasse schüttelte sie ab, auch wenn es ihm schwerfiel. Als ob er gerade keine anderen Sorgen hätte als dieses Inselduell, echt jetzt.

Rollo raunte ihm ins Ohr: «Denk dir was aus, oder die Hübsche erfährt auf der Stelle, dass ich nicht der nette Opi bin, für den sie mich hält.»

Denk dir was aus! Denk dir was aus! Sehr lustig! Lasse war ausgehungert, übermüdet, schmutzig und deutlich mehr als nur gestresst. Und jetzt sollte er auch noch einen Ausweg aus dieser beschissenen Situation finden? «Ich … kann meine Unschuld beweisen.»

«Echt?» Insa schaute ihn hoffnungsvoll an.

«Aber dazu muss ich noch was … aus meinem Versteck holen.» Er war ein ziemlich mieser Lügner, wahrscheinlich wuchs sogar seine Nase so pinocchiomäßig in die Länge, jedenfalls sah Insa nicht aus, als würde sie ihm das so ohne weiteres abkaufen. «Dauert nicht lange.»

«Du willst wieder abhauen, stimmt's?» Die Hoffnung in Insas Augen erlosch wie eine Zigarette in der Pfütze. Fuck!

«Nein, ehrlich nicht. Ihr könnt mich ja bewachen.»

Sofort wusste Rollo, dass er gefragt war. «Ich übernehme das!» Er grinste. Für Unwissende mochte es freundlich aussehen, für Lasse wirkte es diabolisch.

«Nein, Sie haben uns schon genug geholfen», lehnte Insa ab.

«Aber denk doch mal nach», sagte Lasse und suchte nach den richtigen Worten. «Wenn du jetzt mit mir zu meinem Versteck gehst, dann sagt irgendwer hinterher, wir hätten da was gemeinsam verschwinden lassen oder so. Die machen dich noch zur Komplizin, wenn wir nicht aufpassen.» Insa sah aus, als hätte sie ein ziemlich dickes Bonbon verschluckt. «Mit diesem netten Herrn hier, der mit der ganzen Geschichte ja überhaupt nichts zu tun hat, wird das bestimmt nicht passieren. Er kann sogar hinterher noch ein wichtiger Zeuge werden, wenn es darum geht, zu beweisen, dass alles sauber abgelaufen ist.»

Zum Glück hatte Lasse damit die nötige Überzeugungsarbeit geleistet, denn Insa erklärte sich einverstanden, bedankte sich sogar überschwänglich bei Rollo, was Lasse kaum mit anhören konnte, ihm war speiübel. «Dann sehen wir uns aber gleich im Rathaus, versprochen?»

«Versprochen!», log Lasse. Und wurde dafür noch mit zwei Küssen auf die Wange belohnt. Von Insa! Er kam sich vor wie ein Schwein. Da hatte er die ersten Küsse von seiner Traumfrau ergattert, genau in dem Moment, als er ihr eiskalt ins Gesicht gelogen hatte. Denn natürlich war sein Versprechen so viel wert wie die Pferdeäpfel auf der Straße. Er würde nicht ins Rathaus kommen, noch weniger mit tollen Beweisen für seine Unschuld im Gepäck. Nein, er würde jetzt mit Rollo verschwinden, irgendwohin, wo sie ungestört waren. Damit die Sache zu Ende gebracht werden konnte. Wie auch immer.

Seine Beine waren weich, als er zur Strandstraße stolperte. Es war punkt zwei Uhr.

Niemals zuvor war Bogdana in diesem Teil der Insel gewesen. Es blieb ja kaum Zeit zum Spazierengehen, und wenn, dann nutzte sie diese, um mit ihrer Freundin Anna durch das Dorf oder vielleicht noch auf der Promenade ein paar Schritte zu laufen. Niemals käme sie auf die Idee, ganz ans andere Ende der Insel zu fahren, wo es nicht viel gab außer diesen scharf schneidenden Gräsern, den stacheligen Brombeer- und Sanddornsträuchern und den Sandhügeln, die sich wie ein Mini-Gebirge zwischen Watt und Nordsee breitmachten. Es war anstrengend, überhaupt vorwärtszukommen. Und wahrscheinlich auch sinnlos, denn sie hatten auch nach zwei Stunden keine Spur von Lasse gefunden. Die Sonne-Mond-und-Sterne-Uhr, die am Strandaufgang stand und absolut unverständlich war, verriet angeblich, dass es bereits Viertel nach zwei war. Ihr zukünftiger Schwiegersohn Ingo hatte versucht ihr zu erklären, wie man mit dem Schatten, den ein kleines Stöckchen auf den Sand warf, die Zeit ablesen konnte. Bogdana war froh, ihre Armbanduhr zu haben.

Natürlich war sie mit von der Partie, um diesen armen Jungen zu suchen. Der konnte ja nichts für den ganzen Schlamassel zu Hause im Hotel. Und Danni auch nicht, ihm und Siebelt gegenüber sah Bogdana sich in der Pflicht, keine Frage. Aber auf Jannike war sie sauer, stinksauer sogar. Nie hätte sie gedacht, dass Jannike nicht nur den Antrag ihres armen Mattheusz ignorieren, sondern auch noch einem anderen Mann eindeutige Angebote machen würde. Im Grunde war das unvorstellbar, aber leider, nach allem, was Bogdana gesehen und gehört hatte, nicht von der Hand zu weisen. Alle Träume von einer großen Hochzeit in Polen, von Enkelkindern, die im Hotel Fangen spielten, waren zerplatzt. Unter diesen Umständen sah Bogdana für sich keine Zukunft mehr in dem kleinen Hotel. Sobald Lasse wieder aufgetaucht war, würde Bogdana ihre Kündigung einreichen. Lucyna ebenso. Und Oma Maria würden sie mitnehmen, jawohl.

«Was wollt ihr dann machen?», fragte Ingo, der zwischen Bogdana und ihrer Tochter herging und gerade in den Entschluss eingeweiht worden war. «Bei Jannike verdient ihr mehr als irgendwo anders auf der Insel. Und sie ist eine faire Chefin.»

«Vielleicht ist sie das», antwortete Lucyna. «Aber zu meinem Bruder war sie alles andere als fair.»

«Das könnte doch auch ein Missverständnis gewesen sein.»

«Auf dem Zettel stand *Ich freu mich auf uns*. Und Herz. Und Anfangsbuchstabe.» Bogdana könnte schon wieder in die Luft gehen, wenn sie nur daran dachte. «Das ich verstehe sogar.»

Ingo seufzte. Bogdana seufzte auch. Es gab kein Zurück: Ende September würde die Familie Pajak ihre Koffer packen und das kleine Inselhotel verlassen. Das war bitter, ja, und traurig, wirklich. Aber es war das einzig Richtige. Mattheusz hatte nicht verdient, das man so mit ihm umsprang. *Nigdy w życiu!*

«Ich werde euch ziemlich vermissen, wenn ihr die Insel verlasst», sagte Ingo und legte im Gehen Lucyna und Bogdana je einen Arm auf die Schulter.

«Freu dich nicht zu früh», sagte Lucyna. «Ich werde natürlich bei dir bleiben, mein Schatz. Wir können uns also noch ganz lange und ganz oft streiten, wenn du willst.»

«Also suchst du dir einen neuen Job?»

«Ja. Oder du fragst deine Mutter, ob sie will, dass ich im Haus Hahn helfe.»

«Du willst lieber für meine Mutter arbeiten als für Jannike? Das würde ich mir an deiner Stelle gründlich überlegen.» Ingo schüttelte den Kopf. «Aber Bogdana, du wirst mir fehlen, liebe Schwiegermutter in spe. Und Mattheusz, mit dem trinke ich gern mal ein Bierchen. Und Oma Maria …»

«Du meinst wohl: Oma Marias Heringssalat!», stellte Lucyna klar.

«Den auch. Aber eben auch die ganze Familie Pajak. Ohne euch wird die Insel nicht dieselbe sein. Ihr gehört einfach dazu. Manchmal könnte ich glauben, ihr seid schon richtige Insulaner.» Sie erreichten die höchste Stelle einer Düne, blieben kurz stehen und schauten sich um. «Da hinten ist wieder so ein Bunker.» Ingo blickte durch sein Fernglas, das er eben noch aus seinem Büro am Hafen mitgenommen hatte. Ohne dieses Hilfsmittel hätte man den grauen Betonklotz, der aussah, als wäre er in das sandige Tal hineingewachsen, niemals erkannt. Die Mauer war so zugewuchert, dass man schon ganz genau hinschauen musste. Wenn sich Bogdana jemals auf der Insel verstecken müsste, sie würde sich genau so einen Ort suchen. Es war gut, dass Lucyna ihr beim Abstieg die Hand reichte, denn es ging recht steil nach unten, und man konnte nicht immer einschätzen, ob der Fuß auf sicherem Boden oder in einem Kaninchenloch landete.

«Warum gibt es diese Bunker überhaupt?», fragte Lucyna. «Eine Insel ist doch kein Kriegsgebiet.»

«Nicht direkt. Doch die englische Luftflotte hat auf dem

Rückflug über der deutschen Nordsee ihre letzten Bomben abgeworfen, um das Gewicht zu reduzieren. Im Tiefflug. Also wurden hier einige Soldaten stationiert.» Ingo stand bereits neben dem Bunkereingang, der durch eine brüchige Holztür nur notdürftig verschlossen war. «Kann man sich heute kaum noch vorstellen, dass hinter dieser Tür einmal die modernsten Flugabwehrgeschosse des Landes aufgestellt waren.» Ein Ruck, und der Weg ins Innere des alten Schutzraumes war frei.

Bogdana hatte natürlich nicht ernsthaft erwartet, dass es darin aufgeräumt wäre, frisch gelüftet und geputzt, doch der feuchte Muff und die schmuddelige Dunkelheit, von der man wusste, dass ein bisschen Licht den Anblick noch weiter verschlimmern würde, ließen sie zurückschrecken. «Da müsst ihr ohne mich rein!», rief sie auf Polnisch. Doch schließlich siegte mal wieder ihre Neugierde, und sie streckte immerhin den Kopf vorsichtig um die Ecke.

Als Ingo mit seinem Handy den kleinen, quadratischen Raum ausleuchtete, war sofort klar, sie hatten einen wichtigen Hinweis gefunden: In der hinteren Ecke war Sand zu einer Art Bett aufgeworfen worden, davor lag allerhand Müll, eine leere Orangensaftpackung, Schokoladenpapier, Brötchentüten, so Zeug eben.

«Hier muss vor kurzem noch jemand gewesen sein», sagte Ingo, und Lucyna zückte gleich ihr Handy, um im Rathaus Bescheid zu geben. Was Danni daraufhin antwortete, konnte Bogdana nicht verstehen. Es waren ja leider keine wirklich tollen Neuigkeiten, die sie mitteilen konnten. Nur dass sie eventuell und ganz vielleicht eine Spur von Lasse gefunden hatten.

«Ihr habt was?», fragte Lucyna nach und hielt dann, nachdem sie eine Weile gelauscht hatte, ihre Hand vor das Handy, um Ingo und Bogdana aufzuklären: «Sie haben Lasse gerade im Inseldorf getroffen, es geht ihm gut. Er will irgendwie nur noch einen Beweis für seine Unschuld holen, dann kommt er ins Rathaus.»

«Gerade noch rechtzeitig!», sagte Ingo. Die Erleichterung war groß.

Lucyna steckte das Handy wieder ein. «Wir können alle zurückkommen. Siebelt will als Dankeschön Pizza spendieren.»

Gut, Bogdana war sowieso hungrig und außerdem froh, endlich wegzukönnen. Ihr war nicht wohl an diesem Ort, das hier war schlimmer als ein ungeputztes Badezimmer.

«Aber wenn Lasse sowieso schon Beweise für seine Unschuld hat, warum musste er sich dann überhaupt verstecken?», überlegte Ingo, nachdem er den Bunker verlassen und die Tür wieder vorgeschoben hatte. Darauf erhielt er natürlich keine Antwort. Stattdessen kletterten sie wieder auf die Dünen und kämpften sich durchs Dickicht, die Fahrräder waren leider noch ein ganzes Stück entfernt, die hatten sie neben der großen Bronzeskulptur abgestellt, um sie in diesem unübersichtlichen Sandgebirge wiederzufinden.

Lucyna bemerkte die Frau, die da abseits vom Strand seltsame Dinge tat, als Erste. Wahrscheinlich, weil sie sich in den letzten Tagen schon an ihren Detektivjob gewöhnt und die Augen geschult hatte. «Ist das nicht unsere Frau aus Zimmer 6?»

Bogdana riss Ingo das Fernglas aus der Hand und spähte hindurch. Tatsächlich, kein Zweifel, Frau Galinski stand dort am Rand der Dünen und streckte sich erst Richtung Himmel, dann beugte sie sich nach unten, als suche sie den Boden ab. Nach etwas Brennbarem vielleicht?

Sollte Lasse seine Unschuld tatsächlich beweisen können, so war der wahre Brandstifter ja noch immer nicht gefasst. Zwar tendierte Bogdanas Misstrauen gegen Frau Galinski in den letzten Tagen gegen null, aber das lag in erster Linie an dem Vorfall mit Jannike und ihrem Bademeister. Frau Galinski blieb weiterhin ein merkwürdiger Gast, der Nacht um Nacht verlängerte, ohne einen Grund zu nennen, und mit Hund und einem terpentingetränkten Lappen in der Manteltasche endlose Spaziergänge unternahm. Und hatte Jannike nicht eben im Rathaus berichtet, Frau Galinski sei auch beim dritten Brand im *Störtebeker* vor Ort gewesen? Das konnte einfach kein Zufall sein.

Jetzt richtete sich die geheimnisvolle Frau wieder auf und stand einen Moment still, als hätte die Welt aufgehört, sich zu drehen.

«Was macht die da?», wunderte sich auch Lucyna.

«Sieht aus wie ein Ritual», fand Ingo. «Vielleicht ist euer Observationsobjekt ja in einer Sekte und muss immer um ...» Er schaute auf seine Armbanduhr. «... um Viertel vor drei die Sonne anbeten. Woraufhin sie sich in einen furchtbaren Feuerteufel verwandelt.»

«Mach dich nicht lustig!», sagte Bogdana streng. Es reichte, sie wollte jetzt und auf der Stelle Gewissheit haben, was es mit dieser Frau Galinski auf sich hatte. Also lief sie los, schnurstracks auf diese Dame zu, die jetzt die Arme krampfhaft hinter dem Rücken verschränkte. Ingo und Lucyna kamen kaum hinterher, so eilig hatte es Bogdana.

Pepsis Hundenase hatte frühzeitig Witterung aufgenommen, der kleine Süße fing freudig an zu bellen, da war Bogdana noch nicht einmal in Rufweite. Frau Galinski zuckte zusammen und schaute sich alarmiert um. Das war ja schon mal interessant. Sofort, als sie Bogdana erblickte, beendete sie ihre geheimnisvollen Bewegungen und schimpfte stattdessen mit ihrem Hund. «Aus, Pepsi, brav sein!» Ja, ja, brav sein, das wäre auch kein schlechter Ratschlag für das Frauchen, dachte Bogdana.

Bogdana trat Frau Galinski schon fast auf die nackten Füße, erst da war in deren Gesicht eine Regung des Wiedererkennens auszumachen. Sie lächelte. Verlegen? Oder schuldbewusst?

«Ach Sie sind es! Kein Wunder, ist der Hund so aufgeregt.» Pepsi, der an einem Pfahl festgeleint war, sprang aufgeregt an Bogdanas Bein hoch. Frau Galinski reichte ihr die Hand. «Ich hab sie gar nicht so schnell erkannt. Wenn ich Pilates mache, setze ich nämlich immer meine Brille ab.»

«Pilates?»

«So ähnlich wie Yoga.»

Natürlich, davon hatte Bogdana schon gehört, schließlich war sie nicht von vorgestern. Jedoch hatte sie überflüssigen Körperübungen noch nie viel abgewinnen können. Einmal Fenster putzen war schließlich wie zwei Stunden Yoga. Warum sich manche Leute eine Putzfrau nahmen, dann aber Geld für ein Fitnessstudio ausgaben, war Bogdana ein Rätsel.

Nun kamen auch Lucyna und Ingo dazu, beide grüßten nur mit angedeutetem Nicken, wahrscheinlich war ihnen die Begegnung peinlich. Doch Bogdana war wild entschlossen. Sie hatte keine Lust mehr auf Verfolgung und Verdächtigung, es war an der Zeit, endlich die Wahrheit zu erfahren. «Und was Sie treiben hier wirklich?»

Frau Galinskis Gesicht wurde zu Stein. «Was meinen Sie?»

«Ich glaube nicht, Sie sind wegen Pilates hier. Auch nicht wegen Hund. Oder Seele von Frau über fünfzig.»

«Sie haben das Buch in meinem Zimmer liegen sehen.»

«Natürlich, weil ich putze immer alle Flächen, also ich hebe auch hoch das Buch.» Fehlte ja noch, dass hier der Spieß umgedreht wurde und sie plötzlich die Böse sein sollte. «Und ich habe auch nachgeschaut, warum es immer so riecht an Ihrem Mantel.»

Jetzt schaute Frau Galinski, als verstünde sie gar nichts mehr. Tja, damit hatte sie wohl nicht gerechnet, dass ihr jemand auf die Schliche kommen würde. «Mein Mantel riecht?»

«Nach Feuer und Rauch. Und nach Terpentin.»

Lucyna stellte sich an ihre Seite. «Meine Mutter meint nur, na ja ..., sie hat sich Sorgen gemacht, und wahrscheinlich ist das der totale Blödsinn, aber ...»

«Halt! Stopp!», unterbrach Frau Galinski, und ein bisschen klang es so, als würde sie mit Pepsi reden. «Unterstellen Sie mir etwa, dass ich etwas mit den Bränden auf der Insel zu tun habe?»

«Nein, wir ...»

Doch Bogdana unterbrach ihre Tochter. «Sie waren bei jede Feuer dabei. Und außerdem Sie verlängern immer Ihr Zimmer, Nacht um Nacht. Vielleicht, weil Sie nicht wissen, wie lange das Spiel gutgeht.» Jetzt war es raus. Bogdana fühlte sich prima.

«Das ist jawohl mit Abstand das ...» Doch weiter kam Frau Galinski nicht, denn auf einmal war Pepsi wie ausgewechselt, sein herziges Kläffen hatte sich zu einem ausgewachsenen Bellen gemausert, und er riss an der Leine, als ginge es um alles oder nichts. Erst wenn man dem Blick seiner Knopfaugen folgte, verstand man den Grund für die Aufregung: Ein ganzes Stück weiter hinten, in etwa dort, wo die Insel ins Meer übergeht, rannte ein großer, zotteliger Hund ohne Leine herum, Herrchen oder Frauchen waren nicht in Sicht. Irgendein wilder Mischling, ungebürstet und von Sand und Salzwasser so zerzaust, dass es sogar aus dieser Entfernung gut erkennbar war. Das Tier hatte so gar nichts von der Niedlichkeit, mit der Pepsi die Herzen aller im Sturm erobern konnte. Trotzdem schien der süße Kleine ganz wild auf eine Begegnung mit dem fremden Vierbeiner zu sein.

«Ist gut, Pepsi», sagte Frau Galinski.

«Sei brav!», sagte Bogdana.

Doch Pepsi hörte auf keine von beiden, sondern riss dermaßen an seinem Halsband, dass sich der schmale Pfahl, der wohl nur locker in den Sand gesteckt worden war, zur Seite neigte. Die Leine rutsche vom Holz, und Pepsi war frei. Seine weißen Stummelbeinchen trugen ihn in sagenhafter Geschwindigkeit Richtung Meer.

«Bleib», rief Bogdana.

«Hierher», rief Frau Galinski.

Aber da war der kleine weiße Hund schon viel zu weit weg.

Sonka Waltermann ließ sich Zeit, genoss den sonnigen Herbstnachmittag und schlenderte, eine eben am Kurplatz gekaufte Kugel Eis mit Zimtwaffel in der Hand, durch das Inseldorf in Richtung Hafen. Das tat sie viel zu selten. Wie denn auch, in ihrem Job?

Nächste Woche Montag würde die Mathearbeit in der achten Klasse geschrieben werden, gerade eben hatte sie die Aufgaben endgültig fertiggestellt und abgespeichert. Leicht wollte sie es den Schülern nicht machen, nach dem, was sie neulich im Sportunterricht hatte erleben müssen. In der letzten Mathestunde hatte sie es klipp und klar gesagt: «Es ist mir egal, wenn ihr jammert, die Arbeit wird das gesamte Thema Binomische Formeln abhandeln. Also Addition und Subtraktion von Wurzeln, Potenzen von komplexen Zahlen, erweiterte Formeln und Faktorisierung von Potenzsummen.» Da hatte sie schon die blanke Angst in den Augen der Teenager gesehen und gleich noch mal Luft geholt: «Zudem habe ich einige Fragestellungen formuliert, bei denen man mit stupidem Auswendiglernen nicht weiterkommt. Dazu müsst ihr eben einfach verstanden haben, was ich euch seit Wochen an der Tafel rauf- und runterpredige. Sonst, und das kann ich euch versprechen, seht ihr am Montag ziemlich alt aus.»

«Aber das Inselduell …»

«Ihr seid nicht mehr in der Grundschule. Die Verantwortung für eine langfristige und effektive Vorbereitung der Klassenarbeit liegt allein bei euch. Und ihr kennt den Termin nicht erst seit gestern.»

Irgendwie hatte dieser Auftritt Sonka Waltermann einen regelrechten Energieschub verliehen. Noch nie hatte sie den Schülern so deutlich gezeigt, wo der Hammer hängt. Es war an der Zeit, sich von ihren Bullerbü-Träumen zu verabschieden. Das Leben war eben kein Astrid-Lindgren-Roman. Sie musste die angeödeten Gesichter jedenfalls nicht länger persönlich nehmen. Und sollte einer von ihnen scheitern, den Abschluss nicht schaffen oder eine Klasse wiederholen müssen, war das eben so. Diese neugewonnene Gelassenheit tat gut!

Also gönnte sie sich einen relativ freien Nachmittag. Später wollte sie gemeinsam mit Gerd Bischoff den Mann vom Jugendamt direkt am Schiff abfangen und ihn gleich einweihen in das, was geschehen war, bevor der Bürgermeister oder die unverschämte Jannike Loog sich für Lasse Butt ins Zeug legen konnten. Stichwort Brandstiftung und Handel mit illegalen

Medikamenten. Aber die Fähre kam erst in einer Stunde. Und Sonka hatte alle Zeit der Welt.

Am Anfang der Straße, die man in Großstädten vielleicht Shoppingmeile nennen würde, die hier auf der Insel zwar immerhin an die hundert Meter lang war, jedoch nur aus vier Geschäften bestand, fotografierten ein paar Touristen albern kichernd ein Schild. *Im Schritt frei.* Sonka hatte keine Ahnung, was daran so urkomisch sein sollte. Das war doch wahrscheinlich eine Geschwindigkeitsbegrenzung für Kutschen. Gefragt hatte sie sich schon öfter, worum es bei dem Schild genau ging, also setzte sie sich heute mal auf eine der Parkbänke, kramte ihr Smartphone hervor und tat etwas, was sie höchst selten tat: Sie gab die Wörter in eine Suchmaschine ein und erhielt erstaunlicherweise mehr als vierzigtausend Treffer. Und jede Menge Fotos. Das Schild war wirklich im Internet zu finden, es ging tatsächlich um Geschwindigkeitsbegrenzung, im Inseldorf durften die Kutscher ihre Pferde nicht traben lassen, das machte Sinn. Aber der Rest, der dort auftauchenden Bilder trieb ihr die Schamesröte ins Gesicht. Nein, an so etwas hatte sie wirklich nicht gedacht. Dass es überhaupt Menschen gab, die solche Anziehsachen kauften. Am meisten aber irritierte sie, dass bei diesen harmlosen drei Wörtern anscheinend alle Welt und auch das Internet sofort an Dessous dachte, die einer Blasenentzündung zuträglich waren, aber kaum jemand an Pferdefuhrwerke.

Nun ja, was soll's, dachte sie und hatte plötzlich Sorge, dass sich nun ein verbrecherisches Programm auf ihrem Handy festgesetzt hatte und sie die nächsten Monate, sobald sie online ging, mit obszöner Werbung attackierte. So etwas sollte es geben. Testweise öffnete sie die Seite der Erziehungsratgeberplattform, auf der sie angemeldet war und sich ab und zu mit anderen Eltern und Pädagogen über die heutige Jugend ausließ. Nur ganz selten und unter falschem Namen natürlich – ihr Nickname war die *pruesseliese*. Das Forum baute sich auf, und das Display wurde prompt von einer rot-schwarz aufploppenden Sprechblase bedeckt, in der eine leichtbekleidete Blondine fragte: Willst du mit sexy Wäsche deinen Freund in den Wahnsinn treiben? Nein, wollte sie nicht, also klickte sie das Kreuzchen an und war erleichtert, als die Sexbombe entschärft war. Sie müsste Fridjof fragen, wie man das wieder wegbekam, ihr Sohn kannte sich mit Computern schließlich viel besser aus. An der rechten Seite blinkte schon gleich das nächste Angebot und wollte sie locken, Viagra im Großpack zu kaufen. Sonka Waltermann verfluchte das Internet. Da hatte sie einmal aus ganz harmlosen Gründen etwas gegoogelt, und schon dachte jeder, sie wäre so eine. Warum nervte diese unerwünschte Reklame wohl nur bei peinlichen Interessensgebieten? Sonka hatte schon zigmal etwas über Funktionsgleichungen herauszufinden versucht, aber noch nie eine Werbeanzeige für Rechenschieber oder Logarithmentafeln erhalten.

Gerade wollte sie das blöde Smartphone gänzlich abschalten – denn sie war doch wild entschlossen, den Tag zu genießen, und jetzt ärgerte sie sich schon wieder –, da fiel ihr eine ungewöhnliche Anzeige auf, die ihr im Kopfbanner der Website offeriert wurde: Muskelaufbau wie bei den Profis sollte man da für etwas weniger als zwanzig Euro versandkostenfrei zugeschickt bekommen. Irgendein Zeug, das es angeblich nur bei diesem ganz speziellen Internetanbieter geben sollte. Sonkas Mund wurde ganz trocken. Wie kam denn eine Werbung für Amphetamine auf die Seite ihres bevorzugten Erziehungsforums? Hatte das Internet etwa schon ihre Person identifiziert und herausgefunden, dass sie Sportlehrerin war? Ging das mit dem gläsernen User so weit, dass sich im Netz einer dachte: Ach, wenn die *pruesseliese* sich für löchrige Schlüpfer interessiert, dann wird sie bestimmt auch gern illegale Dopingmittel einwerfen?

Sonka Waltermann war ratlos. Ein Zustand, in dem sie nur ungern verharrte, deswegen stand sie von der Parkbank auf und ging weiter zum Hafen. Am Horizont war bereits die Fähre zu erkennen, auch wenn sie erst in einer halben Stunde festmachen würde. Der Weg durch das Wattenmeer war nicht gerade, sondern verlief in zahlreichen Kurven, immer um die Untiefen der Sandbänke herum, damit das Schiff nicht irgendwo stecken blieb.

Ähnlich verhielt es sich mit Sonka Waltermanns Gedanken. Die liefen auch nicht geradeaus, erkannten nicht sofort die einfachste, schnellste und plausibelste Erklärung. Nein, sie musste um einige Ecken herumgrübeln, bis sie schließlich dahinterkam, weswegen *www.pill'n'party.to* ausgerechnet ihr ein solch unseriöses Angebot aufs Handy schickte. Das konnte nur bedeuten, dass Fridjof … Bitte nicht! Doch er war nun mal der Einzige, der außer ihr den Computer in der Privatwohnung nutzte. Ihr Sohn kannte sich auch viel besser aus, richtete ihr manchmal die Kundenseiten ein, wenn sie das Anmeldeformular zu kompliziert fand. Hatte er etwa auch in ihrem Namen bei dieser Online-Apotheke … Hilfe! Die Wahrheit war selten angenehm, damit kam Sonka Waltermann in der Regel problemlos zurecht, das Leben war nun einmal voller Stolpersteine und Fallstricke. Doch diese Erkenntnis zog ihr regelrecht den Boden unter den Füßen weg, so sehr schämte sie sich, weil sie eine Person zu Unrecht beschuldigt hatte. Auf einmal war alles ganz anders. Und sie hatte keine Ahnung, wie sie gleich diesem Mann vom Jugendamt begegnen sollte.

Es ist die große Liebe, das weiß Pepsi. Auf seine Nase kann er sich verlassen, und die hat ihm schon vom ersten Moment, als er der Hündin begegnet ist, verraten: Die oder keine.

Und nun ist es passiert. Er hat sie gerochen, er hat sie gesehen, er hat so doll an seiner Leine gezogen, bis er frei gewesen ist, und dann ist er zu ihr gerannt.

«Naaiin!»

«Peepsii!»

Das Bellen der beiden Frauchen hat er überhört. Es geht um sein Glück! Er muss es einfach tun. Von dem Moment, als sie am Wasser aufeinandergetroffen sind, nacheinander geschnappt, sich aneinander geschrubbt und von vorne bis hinten beschnuppert haben, das volle Programm eben, da ist es nun mal auf das eine hinausgelaufen. So will es die Natur. Und heute riecht sie so unwiderstehlich wie nie zuvor.

«Kooomm!»

«Soofoort!»

Warum können ihn seine Frauchen nicht einfach lassen? Gönnen sie ihm den Spaß nicht? Sind sie etwa eifersüchtig?

Klar, es gibt dieses Problem. Diese Sache mit der Größe. Er hat es gleich am Meer ausprobiert, nachdem er an dem sandigen Haar unter ihrem Bauch geknabbert hat, da ist sie gleich ein Stückchen tiefer gegangen und hat diese Bewegung gemacht, die ein echter Kerl wie er natürlich als Aufforderung versteht, es doch mal drauf ankommen zu lassen.

Er hat Anlauf genommen, ist gesprungen ... und auf halber Höhe am Fell abgerutscht. Er hat es mehrfach wiederholt, leider ohne Erfolg und besondere Eleganz. Und jetzt ist seine Liebste einfach weggerannt. Hin zu der Stelle, wo sein Frauchen vorhin diese komischen Bewegungen gemacht hat.

«Jaaa, guut, koomm zuu Frauuuchen!»

Ne, will er nicht. Frauchen muss jetzt mal ohne ihn klarkommen. Er verfolgt die Hündin. Sie macht eine enge Kurve und läuft an den beiden Frauchens vorbei. Natürlich ist sie sehr schnell und sehr sportlich. Kein Wunder, wenn man den ganzen Tag ohne Leine herumlaufen darf. Pepsi kann sie schon nicht mehr sehen, aber ihren Geruch hat er sehr wohl noch in der Nase, der weist ihm den Weg, weg von diesem Sandplatz, rein in dieses kleine Gebirge.

«Niiiicht!»

Seine Pfoten wirbeln den Sand auf, und er spürt ein spitzes Ding, einen Dorn oder so, es will sich in seine Haut bohren, und Pepsi kann gerade noch rechtzeitig das Beinchen heben. Puh, mit einem Splitter im Fuß wäre es nichts geworden mit seinem Rendezvous. Kurz bleibt er stehen. Schnuppert. Mist, ihr Geruch wird schwächer. Am Wind kann es nicht liegen, der wird hier durch die Sandhügel ausgebremst. Oder kommt es daher, weil sich plötzlich neue, fremde Aromen dazwischendrängen? Zwei Menschen, kein Zweifel, und einer davon scheint sich ziemlich schlimm zu fürchten. Normalerweise sehr verlockend, dieser Angstschweiß, denn er gibt Pepsi stets das Gefühl, der große, gefährliche Hund zu sein, der er gern wäre. Doch jetzt wäre er noch lieber der leidenschaftliche Liebhaber der schönsten Hündin der Welt. Wo ist sie denn bloß abgeblieben?

Seine Augen meinen, einen ziemlich riesig großen Menschen zu erkennen, gar nicht so weit weg, dünn und lang und seltsam unbeweglich. Ob von dem der alles überlagernde

Angstgeruch herüberweht? Mist, bei diesem Gestank kann er seine große Liebe unmöglich wiederfinden. Vielleicht wartet sie schon auf ihn, irgendwo an diesem seltsamen Ort, dessen Hügel eventuell so etwas wie eine praktische Erhöhung darstellen könnten, also, wenn sie unten steht und er ein bisschen weiter nach oben klettert … Oh, die Idee ist einfach großartig. Doch die Liebste ist leider nicht mehr zu erschnüffeln.

Es gibt nur eine Lösung: Er muss diese beiden Menschen vertreiben, und zwar sofort, damit er wieder freie Bahn hat und die richtige Fährte aufnehmen kann. Also rennt Pepsi los. Er muss schon ziemlich hecheln. Das ist alles sehr anstrengend, aber wer sagt denn, dass die Liebe einfach sein muss. Einmal ist sein Frauchen schon mit ihm zu einer Hündin gefahren, die genau so aussah wie er und die auch diese spezielle Aura hatte, dass man dachte, ja, da liegt was in der Luft. Aber es ist nichts draus geworden, obwohl das Frauchen genauso einverstanden gewesen ist wie das Herrchen der Hündin. Die haben sogar gelobt und geklatscht und Leckerlis verteilt. Aber trotzdem ist der Funke nicht so recht übergesprungen. Die Hündin hat sich nicht für ihn begeistert und er sich irgendwie auch nur mit halbem Herzen für sie. Kein großes Ding, er ist da sehr schnell drüber weggekommen.

Aber hier und heute ist es anders. Wenn er dieses Weibchen nicht haben kann, wird er nie wieder an die Liebe glauben. Deswegen ist es Pepsi egal, dass ihm die Zunge schon fast am Boden schleift. Blöderweise ist der Mensch, den er gesehen hat, gar kein Mensch, sondern aus Metall und in etwa so lebendig wie eine Straßenlaterne. Entsprechend hinterlässt er dort bloß seine Duftmarke, aber Bellen würde hier nicht viel bewegen.

Doch dann, er will gerade seine verzweifelte Suche fortsetzen, kommen doch die zwei echten Menschen auf ihn zu. Auf seine Nase kann er sich verlassen. Sie haben ihn noch nicht gesehen, sind sehr mit sich selbst beschäftigt. Erst denkt Pepsi, die gehören zusammen, aber dann checkt er, dass es anders ist, denn nur der eine riecht nach Angst, der andere eher, als gehe es ihm gerade richtig gut. Und sie laufen auch nicht Arm in Arm, sondern dazwischen bohrt der eine dem anderen ein schwarzes Ding in die Seite. Sie streiten. Der, dem es gutgeht, bellt ziemlich laut. Der mit der schlimmen Angst winselt. Das sind also die beiden Blödmänner, die ihm hier geruchsmäßig die Chance seines Lebens vermasseln wollen. Pepsi knurrt. Erst leise, zu leise, doch weil er richtig wütend ist, steigert er sich, bis der Groll einfach aus ihm rausmuss, und er bellt, wie er noch nie in seinem Leben gebellt hat. Laut und tief und sehr zornig. Wahrscheinlich kann man sogar seine Eckzähne sehen, denn er zieht die Lefzen weit nach oben, hebt Kopf und Schwanz an, soweit es geht. Die sollen schließlich kapieren, dass mit ihm nicht zu spaßen ist.

Schlagartig passiert etwas: Beide riechen jetzt nach Angst. Manometer, das ist ja super, das hatte er noch nie, das haut Pepsi fast von den Pfoten. Die Wirkung seines Auftritts ermutigt ihn, und er rast auf sie zu.

Der, dem es eben noch so gutging, starrt ihn an und zieht die Schultern hoch. Täuscht Pepsi sich, oder zittert der wirklich am ganzen Körper? Dabei ist Pepsi ein Bichon Frisé, ungefähr zehnmal kleiner als dieser Mann, noch nie hat sich irgendwer ernsthaft vor ihm gefürchtet. Aber das ist ab heute anders. Die Liebe setzt ungeahnte Kräfte in ihm frei. Man fürchtet und respektiert ihn. Das wird seinem Leben eine völlig neue Richtung geben. Vor lauter Schreck wird sogar dieses schwarze Etwas fallen gelassen und landet im Sand. Vielleicht will der Mensch mit ihm spielen? Soll er haben! Pepsi geht weiter bellend auf die

Gestalten zu, die inzwischen genauso starr wirken wie dieser Mann aus Eisen, dem er gerade noch ans Bein gepinkelt hat.

Als er zwischen den Männern ankommt, knurrt er noch mal in beide Richtungen und schnappt sich das schwarze Ding. Das ist auf keinen Fall ein Stöckchen, und auch leider kein leckerer Knochen, dazu wiegt es zu viel. Pepsi kann kaum den Kopf oben halten, als er damit losläuft. Aber das will er nicht zugeben. Die sollen jetzt denken, er ist wild und gefährlich und zudem noch außergewöhnlich stark.

Aber dann muss Pepsi wirklich weiter, er hat noch was vor heute. Nur kurz schaut er sich um. Wow! Der eine von beiden, der mit dem neueren Angstschweiß, ist tatsächlich zu Boden gegangen. Einfach so. Ohne dass Pepsi ihn beißen musste. Das ist wirklich ziemlich toll!

«Peepsi! Aauus!» Das Frauchen. Sie kommt gerade aufgeregt den Hügel hochgelaufen.

Pepsi lässt das schwarze Ding los, legt es dem Frauchen vor die Füße, so ist er nämlich schneller. Denn auf einmal hat er ihn wieder in der Nase, diesen Duft. Auf! Los geht's! Die große Liebe wartet!

Die hat er sich doch jetzt wirklich verdient!

«Zu spät», sagte Danni tonlos. Jannike streichelte sanft den Rücken ihres besten Freundes. Da Lasse und dieser ältere Herr noch immer nicht im Rathaus aufgetaucht waren, standen die Chancen eher schlecht. Lasse hatte sie anscheinend wieder mal veräppelt.

«Ich kann nicht glauben, dass er uns das wirklich antut», sagte Siebelt. «Was genau hat er denn zu dir gesagt?»

Insa saß auf dem großen Lederstuhl, von dem aus der Bürgermeister sonst die Geschicke der Insel leitete. Das Mädchen war blass und sah aus, als erwartete es eine Standpauke. Dabei hatte ihr niemand auch nur im Entferntesten die Schuld daran gegeben, dass die große Suchaktion wohl doch erfolglos ausgegangen war. Nun warteten sie gemeinsam auf die versprochene Pizza, auch wenn niemand wirklich hungrig war.

«Wie gesagt, Lasse meinte, er will nur noch einen Beweis für seine Unschuld holen, und danach …» Insa zog die Schultern nach oben.

«Wer war eigentlich dieser Mann?», hakte Nils nach, der auf der Kante des Besprechungstisches saß. «Hat er seinen Namen genannt?»

«Nein, er hat mir geholfen, die Leute zu befragen. Mehr so aus Langeweile, glaub ich. Und dann ist uns Lasse ja quasi vor die Füße gefallen, als die Kutschpferde losgetrabt sind.»

«Ist dir etwas an ihm aufgefallen?»

«An dem Mann?» Insa überlegte. «Nein, eigentlich nicht.»

Alle starrten auf den Bildschirm des Rathauscomputers, der die aktuelle Aufzeichnung der Hafenwebcam zeigte. Der Westwind, der von der maritimen Wetterfahne angezeigt wurde, hatte für genügend Wasser im Watt gesorgt, und das Schiff war pünktlich um vier Uhr angekommen. Die dicken Taue waren bereits über die Poller geworfen und die Gangway an die Ausstiegsluke geschoben worden, gerade verließen die ersten Passagiere die Fähre. Einer von ihnen war womöglich der Mann vom Jugendamt, der sich vergewissern wollte, ob Lasse Butt auf dieser Insel ein Leben führte, wie es in seinen Bewährungsauflagen vorgeschrieben war.

«Schau mal, da stehen Bischoff und die Waltermann», sagte Jannike und zeigte auf zwei Gestalten, die neben der Gangway offensichtlich jemanden erwarteten. «Würde mich nicht wundern, wenn die unseren ungebetenen Gast gleich per Handschlag begrüßen und ihm genüsslich erzählen, was sie über Lasse zu wissen glauben.»

«Vielleicht haben sie ja gar nicht so unrecht», sagte Danni mit zitternder Stimme. «Langsam beginne ich an Lasse zu zweifeln. Und ich schäme mich richtig dafür.» Ein neuer, noch tieferer Schluchzer entfuhr seiner Kehle. Der Ärmste.

Das Telefon klingelte. «Die Nummer von Bernd Vollmer», erkannte Siebelt und nahm sichtlich nervös ab. Die Nerven lagen blank, und ein Anruf des Inselpolizisten konnte alles bedeuten: dass alles gut werden würde oder eine weitere Katastrophe anstand. Siebelts Mienenspiel zufolge gehörte die Botschaft, die aus dem Telefon kam, eher zur zweiten Kategorie. «Was? ... Wo? ... Wer?» Aus seinen dürren Fragen ließ sich leider nicht viel herausinterpretieren.

Am Hafen setzten sich Bischoff und die Waltermann in Bewegung, sie gingen auf einen Mann zu und begrüßten ihn. Bestimmt waren sie zum Hafen geeilt, um einen Vorsprung zu haben, bevor der Mann vom Jugendamt sich auf den Weg zu Siebelt und Danni machte – und dort dann leider keinen Lasse antreffen würde.

«Alles klar», sagte Siebelt und legte auf. Vier Augenpaare starrten ihn an. «Es gab einen Zwischenfall in den Ostdünen, direkt bei der großen Bronzeskulptur», begann er.

«Oh nein», sagte Danni und schlug sich die Hand vor den Mund.

«Keine Sorge, es ist nichts mit Lasse. Ein älterer Gast wurde angeblich von einem gefährlichen Hund angegriffen und ist beinahe gestorben. Es wurde erste Hilfe geleistet, und inzwischen ist wohl auch der Inselarzt eingetroffen.»

«Und was hat Bernd Vollmer damit zu tun?»

«Der Geschädigte will umgehend Anzeige erstatten, deswegen ist Vollmer sofort hingefahren. Weil der Hund wie eine Waffe eingesetzt worden sei. Der Mann habe laut eigener Aussage nur knapp überlebt.»

«Echt?», fragte Insa. «Solche Hunde gibt es hier?»

«Keine Ahnung. Jedenfalls wollte Bernd Vollmer uns Bescheid geben, weil er es nicht pünktlich schafft. Sobald er diese Anzeige gegen die Hundehalterin aufgenommen hat, wird er herkommen, aber wir sollen mit der Pizza nicht länger auf ihn warten.»

«Und wo bleibt Mattheusz?», fragte Danni.

Das hatte Jannike sich natürlich auch schon gefragt, denn Mattheusz war ja schließlich gemeinsam mit dem Inselpolizisten unterwegs gewesen und bislang noch nicht wieder aufgetaucht. Genau wie Bogdana, Lucyna und Frachtschiff-Ingo nichts mehr von sich hatten hören lassen. «Ich rufe ihn an», sagte Jannike und griff nach ihrem Handy. Mattheusz' Nummer stand bei den Favoriten, natürlich, wo sonst? Sobald sie ihn anwählte, erschien sein Bild auf dem Display. Er grinste in die Kamera. Formte mit den Fingern ein Herz. Wann hatte sie dieses Foto gemacht? Im Sommer? Also vor einer Ewigkeit. Hätte sie damals geahnt, was auf sie zukommen würde, sie hätte die Zeit angehalten.

Das Freizeichen piepte in Jannikes Ohr.

Ansonsten wurde es still im Zimmer des Bürgermeisters. Jeder hing seinen Gedanken nach. Und bei allen kreisten sie wahrscheinlich um Lasse. Bischoff, die Waltermann und der Herr vom Jugendamt waren inzwischen aus dem Fokus der

Webcam verschwunden. Vom Hafen bis zum Haus im Muschelweg lief man, wenn man es gemütlich angehen ließ, bestenfalls zehn Minuten. Dann würde dort die Klingel gedrückt, vergeblich, weil niemand zu Hause war. Der Mann würde sich wundern, schließlich hatte man doch einen Termin vereinbart, er würde sich vielleicht eine Notiz machen und versuchen, Siebelt oder Danni auf dem Handy zu erreichen. Die könnten dann durch irgendwelche Ausreden die Sache bestenfalls um eine halbe Stunde hinauszögern: «Lasse ist bei der Arbeit», oder «Lasse ist bei Freunden», in dem Stil. Aber die Lösung war das natürlich nicht. Der Mann war ja nicht dumm, der kannte solche Ausreden sicher zur Genüge, und mit jeder Minute, die verstreichen würde, sähe er seinen Verdacht, dass hier etwas aus dem Ruder gelaufen war, weiter bestätigt. Es war hoffnungslos.

«Komisch, Mattheusz geht nicht dran», sagte Jannike.

«Vielleicht das Funkloch im Westen?», vermutete Siebelt.

«Nein, dann käme ja die Meldung, dass der Teilnehmer vorübergehend nicht erreichbar ist», sagte Insa. «Aber sie hört doch das Freizeichen, das Handy müsste eigentlich klingeln, oder?»

«Manchmal braucht Mattheusz ein bisschen, bis er sein Telefon findet», sagte Jannike, die vor Augen hatte, wie ihr Liebster das Klingeln hörte und anfing, unkoordiniert sämtliche Taschen nach dem Mobiltelefon abzusuchen. Sie merkte plötzlich, wie sehr sie sich Mattheusz an ihre Seite wünschte. Wäre er da, er würde sie in den Arm nehmen und versuchen, den sich ausbreitenden Pessimismus sanft zu vertreiben. Mit irgendwelchen Floskeln, Sätzen wie: *Das wird schon!* und *Mach dich mal nicht verrückt!*. Mattheusz war nicht Konfuzius und seine Ratschläge keine Weisheiten für das Kalenderblatt, aber sie taten Jannike immer gut, holten sie zurück auf den Boden der Tatsachen und ließen die Härte des Lebens erträglich erscheinen. Du wirst sehen, alles geht gut aus. Ach, wo blieb er nur?

Gerade als sie aufgeben und das Telefonat wegdrücken wollte, hörten sie Musik im Flur, ein melodisches, digitales Gitarrengezupfe. Mattheusz' Klingelton zweifelsohne, und die Töne näherten sich. Alle schauten gespannt zur Tür, die aufflog und – ja! – den Blick auf Mattheusz freigab. Er schaute sich im Raum um, und als sein Blick an Jannike hängen blieb, lächelte er. Das Allerbeste aber: Er war nicht allein, nein, auch der Suchtrupp Bogdana, Lucyna und Frachtschiff-Ingo stolperte ins Büro. Und sie hatten Lasse im Schlepptau. Der Junge sah wilder aus als jemals zuvor. Aus seinem Gesichtsflaum war ein beachtliches Bärtchen geworden, zumindest an einigen Stellen. Und die Klamotten waren so schmutzig, dass Bogdana sich wahrscheinlich zusammenreißen musste, um sie nicht sofort einzufordern und in die Waschmaschine zu stecken.

Mattheusz grinste schief. «Entschuldigung, dass ich nicht drangegangen bin, aber ich dachte, es ist besser, wenn wir persönlich vorbeikommen!»

Danni jauchzte auf und fiel seinem Ziehsohn so herzlich um den Hals, wie es väterlicher kaum möglich wäre. «Gott sei Dank!», brachte er hervor, mehrfach hintereinander und in beachtlicher Lautstärke. Auch Siebelt kam dazu, legte beiden den Arm um die Schulter und sagte nichts, brauchte er auch nicht, man konnte ihm die Erleichterung deutlich ansehen.

Insa war aufgestanden und umarmte Lasse, als er endlich von Danni zur allgemeinen Begrüßung freigegeben wurde.

Jannike schaute auf die Uhr. «Ich störe eure Wiedersehensfreude nur ungern, aber müsst ihr nicht langsam zum Muschelweg?»

«Ich glaube, es ist keine besondere Eile geboten.» Bernd Vollmer war unbemerkt ins Büro getreten und nahm feierlich die Dienstmütze ab. Er musste sich ganz schön ins Zeug gelegt haben, auf seiner Glatze stand der Schweiß, und er war ziemlich außer Atem. «Lasse kann es sich leisten, den Mann vom Jugendamt warten zu lassen.» Der Inselpolizist grinste.

«Warum?»

«Weil er gerade jemandem das Leben gerettet hat.»

«Dem netten älteren Herrn?», fragte Insa. «War er es, der von diesem Hund angefallen wurde?»

«Netter älterer Herr?», hakte Bernd Vollmer grinsend nach. «Liebes Töchterchen, ich dachte eigentlich, du würdest über eine bessere Menschenkenntnis verfügen.»

Und dann redete der ganze Suchtrupp durcheinander, so schnell, unsortiert und aufgeregt, dass Jannike sich wirklich konzentrieren musste, um alles mitzubekommen. Laut dem Inselpolizisten handelte es sich bei dem doch nicht so harmlosen Herrn um einen gewissen Rüdiger Boller, in den Unterlagen der Justiz besser bekannt als «Schrottplatz-Rollo», mutmaßlich einer der umtriebigsten Autoschieber im Großraum Köln und O-Ton Lasse: «das Riesenarschloch», für das dieser früher, vor seiner Zeit auf der Insel, sozusagen gearbeitet hat und von dem er nun ziemlich massiv bedroht worden war. Dies sei der Grund für sein Verschwinden gewesen, er habe Schiss gehabt, dass Rollo aus Rache ihm oder seinen neuen Freunden etwas antun würde. Und das habe er nicht zulassen können, er, Lasse, fühle sich hier doch so wohl und wolle auf jeden Fall bleiben und ... Der Rest des Satzes war wegen Dannis akutem Heulanfall leider nicht zu verstehen gewesen.

Dafür legte Bogdana los, schilderte in den buntesten Farben, dass der eigentliche Held des Tages ein kleiner weißer Hund gewesen war. «Hat meine süße Pepsi gebellt wie Ungeheuer und hat geholt die Pistole, weggebracht in seine Schnauze.»

«Und dieser Rollo ist umgefallen, als hätte der Hund ihn mit der Knarre aus Versehen erschossen», berichtete Lucyna und demonstrierte mit Hilfe ihres Unterarms, dass es den Schwerverbrecher regelrecht aus den Socken gehauen haben musste.

Frachtschiff-Ingo kriegte sich vor Lachen kaum noch ein. «Der Typ lag da am Boden und röchelte, er habe eine schlimme Hundeallergie und müsse jetzt sterben.»

«Aber Pepsi ist doch ein Allergikerhund», warf Jannike ein.

«Eben. Außerdem sah das sowieso eher aus, als würde Schrottplatz-Rollo sich mächtig in was hineinsteigern.»

«Schließlich er ist tatsächlich bewusstlos geworden», ergänzte Lucyna.

«Echt?»

«Hyperventilation», klärte Lasse mit einer gewissen machohaften Lässigkeit auf. «Hatte ich schon bei Nils im Erste-Hilfe-Kurs für Bademeister durchgenommen. Also, wenn Leute echte Panik schieben, dann atmen sie viel zu hektisch und kriegen so 'ne Art Flash wegen zu viel Sauerstoff. Hab ich gleich bemerkt, weil der Rollo gehechelt hat, als wäre er selbst ein Hund. Da hilft nur, ihm etwas vor den Mund zu halten. Am besten eine Tüte.»

Nils nickte anerkennend. «Und die hattest du zufällig dabei?»

«Ich nicht.»

Bogdana mischte sich begeistert ein. «Aber Frau aus Zimmer 6. Hat immer Tüte dabei. Für Häufchen von Pepsi.»

Die Vorstellung, dass dieser hypochondrische Ganove aus Köln ausgerechnet durch einen Hundekackbeutel wieder zum Leben erweckt wurde, war so skurril, dass eine Zeitlang niemand mehr ein vernünftiges Wort herausbrachte. Wie denn auch? Bis schließlich der Pizzabote mit der versprochenen Truppenverpflegung anrückte, wurde gelacht und gekichert, dass sogar Siebelts Sekretärin einmal sorgenvoll nachfragte, ob alles okay oder etwas im Trinkwasser gewesen sei.

Natürlich war alles okay, großartig sogar. Sie brauchten sich um Lasse erst einmal keine Sorgen machen. Der Mann vom Jugendamt würde bestimmt mächtig beeindruckt sein vom tatkräftigen Einsatz seines Schützlings. Alles im Lot auf der Insel.

Wirklich alles im Lot? Leider nein. Denn Jannikes Seite blieb leer. Kein Mattheusz, der sich zu ihr gesellte, sie an sich drückte und sagte, er habe gleich gewusst, dass sich am Ende alles fügt. Und das tat Jannike – trotz aller Erleichterung – unheimlich weh.

WILLKOMMEN BEI DEN GEWINNERN ☺

Sieben Inseln, geformt aus Sand, geschaffen von Wind und Meer, säumen die Küste Ostfrieslands. Es gibt lange, schmale und kurze, runde Inseln, es gibt welche mit und welche ohne Autos, Leuchtturm oder Inselbahn. Sogar die Dünen unterscheiden sich, sind auf dem einen Eiland eher rostbraun und verflochten von dichten Moosgewächsen, auf dem anderen hellgrün und nur locker von fast weißem Sand bedeckt. Worin sie sich jedoch alle gleichen: Sie beanspruchen für sich, der Mittelpunkt der Welt zu sein, wenn nicht sogar des Universums. Es gibt also sieben Mittelpunkte der Welt, und die befinden sich sämtlich am nordwestlichsten Ende der Republik. Und – das versteht sich von selbst – jede einzelne Insel ist mit Abstand die schönste von allen. Insulaner und Stammgäste werden das glaubhaft bezeugen.

Jannike hatte sich früher über diesen besonderen Patriotismus vor Ort amüsiert. Damals war es ihr unwichtig erschienen, dass leider die Nachbarinsel den weitläufigsten Strand oder die meisten historischen Kapitänshäuschen vorweisen konnte. Heute war das anders, heute war auch für Jannike der Schönheitswettbewerb der Ostfriesischen Inseln eine durchaus ernste Angelegenheit, denn natürlich stand sogar bei einem Sandhaufen felsenfest, dass der attraktivste Flecken Erde der war, auf dem man lebte.

Aus diesem Grund war es auch alles andere als egal, wer morgen beim Inselduell siegen würde. Es ging um viel Geld, das von der Brauerei lockergemacht wurde. Doch der wirkliche Gewinn beim anstehenden Schwimmwettkampf bestand darin, die anderen sechs Inseln in ihre Schranken zu weisen.

Entsprechend einsatzbereit standen Jannike und ihre Schwimmtruppe parat, um die Konkurrenz zu begrüßen. Die Reederei hatte ein Sonderschiff gechartert, das die Nachbarinsulaner in ihren jeweiligen Heimathäfen abholte und ohne aufwendigen Festlandsstopp direkt zum Ort des Geschehens transportierte. Knapp hundertfünfzig Leute saßen an Bord der Fähre, die gerade den allerletzten Schlenker fuhr und in den nächsten Minuten anlegen würde.

Jannikes Team hatte auf den letzten Drücker alles gegeben, um gut vorbereitet zu sein: Der Kinomann hatte dank einer Crash-Diät und Ausdauersport zwei überflüssige Kilo abgespeckt, die Friseurin extra eine Spezialkur auf das Haar aufgetragen, damit es unempfindlicher gegen Salzwasser war, und der Dachdeckergeselle hatte kurzfristig den Zigarettenkonsum um mindestens eine halbe Schachtel reduziert. Wenn das kein Engagement war. Auch die Jugendlichen sahen aus, als seien sie zu allem bereit. Gestern Abend und heute Vormittag hatten Nils und Lasse noch ein Sondertraining einberufen und ihren Schützlingen wertvolle Tipps eingetrichtert.

Welch ein Glück, dass sie überhaupt hier standen, nachdem es gestern so drunter und drüber gegangen war. Doch der

Mann vom Jugendamt hatte sich als außerordentlich kooperativ erwiesen. «Ich weiß, meine Kollegen und ich werden oft als Buhmänner dargestellt. Und wenn man Lasse fragt, was er von mir und meiner Arbeit hält, wird der auch nicht gerade in Begeisterung schwelgen. Aber ich verstehe meine Aufgabe als Hilfestellung für Familien. Bei den meisten Kindern und Jugendlichen ist es nämlich noch lange nicht zu spät. Sie brauchen manchmal nur ein bisschen Ansporn oder auch eine grundlegende Veränderung ihrer Lebenssituation. Das ist nicht immer angenehm.» So hatte der Mann beim gemeinsamen Teetrinken berichtet und sich entsprechend erfreut gezeigt, dass Schützling Lasse auf der Insel bereits eine neue Aufgabe gefunden und allem Anschein nach auch einen festen Freundeskreis aufgebaut hatte. «Das haben Sie alle sehr gut hingekriegt.» Bei diesem Lob stand Danni der Stolz ins Gesicht geschrieben. «Übrigens: Auch Menschen wie Frau Waltermann und Herrn Bischoff, die mich ja aus Sorge auf die Insel gerufen haben, brauchen wir in gewisser Weise», hatte der Mann noch eine gewagte These aufgestellt. «Das Umfeld muss ein skeptisches Auge auf die Teenager werfen, in manchen Fällen ist soziale Kontrolle eine große Hilfe für unsere Schützlinge. Hier auf der Insel funktioniert das meiner Ansicht nach ideal.»

Nun ja, Jannike könnte auf die skeptischen Augen von Sonka Waltermann und vor allem von Gerd Bischoff liebend gern verzichten, doch das hatte sie für sich behalten. Wie alle anderen war sie heilfroh gewesen, dass der Besuch vom Jugendamt so glimpflich ausgefallen war. Am glücklichsten war womöglich Lasse selbst, der sich richtig anstrengen musste, um nicht die ganze Zeit zu grinsen. Coolness sah nämlich anders aus.

Jedenfalls war Lasse nach einer ausgiebigen Dusche und einem komatösen Nachtschlaf wieder ins Training eingestiegen und fieberte nun dem morgigen Tag entgegen, als hätte es diese angstvolle Flucht und die Verhaftung des gemeingefährlichen Schrottplatz-Rollo gar nicht gegeben. Damit hatte Lasse dem Mann vom Jugendamt so sehr imponiert, dass dieser sich kurzerhand über das Wochenende ein Zimmer gemietet hatte, um beim Inselduell dabei sein zu können.

Auch Lasses Mütter Maike und Senta machten sich gerade auf den Weg zur Insel, um ihren Sohn beim entscheidenden Wettkampf anzufeuern. Der Anruf in Hürth, dass alles gutgegangen und Lasse wohlbehalten wiederaufgetaucht war, war Anlass genug gewesen, jetzt endlich vorbeizukommen – was Lasse mit scheinbarer Gleichgültigkeit zur Kenntnis genommen hatte. Jannike durchschaute den jungen Mann inzwischen, ganz sicher freute er sich auf seine Familie und war sogar ein bisschen aufgeregt.

Der Kapitän ließ das Nebelhorn erschallen, die am Hafen bereitstehenden Gastgeber beantworteten das Signal mit lautem Hallo. So langsam kam richtig Stimmung auf. Die Klassenkameraden von Fridjof, Greta und Insa waren mit einem selbstgemalten Plakat angerückt, auf dem *Herzlich willkommen bei den Siegern* stand.

Tatsächlich freute man sich über die Gäste, viel zu selten sah man hier mal neue Gesichter, die keine Touristen waren, sondern im Grunde Gleichgesinnte. Menschen, mit denen man sich verbunden fühlte, weil man eine gemeinsame Erfahrung teilte, nämlich: was es bedeutete, auf einer Insel zu leben, mit allen Vor- und Nachteilen. Mit Ostwindlage im Winter, die den Schiffsverkehr zusammenbrechen ließ. Mit den oft auch anstrengenden Gästen, die die Insel im Sommer enterten wie eine Horde Piraten, nur dass sie kein Gold raubten, sondern

Zeit. Und eben auch mit dem, was der Mann vom Jugendamt so unaufgeregt bürokratisch «soziale Kontrolle» genannt hatte, was aber im Grunde bedeutete, dass man unter Beobachtung stand, rund um die Uhr und das ganze Jahr hindurch. Damit musste man zurechtkommen. Dafür musste man ein spezieller Typ Mensch sein. Ein Insulaner eben. Und da kam es nicht sonderlich darauf an, ob man auf Borkum, Juist, Norderney, Baltrum, Langeoog, Spiekeroog oder Wangerooge lebte.

Matrosen schoben die schweren Türen zur Seite und gaben den Weg frei für die Athleten und ihre mitgereisten Fans. Gleich der Erste war so drahtig wie eine Sprungfeder, die Frau dahinter sah aus, als hätte sie ohne weiteres den Weg über das Wattenmeer auch schwimmend zurücklegen können, und der dritte Ankömmling ballte siegessicher seine Faust wie einst Boris Becker in Wimbledon.

Jannike und ihr Team schauten sich etwas bedröppelt an. Alle dachten dasselbe: Neben solchen Kalibern machten sie eine denkbar schlechte Figur, selbst wenn man Lasse mitzählte. Au Backe.

Nils entgingen die langen Gesichter seiner Schützlinge nicht. «Lasst euch bloß nicht entmutigen.»

«Die sind aber viel jünger, schlanker und gesünder als wir», entgegnete der Kinomann.

«Das allein zählt nicht. Wichtig ist auch, dass wir an uns glauben. Und ihr habt beim Training wirklich alles gegeben.»

Alle nickten nur halb überzeugt und starrten weiter Richtung Schiff. Die nächsten Reisenden waren zum Glück völlige Normalos mit Brille statt Bizeps und Bierbauch statt Body. Dass die Top-Sportler gleich zu Beginn von Bord geschickt worden waren, war wahrscheinlich nur eine fiese Taktik, um die Konkurrenz zu entmutigen.

Im Grunde begann das Inselduell schon jetzt, sobald die Besucher ihren Fuß auf das fremde Territorium gesetzt hatten. Höchstwahrscheinlich wurde das Warm-up bereits heute Abend in der Inselkneipe absolviert, in Disziplinen wie Biertrinken, Schlagergrölen und Schmutzige-Witze-Reißen.

«Kommst du später noch mit in die *Schaluppe?*», fragte Nils, der sich inzwischen wie Jannike etwas abseits positioniert und anscheinend ihre Gedanken gelesen hatte.

«Eher nicht. Wir müssen ja noch die Party morgen organisieren.»

Eigentlich war da das meiste längst in trockenen Tüchern. Die Feuerwehr würde den großen Grill am späten Nachmittag bereitstellen, und vor drei Stunden hatte die Frachtkutsche pünktlich Würstchen, Brot und sehr viel Bier geliefert. Lucyna und Bogdana räumten die Sonnenterrasse frei und installierten die bunten Laternen im Garten. Oma Maria und Mattheusz schnippelten seit dem Frühstück Kartoffeln, Gurken und Zwiebeln, die zwanzig Eimer für den Kartoffelsalat standen schon bereit.

Jannike hatte aus einem anderen Grund keine Lust.

Nils räusperte sich. «Hör zu, Jannike. Du hast von mir nichts zu befürchten, also von wegen Annäherungsversuch. Ich hab inzwischen kapiert, was Sache ist.»

Jannike atmete hörbar aus und hoffte, dass ihre Erleichterung nicht zu deutlich erkennbar war.

«Ich habe sowieso nie wirklich damit gerechnet, dass aus uns beiden ein Paar wird. Nur gehofft hab ich es.»

«Mensch, Nils …» Jannike hatte einen Kloß im Hals.

«Ich finde dich toll, klar, fand ich schon immer. Schon, als ich dich als Sängerin im Fernsehen bewundern durfte. Aber seit du hier auf der Insel lebst, bewundere ich dich noch mehr. Weil du so stark bist und deinen Weg machst, weil du immer weißt, was du willst.»

Wenn der wüsste, dachte Jannike.

«Doch du hast nun mal einen Freund.»

«So sieht es aus.»

«Trotzdem hatte ich den Eindruck, du sendest ab und zu ein paar Signale in meine Richtung. Dieser Bunnybadeanzug zum Beispiel. Da hab ich geglaubt, du willst mich provozieren. Willst irgendwie abchecken, wie attraktiv du noch bist.»

Jannike musste lachen. «Und dafür stecke ich mir ein Hasenschwänzchen an?»

«Stimmt, ist eigentlich nicht dein Stil.» Nils lachte auch, wie gut, das entschärfte die Situation deutlich. «Aber eins musst du mir erklären: Warum dann diese Nachricht auf dem Post-it?»

«Wir hatten viel zu tun an dem Abend, irgendwie ist der Zettel unter deinem Teller gelandet», gab Jannike kleinlaut zu. «Die Botschaft war eigentlich für Mattheusz bestimmt.»

«Der Glückspilz.»

«Wie man's nimmt.» Ein Glückspilz sah normalerweise fröhlicher aus. Und benahm sich auch anders. Mattheusz hatte Jannike gestern weiterhin dermaßen die kalte Schulter gezeigt, dass sie jegliche Annäherung irgendwann aufgegeben hatte. Schweren Herzens. Warum konnte es mit ihnen nicht einfach mal unproblematisch sein? Weswegen tappten sie bloß immer wieder in diese Falle aus Schweigen, Bockigkeit und Scheu? Jannike wusste es nicht. Sie hatte auch keine Kraft mehr, sich damit zu beschäftigen. Es ging ihr nämlich nicht besonders gut. Irgendetwas mit dem Magen, vermutete sie, denn gestern hatte sie kein einziges Stück Pizza heruntergekriegt, obwohl sie nach der Suchaktion einen Riesenhunger gehabt hatte. Außerdem war ihr Kreislauf durcheinander, und dieser stechende Schmerz in der Brust hatte zugenommen. Ja, klar, eigentlich wäre ein Besuch beim Inselarzt angesagt. Doch was, wenn der Mediziner ihr die Teilnahme am Inselduell untersagte? Dann wäre auch das letzte Ziel, das ihr nach den chaotischen Tagen überhaupt noch blieb, verfehlt. Damals, als Danni und die anderen sie zur Teilnahme gedrängt hatten, da hatte sie sich noch gefragt, warum ausgerechnet sie sich denn nun unbedingt für etwas Neues motivieren sollte, wo ihr Leben doch so erfüllt und spannend und klasse war. Heute blieb Jannike von all den hochtrabenden Zielen, die sie verfolgt hatte – heiraten, Kinder kriegen, trotzdem das Hotel am Laufen halten, als wenn nichts wäre – nur noch dieses vergleichsweise läppische Sportfest übrig. Sie brauchte das jetzt. Leider. Sie konnte sich nicht krankmelden.

«Ich hoffe, ich hab mich nicht allzu sehr zum Affen gemacht», riss Nils sie aus ihren Gedanken.

Sie lächelte ihn an und schüttelte den Kopf. «Hast du nicht. Und wer weiß, in einem anderen Leben wäre vielleicht etwas aus uns geworden.»

«Aber in diesem Leben?»

«Nur Mattheusz, denke ich.» Wahrscheinlich war der Blick, den er ihr zuwarf, ziemlich traurig, Jannike schaute lieber gar nicht erst hin.

«Das ist okay!», sagte Nils, und dann ließ er sie stehen, ging zu den anderen hinüber und stimmte in deren Schlachtgesänge mit ein: «Ihr könnt nach Hause gehen, ihr könnt nach Hause gehen, ihr könnt ...»

Nach Hause war ein gutes Stichwort, fand Jannike, setzte sich auf ihr Rad und fuhr los.

Wie gut, dass die Sache mit Nils endlich geklärt war. Das würde es deutlich einfacher machen, sich mit Mattheusz zu versöhnen. Sie konnte ihrem Liebsten die Eifersucht noch nicht einmal richtig verübeln, schließlich hatte sie durchaus den einen oder anderen Gedanken an Nils verschwendet, auch wenn Jannike niemals in Erwägung gezogen hätte, sich auf eine Affäre einzulassen. Doch selbst wenn es ihr gelänge, Mattheusz davon zu überzeugen, wäre das Grundproblem noch lange nicht gelöst. Sie mussten sich als Paar neu finden. Denn so, wie sie ihre Beziehung bislang gelebt haben, quasi zwischen Rezeption und Küche und auch nur dann, wenn zufällig mal niemand was von ihnen wollte, so würde es auf Dauer nicht gutgehen. Vor allem nicht mit Kindern. Da hatte Mattheusz mit seinem skeptischen Einwand vor ein paar Tagen durchaus recht gehabt, auch wenn er Jannike mit seinen Sätzen verletzt hatte.

Es war wirklich höchste Zeit, mit Mattheusz zu reden. Je näher Jannike ihrem Hotel kam, desto dringender war das Bedürfnis. Mit jedem Tritt in die Pedale steigerte sich ihre Sehnsucht, endlich klare Worte zu finden für das, was sie bewegte. Warum hatte sie ihre Wünsche nicht von Anfang an ausgesprochen? Sie konnte doch sicher sein, dass Mattheusz sie in allem unterstützen würde, schließlich waren sie glücklich miteinander, meistens zumindest. Stattdessen hatte sie von Nils Boomgarden geträumt, dem Ritter mit Sixpack unter dem Funktionsshirt, der zu ihrer Rettung herbeieilte. Nun, vielleicht stimmte das in gewisser Weise sogar, denn erst durch seine Annäherungsversuche war ihr bewusst geworden, wie sehr sie sich wünschte, bei Mattheusz zu sein. Also alles gut?

Sie war angekommen und konnte gar nicht schnell genug das Fahrrad abstellen und ins Hotel stürmen. Hoffentlich war er da und hatte Zeit, sonst müsste sie platzen vor Ungeduld. Die drei Stufen vom Schuppen zur Hintertür nahm sie im Flug, dann huschte sie durch den kleinen Windfang, in dem es schon nach Salzkartoffeln roch, was ein gutes Zeichen war: Oma Maria stand anscheinend am Herd, und wenn gekocht wurde, war Mattheusz nicht weit. Sie riss die Tür auf, betrat die Küche – und wäre am liebsten sofort wieder umgedreht, mit dem Rad zum Hafen gesaust und auf die nächstbeste Fähre gestiegen. Denn so, wie das Team ihr gerade entgegenblickte, war klar: Nicht *sie* würde hier reden, sondern ihr würde gleich etwas erzählt werden. Und zwar etwas, das sie lieber nicht hören wollte.

Alle standen da. Oma Maria hatte sogar dem Kochtopf den Rücken zugedreht, was ein alarmierendes Zeichen war. Bogdanas Fäuste waren in die Hüften gestemmt, gut, das tat sie öfter, aber selten so vehement. Lucyna sortierte mit zitternden Fingern das Geschirr, eine Aufgabe, die man auch noch später machen könnte, hier ging es also darum, die nervösen Hände zu beruhigen. Danni saß mit halber Pobacke auf dem Küchentisch. Und Mattheusz? Der stand einfach nur da. Mit offenem Mund. Diesen Gesichtsausdruck kannte Jannike nur zu gut. Wenn Mattheusz so aussah, war er sprachlos.

«Was ist denn los?», brachte Jannike hervor.

Danni erhob sich von der Tischplatte und kam auf sie zu. «Ich bin hier, weil ich mich noch mal bei allen bedanken wollte. Die Suchaktion gestern war unsere Rettung.» Danni gab ihr die Hand. Was war das denn für eine Geste? Sie kannten sich seit einer Ewigkeit, sind durch dick und dünn gegangen und haben gemeinsam auf der Insel ein neues Leben begonnen. Da gab man sich nicht einfach nur die Hand.

«Und sonst?», half Jannike ihm schließlich auf die Sprünge.

«Na ja, ich hab es ja schon mal angedeutet. Neulich, auf der Treppe.»

Jannike blieb die Spucke weg. Bitte nicht.

«Danni will im Hotel aufhören», fasste Mattheusz die Hiobsbotschaft zusammen.

«Nur ein Jahr lang oder zwei», versuchte Danni den Schlag abzumildern. «Quasi Elternzeit. Ich habe meine neue Aufgabe zugegebenermaßen etwas unterschätzt und möchte mich meinem Dasein als Pflegevater mit ganzem Herzen widmen.»

Jannike konnte es nicht fassen. «Aber Lasse ist sechzehn, er wird sich mit Händen und Füßen wehren, wenn du ihm die Windeln wechseln oder ein Breichen kochen willst.»

«Es geht nicht nur um Lasse. Es geht auch um Siebelt und mich. Ich wünsche mir mehr Privatleben, Jannike. In den letzten Jahren bin ich nicht zum Durchatmen gekommen. Und jetzt habe ich endlich gefunden, wovon ich immer geträumt habe: einen wunderbaren Mann, einen tollen Pflegesohn, viele Freunde. Das möchte ich genießen!»

«Wer möchte das nicht!»

«Aber ich habe jetzt meine Prioritäten gesetzt.»

«Und lässt uns um Stich!»

«Quatsch! Ich hab das genau durchgerechnet. Wir können für die Zeit einen Ersatzmann einstellen, die Kosten übernehmen Siebelt und ich, dann ...»

«Wie stellst du dir das vor?», fuhr Jannike dazwischen. Schon den ganzen Tag war ihr flau im Magen gewesen, aber jetzt wurde ihr speiübel. «Es gibt keinen Ersatzmann für dich.»

«Ihr seid doch ein tolles, eingespieltes Team. Das wird schon klappen, da bin ich sicher. Ich höre Ende des Monats auf, dann habt ihr in den ruhigen Wintermonaten genügend Zeit, den neuen Mitarbeiter einzuarbeiten, außerdem bin ich ja nicht aus der Welt ...»

Bogdana räusperte sich sehr laut und entschieden. «Ich muss auch etwas sagen.»

«Mama, lass es», flehte Mattheusz. Er sah verzweifelt aus wie noch nie.

«Nein, ich lasse nicht. Ich will sagen, wir gehen auch Ende September.»

«Was? Wer geht?» Jannike musste sich am Türrahmen festhalten.

«Oma Maria, Lucyna und ich.»

«Aber warum?»

«Du weißt, warum!», sagte Bogdana und schaute Jannike so wütend an, dass alles klar war. Wer Bogdana Pajaks Sohn übel mitspielte, musste sich warm anziehen.

«Wenn du die Sache mit dem Bademeister meinst: Das war doch alles nur ein Missverständnis, Bogdana.»

Die schüttelte den Kopf. «Das sagt Mattheusz auch. Er meint, du machst nicht solche Sachen. Aber vielleicht er ist auch nur blind vor Liebe.»

Jannike schaute von Bogdana über Lucyna zu Oma Maria. Ihr Dreamteam, ihre Top-Mannschaft, auf die sie sich verlassen zu können geglaubt hatte. Fels in der Brandung, Anker im Hafen und Ruhe im Sturm – ohne die drei würde das kleine Inselhotel Schiffbruch erleiden, das war klar. Zu guter Letzt blickte Jannike in Mattheusz' Gesicht. «Und du?»

«Ich bleibe.»

«Und warum?»

Er lächelte. Tatsache, sie steckten im Schlamassel ihres Lebens, weil zwei Drittel der Belegschaft soeben ihre Kündigung eingereicht und somit das Ende ihres Hotels eingeläutet hatten, aber Mattheusz brachte ein Lächeln zustande. «Was ist denn das für eine Frage, meine Liebste?»

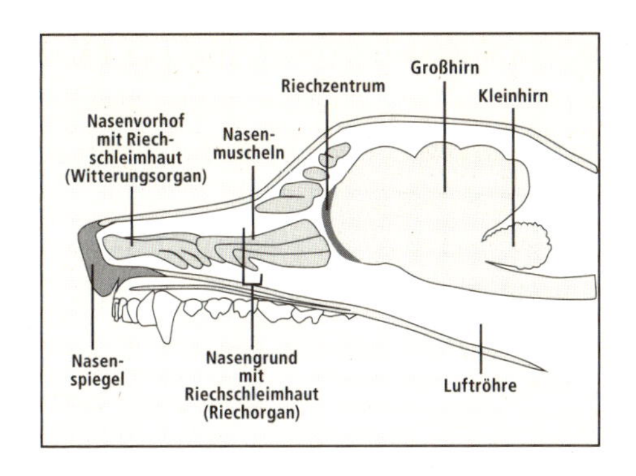

Pepsi kann nicht schlafen. Seine Nase sagt ihm, dass es besser ist, wach zu bleiben. Also liegt er auf dem Boden neben dem Bett seines Frauchens und klappt immer mal wieder ein Auge auf, um sich zu vergewissern, dass alles in Ordnung ist. Denn seine Nase vermutet, dass dem nicht so ist.

Das kann an der Aufregung liegen. Seit seiner sensationellen Begegnung mit der Hündin ist nicht nur sein Geruchssinn völlig betört und verwirrt, sondern auch sonst nichts mehr so, wie es war. Sein Frauchen geht ganz anders mit ihm um, gibt ihm Leckerlis und Streicheleinheiten, und zwar ohne dass er dafür extra betteln müsste. Bloß weil er diesen schwarzen Riesenknochen vor ihre Füße gelegt hat. Komisch, in seinem Hundeleben hat er schon so einiges angeschleppt, um es dem Frauchen zu schenken, runde Sachen und weiche Sachen und extrem gut riechende Sachen, aber jetzt muss er mal etwas ganz besonders richtig gemacht haben, denn sie behandelt ihn seitdem wie einen Helden.

Dabei ist das ja noch gar nicht mal das Beste gewesen. Denn als er dieses schwere Teil endlich aus der Schnauze gelegt hatte, war er deutlich schneller und ist sofort zu seinem

Schwarm gerannt, immer der Nase nach, bis sie endlich zusammen waren und ein passendes Plätzchen gefunden hatten, um ihren Gefühlen freien Lauf zu lassen. Das hat sich gelohnt und ist wirklich einmalig gewesen. Seine Geliebte hat sich danach leider etwas barsch von ihm verabschiedet, aber egal, der Augenblick ist es wert gewesen. Pepsi hofft jedenfalls auf eine Wiederholung.

Es ist still im Zimmer. Das Frauchen schläft wie meistens, wenn es dunkel ist, ihr Atem geht ruhig und gleichmäßig.

An die hellen Streifen, die ab und zu von draußen hereinleuchteten, hat Pepsi sich schon gewöhnt, die stammen von dem sehr großen, sehr dünnen Haus nebenan. Sieht schön aus, wie das Licht so im Raum herumschwirrt, ganz leise und ohne Geruch, immer dieselbe Bewegung im immer gleichen Abstand. Eine Weile folgt er dem Spiel, dann macht Pepsi langsam das Auge wieder zu. Er ist müde. Aber er wird nicht schlafen. Denn er wittert Gefahr.

Und plötzlich ist er sicher, etwas wahrgenommen zu haben. Schnell hebt er sein Köpfchen, schnuppert, lauscht. Da ist jemand. Nicht im Zimmer, nein. Obwohl sein Frauchen bestimmt selbst dann nicht aufgewacht wäre. Auf dem Nachttisch liegen wieder ihre eigenen Leckerlis. Die kleinen, hellen, die nach nichts riechen und die sein Frauchen immer isst, wenn sie sich ins Bett legt. Bevor sie schläft wie ein Stein.

Da! Schritte unter dem Fenster und ein Geruch, den er schon mal in der Nase hatte. Noch nicht allzu lange ist das her, damals, als er das erste Feuer bemerkt hat. Da hat es nach Plastik gestunken, nach Öl und Ruß und dem Zeug, mit dem sein Frauchen ihm manchmal die Pfötchen sauber macht, wenn er am Wasser gespielt hat und in die schwarzen Klebesteine getreten ist. Aber das ist es nicht, was Pepsi irritiert. Nein, es riecht nach ... nach ... nach diesem ganz besonders blauen Wasser in dem Kasten, wo er nie hindarf.

Sofort ist er hellwach, springt auf die Beine und rennt zum leicht geöffneten Fenster. Er muss leise sein. Vielleicht hat das Ganze ja nichts Schlimmes zu bedeuten, also will er keinen wecken, auch wenn er sich ganz schön beherrschen muss, nicht gleich loszubellen. Er darf nicht auf das Sofa, hat das Frauchen ihm tausendmal gesagt. «Naaiin!» Er springt trotzdem in die Polster. Sonst kann er doch gar nichts sehen.

Die Lichtstreifen zeigen das kleine Stückchen bei den Büschen, wo es immer besonders stark nach Katze und Kaninchen riecht. Pepsi hat sich nicht getäuscht, da steht ein Mensch. Wenn die Strahlen weg sind, sieht man ihn nicht. Wenn die Strahlen da sind, sieht man ihn – der Mensch nähert sich dem Haus. Dann ist es dunkel. Dann hell – der Mensch hat eine große Flamme in der Hand.

Und kurz darauf braucht Pepsi das Licht von nebenan nicht mehr, weil die Flammen draußen die Nacht zur Genüge erhellen und nach kürzester Zeit so groß werden, dass sie schon fast an sein Fenster reichen. Natürlich bellt er jetzt laut und voller Angst. Aber sein Frauchen wacht nicht auf. Vielleicht, weil sie heute gleich zwei von diesen Leckerlis gegessen hat. Das macht sie manchmal, wenn vorher die Traurigkeit da gewesen ist. Und heute ist sie traurig gewesen, das hat Pepsi gespürt. Ihre Augen waren nass, als sie die ganzen Sachen, mit denen sie sich wärmt, weil sie ja kein Fell hat, umgeräumt hat in diesen großen, eckigen Kasten, den man zumacht, wenn er voll ist, um dann alles durch die Gegend zu schleppen. Wahrscheinlich fahren sie morgen wieder nach Hause, deswegen hat sie gepackt. Und geweint. Pepsi versteht das, er würde auch lieber hierbleiben.

Aber jetzt, in diesem Moment hat er ganz andere Sorgen. Was soll er bloß tun? Der Qualm dringt ins Zimmer, und man kann die Nähe des Feuers schon am Fell spüren. Bestimmt ist es besser, von hier zu verschwinden. Pepsi bellt noch lauter. Obwohl er das ja eigentlich nicht darf hier im Haus. «Naaiin! Ruuhiig!», schimpft das Frauchen sonst. Er wünschte, sie würde jetzt schimpfen. Dann wäre sie wenigstens wach. Aber er kann bellen und auf die Bettdecke springen und an ihrem Gesicht schlecken, wie er will: Sein Frauchen zuckt nur kurz und schläft weiter.

Er weiß, wie die Menschen aus den Zimmern kommen. Da gibt es dieses Ding, das die immer anfassen und runterdrücken, und schon geht die Tür auf. Im Grunde kann Pepsi das auch. Ihm fehlen nur leider ein paar Zentimeter. Doch seit gestern weiß er, dass er zu allem imstande ist, wenn er nur richtig will und es geschickt anstellt. Auch mit der Hündin hat es irgendwann geklappt, oder nicht?

Also rennt er los, springt ab, versucht, mit der Schnauze das Ding zu fassen zu kriegen – und tut sich ganz furchtbar weh. Trotzdem gibt er nicht auf, versucht es erneut, scheitert wieder, nimmt einen weiteren Anlauf. Doch vergeblich. Die Tür bleibt zu. Die ersten Rauchschwaden dringen durchs Fenster. Die Luft wird dick und grau.

Das Frauchen schläft.

Wie leicht es früher war, sich zu versöhnen. Im Kindergarten, da hatte Jannike der blöden Dunja, die immer die Murmelbahn für sich allein haben wollte, mal einen Bauklotz an die Stirn geworfen. Loch im Kopf, war die Diagnose gewesen. Hörte man heute kaum noch, dass jemand ein Loch im Kopf hatte, vielleicht waren die Klötze inzwischen weicher, oder die Menschen waren einfach dickköpfiger geworden, auf jeden Fall hatte Jannike sich damals bei der blöden Dunja entschuldigen müssen. Vor allen anderen Kindern und den Erzieherinnen und Dunjas Eltern. Richtig mit Hand reichen und in die Augen gucken. «Es tut mir leid!»

Gut, ein Spaziergang war das auch nicht gerade gewesen, und Jannike erinnerte sich noch genau an die Scham, die sie in diesem Moment verspürt hatte. Aber Dunja hatte ihr verziehen, und von dem Tag an waren sie sogar beste Freundinnen gewesen, bis sich ihre Wege in der Oberstufe trennten.

Aber so einfach würde es mit Mattheusz nicht werden. Denn sie hatte ihm keinen Bauklotz an den Kopf geworfen und er ihr nicht die Murmelbahn streitig gemacht. Bei ihnen war der Fall wesentlich vielschichtiger. Da hatte irgendwie keiner dem anderen etwas Schlimmes angetan, und trotzdem hatten sie beide das Gefühl, sich entschuldigen zu müssen.

«Dieses Mal lassen wir uns aber von nichts und niemandem stören», sagte Mattheusz, der neben ihr im Bett saß und sein schlabberiges Schlaf-Shirt trug, auf dem mal ein Superheld abgebildet gewesen sein musste, Batman oder Spiderman oder doch nur Spongebob, das konnte man nicht mehr so gut erkennen, denn die Farbe war bereits rausgewaschen. Irgendwie passte das zu Mattheusz. Er war auch so etwas wie ein mit allen Wassern gewaschener Held, der mehrere Schleudergänge überstanden hatte. «Kein Telefon!»

Jannike hob die Finger zum Schwur. «Keine Freunde, keine Familie!» Sie trug immerhin ein weißes Baumwollhemd mit Spitze, das man sexy finden könnte, wenn man wollte.

Sie hatten statt Champagner jeder einen Becher Pfefferminztee in der Hand, schön süß und lange gezogen. Obwohl es schon nach Mitternacht war, waren sie beide nicht besonders müde. Die Voraussetzungen zur großen Versöhnung waren also günstig.

«Ich wollte dich nicht verletzen», eröffnete Jannike das Gespräch. Sie fand, dass sie ihm das schuldig war, denn vorhin in der Küche, als sie schon dachte, die Welt bricht auseinander – Danni geht, Bogdana, Lucyna und Oma Maria auch –, da hatte er sie mit nur einem Satz gerettet. *Was ist denn das für eine Frage, meine Liebste?* Noch jetzt wurde Jannike ganz warm, wenn sie daran dachte. «Du musst mir einfach glauben, dass ich nichts mit Nils Boomgarden hatte. Er ist ein netter Typ, ein guter Trainer und äußerlich kein Gnom, aber mehr ist da nicht. Von meiner Seite aus jedenfalls.»

«Na ja, wenn er auf dich steht, kann ich ihm das noch nicht mal übelnehmen. Da sind wir ja absolut auf derselben Wellenlänge.» Die Hand, in der er keinen Teepott hielt, wanderte zu ihr herüber.

«Und vielleicht war ich ein bisschen auf Krawall gebürstet in letzter Zeit. Ich weiß auch nicht, was genau mit mir los ist. Vielleicht die Hormone.»

«Apropos Hormone», sagte er. Seine Hand war inzwischen am Saum ihres Nachthemdchens angekommen. Sie hatte nichts dagegen.

«Jedenfalls möchte ich, dass du weißt, ich liebe nur dich.»

«Das habe ich kapiert.» Die Hand wurde mutiger. Unter dem Saum hoffte die Haut ihrer Oberschenkel auf etwas Zärtlichkeit. «Und es ist mir total unangenehm, dass ich so einen Aufstand angezettelt habe.»

«Schon okay. Ein bisschen hat mir das sogar gefallen. Das hatte so was Leidenschaftliches.» Nun schickte auch sie ihre Hand auf die Reise über das Bettlaken.

«Manchmal kann ich mir eben nicht vorstellen, dass eine Frau wie du ...» Er verfolgte den Weg ihrer Finger. Auf seinen Boxershorts waren Bananen abgebildet. Es wurde höchste Zeit, dass sie ihm mal vernünftige Unterwäsche kaufte. «... Na ja, ich dachte immer, deine Ansprüche könnten eigentlich höher sein.»

«Höher ist ein gutes Stichwort», sagte Jannike, fuhr mit dem Finger hinauf zum Bauchnabel und malte ein Herz drum herum. Oh doch, es war so einfach, sich mit Mattheusz zu versöhnen. Er war nicht nachtragend. Er liebte sie. Und fertig. Jetzt war es endlich an der Zeit ... Aber da hatte er ihr schon den Teepott aus der Hand genommen, auf dem Nachttisch abgestellt und sie ganz fest in seine Arme geschlossen.

«Sag mal ...» Er schob sie ein Stück von sich weg und schaute sie alarmiert an. «Ist es für Sportler nicht eigentlich besser, sich vor dem Wettkampf zu schonen?»

Sie schmiegte sich weiterhin entschlossen an ihn und hielt

ihm die Lippen für weitere Küsse entgegen. «Diese Theorie hat die Wissenschaft schon längst als völlig überholt verworfen.» Nein, Jannike wollte sich nicht schonen. Sie wollte nachholen, was sie die letzten Wochen versäumt hatten, jetzt und sofort, selbst wenn die Gefahr bestand, dass sie sich dadurch völlig verausgabte und den morgigen Tag komplett verschlief. Und Mattheusz schien nichts dagegen zu haben, denn er ließ sich auf den Rücken sinken und gab sich ihrem sehr ambitionierten Körperkontakt bereitwillig hin. «Glück ist ja im Grunde das wirkungsvollste Dopingmittel überhaupt.» Den Zeigefinger erhoben, blickte sie auf ihren Liebsten hinab.

«Sagt wer?»

«Sage ich!» Sie grinste, schob sich über ihn, freute sich mit all ihren Sinnen auf ihren Liebsten – da hörte sie das Bellen. «Was ist das?»

«Der süße, kleine Pepsi», äffte Mattheusz seine Mutter nach.

«Der bellt aber nicht», sagte Jannike und richtete sich im Bett auf.

«Wir wollten uns doch nicht stören lassen. Weder vom Telefon noch von Familie und Freunden …»

«Aber von einem Hund!», entschied Jannike. «Ich gucke nur mal kurz nach.»

Sie stand auf, warf einen Blick zurück zu Mattheusz und stellte erleichtert fest, dass er weder beleidigt noch enttäuscht war. Sie liebte diesen Mann. Und wie.

Sofort, als Bogdana das Hündchen bellen hörte, wusste sie, dass etwas passiert war. Denn Pepsi war kein Hund, der unnötigen Lärm machte, nein, ihr süßer Kleiner war gut erzogen, ruhig und seit der Sache mit der Pistole sowieso ein Held. Also saß Bogdana sofort senkrecht im Bett.

Das Zimmer 6 befand sich zwei Stockwerke tiefer als Bogdanas Unterkunft im Spitzdach. Bestimmt hatte Bogdana Pepsi nur gehört, weil sie eben erst eingenickt war. Nachdem sie heute in der Küche ihre Kündigung bekanntgegeben hatte, war sie nervös gewesen und hatte sich nach Feierabend noch lange im Bett hin und her gewälzt. War ihre Entscheidung richtig? Ja, Jannikes Untreue betraf schließlich auch sie, selbst wenn ihr Sohn trotz aller Beweise noch immer zu seiner Freundin hielt. Oder ging sie zu weit? Besonders jetzt, da Danni ebenfalls ans Aufhören dachte, war das Hotel auf ihre Hilfe angewiesen. Aber war das ihr Problem? Das Hotel war in erster Linie ihre Arbeitsstelle – nein, so einfach war das leider nicht. Bogdana liebte das Haus, besonders die Winkel, die sich nur schwer putzen ließen, die sie aber dennoch erobert hatte. War es nicht also auch ein Stück weit ihr Zuhause? Alles wäre ganz einfach, wenn Bogdana sich nicht in Jannike getäuscht und sie etwas voreilig als zukünftige Schwiegertochter in ihr Herz geschlossen hätte. Der Stachel saß tief.

Ein Gedanke hatte den anderen ergeben, ein wahres Karussell an Fragen und Antworten hatte Bogdana von ihrem wohlverdienten Nachtschlaf abgehalten, bis ihr irgendwann nach Mitternacht doch die Augen zugefallen sein mussten.

Sie schaute auf die Uhr, inzwischen war es eins. Der Hund bellte immer wilder, also stand Bogdana auf, zog sich ihren Bademantel über das Nachthemd und verließ das Zimmer. Kurz lauschte sie an der Tür nebenan, hinter der Oma Maria anscheinend seelenruhig schlief, dann hastete sie die schmale Treppe hinunter und erschreckte sich fast zu Tode, als im selben Moment Jannike aus ihrer Wohnungstür trat, ebenfalls im Nachtgewand. Neben ihr tauchte Mattheusz auf. Warum konnte sich der Junge nicht mal einen anständigen Pyjama kaufen? Immer trug er nur so ein verwaschenes T-Shirt und weite Unterhosen. Und überhaupt, warum übernachtete er heute nicht in Zimmer 1? Egal. Da war jetzt alles nicht wichtig.

«Bist du auch von dem Bellen aufgewacht?», fragte Jannike. Es klang besorgt.

«Ich glaube, Pepsi hat Angst.»

«Schauen wir nach.»

Sie gingen in den ersten Stock. Täuschte Bogdana sich, oder roch es hier tatsächlich nach …

«Feuer!», rief Jannike da schon.

Jetzt rannten sie. Das verzweifelte Bellen war kaum auszuhalten. Im Gang zum Zimmer 6 befand sich ein sehr kleines, schmales Fenster mit Blick auf den hinteren Garten. Bogdana brauchte gar nicht so genau hinzuschauen, den feuerroten, flackernden Schein der Flammen ahnte man auch so.

«Der Fahrradschuppen brennt!», rief Mattheusz. «Und die Flammen greifen gleich auf den ersten Stock über.»

Jannike stand der Schock ins Gesicht geschrieben. «Aber warum kommt Frau Galinski nicht raus? Sie kann doch unmöglich weiterschlafen, wenn der Hund so einen Alarm macht.»

«Sie nimmt so Pillen», sagte Bogdana. «Hab ich auf Nachttisch gesehen.»

«Ich rufe die Feuerwehr», rief Jannike und rannte ebenfalls zur Treppe.

Endlich war Bogdana da. Man hörte Pepsis Pfötchen an der Tür kratzen. Aus dem Bellen war inzwischen ein heiseres Krächzen geworden. Der Ärmste musste schreckliche Angst haben. Höchste Zeit, ihn zu befreien! Doch die Tür war verschlossen.

Mattheusz klopfte, erst etwas zaghaft, dann trommelten seine Fäuste gegen das Holz. «Frau Galinski, machen Sie die Tür auf!» Doch es tat sich nichts. Nur Pepsi winselte halb freudig, halb kläglich.

«Hole ich Generalschlüssel von Rezeption», sagte Bogdana und lief, so schnell sie konnte. «Und du, Mattheusz, musst die anderen Gäste warnen.» Sie hörte ihn, wie er an die Türen klopfte. Irgendwie gelang es Mattheusz, dabei nicht zu viel Panik zu verbreiten, und als Bogdana mit dem Generalschlüssel in der Hand wieder nach oben stieg, standen bereits einige Hotelgäste relativ gelassen im Flur, bereit, sich ins Freie zu begeben. Vielleicht hielten sie das Ganze auch nur für eine Übung. In diesem Land musste so etwas aus Sicherheitsgründen ja ab und zu gemacht werden, und als Deutscher ließ man solche Einsätze eben ohne Murren über sich ergehen.

«Bitte ziehen Sie sich etwas Warmes und feste Schuhe an, dann verlassen Sie das Gebäude zügig und versammeln sich im Vorgarten», gab Mattheusz das Kommando, als hätte er das schon tausendmal gemacht. «Wenn Sie Hilfe benötigen, dann geben Sie bitte einem der anderen Gäste Bescheid.» Die Leute nickten ihm zu und folgten seinen Anweisungen. Zum Glück waren es in dieser Woche nicht mehr allzu viele, in der Hauptsaison, wenn alle Betten belegt waren, hätte das Ganze bestimmt in einem heillosen Durcheinander geendet.

Frau Galinski war leider noch immer nicht auf dem Flur, deswegen eilte Bogdana zu Zimmer 6, versuchte, den Schlüssel ins Schloss zu stecken, obwohl ihre Hände vor Aufregung zitterten. Sie strengte sich an, wirklich, probierte es mehrmals hintereinander, doch irgendwann musste sie einsehen, dass es vergeblich war.

Jannike eilte herbei. «Was ist los?»

«Ich glaube, Schlüssel steckt von innen. Dann es geht nicht! Ist altmodische Schloss.» Pepsi fiepte wie ein kleiner, verletzter Vogel. Es machte Bogdana fix und fertig, nicht helfen zu können. «Wann kommt die Feuerwehr?»

«Das ist ja das Schlimme.» Jannike atmete hektisch, sie hatte das Telefon noch in der Hand und tippte eine Nummer in die Tasten. «Ich kann niemanden erreichen. Wahrscheinlich hocken die alle zusammen in der Schaluppe und bereiten sich mit ein paar Bierchen auf das Inselduell vor. Brandmeister Bischoff allen voran.»

«Und jetzt?»

«Ich versuche gerade, Danni zu erreichen. Verdammt, nimm endlich den Hörer ab!»

Gerade kam Mattheusz mit Oma Maria herunter. Manchmal war es nicht das Schlechteste, wenn man schon ein bisschen verwirrt war, jedenfalls schien Oma Maria nicht im Geringsten verwundert, dass sie mitten in der Nacht geweckt und durch das Haus geführt wurde. «Sobald ich unten bin, versuche ich, das Feuer zu löschen», rief er ihnen zu.

«Danni?», schrie Jannike in den Hörer. «Endlich! Der Fahrradschuppen brennt, und Frau Galinski ist noch im Zimmer, vielleicht bewusstlos. Die Feuerwehr ist nicht zu erreichen, kannst du …»

Den Rest bekam Bogdana nicht mit. Denn sie hatte begonnen, gegen die Tür zu rennen. Dazu setzte sie ihr ganzes Kampfgewicht ein, sie war ja zum Glück keine Elfe. Wahrscheinlich brachte das trotzdem nicht viel, doch irgendetwas musste sie schließlich unternehmen, sie konnte nicht hier stehen und abwarten, bis endlich die Feuerwehrleute aus der Kneipe taumelten und sich auf den Weg zum Hotel machten. Denn wenn sie sich vorstellte, dass ihr kleiner, lieber, süßer Pepsi da auf der anderen Seite der Tür saß, Angst hatte, Schmerzen womöglich auch, und seine Retterin vielleicht durch den Türrahmen roch und Hoffnung schöpfte, dann wurde eine Energie in ihr frei, die alles möglich machte. Für Bogdana Pajak gab es kein *geht nicht*, sie war bislang mit so vielem fertig geworden, mit jedem hartnäckigen Fleck und jedem unangenehmen Geruch, sogar mit der ständigen Abwesenheit ihres Ehemanns. Diese läppische Tür war nichts dagegen.

Leider sah die Tür das anders, zwar bewegte sich da allmählich etwas, und die ohnehin wackelige Klinke schien nicht mehr ganz so fest im Holz zu sitzen. Aber dass das Ganze gleich locker aufkrachen würde, danach sah es leider nicht aus. Außerdem schmerzte Bogdanas Schulter inzwischen, womöglich würden die Knochen schneller brechen als dieses hartnäckige Türschloss.

«Danni holt Hilfe!», sagte Jannike, die endlich ihr Telefonat beendet hatte. «Ich hoffe, sie sind gleich da.»

«Vielleicht es ist zu spät für Zimmer 6!»

Jannike schüttelte den Kopf. «So etwas Schlimmes passiert nicht, Bogdana. Nicht in unserem Hotel!»

Bogdana nickte, denn Jannike hatte recht. «Hilf mit. Ich trete, du drückst.»

«Okay.» Sie schauten sich an, vielleicht nur eine Sekunde, vielleicht sogar kürzer, aber es war klar: Sie waren aus demselben Holz geschnitzt. Bogdana und Jannike waren beide Frauen, die nicht einfach so aufgaben, wenn es um etwas Wichtiges ging. Und egal, was in den letzten Tagen passiert war, hier und heute waren sie ein Team, das sich nicht unterkriegen ließ.

«Drei …»

«Zwei …»

«Eins …»

Und los. Die Wucht, mit der sie zeitgleich auf das Türbrett knallten, schmerzte in Bogdanas Beinen, und Jannike rieb sich hinterher den Oberarm. Doch ihr Einsatz war nicht umsonst gewesen, die Tür hatte sich ein ganzes Stück nach innen gedrückt. Und man hörte wieder ein richtiges Bellen. Also noch mal!

«Drei …»

«Zwei …»

«Eins …»

Es krachte sehr laut, und der plötzliche Luftzug, der durch die geöffnete Tür fegte, blies eine Menge Qualm in den Flur, aber sie hatten es geschafft! Pepsi wusste gar nicht, wohin mit seiner Freude, erst sprang er an Jannikes, dann an Bogdanas Beinen hoch, schließlich rannte er zum Bett, wo Frau Galinski tatsächlich noch immer schlief, als wäre gar nichts passiert. Jannike musste schrecklich husten, und auch Bogdana merkte, wie die scharfe Feuerluft in ihre Lungen schnitt. Zum Glück schloss

Jannike sofort die Fenster, so blieb der aggressive Qualm fürs Erste draußen. Keuchend beugte sich Bogdana zu der Frau im Bett, tätschelte die Wangen der Liegenden, doch es tat sich nichts. Vielleicht hatten die ungesunden Gase auch schon für eine tiefere Ohnmacht gesorgt als diese verflixten Pillen.

«Tragen wir sie nach draußen», schlug Bogdana vor und drehte sich hilfesuchend um. Doch da, wo Jannike gerade noch am Fenster gestanden hatte, war niemand mehr zu sehen. Erst als Bogdana sich mit etwas wackeligen Beinen aufrichtete, erblickte sie Jannike, die am Fußende des Bettes auf dem Boden lag. Regungslos.

Was sollte sie nur tun? Sie hatte schon viel zu viel Kraft gelassen, ihr tat alles weh, und sie war dermaßen aus der Puste, dass sie inzwischen selbst aufpassen musste, nicht das Bewusstsein zu verlieren. Trotz der geschlossenen Fenster war die Luft rauchgeschwängert, jeder Atemzug schmerzte in der Brust. Egal, jammern konnte sie später, jetzt musste sie anpacken und entschied sich für Frau Galinski, die dem Qualm schon länger ausgesetzt war. Sie drehte die Frau im Bett auf die Seite, bis sie eine Position fand, in der sie unter die Achseln greifen konnte. Dann verschränkte Bogdana die Arme vor Frau Galinskis Brust und hob den schlaffen Körper vorsichtig aus dem Bett. Zum Glück hatte das jahrelange Putzen sämtliche Muskeln gestärkt, denn leicht war Frau Galinski nicht. Pepsi konnte es nicht lassen, aufgeregt um Bogdanas Beine herumzutanzen. Sie musste achtgeben, damit sie ihm nicht aus Versehen auf die Pfote trat und womöglich stolperte. «Geh!», sagte sie. «Bringst du dich in Sicherheit!» Doch Pepsi weigerte sich strikt.

Es tat ihr leid, dass sie Frau Galinski verdächtigt hatte, eine Brandstifterin zu sein. Da hatte sie ja offensichtlich falschgelegen. Für die Lappen mit Terpentin hatte Pepsis Frauchen nämlich eine ganz einfache und logische Erklärung parat gehabt: Damit habe sie Pepsis Pfötchen vom Teer gereinigt, das hatte Frau Galinski gestern bei diesem dramatischen Treffen am Strand erklärt. Sie sei früher öfter auf der Insel gewesen, und da hätten im Hotelflur immer diese Kästchen für die Gäste gestanden, damit niemand schwarze Brocken mit ins Zimmer schleppt. Aber weil das heute nicht mehr gang und gäbe sei, habe sie das Zeug samt Lappen dabeigehabt. Weil sie doch keinen Ärger machen wollte mit dem Hund im Hotel: keinen Lärm, keine Arbeit und eben auch keinen Dreck. Das klang so logisch, dass Bogdana ihr sofort jedes Wort abgekauft und gleich ein paar Tipps gegeben hatte, wie man heutzutage viel einfacher und ohne Gestank Teerflecken entfernen kann. Ja, wirklich, sie verriet ihr einen der besten Geheimtipps, aber nur, weil Frau Galinski den niedlichsten Hund der Welt hatte.

Bloß auf die Frage, warum Frau Galinski bei jedem Brand vor Ort gewesen ist, hatte sie noch immer keine Antwort erhalten. Allerdings glaubte Bogdana inzwischen nicht mehr, dass in dieser geheimnisvollen Frau ein Feuerteufel steckte. Umso weniger, als die zu Unrecht Verdächtigte gerade selbst in großer Gefahr schwebte.

Bogdana hatte es geschafft, sie waren im sicheren Flur. Sanft bettete sie Frau Galinski in stabiler Seitenlage auf den Teppich und eilte zurück ins Zimmer, um sich um Jannike zu kümmern. Die war zum Glück wieder halbwegs zu sich gekommen, aber anscheinend durcheinander und zu schwach, um aufzustehen und selbst zu gehen. «Was ist los?», lallte Jannike. «Was ist passiert?» Ein Hustenkrampf ließ sie verstummen.

«Psst», machte Bogdana und bot ihr einen stützenden Arm. Endlich hörte sie das Martinshorn, das auf der Insel noch viel dramatischer klang als auf dem Festland. Und draußen vor dem

Fenster mischte sich in die Strahlen des Leuchtturms und die immer höher aufflackernden Flammen das erhoffte Blaulicht. *«Pomocy!»*, rief Bogdana, während sie, Jannike untergehakt, völlig erschöpft in den Flur stolperte. «*Ratunku!* Brauchen wir Hilfe!»

Es war wohl das erste Mal, dass der Anblick von Gerd Bischoff in Bogdana positive Gefühle auslöste. In seiner Feuerwehruniform wirkte er auch ganz anders, wie ein Retter eben, nicht wie ein scheußlicher Chef. Und er zögerte auch nicht einen Moment, ihr zu Hilfe zu eilen. «Ist noch jemand da drin?»

«Nein, habe ich alle gerettet. Brauchen sie aber etwas Sauerstoff, glaube ich.»

Bischoff gab die Forderung direkt über Funk an seine Leute weiter. «Das haben Sie gut gemacht, Frau Pajak.» Noch nie hatte sie aus diesem Mund ein lobendes Wort vernommen. Musste es dazu erst um Leben und Tod gehen? Bischoff beugte sich zu Frau Galinski hinunter, drehte deren Kopf zur Seite, um am Hals den Puls zu fühlen – und erstarrte.

«Was ist los? Ist sie …» Oh nein, dachte Bogdana. Da hat sie Frau Galinski nur eine halbe Minute aus den Augen gelassen, und dann … «Ist sie tot?»

«Nein, sie lebt.» Bischoff ging in die Knie. «Aber das ist ja …»

«Wer?»

Bischoff wischte sich die Feuchtigkeit von der Stirn. Hatte er gerade eben auch schon so geschwitzt?

«Meine Monika.»

Noch nie hatte Gerd Bischoff so klein ausgesehen, fand Bogdana. Fast zart. Und hilflos.

Nein, auf gar keinen Fall», sagte der Inselarzt und schaute streng.

Jannike versuchte es dennoch. «Ach bitte. Ich kann starten. Ich fühle mich vollkommen fit.» Im Grunde hatte es nur Minuten gedauert, und sie war wieder die Alte gewesen. Etwas Sauerstoff vom Sanitäter, ein paar Minuten Ausruhen in ihrer Wohnung – und schon war sie wieder im Hotel herumspaziert, als wenn nichts passiert wäre.

Also, dass natürlich schon etwas passiert war, davon hatte sie sich wenig später auf einem kleinen Rundgang überzeugen können: Der Fahrradschuppen war komplett ausgebrannt, rußgeschwärzt und vorerst nicht begehbar. Zum Glück waren darin neben den Drahteseln nur ein paar Werkzeuge, der Müll und diverse Gartengeräte gelagert, der Schaden hielt sich also in Grenzen. Das darüber liegende Gästezimmer, aus dem Bogdana sie und Frau Galinski in selbstlosem Einsatz gerettet hatte, musste natürlich renoviert werden, denn der Qualm hing in jedem Winkel, und durch die Hitze war der Dielenboden verzogen. Das Löschwasser hatte zusätzlich Spuren hinterlassen, war in die Zwischenwände geflossen und hatte die Backsteinfassade mit schmierig dunklen Streifen gefärbt. Aber auch das war etwas, das man problemlos im Winter wieder in Ordnung bringen könnte.

Alles in allem hatten sie großes Glück gehabt. Nicht zuletzt dank Pepsis lautstarker Warnung war kein Mensch zu Schaden gekommen, und das alte Mauerwerk hatte sich als so robust erwiesen, dass selbst das verspätete Eintreffen einer nicht mehr ganz nüchternen Feuerwehrmannschaft ausreichend gewesen war.

Danni hatte heute Morgen direkt bei der Versicherung angerufen, die sich natürlich stur stellte mit dem Hinweis, dass vor jeglichem etwaigen Schadensersatz der Brandstifter ermittelt und zur Rechenschaft gezogen werden müsse. Aber im Grunde interessierte das Jannike lediglich am Rande. Sie wollte die Dinge, die durch den Brand eigentlich dringend geklärt werden mussten, lieber noch eine Weile verdrängen. Morgen oder übermorgen wäre früh genug, oder?

«Frau Loog, ich glaube, Sie überschätzen sich ein wenig.» Der Inselarzt hatte sie gründlich untersucht, hatte ihre Lunge und das Herz abgehört, die Pupillen kontrolliert, Blutdruck und Puls gemessen, in den Hals und die Ohren geleuchtet. Doch soweit sie die Reaktion des Mediziners deuten konnte, ergab die Inspektion keine als bedrohlich zu wertenden Erkenntnisse über ihren Gesundheitszustand. Warum also sollte sie heute Mittag nicht an den Start gehen? Am liebsten würde sie jetzt schon vom Sofa, auf das Mattheusz sie nicht ganz ohne Druck verfrachtet hatte, hüpfen und mit den Aufwärmübungen beginnen. Doch wie es aussah, würde der gestrenge Herr Inselarzt da wohl sein Veto einlegen.

«Es geht um eine Wasserrutsche für die *Sprottengrotte*. Und um die Ehre der Insel.»

«Zuallererst geht es um Ihre Gesundheit, Frau Loog.»

«Die Mannschaft kann ohne mich nicht an den Start gehen.»

«Dann muss Nils Boomgarden eben Ersatz finden.»

«So kurzfristig? Es war schwierig genug, überhaupt vier Erwachsene und vier Jugendliche zusammenzukriegen, die freiwillig um diese Jahreszeit im offenen Meer schwimmen.»

Jannike rappelte sich hoch, wurde aber sanft wieder in die Kissen zurückgeschoben.

«Eben. So etwas macht nämlich eigentlich niemand, der seine fünf Sinne beisammenhat. Die Leute von der *Nordlicht*-Brauerei stellen sich das so idyllisch vor, die denken, dass es für Insulaner völlig normal ist, sich im September in die Fluten zu stürzen. Die schwimmen ja sonst auch von Insel zu Insel und ernähren sich wahrscheinlich von rohem Fisch. Da haben sie dann ein paar schöne Bilder von kernigen Küstenbewohnern, die sie für ihre Werbung benutzen können.» Er schaute sie durchdringend an. «Aber Sie, Frau Loog, machen da nicht mit und werden sich stattdessen schonen. Letzte Nacht haben Sie kaum geschlafen.»

«Das kann ich doch anschließend noch.»

Der Inselarzt seufzte. «Soll ich ehrlich sein? Ich glaube fast, Sie haben so etwas wie einen Schock. Das Adrenalin gaukelt Ihnen vor, dass Sie heute die Idealbesetzung für einen sportlichen Wettkampf sind. Aber nennen wir es mal beim Namen: Ihnen ist fast das Hotel abgebrannt, Sie waren bewusstlos – ach ja, und was ist überhaupt mit diesen anderen gesundheitlichen Problemen, von denen Sie mir heute Nacht erzählt haben?»

Mist, daran konnte Jannike sich gar nicht mehr richtig erinnern. Hatte er vielleicht doch recht, und sie war wirklich etwas neben der Spur?

Er schaute auf das Patientenblatt. «Kreislaufprobleme. Übelkeit. Spannungsgefühl in der Brust. Nervöser Schluckauf.»

Das hatte sie alles erzählt? Jannike nickte beschämt.

«Was halten Sie davon, wenn ich Ihnen mal ein bisschen Blut abnehme? Nur so zur allgemeinen Kontrolle.»

Jannike streckte bereitwillig den Arm aus. Vielleicht würde die Untersuchung ja ergeben, dass wirklich alles in bester

Ordnung war, dann könnte sie sich ihre Schwimmsachen schnappen und losmarschieren. Die anderen warteten womöglich schon.

Schön war das Blutabnehmen nicht, ihr wurde tatsächlich etwas flau, als er mit der Spritze hantierte, aber sie ließ sich nichts anmerken. Der hielt sie ja sowieso schon für überempfindlich. Da musste sie ihn nicht noch bestärken.

«Die eine Hälfte schicke ich zur Analyse aufs Festland. Die andere nehme ich gleich mal in Augenschein. Im Auto habe ich nämlich eine Art Notfalllabor. Das dauert jetzt aber einen kleinen Moment.» Der Mediziner klebte ein Pflaster auf die Einstichstelle und verließ das Zimmer nicht ohne Warnung: «Wehe, Sie rühren sich in der Zwischenzeit auch nur einen Meter von der Stelle!»

Sie versprach, vernünftig zu sein, und kaum waren seine Schritte verhallt, merkte sie tatsächlich, wie die Müdigkeit sich als warme Decke um sie schmiegte. Ach, warum nicht mal kurz die Augen schließen, er hatte ja recht, sie war die ganze Nacht wach gewesen. Erst der Paukenschlag, dass der Großteil ihrer Mannschaft kündigen wollte. Dann der zaghafte Anfang einer Versöhnung mit Mattheusz, die schließlich unterbrochen wurde von diesem verheerenden Brand. Sie hatte wirklich ein bisschen Ruhe verdient.

Doch zwei oder drei tiefe Atemzüge später klopfte es an der Wohnungstür, und Gerd Bischoff trat ein. «Störe ich?» Er trug noch immer die Uniform und sah ganz schön erledigt aus.

Zum Glück, denn sonst hätte Jannike die Begegnung mit ihrem Lieblingsfeind kaum ertragen, so schlapp, wie sie hier auf dem Sofa herumlungerte. Doch nun trafen zwei deutlich angeschlagene Kontrahenten aufeinander. Da herrschte so etwas wie Gleichstand.

«Kommen Sie rein, Bischoff.»

Er setzte sich auf den Sessel gegenüber, nahm die Mütze ab und drehte sie wie ein Lenkrad in seinen Händen. «Wir müssen mal reden, glaube ich.»

«Haben Sie den Brandstifter?»

Er schüttelte den Kopf. «Keine Spur, leider. Ich denke, da müssen echte Profis ran.»

«Verstehe ich das richtig: Lasse Butt ist in diesem Fall nicht verdächtig?»

Er druckste ein wenig herum. «Ja ... Nein ... Also, nein ...» So kannte man ihn gar nicht. Normalerweise hatte jeder Satz aus Bischoffs Mund die Präsenz einer Sonntagspredigt. «Es tut mir leid, wenn ich vielleicht etwas voreilig ...» Er brach ab. Aber auch schon der halbe Satz war eine ganze Leistung für einen Mann wie Bischoff.

«Was macht Sie da jetzt plötzlich so sicher?»

«Es gibt eine Zeugin. Die war bei allen Bränden zugegen. Und sie hat ausgesagt, dass tatsächlich jedes Mal ein junger Mann unter den Schaulustigen gewesen ist, der sich auffällig verhalten hat.»

«Und das war demnach nicht Lasse?»

Bischoff blickte zu Boden. «Wahrscheinlich nicht. Diese Zeugin ist übrigens dieselbe Person, die mir auch das Foto von der ersten Brandnacht auf mein Handy geschickt hat. Sie erinnern sich? Das mit dem Jungen in der roten Jacke.»

«Und ob. Da wollten Sie doch hundertprozentig Lasse Butt erkannt haben.»

«Auf meine Bitte hin hat die Zeugin den Jungen noch näher beschrieben. Und ich muss zugeben, dass es da bis auf die Kapuzenjacke und die Körpergröße keinerlei Ähnlichkeiten gab. Der Pflegesohn Ihres Kollegen ist somit entlastet.»

Jannike war erleichtert, endlich war dieses Thema vom Tisch. Und Bischoff war beim nächsten Mal hoffentlich etwas vorsichtiger mit seinen Verdächtigungen. Dennoch bedeutete es auch, dass noch immer jemand auf der Insel herumlief, der im wahrsten Sinne des Wortes brandgefährlich war, der noch nicht einmal Skrupel zeigte, Menschenleben aufs Spiel zu setzen. «Wer ist überhaupt diese Zeugin?»

Er schaute wieder auf. «Sie wohnt in Ihrem Hotel. Monika Galinski.»

«Ach», sagte Jannike. Und irgendetwas an der Art, wie Bischoff diesen Namen aussprach, war merkwürdig. Sein *Monika Galinski* folgte so etwas wie einer romantischen Melodie, es klang, als singe er die zwei Wörter. «Finden Sie es denn nicht seltsam, dass Frau Galinski bei jedem Brand zugegen war?»

«Nein.»

«Glauben Sie an einen Zufall?»

«Nein, auch nicht.» Er räusperte sich. «Sie ist wegen mir dort gewesen.»

Jetzt war Jannike doch danach, sich mal für einen Moment zu erheben und im Zimmer herumzulaufen, aber sie fürchtete, dass der Doktor sie dabei erwischen könnte. «Ein Groupie?»

Er grinste schief. «Meine Exfrau. Sie wissen schon, schließlich haben Sie neulich in der Feuerwache genüsslich die Fotowand studiert. Monika und ich waren zehn Jahre lang verheiratet. Dann ist sie mit dem Hotel-Masseur durchgebrannt.»

«Lassen Sie mich raten: Der hatte mehr Fingerspitzengefühl als Sie?»

«Sehr witzig.»

«Entschuldigung.» Jannike musste trotzdem ein Kichern unterdrücken. «Und warum ist sie zurückgekommen?»

«Das weiß ich nicht. Die SMS waren mit unterdrückter

Nummer an mich gesendet worden, deshalb war ich völlig überrascht, als ich sie gestern hier vorgefunden habe. Und bei unseren anschließenden Gesprächen ging es eigentlich mehr um die Brände und was sie dabei gesehen oder nicht gesehen hat.» Er erhob sich wieder. Fast konnte Bischoff einem leidtun. Aber auch nur fast.

«Und was passiert jetzt?», fragte Jannike.

«Wie gesagt: Wir holen einen Brandermittler vom Festland.»

«Ich meinte mit Ihnen und Ihrer Monika.»

Er zuckte mit den Schultern. «Keine Ahnung. Ich bin da etwas aus der Übung.»

«Heute Abend ist ja das Fest hier am Leuchtturm. Und Sie stehen am Grill, soweit ich den Einsatzplan im Kopf habe.» Dass sie jemals in ihrem Leben Bischoff zuzwinkern würde, hätte sie nie erwartet, aber ihr war danach, also tat sie es. «Mal sehen, vielleicht ergibt sich da ja was. Auf solchen Festen ist die Annäherung immer etwas leichter.»

«Abwarten.» Zögerlich ging er zur Tür. «Also dann: Gute Besserung!»

«Ich bin überhaupt nicht krank!», rief Jannike ihm hinterher, doch der Satz verfehlte wohl den Adressaten, denn inzwischen war der Inselarzt zurückgekommen, die beiden hatten sich quasi die Klinke in die Hand gegeben.

«Stimmt», sagte der Doktor und grinste, während er Notizen in Jannikes Patientenakte machte. «Krank sind Sie wirklich nicht.»

«Hab ich doch gesagt!», jubelte Jannike, warf die Sofadecke von den Beinen und sprang auf. Den leichten Schwindel ignorierte sie, das war Kleinkram, denn schließlich hatte sie das Okay vom Inselarzt bekommen und würde sich jetzt unverzüglich auf den Weg zur Startlinie machen.

«Machen Sie mal halblang!», warnte der Arzt, doch sie ignorierte ihn. Stattdessen lief Jannike schon mal Richtung Schlafzimmer, die Schwimmsachen standen dort bereits fertig gepackt. Als sie zurückkam, hatte der Doktor sich jedoch keineswegs zum Aufbruch gerüstet, sondern stand noch genauso da wie gehabt. «Ich hab da noch ein paar Fragen.»

«Okay.» Sie zog sich die Schuhe an.

«Was unternehmen Sie eigentlich in Sachen Familienplanung?»

«Ich?» Sie nahm die Jacke von der Garderobe. «Nichts Besonderes. Ehrlich gesagt kommen wir kaum dazu, der Stress im Hotel und so ...»

«Da sind Sie nicht die Einzige auf der Insel, glauben Sie mir. Aber in Ihrem Fall muss da doch mal etwas ...»

«Na ja, dran gedacht haben wir schon. Wieso fragen Sie?» Jannikes Bewegungen wurden langsamer. «Meinen Sie, ich bin dafür inzwischen zu alt?»

«Bestimmt nicht.» Der Inselarzt lachte. «Sie sind nämlich bereits schwanger.»

Jannike erstarrte. Tausend Reaktionen wären jetzt angebracht. Jubelschreie, Verzweiflung, Ungläubigkeit waren nur drei davon. Doch sie hielt still und sagte überhaupt nichts.

«Das Ergebnis des Bluttests ist eindeutig», bekräftigte der Mediziner das Unfassbare.

«Aber mein Freund und ich, wir haben schon seit Ewigkeiten nicht mehr ...»

«Ihre Beta-HCG-Werte sind so hoch, dass ich auf den dritten Monat tippen würde. Mindestens.»

«Das kann nicht sein. Ich hatte doch zwischendurch immer meine ... na ja, Sie wissen schon. Mein Zyklus war so regelmäßig wie Ebbe und Flut.»

«Aber Sie hatten auch eine Menge um die Ohren, oder nicht? Da können uns die Hormone schon mal einen Streich spielen. Kommt alles vor.» Er legte die Patientenakte auf dem Tisch ab und begann seine Sachen zu packen. Jannike starrte unterdessen geistesabwesend auf den Deckel der Akte. Dort klebte ein Notizzettel mit drei Strichmännchen drauf: Vater, Mutter und Kind. Wahrscheinlich von ihm aus Hilflosigkeit gekritzelt, während er das Blut analysierte – weil ihm ja auch irgendwie klar gewesen sein musste, dass er da heute im Hotel eine echte Bombe platzen ließ mit dieser Neuigkeit.

«Dritter Monat heißt was?»

«Ganz genau kann das erst ein Gynäkologe sagen, da müssen Sie wohl mal rüber aufs Festland.»

«Aber mal angenommen, Sie haben recht mit Ihrer Vermutung?»

«Dann wären Sie im nächsten März oder April Mutter.» Er schaute sie erwartungsvoll an. «Pünktlich zum Beginn der neuen Saison.»

«Was machen denn Ärzte normalerweise bei so einer Nachricht?»

«Sie gratulieren.» Er streckte die Hand aus.

Im nächsten März oder April? Ohne Bogdana, Lucyna, Oma Maria und Danni? Dafür mit Kind? Und Hotel? Was würde Mattheusz davon halten? Und was empfand sie selbst? Irgendwie war Jannike nicht danach zumute, sich beglückwünschen zu lassen.

Der Inselarzt zog den Arm wieder zurück. «Dann lieber ein Attest? Dass Sie am Inselduell nicht teilnehmen können?»

Jannike nickte. Ja. Bitte. Ein Attest.

Dass sie sowieso an diesem ganzen komplizierten Leben momentan lieber nicht teilnehmen konnte.

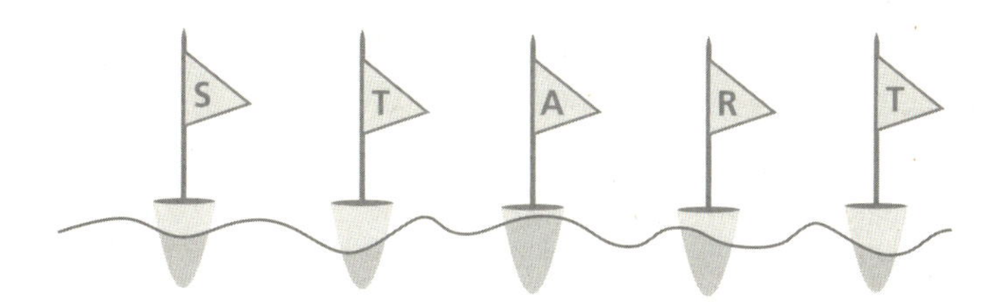

Sonka Waltermann hatte an alles gedacht: Traubenzucker, zwei Badelaken, Körperlotion, warme Socken und eine Thermoskanne mit Früchtetee. Sie wollte, dass ihr Sohn bestens ausgerüstet war. Nach dem ganzen harten Training sollte es sich heute für ihn lohnen.

Sie hatten ihre Räder am Strandabgang geparkt und liefen die letzten Meter bis zum Treffpunkt in zügigem Tempo, schließlich würde schon in einer halben Stunde der Startschuss fallen. Das Banner markierte draußen im Meer die Startlinie, es flatterte im seichten Wind.

«Hab ich dir doch gleich gesagt: Wir sind viel zu früh!», maulte Fridjof.

Sie waren tatsächlich die Ersten aus der Mannschaft. Nils Boomgarden war gerade dabei, am Rand der Dünen das Teamlager aufzubauen. Er steckte Holzstangen in den Sand und rammte sie mit einem Hammer tief in den Grund. Unter seinem Funktionsshirt kamen beachtliche Muskeln zur Geltung, kein unangenehmer Anblick, musste Sonka Waltermann zugeben. Ein bisschen erinnerte er sie an … Nein, diesen Gedanken verbot sie sich. Da kam nichts Vernünftiges bei raus.

«Können wir behilflich sein?», fragte sie und stellte die Tasche neben den Werkzeugkoffer. Der Bademeister schaute auf. Als er sie erkannte, sackten seine Mundwinkel nach unten. Natürlich konnte er sie nicht leiden. Wegen dieser Sache mit Lasse Butt und dem Mann vom Jugendamt. Und vielleicht auch, weil die Mädchen sich bei ihm wegen der anstehenden Mathearbeit am Montag beklagt hatten. In den Augen von Nils Boomgarden war sie wahrscheinlich bloß eine verhärmte, ausgetrocknete, vielleicht sogar böswillige Person, so charmant wie das Gestrüpp neben der Mülltonne und so sexy wie das Becken, in dem man nach dem Strandbesuch seine Füße waschen konnte. Das war schon ein bisschen schade, aber wohl kaum rückgängig zu machen. Trotzdem probierte sie es mit einem möglichst herzlichen Lächeln. «Komm, Fridjof, sei so lieb und halte mal die Stange fest, damit dein Trainer besser arbeiten kann.» Ihr Sohn kam der Aufforderung missmutig nach.

Seit sie gestern ihrem schlimmen Verdacht folgend die illegalen Medikamente in Fridjofs Kleiderschrank hinter den Winterklamotten entdeckt und nach dem ersten Schreck in der Toilette heruntergespült hatte, war ihr Sohn die personifizierte schlechte Laune.

In ihrer Rolle als studierte Pädagogin hätte sie genau gewusst, was zu tun war. Sie wäre zu Fridjof gegangen, hätte ihn mit der Tatsache konfrontiert, dass sie hinter sein kriminelles Geheimnis gekommen war. Dann hätte sie mit ihm ein lösungsorientiertes Gespräch geführt, sein Verhalten gespiegelt und es in einen soziologischen Zusammenhang gestellt. Nachdem sie gemeinsam mit ihrem Sohn deutlich herausgearbeitet hätte, worin sein Fehlverhalten begründet lag, wären sie zur Polizei gegangen, um sich der Verantwortung zu stellen. Und der ganze Mist wäre innerhalb von 24 Stunden halbwegs vom Tisch gewesen.

Doch Sonka musste einsehen, in dieser Sache war sie keine Pädagogin. Da war sie Mutter durch und durch und hatte genauso inständig wie naiv gehofft, dass Fridjof von selbst darauf zu sprechen käme: Mama, du hast die Amphetamine entdeckt. Es ist aber nicht so, wie du denkst. Ich kann dir alles erklären. Denn vielleicht gab es ja wirklich eine plausible Entschuldigung, warum Fridjof im Internet dieses Teufelszeug bestellt und offensichtlich an seine Schulkameraden verkauft hatte. War er von Lasse Butt gezwungen worden? Oder von diesem Schwerverbrecher, den man gestern in den Dünen verhaftet hatte? Könnte doch sein.

Doch Fridjof hatte kein einziges Wort darüber verloren. Eine Weile wenigstens wollte Sonka Waltermann sich der Hoffnung hingeben, dass ihr Sohn den Verlust noch gar nicht bemerkt hatte, weil er selbst überhaupt nicht wusste, was hinter seinen Wollpullovern lagerte. Doch dann rief sie sich selbst zur Vernunft. Auch als liebende Mutter musste man die Wahrheit verkraften: Ihr Sohn, ihr Fridjof dealte mit Dopingmitteln, die er über ihren Internetzugang geordert hatte. Und sie hatte davon keinen blassen Schimmer gehabt, bis diese blöden Werbebanner für verbotene Pillen ihr die Augen geöffnet hatten. Sie war eine jener Mütter, über die Pädagogen normalerweise die Köpfe schüttelten und sagten: Kein Wunder, bei den Eltern, da hat das Kind ja auch keine Chance, sich vernünftig zu entwickeln.

«Können Sie mal mit anfassen?», fragte Nils Boomgarden, der jetzt eine windfeste Plane an die eingebuddelten Stäbe binden wollte.

Eilig kam sie seiner Aufforderung nach und hielt den roten Stoff in der richtigen Höhe. «Das Wetter spielt ja einigermaßen mit», versuchte sie es mit Smalltalk. Nils Boomgarden nickte bloß. «Kaum Wind, und ab und zu kommt mal die Sonne durch.» Nils Boomgarden schob konzentriert eine Schlaufe in die Öse und zog die Schnur fest. Er war ein geschickter

Mann. «Die Brandung hält sich auch in Grenzen.» Wenn er nicht bald etwas erwiderte, würden ihr die Themen ausgehen. Sie schaute sich um. Alle fünfzig Meter wurden ähnliche Lager aufgebaut. Die verschiedenen Flaggen verrieten, wer wo Stellung bezogen hatte. Die Nachbarinsel hatte sogar eine Art Container bereitgestellt, alle Achtung. Seltsam nur, dass überall schon deutlich mehr los war als hier, die Sportler der Nachbarinseln begannen sogar schon mit dem Stretching.

«Und was meinen Sie, wie stehen unsere Chancen?» Ihr war die schlaue Idee gekommen, eine Frage zu stellen, dann konnte der Bademeister sich nicht weiter in Schweigen hüllen.

«Erst einmal müssen wir überhaupt die Starterlaubnis erteilt bekommen.»

«Was? Wieso?»

«Uns fehlt eine Teilnehmerin bei den Erwachsenen.»

Erst wollte sie sich aufregen und fragen, wer denn so unfair war, im letzten Moment das Team hängenzulassen, doch dann kam sie von selbst drauf. «Haben Sie schon Näheres über den Brand im Hotel am Leuchtturm gehört?» Als sie bemerkte, wie neugierig das schon wieder klang, fügte sie noch hinzu: «Ich meine, es gab doch keine Verletzten, oder?»

«Das zum Glück nicht. Aber Jannike Loog hat sich aus gesundheitlichen Gründen abgemeldet. Wir müssen jedoch mindestens vier Erwachsene sein.»

«Und wenn stattdessen Sie schwimmen?» Sonka Waltermann konnte den Blick nicht von seinen Oberarmen wenden. Auf dem einen war ein Tattoo, zwei verschlungene Herzen, das hatte schon was. «Ich meine, gut im Training sind Sie ja.»

«Laut Reglement brauchen wir zwei Frauen und zwei Männer. Sonst sind wir disqualifiziert.» Der Windfang war fertig, und Nils Boomgarden streckte den Rücken durch. «Deswegen bin ich hier auch allein auf weiter Flur, die anderen sind verzweifelt auf der Suche nach Ersatz, obwohl ich da ziemlich pessimistisch bin, dass die so kurzfristig noch jemanden finden.»

«Das ist ja wirklich ärgerlich», fand Sonka Waltermann.

«Mach du doch mit, Mama», sagte Fridjof in gewohnt gelangweiltem Ton.

Ihr Herz machte einen unangebrachten Hüpfer. «Nein, unmöglich, ich bin seit Jahren nicht mehr geschwommen.»

«Aber du hast mal Sport studiert. Damit nervst du doch die ganze Zeit, wie das ist mit den Muskeln und mit der Atmung und der Ernährung. Jetzt kannst du mal zeigen, was wirklich in dir steckt.»

Nils Boomgarden schaute sie das erste Mal an diesem Tag mit einem freundlichen Gesichtsausdruck an. «Das wäre tatsächlich unsere Rettung.»

«Wie gesagt, ich …»

«Ehrlich, Frau Waltermann, Ihr Sohn macht doch auch mit. Wenn man bedenkt, dass er erst seit ein paar Wochen regelmäßig trainiert, ist er wirklich nicht schlecht. Das Talent muss er doch von jemandem haben.»

Flirtete Nils Boomgarden etwa mit ihr? «Ich habe überhaupt keine Schwimmsachen dabei.»

«Die Ausrede lasse ich nicht gelten. Da rufe ich nämlich direkt bei Lasse Butt an und sage, er soll auf seinem Weg hierher bei *Wiebke's Strandboutique* vorbei und etwas Entsprechendes mitbringen. Größe 38?»

Sie nickte. Und hatte damit wohl eine offizielle Zusage erteilt, jedenfalls kam es ihr vor, als habe sie von diesem Moment an die Regie völlig aus der Hand gegeben. Nils Boomgarden trommelte seine Truppe per Handy zusammen. Erstaunlicherweise wurde Sonka sogar von Insa und Greta begrüßt, die sich erfreut zeigten, ihre sonst so verhasste Lehrerin am Wochenende zu treffen. Und Lasse Butt überreichte ihr wenig später einen Badeanzug. Quietschgrün, mit spitz ausgepolsterten Brustkörbchen und einer glitzernden Papageienbrosche. Eventuell war das seine Rache für die falschen Verdächtigungen, also zog Sonka Waltermann das scheußliche Ding ohne Murren an.

Dann standen sie in der Runde, ruderten mit den Armen, wärmten die Beine auf und sprachen sich gegenseitig Mut zu. «Wir sind ein Team.» – «Wir werden es schaffen.» – «Wir holen den Pokal auf unsere Insel.» So oft und so laut, bis alle halbwegs daran glaubten, sogar Sonka Waltermann.

Es ging sowieso alles viel zu schnell, um groß ins Grübeln zu kommen. Sie nahm jetzt also mir nichts, dir nichts am Inselduell teil. Ihr Name stand bereits offiziell in der Athletenliste, und jetzt rannte sie zusammen mit hundert anderen Insulanern dem Meer entgegen, welches für die nächsten fünf Minuten zum allgemeinen Warmschwimmen freigegeben worden war. Ob das nun eine gute oder hirnrissige Aktion war, daran verschwendete Sonka Waltermann ausnahmsweise keinen Gedanken mehr.

Fridjof lief neben ihr. «Mama?»

«Was ist?»

«Sorry.»

«Weil du mich hierzu genötigt hast?»

Er schaute sie von der Seite an. «Nein, ich glaub, das machst du freiwillig. Du hast doch nur gewartet, dass dich endlich mal jemand fragt, ob du dabei sein willst.»

Wie kam er denn darauf? Was für ein Unsinn. «Also, was dann?»

Sie waren an der Wasserkante angekommen. Ihre Fußsohlen trafen auf den nassen Grund. Tropfen spritzten bis zur Schulter. Der Glitzerpapagei sah aus, als würde er weinen.

«Sorry für den Mist.»

«Lass uns morgen drüber reden.» Jetzt standen sie bis zu den Knien im Meer. Es fühlte sich tatsächlich beinahe lauwarm an. Zumindest die ersten zwei, drei Meter, denn je tiefer sie kamen, desto eisiger wurde es. Sonka stieß sich vom Boden ab und tauchte unter, war plötzlich taub und blind, was gar nicht mal das Schlechteste war in diesem Augenblick. Sie wollte die Wahrheit eigentlich nicht hören. Jetzt wollte sie nur noch schwimmen, so schnell und so lange sie konnte. Vor allem davonschwimmen. Fast kam es ihr vor, als habe sie all die Jahre auf der Insel nur auf diesen Moment gewartet, wo sie – immerhin im hässlichsten Badeanzug der Welt – ihrem ansonsten in jeder Hinsicht mittelmäßigen Leben davonschwimmen durfte.

Eines war sicher: Sie wollte gewinnen. Sonka Waltermann wollte die Erste sein. Vor ihren Zweifeln.

Es gibt ja zwei verschiedene Arten von Träumen. Einmal die, die man mit Absicht hat, die man sich sogar aussucht, weil man denkt: Ja, das wäre jetzt der Hammer, wenn das so passieren würde. Lottogewinn. Ewiges Leben. Unsichtbar sein. Davon träumt jeder. Oder wie damals, bevor Lasse auf die Insel gekommen ist, als man ihn gefragt hat, was ihm wichtig ist, da hat er geschrieben: *Schnelle Autos und nackte Weiber.* Weil man sich so was eben wünscht mit sechzehn. Offiziell jedenfalls.

Aber dann gibt es ja auch diese Träume, die einem einfach so passieren. Im Schlaf. Die man nicht steuern kann. Und die auch manchmal ziemlich fies sind. Zum Beispiel hat er damals in Hürth geträumt, dass er abhauen will oder verreisen, keine Ahnung, jedenfalls hatte er immer einen Koffer gepackt und wollte irgendwie dringend weg. Ging aber nicht, weil er sich nicht mehr bewegen konnte. Er stand einfach nur da und merkte irgendwann, Mist, er bestand aus so hartem Plastik wie ein Playmobilmännchen, total unbewegliche Beine, das konnte er also vergessen mit der Reise.

Das ist ja jetzt keine große Überraschung, dass Lasse sich diese Art von Traum ganz bestimmt nicht ausgesucht hat aus einer ganzen Kollektion an möglichen Träumen. Wie in einer altmodischen Videothek, wo ihn der Verleiher fragt: Eher was Lustiges oder was Spannendes oder was mit Sex? Und er antwortet: Ne, ich will unbedingt was, wo eigentlich überhaupt nichts passiert. Also holt der Verleiher eine Kassette raus und gibt sie ihm und sagt: Dann ist das genau das Richtige für dich, da geht's um einen Typen, der wegwill, aber nicht kann, weil er aus Hartplastik ist. 120 Minuten in 3D und Dolby Surround.

Als er noch in Hürth gewohnt hat, war dieser Traum mehrfach in der Woche ungefragt in seinem Schlaf aufgetaucht. Da hat er sich schon Sorgen gemacht und geglaubt, irgendwas stimmt mit ihm nicht, er ist ein totaler Freak, denn schließlich haben diese unbewussten Sachen ja auch eine psychologische Bedeutung. Aber im Internet hat gestanden, dass es ein stinknormaler Allerweltstraum ist. 27 Prozent der Menschen träumen öfter, dass sie reisen wollen. Und 22 Prozent haben diese Sache mit der Bewegungsunfähigkeit schon mal geträumt. Das bedeutet irgendwie, dass man eigentlich was Grundsätzliches ändern will, sich aber selbst dabei im Weg steht, so ähnlich jedenfalls.

Damals hat Lasse die Interpretation für völligen Blödsinn gehalten. Aber seit er auf der Insel lebt, ist der Traum kein einziges Mal mehr aufgetaucht, er hat ihn regelrecht vermisst wie eine Lieblingsserie im Fernsehen, bei der die letzte Staffel zu Ende gegangen ist. Erst da hat er kapiert, dass wohl doch ein bisschen Wahrheit dringesteckt hat: Es hat ihn angekotzt, das Leben in Hürth. Diese Angst vor Rollo, diese Langeweile zu Hause, dieses ewige Gefühl, im Vergleich zu allen anderen ein totaler Loser zu sein. Aber eben weil er ängstlich, träge und nicht selbstbewusst war, konnte er gar nicht von selbst da raus. Völlig logisch. Mal sehen, vielleicht machte er doch irgendwann das Abitur nach und studierte Psychologie.

Aber jetzt gönnte er sich erst mal ein Bier in einigermaßen fröhlicher Runde. Das hatten sie sich verdient! «Auf uns!»

«Darauf, dass alle lebendig im Ziel angekommen sind!»

Die Gläser krachten aneinander.

«Tausend Meter unter zwanzig Minuten!», sagte Nils Boomgarden und trank, als wäre er selbst es gewesen, der die Bestzeit des Tages geholt hat. Ein bisschen war es auch sein Verdienst, denn ohne das Training und die Motivationssprüche seines Chefs wäre Lasse niemals so gut in Form gewesen. «Damit hast du wenigstens unsere Ehre gerettet.»

«Von der Ehre kann man sich aber keine Wasserrutsche kaufen», sagte Lasse. Denn leider hatten die anderen mittelmäßige bis schlechte Zeiten erschwommen, und ihr Team war in der Gesamtwertung auf dem bescheuerten vierten Platz von sieben gelandet. Ausgerechnet die Nachbarinsel durfte den Pokal und das Preisgeld einheimsen und morgen mit über das Wattenmeer nehmen. Welche Insel das war, hatte er vergessen, er brachte die immer durcheinander, war froh, wenn er wusste, auf welcher er sich zur Zeit befand. So ein Mist. Dabei hatten sie mit dieser Schrulle von Schuldirektorin sogar noch eine echt okaye Ersatzfrau gefunden. Wahrscheinlich wäre Jannike Loog nicht wirklich schneller geschwommen. Doch es hatte eben letzten Endes nicht gereicht. Wieder ein geplatzter Traum, um beim Thema zu bleiben.

Egal, feiern wollten sie trotzdem. Die Stimmung am Leuchtturm war jedenfalls gut. Es sah richtig schön aus mit den bunten Laternen ringsherum, musste Lasse zugeben. Der Grill war angeschmissen, und die Sportler konnten sich mit dem weltbesten Kartoffelsalat von Oma Maria und jeder Menge Bratwürstchen wieder aufpäppeln. Durch den Qualm vom Grill fiel wenigstens der beißende Brandgeruch nicht so auf, der vom gespenstisch aussehenden Fahrradschuppen herüberwehte. Das war schon schlimm mit dem Feuer, wirklich. Die eine Frau hatte verdammtes Glück gehabt, bloß eine leichte Rauchvergiftung, hieß es, sie war schon wieder auf den Beinen und stand in der Nähe des Grills, zusammen mit diesem kleinen Kläffer, der andauernd mit Wurstresten gefüttert wurde. Zu Recht, schließlich hatte der Hund Rollo fertiggemacht, alle Achtung.

Vorhin hatte der Shantychor gesungen, und gleich würde der Musikverein allen noch mal ein bisschen den Marsch blasen. Diese Rumtata-Musik war natürlich absolut nicht sein Ding, und normalerweise hasste Lasse solche Veranstaltungen. Aber hier auf der Insel passte das irgendwie, und er hatte sogar das erste Mal das Gefühl, zur Dorfgemeinschaft dazuzugehören. Nicht zuletzt, weil ihm ständig jemand anerkennend auf die Schulter klopfte. Die Frau von *Wiebke's Inselboutique*, der Mann vom Jugendamt, die Nachbarin von Jannike, der Hausmeister aus der Schule, die Sekretärin aus dem Rathaus, der Werbetyp von *Nordlicht Pilsener*, Britta von der Schwimmbadkasse. Echt, er kannte inzwischen so viele Leute. Und alle waren gut drauf. Ja, selbst der fette Gerd Bischoff hatte sich lobend geäußert und ihm eine zweite Bratwurst spendiert. Erst hatte er überlegt, dem Sack zu sagen, er soll sich seine blöde Wurst sonst wohin stecken, aber er hatte Hunger gehabt und irgendwie zu wenig Wut im Bauch für böse Worte.

Was für ein komischer Tag. Sogar seine Mutter und Senta waren extra aus Hürth angereist und hatten ihn beim Wettkampf ziemlich peinlich mit einem Megaphon angefeuert:

Lasse, du bist klasse, oder schlimmer noch auf Kölsch: Lasse Butt – do mähs das jood! Dank ihnen wusste auf der Insel ab heute wirklich jeder Bescheid, aus was für einem durchgeknallten Elternhaus er stammte. Jetzt bei der Party achtete er darauf, dass seine beiden Mütter sich ihm höchstens bis auf zehn Schritte näherten, sonst kamen sie womöglich noch auf die Idee, ihn vor versammelter Mannschaft abzuknutschen, ihm das Haar zu zerstrubbeln und immer wieder zu jauchzen, wie stolz sie doch auf ihn waren. Zum Glück hatte der Mann vom Jugendamt sie in ein Gespräch verwickelt, und den konnten sie ja schlecht einfach so links liegenlassen, bei dem mussten sie weiterhin gut Wetter machen. Nur ab und zu winkte Mama oder Senta mal zu ihm herüber, was noch halbwegs erträglich war.

Danni und Siebelt konnten ihm auch nicht gefährlich werden, die mussten Jannikes Job mit erledigen und hatten somit alle Hände voll zu tun, dass immer genug Bier und Wein und Schnaps vorrätig waren. Die Insulaner hielten sich ran, als wäre Trinken nach dem Schwimmen die zweite Wettkampfdisziplin. Bis auf Fridjof hatte sich jetzt das ganze Schwimmteam auf der Sonnenterrasse des kleinen Inselhotels versammelt, und man erzählte sich gegenseitig immer wieder und in ständig neuen Varianten, wie es jedem Einzelnen auf diesem verdammt langen Kilometer in der Nordsee ergangen war.

«Nach hundert Schwimmzügen dachte ich schon, gleich sauf ich ab», erzählte die Friseurin. «Aber dann hab ich die Tussi von der Nachbarinsel gesehen, wie die an mir vorbei ist. Auf einmal konnte ich wieder.»

«Mir hat ein Zweimeterschrank unterwegs die ganze Zeit literweise Wasser ins Gesicht geschaufelt», beschwerte sich der Dachdeckergeselle grinsend. «Da musste ich einfach schneller werden und ihn hinter mir lassen. Am Ende war er fast zwanzig Sekunden langsamer als ich.»

«Und mir ist mitten im Rennen diese kitschige Papageienbrosche verlorengegangen», berichtete Sonka Waltermann kichernd. «Was die Nordseekrabben wohl zu dem Glitzerteil sagen?» Sie war wie ausgewechselt, trug das Haar ausnahmsweise mal offen und war sogar geschminkt. Nils Boomgarden stand schon die ganze Zeit dicht an ihrer Seite. Na, die schien ja wirklich Ersatzfrau in mehreren Bereichen zu sein.

Danach folgte wieder die Anekdote mit dem Kinomann und der Feuerqualle, die hatte Lasse jetzt echt schon zehnmal mindestens gehört, und das glibberige Tier wurde jedesmal größer, inzwischen hatte es wahrscheinlich schon den Umfang einer fliegenden Untertasse. Also schaute er Insa auffordernd an, nickte mit dem Kopf in Richtung Leuchtturm und war froh, dass sie seine Einladung verstand und annahm.

Sie liefen über den Rasen, leider mit ungefähr einem halben Meter Abstand zwischen sich. Den wollte Lasse heute noch auf null Zentimeter runterhandeln, so war der Plan. Aber erst einmal harmlos tun, kleiner Spaziergang am abgefackelten Fahrradschuppen vorbei zum Leuchtturm, die immer feuchter werdenden Hände in der Hosentasche.

«Was war denn heute bloß mit Fridjof und Greta los?», fragte Insa. «Die beiden sind total hinter ihren Leistungen zurückgeblieben.»

«Na ja, diese Pillen, die eure Lehrerin gefunden hat, werden keine Smarties gewesen sein.»

«Dass Fridjof sich die Dinger einwirft, weil seine Mutter ihm immer so einen Leistungsstress macht, kann ich ja irgendwie verstehen. Aber Greta? Sie ist meine beste Freundin, ich kenne die, seit ich lebe. Ihr ist Sport eigentlich total egal, und sie hat nur mir zuliebe beim Inselduell mitgemacht. Warum sollte Greta so was Gefährliches nehmen?»

«Amphetamine haben ja noch ein paar besondere Nebenwirkungen», sagte Lasse. Nicht, dass er selbst mit so einem Zeug was zu tun hatte, aber in Hürth gab es ständig diese Drogenpräventionsmaßnahmen im Gymnasium, achte Klasse, neunte Klasse – und die hatte er auch noch wiederholt und zudem einmal die Schule gewechselt. Den Vortrag über die bunten Pillen, die man auf keinen Fall unterschätzen soll, hatte Lasse sich also dreimal anhören müssen. «Appetitlosigkeit zum Beispiel.»

Insa schluckte. «Ach so.»

«Wenn Greta wirklich deine beste Freundin ist, solltest du ihr dringend davon abraten.»

«Sagt ausgerechnet ein Kerl, der wegen Autodiebstahl fast im Knast gelandet wäre.»

Sie hatte ja recht. Er war der Falsche, wenn es darum ging, den Moralapostel zu geben. Also sagte er nichts mehr zu dem Thema. Dass Greta spindeldürr war und man da wirklich mal was unternehmen sollte, war schließlich nicht seine Baustelle.

Sie nahmen den schmalen Weg zum Leuchtturm. Es wurde langsam dunkel, deswegen sahen die Überreste des Fahrradschuppens nur noch halb so schlimm aus. Ein Balken hing schief im Fenster, die Scheibe war zerbrochen, das war es auch schon.

«Ich wusste von Anfang an, dass du nicht der Feuerteufel bist», sagte Insa und nahm seine Hand. Er wäre vor Schreck fast in die Knie gegangen.

«Und … woher?», stotterte er sich einen zurecht.

«Passt nicht zu dir. So kokeln und Leute in Gefahr bringen.»

«Mach mich nicht besser, als ich bin. Zu Hause in Hürth habe ich mal einen Liegeradfahrer umgemäht. Das war ein Riesenglück, dass der überhaupt noch am Leben ist.»

Insas Berührung wurde noch fester. Ihre Hand war schön trocken und warm, im Gegensatz zu seiner. «Aber du hast doch deine Konsequenzen gezogen, oder? Du hast jetzt Schluss gemacht mit deinem alten Leben. Bist hierhergezogen. Hast eine Lehre angefangen.»

«Das war nicht so ganz freiwillig.»

«Darum geht es nicht. Dank dir konnte sogar dieser Schrottplatz-Rollo festgenommen werden.» Sie grinste. «Was meinst du wohl, mein Vater kriegt Glückwünsche aus dem ganzen Land, weil er den Typen dingfest gemacht hat.»

«Das freut mich für ihn. Dein Vater ist in Ordnung, weißt du das?»

Sie nickte.

Eine Weile gingen sie wortlos nebeneinanderher, und Lasse ahnte schon, dass jetzt eigentlich die beste Gelegenheit wäre, stehen zu bleiben, Insa in den Arm zu nehmen und zu küssen. Vorstellen konnte er sich das auch richtig gut, in seiner Phantasie war das ein Klacks, da standen sie schon längst eng umschlungen voreinander. Doch in Wirklichkeit befanden sie sich auf halber Strecke zum Leuchtturm, der Wind zog fies um eine schmale Ecke, das Gelaber der Leute da hinten beim Hotel war noch viel zu laut, gerade hatte der Musikverein angefangen zu spielen – und er hatte Schiss. Ernsthaft, einfacher wäre es jetzt, einen Audi S8 zu knacken als diese tolle Frau.

Ausgerechnet als er es sich wirklich schon fast getraut hätte, trafen sie Fridjof. Also, sie stolperten sogar beinahe über ihn, denn er saß in den dunklen Dünen, rauchte eine Zigarette und schaute sich die Party aus sicherer Entfernung an. Neben sich hatte er eine Plastiktüte stehen, da hätte alles Mögliche drin sein können, also Schokolade oder Badelatschen oder Bücher oder weiß der Henker was. Trotzdem wusste Lasse, was er entdecken würde, sollte er hineinschauen. Er besaß jetzt keinen Röntgenblick, er hatte nur, jetzt, wo endlich der ganze Druck nicht mehr auf ihm lastete, gerade mal eins und eins zusammengezählt.

«Du warst es», sagte er, ließ sich neben Fridjof in den Sand fallen und schnorrte sich eine Zigarette aus der Packung. Fridjof ließ es geschehen.

Lasse hatte den Sohn der Schuldirektorin irgendwie nie so richtig gemocht. Auch wenn sie fast im selben Alter waren, Fridjof eigentlich ganz ordentlich schwimmen konnte und beim Training meistens mitgemacht hatte, etwas war die ganze Zeit seltsam gewesen. Und jetzt hatte er es endlich gerafft: Fridjof erinnerte ihn an sich selbst, an den Hürth-Lasse, der eigentlich ein Schisser war, das aber durch irgendwelche bescheuerten Aktionen zu vertuschen versuchte. «Du hast die Feuer gelegt!»

«Quatsch», sagte Insa. Sie war stehen geblieben, offensichtlich enttäuscht, weil aus dem Kuss nichts geworden war. «Wie kommst du darauf?»

«Damals, als dieser Strandkorb gebrannt hat, da war meine Kapuzenjacke weg. Ich war mir absolut sicher, dass ich sie mit zur Arbeit genommen und ins Kabuff gelegt hatte, und am nächsten Tag lag sie auch tatsächlich an der Stelle, wo ich vorher mindestens zehnmal gesucht habe.»

«Und was hat das mit Fridjof zu tun?», fragte Insa. Nein, sie war nicht enttäuscht, sie schien regelrecht wütend zu werden.

«An beiden Tagen war Training. Fridjof hätte sich das Teil sozusagen ausleihen können. Hätte keiner bemerkt.»

Fridjof sagte nichts dazu. Er saß weiterhin neben seiner Plastiktüte, zündete sich gerade die nächste Zigarette an und schwieg. Nicht verbissen oder so. Eher erleichtert.

«Den zweiten Brand in der Schule hast du gelegt, weil du gesehen hast, dass ich draußen auf Insa warte. Ach ja, und du bist immer mit der Jugendfeuerwehr angerückt. Hast gedacht, wie praktisch, den Typen jag ich von der Insel und kann dabei noch den Helden spielen. Hat dir bestimmt gefallen, als ich plötzlich verschwunden war.»

Fridjof zuckte mit den Schultern und zog an seiner Kippe.

«Aber dann ist es passiert: Ich war plötzlich wieder da und habe auch noch einen Verbrecher zur Strecke gebracht. Zwar mit Hilfe eines kleinen Schoßhündchens, aber immerhin, das musstest du natürlich toppen. Dieses Mal musste es richtig gefährlich werden. Ein brennendes Hotel, ja, warum nicht.»

«Jetzt ist es aber gut, Lasse Butt», sagte Insa. So, wie sie ihm gerade gegenüberstand, sah es nicht aus, als würden sie heute Abend noch Hand in Hand irgendwo hinspazieren. «Was redest du denn da?»

«Was war heute Abend dein großes Ziel, Fridjof?»

«Hör endlich auf!» Insa funkelte ihn an.

«Der Leuchtturm? Das Rathaus? Oder das Hafengebäude?» Lasse zeigte auf die Tüte. «Ich wette, darin befinden sich mindestens zwei Liter Terpentin und ein paar alte Lappen. Du weißt ja inzwischen, wie es am besten funktioniert.»

Insa schnaubte und machte einen großen Schritt auf die beiden zu. «Das ist Schwachsinn, Lasse, in der Tüte ist bestimmt nur …» Sie wollte danach greifen, doch Fridjof, plötzlich wieder fit, packte die Plastikhenkel und zog sein geheimnisvolles Gepäck dichter zu sich heran. «Fridjof, ich glaub nicht, dass du das gemacht hast. Du hast doch gar keinen Grund dazu.»

Insa kapierte anscheinend nicht, was Sache war. Frauen waren wohl manchmal unsensibler, als es immer hieß. Hier ging es um Konkurrenz zwischen Männern. Fridjof war in Insa verknallt. Und dann kam da der Typ vom Festland und stahl ihm in so ziemlich jeder Hinsicht die Show. Da war Fridjof ausgerastet. Und kassierte jetzt Insas Mitgefühl. Na toll. Sie hockte sich hin, guckte fast flehentlich, streckte die Hand aus, doch Fridjof blieb stur. «Bitte, lass mich reinschauen. Ich will mich vergewissern, dass Lasse gerade großen Blödsinn geredet hat.»

Natürlich ignorierte Fridjof ihre Aufforderung. Und es kann sein, dass sie dann alle drei bis zum nächsten Morgen am Fuße des Leuchtturms gekauert hätten, wenn Lasse nicht irgendwann eine ziemlich gute Idee gekommen wäre. Weil irgendwie konnte er den Jungen ja verstehen. Ihm war es damals, in dem anderen Leben, ganz ähnlich gegangen, als er noch den Traum von dem nicht verreisenden Playmobilmännchen geträumt hatte. «Weißt du was, Insa? Wir gucken einfach nicht nach», entschied Lasse.

«Ich schon!», protestierte Insa.

«Nein. Es ist nämlich viel besser, wenn er sich stellt. Wenn er selber sagt, dass er gezündelt hat. Und die Sache mit den Pillen gesteht er gleich dazu. Glaub mir, wenn er von sich aus den ganzen Rotz zugibt, hat er deutlich bessere Karten bei den Bullen.» Lasse stand auf. «Ich hab da Erfahrung.» Er griff Insa am Arm und zog sie mit sich. Zu seiner Überraschung ließ sie sich widerstandslos darauf ein, also nahm er gleich auch noch ihre Hand.

«Tschüs, Fridjof», sagte Insa.

Der nickte. Sagte auch: «Tschüs.» Und dann, ganz leise: «Danke.»

«Ach ja», sagte Lasse im Gehen, denn ihm war noch spontan eine gute Idee gekommen. «Du kannst dich gern erkenntlich zeigen.»

«Okay», sagte Fridjof.

«Im Rechner deiner Mutter müsste schon die Mathearbeit für Montag abgespeichert sein. Die würde ich gerne mal lesen. Mit Lösungszettel natürlich. Einfach nur so. Ich interessiere mich total für Mathematik.»

Dann stiegen Insa und Lasse weiter den kleinen Pfad zum Leuchtturm hinauf, und genau in dem Moment, als dieser seine Strahlen anknipste, waren sie oben angekommen. Der Sand war ihm vorhin in den tiefsitzenden Bund seiner Hose gerieselt, das scheuerte ganz schön, aber er konnte unmöglich an seinen Klamotten rumfummeln, jetzt, wo er fast am Ziel seiner Träume angekommen war. Der Platz hier oben war nämlich optimal zum Knutschen geeignet, fand Lasse.

«Das hast du sehr gut gemacht», sagte Insa.

«Das mit den Matheaufgaben?»

«Auch. Die hätte ich sonst hundertpro verhauen.» Sie grinste. «Aber in erster Linie finde ich es richtig klug, dass du ihm die Möglichkeit lässt, sich selbst zu stellen.»

«Rauskommen würde es sowieso. Früher oder später.»

«Eben. Ich denke, er hat das auch kapiert.»

«Gut. Dann ist jetzt wohl der richtige Moment gekommen, um mal kurz mit dem Denken aufzuhören.» Cooler Spruch, lobte Lasse sich selbst, dann legte er die Arme um Insa und küsste sie auf den Mund. Das fühlte sich extrem schön an.

Er war eben doch nicht aus Plastik!

Manchmal gibt es eben nicht den perfekten Moment. Das Leben ist keine Werbung für Kokospralinen, in der Menschen in schneeweißen Kleidern vor wolkenlosem Himmel und tiefblauem Meer ein rauschendes Fest feiern. Das echte Meer war schlammgrau. Im Himmel hing die nächste Schlechtwetterfront. Und die alles, nur nicht schneeweißen Arbeitsklamotten waren total verdreckt, weil man gerade dabei war, endlich den Kühlschrank zu reparieren, damit er nicht mehr so müffelte.

Doch wenn die Kulisse nun mal partout nicht stimmen wollte, offenbarte man sich eben mit einem Eimer in der Hand, in den der andere umständlich mit einer Suppenkelle milchig braunes Kondenswasser schaufelte.

«Kannst du das ein bisschen höher halten, Jannike?», bat Mattheusz, der in einer wahrscheinlich sehr unbequemen Position hinter dem mannshohen, nach vorn gekippten Kühlschrank kauerte. «Sonst komm ich nicht dran.»

Sie hielt den Eimer höher.

Der September hatte nur noch wenige Tage. Oma Maria und Bogdana befanden sich bestimmt schon so gut wie im Aufbruch nach Polen. Danni schmiedete Pläne für seine Elternzeit. Und wenn die Prognose des Inselarztes stimmte, musste sie sich sich über kurz oder lang mit der Schwangerschaft auseinandersetzen. Natürlich war Jannikes innigster Wunsch in Erfüllung gegangen. Doch sie hatte noch immer keine Ahnung, wie ihr Liebster überhaupt auf diese Nachricht reagieren würde.

Gestern Abend im Bett war der erste Versuch grandios gefloppt. Denn als sie endlich einen halbwegs vernünftigen Satz im Kopf formuliert und auf der Zunge liegen hatte, war ihr Liebster bereits tief und fest eingeschlafen.

Dann war noch das Frühstück als Stunde der Wahrheit in Frage gekommen, weil sie es ausnahmsweise mal gemeinsam im Speisesaal eingenommen hatten, denn im Hotel wohnten nur noch fünf Gäste, und die hätten sich sonst vielleicht einsam gefühlt. Prompt war der Paketbote erschienen und hatte ein ziemlich großes Paket gebracht, dessen Absender die *Nordlicht*-Brauerei gewesen war. Das stand jetzt ungeöffnet auf dem Tresen. Wahrscheinlich ein Werbeaufsteller, für den man noch umständlich Platz schaffen musste, wenn man ihn nicht gleich mit dem nächsten Müll entsorgte.

Inzwischen war es Nachmittag. Und um fünf Uhr ging das Schiff. Niemand außer Jannike wusste bislang, dass sie mit dieser Fähre aufs Festland übersetzen würde, weil sie morgen früh einen Termin beim Gynäkologen hatte. Es war also wirklich höchste Zeit, zumindest Mattheusz davon in Kenntnis zu setzen.

«Boah, das stinkt wirklich bestialisch», stöhnte Mattheusz.

«Soll ich einen Lappen holen?»

«Ja, aber einen richtig alten, den müssen wir hinterher wegschmeißen, so viel ist sicher.»

Jannike stellte den Eimer ab und ging zum Schrank, in dem die Putzutensilien untergebracht waren. Ganz hinten fand sie ein ziemlich zerlumptes Stoffteil, um das es nicht wirklich schade wäre, und reichte es Mattheusz.

Am besten, sie sagte es geradeheraus, ohne Firlefanz, dann hatte sie es endlich hinter sich. «Mattheusz?»

«Der Lappen ist schon voll. Du glaubst es nicht, wie viel Schmuddel sich in dieser blöden Auffangschale gesammelt hat.»

«Wir bekommen ein Kind.»

Umständlich reichte er ihr mit spitzen Fingern das vollgesogene Teil. «Kannst du das bitte auswringen?»

Jannike wrang den Stoff aus, die Suppe tropfte in den Eimer. Er hatte recht, es stank zum Himmel. Zum Glück wurde ihr nicht mehr schlecht, diese Phase der Schwangerschaft hatte sie also hinter sich gelassen. Oder ihr überempfindliches Riechorgan reagierte komischerweise nur auf Schweinesülze, Mayonnaise und gebratene Zwiebeln, war aber resistent gegen uralten Kühlschranksaft. «Hier, bitte!»

Mattheusz griff nach dem Tuch und tauchte wieder weg. «Ach, sorry, ich habe dich unterbrochen: Was ist mit dem Wind?»

«Kind!»

Er richtete sich auf und schaute sie skeptisch an. «Ach so, Kind.»

«Wir bekommen eins.» Jetzt war es raus!

«Du bist schwanger?»

Sie nickte. Und scannte sein Gesicht vom Scheitel bis zum Kinn ab. Was hatten die sehr weit nach oben gezogenen Augenbrauen zu bedeuten? Angst oder Freude? Und die in die Breite gezogenen Lippen – war das schon ein Lachen, oder würde er gleich anfangen, um Hilfe zu schreien? Noch nie war ihr das Gesicht ihres Liebsten so fremd erschienen.

«Im dritten Monat.»

«Woher weißt du das?»

«Ich hatte doch diese Probleme. Weswegen ich nicht beim Inselduell teilgenommen habe. Erinnerst du dich?»

Schnaufend und ächzend rückte er den Kühlschrank in seine ursprüngliche Position und kroch dahinter hervor. «Klar erinnere ich mich. Schließlich habe ich mir Sorgen gemacht.»

«Der Inselarzt hat eine Blutprobe untersucht. Und dabei ist es rausgekommen.» Hilflos zog sie die Schultern nach oben. Jetzt war er aber mal dran, fand sie, irgendwie musste Matteusz doch reagieren, und zwar sofort, denn mit jeder Sekunde, die verstrich, wurden ihre Augen feuchter. Die erste Träne löste sich, lief die Wange hinunter, verharrte kurz am Kinn, bis sie in den Eimer tropfte und sich mit der undefinierbaren Brühe darin vermischte.

Endlich trat er auf sie zu und fasste sie bei den Schultern. «Verstehe ich das richtig? Du und ich, wir bekommen ein Baby?»

«Ja, wer denn sonst. Du spielst doch jetzt bitte nicht wieder auf dieses Missverständnis mit Nils Boomgarden an, ich dachte, wir hätten das ein für alle Mal geklärt?»

«Nein, Unsinn, so meine ich das nicht. Ach, Jannike, warum reden wir beide nur immer so aneinander vorbei?»

«Keine Ahnung.» Träne Nummer zwei verfehlte den Eimer und landete auf Jannikes Schuh. «Dann sag doch einfach und ehrlich, was du davon hältst.»

Er sagte aber nichts. Stattdessen küsste er sie. Und zwar richtig, mit allem Drum und Dran. Mit Liebe und Hingabe und Zeit und – das merkte Jannike, weil der Kuss immer salziger schmeckte – mit Tränen seinerseits. Das war der mit Abstand beste Kuss ihres Lebens. Erst als sie beide zu ersticken drohten, weil man beim Weinen ja immer eine verstopfte Nase bekam – auch so eine Sache, die nur im wahren Leben passierte, nie jedoch in der Werbung für Kokospralinen –, ließen sie röchelnd voneinander ab.

«Ich bin der glücklichste Mann der Welt», behauptete Mattheusz.

«Auch wenn wir dann in der nächsten Saison kein Personal mehr haben, dafür aber einen schreienden Säugling?»

«Von solchen Kleinigkeiten lasse ich mir doch nicht die Laune verderben! Die Frau meiner Träume und ich werden Eltern. Da kann die Zukunft doch nur wunderbar werden.»

Das war an Optimismus jetzt fast schon zu viel, fand Jannike. Doch es tat so gut, wie er sich freute und dass er außerdem rasend schnell hintereinander all die Fragen stellte, die sie noch längst nicht beantworten konnte, ob Junge oder Mädchen, ob März oder April, wie groß, wie schwer, schlägt das Herz schon ... Irgendwann musste sie ihm den Finger auf die Lippen legen. «Das wird mir alles morgen der Frauenarzt verraten. Wenn du willst, dann komm doch mit!»

«Natürlich will ich!», sagte er. «Und um dir mal deine Ängste zu nehmen: Ich bin mir sicher, sobald wir meiner Mutter das Ultraschallbild unter die Nase halten, wird sie behaupten, niemals in ihrem Leben von Kündigung gesprochen zu haben.»

«Ganz sicher?»

«Klar, sie liegt mir mit diesem Thema schon seit Monaten in den Ohren. Mattheusz, wann werde ich endlich Oma. Mattheusz, wie lange willst du uns alle noch warten lassen. Zum Wahnsinnigwerden. Ich hab mich überhaupt nicht getraut, dich darauf anzusprechen.»

«So ging es mir auch.»

«Echt? Na dann, wo wir schon bei unerledigten Fragen

sind …» Mattheusz atmete einmal tief durch und ging vor Jannike auf die Knie. Sie ahnte, was jetzt kommen würde, und im Grunde war diese Geste auch eine wunderbare Idee, es sei denn, man stieß dabei einen Eimer mit übelriechender Flüssigkeit um. Doch es schien Mattheusz nur geringfügig zu stören, dass er bei seinem Antrag in einer Pfütze hockte, vielleicht merkte er es noch nicht einmal, er schien nämlich furchtbar aufgeregt zu sein. «Willst du mich denn vielleicht auch heiraten?»

Jannike nickte. «Klar will ich!»

Und es war schon ein enormes, wahrscheinlich einmaliges Glück, das musste ihnen klar sein, dass erst jetzt, nachdem alles Wichtige gesagt und getan war, die Tür zum Speisesaal geöffnet wurde. Das gab es also auch mal zur Abwechslung, dass man in diesem Hotel im entscheidenden Moment ungestört blieb!

«Streitet ihr schon wieder?», fragte Danni mitleidig.

«Wir machen gerade den Kühlschrank sauber.»

«Ach so. Wisch mal die Pfütze da weg, das stinkt ja zum Gotterbarmen.» Dann stellte er das Paket der Brauerei auf den Tisch. «Habt ihr das bestellt?»

Jannike und Mattheusz schüttelten den Kopf.

«Gut, dann schaue ich mal nach, was die uns geschickt haben», entschied Danni, holte eine Schere aus der Schublade und begann damit, die Klebestreifen aufzuschneiden. «Übrigens, bevor ich es vergesse: Frau Galinski hat gefragt, ob sie noch eine Nacht länger bleiben kann.» Er riss das Packpapier in langen Streifen ab wie ein ungeduldiges Kind am Weihnachtsabend. «Ich nehme an, ihr habt nichts dagegen?»

«Auf eine Nacht mehr oder weniger kommt es auch nicht mehr drauf an. Frau Galinski ist jetzt schon fast einen Monat in unserem Haus. Warum auch immer …»

«Ach so, das weiß ich. Sie hat mir gebeichtet, dass sie eigentlich nur auf die Insel gekommen ist, weil sie ihren Exmann zurückhaben möchte.»

«Gerd Bischoff? Im Ernst?»

Danni nickte. «Ja, man glaubt es kaum. Laut seiner Ex soll der Kerl auch seine guten Seiten haben.»

«Die hat er bislang aber bestens versteckt.»

«Wer weiß, vielleicht findet er selbst sie ja auch erst wieder, wenn nach all den Jahren seine geliebte Frau zu ihm zurückgekehrt ist.» Unter dem Papier kam ein großer Karton zum Vorschein, ebenfalls verschnürt mit jeder Menge Klebeband. Hier wurde Dannis Geduld auf eine harte Probe gestellt. «Es gibt da noch eine Neuigkeit: Das Jugendamt findet, und das hab ich schriftlich, dass wir unsere Sache mit Lasse sehr gut machen. Sie würden es begrüßen, wenn er seine Ausbildung auf der Insel beenden könnte. Seine Sozialprognose sei sehr vielversprechend!» Danni lächelte versonnen. «Und seit Lasse eine Freundin hat, glaub ich auch selbst wieder daran, dass aus dem Jungen noch was Vernünftiges wird.»

«Im Gegensatz zu Fridjof Waltermann.»

«Na ja, dadurch, dass er selbst bei der Polizei aufgetaucht ist und alles zugegeben hat, bleibt er von einer Jugendstrafe verschont.» Endlich war das Klebeband entfernt, und Danni konnte den Karton öffnen. «Apropos, Jannike, von unserem großen Glück hab ich dir noch gar nichts erzählt: Frau Waltermann hat eine außerordentlich kulante Haftpflichtversicherung. Schon Ende Oktober kommen die Maurer und machen den hinteren Anbau komplett neu. Ich hab ganz tolle Ideen, wie wir das umgestalten können, dann bleibt vielleicht Platz für einen Holzkohleofen zum Brotbacken, und das Zimmer 6 könnte man ganz schick …»

Jannike räusperte sich. «Darf ich dich daran erinnern, dass du ab nächster Woche deine Auszeit nimmst? Wer soll denn dann deine Ideen in die Tat umsetzen?»

Danni schaute sie an, als wäre sie komplett durchgedreht. «Ich? Eine Auszeit? Wer sagt denn so was?» Sie konnte nicht anders, sie musste ihn in den Arm nehmen, was er angesichts ihrer schmutzigen Kleider nicht wirklich toll zu finden schien.

Dann war es endlich so weit, der Karton offenbarte seinen Inhalt: einen Pokal aus verschnörkeltem Pseudogold. So ein Ding, wie es deutschlandweit in piefigen Eckkneipen zwischen den Schnapsflaschen verstaubte.

«Was ist das denn?», fragte Mattheusz.

Auf der Rückseite prangte das Logo der *Nordlicht*-Brauerei, auf dem vorderen Messingschild war eingraviert, wofür das Ding überhaupt verliehen wurde. *Das große Inselduell* stand da geschrieben. Und: *Für das beste Team.*

«Wir haben doch nur den vierten Platz gemacht. Das muss ein Versehen sein», sagte Danni, und sein Bedauern war deutlich herauszuhören.

Jannike trat zu ihm an den Tisch und fischte einen kleinen Umschlag aus dem Inneren des Pokals. «Du bist einfach immer etwas voreilig, lieber Danni.» Der Brief war an das *Hotel am Leuchtturm* adressiert. «Hier finden wir bestimmt die Erklärung.»

Nordlicht
Brauerei

Liebe Jannike! Liebe Lucyna! Liebe Bogdana!
Liebe Oma Maria! Lieber Danni! Lieber Mattheusz!

Ihr wundert euch bestimmt, weshalb ihr heute nun doch in den Besitz eines Gewinner-Pokals gelangt. Die Antwort ist ganz einfach: Alle Teilnehmer beim großen Inselduell waren sich einig, dass die ganze Veranstaltung nur halb so schön gewesen wäre, wenn wir uns nicht am Ende des Tages so wohl bei euch gefühlt hätten. Oma Marias Kartoffelsalat ist eine Sensation! Man merkt, ihr seid echt ein Spitzenteam! Deswegen haben alle sieben Inseln zusammengelegt, um euch zur Anerkennung diesen besonderen Pokal zukommen zu lassen. Wir hoffen, er findet einen würdevollen Platz in eurem wunderbaren Hotel.

Ganz liebe Grüße sendet im Namen der Inseln Borkum, Juist, Norderney, Baltrum, Langeoog, Spiekeroog und Wangerooge

die Nordlicht-Brauerei
gez. Dietmar Roberts, Marketingleiter

Stammpersonal im kleinen Inselhotel

Folgende Personen sind bereits bekannt aus «Das kleine Inselhotel» und «Inselhochzeit»:

Jannike Loog – ehemals auf der Showbühne zu Hause, jetzt Hoteldirektorin auf der Insel, und zwar mit Leib und Seele

Mattheusz Pajak – hat als Inselbriefträger Jannikes Herz erobert und arbeitet nun seit einem Jahr als Hilfskoch und Hausmeister im kleinen Inselhotel

Danni Verholz – ist Jannikes ehemaliger Musikpartner und nun Geschäftsführer im Hotel am Leuchtturm, seit einem Jahr ist er mit dem Inselbürgermeister verheiratet

Siebelt Freese – bringt als Bürgermeister immer Ruhe und Besonnenheit in den Hoteltrubel, dafür wird er von Danni bedingungslos geliebt

Gerd Bischoff – hat seit Jannikes Einzug auf der Insel nur noch das zweitschönste Hotel, weswegen der Stinkstiefel jede Gelegenheit nutzt, es seiner Konkurrentin heimzuzahlen

Lucyna Pajak – Jannikes charmanteste Hotelfachkraft, die im Restaurant *Roter Hering* die Gäste bedient und seit kurzem mit Frachtschiff-Ingo verlobt ist

Frachtschiff-Ingo – weiß immer genau, wer auf der Insel ist und wer sie Richtung Festland verlassen hat

Hanne Hahn – die Gleichstellungsbeauftragte der Insel steckt ihre Nase wirklich in alles, was sie nichts angeht, und macht ihrem Sohn Ingo und seiner Verlobten Lucyna das Leben schwer

Bogdana Pajak – Mutter von Mattheusz und Lucyna und die kompetenteste Hotelfachkraft, die das ganze Haus sauber und in Schuss hält

Oma Maria – Oma von Mattheusz und Lucyna, die mit ihren über siebzig Jahren so richtig auflebt, wenn sie den Kochlöffel schwingen kann, und die besser Deutsch versteht, als man ahnt

Mira Wittkamp – Nachbarin und Freundin von Jannike, die das Inselleben schon seit Ewigkeiten kennt und sich gern aus dem Klüngel raushält

Neuzugänge im kleinen Inselhotel

Lasse Butt – Crash-Kid aus der Nähe von Köln, der seine letzte Chance ausgerechnet auf einer autofreien Insel bekommt

Monika Galinski – geheimnisvoller Gast, verlängert Nacht um Nacht ihr Hotelzimmer und scheint auf der Insel irgendeinen Plan zu verfolgen

Pepsi – Bichon Frisé – ist süß und unkompliziert, wäre lieber groß und gefährlich

Nils Boomgarden – Chef-Bademeister in der *Sprottengrotte* und der wohl Sexiest Insulaner alive

Sonka Waltermann – Direktorin an der Dünenschule, die ihre großen Pläne für sich und ihren Sohn Fridjof regelmäßig im sandigen Grund der Insel begraben muss

Bernd Vollmer – Inselsheriff und die Gelassenheit in Person (deswegen wahrscheinlich auch so gut im Darts-Spielen)

Insa Vollmer – rebellierende Tochter des Inselpolizisten

Greta Meyerhoff – viel zu magere Tochter des Inselbäckers

Wovon Autoren träumen

Romane zu schreiben, ist mein absoluter Traumberuf. Ich liebe die Zeiten, in denen ich allein am Schreibtisch sitze und mich dennoch in bester Gesellschaft befinde, da meine Romanfiguren um mich sind. Aber ich liebe auch, dass man in diesem Beruf mit so vielen Menschen zu tun hat. Insbesondere, wenn diese einen unterstützen, inspirieren oder einem auch kritisch zur Seite stehen. So jemanden zu finden, ist der Traum eines jeden Autors. Dass er für mich in Erfüllung gegangen ist, macht mich sehr dankbar.

Der Traum von einer genialen Idee

… wird durch meine Lektorin Ditta Friedrich vom Rowohlt Verlag erfüllt, die mich vor Jahren fragte, ob ich nicht mal ein Buch über ein Inselhotel schreiben möchte, und auch heute noch genau so begeistert dabei ist. Ebenso danken möchte ich Grusche Juncker und Marion Bluhm.

Der Traum von einer einfühlsamen Mitarbeiterin am Text

… wird durch meine Lektorin Susann Rehlein erfüllt, die es versteht, dieselbe Sprache zu sprechen und somit jeden Satz aufzuwerten.

Der Traum von einem richtig schönen Buch

… wird von Ulrike Theilig erfüllt, die in ihrem www.buchherstellungsbuero.de meine Ideen für die Kapitelanfänge so liebevoll umsetzt. Ebenso danke ich den Kollegen von any.way für das immer wieder wunderschöne Cover. Und Ute Schatzschneider und Marle Scheither für die Tüte.

Der Traum, bei wichtigen Entscheidungen unterstützt zu werden,

… wird durch Lisa Volpp von meiner Literaturagentur www.copywrite.de erfüllt, der ich vertrauensvoll meine To-do-Liste aushändigen darf, um in Ruhe zu schreiben – ebenso tun dies Caterina Kirsten und natürlich seit so vielen Jahren Georg Simader.

Der Traum von wunderbaren Lesungen

… wird von Gudrun Todeskino (www.textundton-kulturbuero.de) erfüllt. Sie hat ein Händchen, wohin man mich mit meinen Geschichten im Gepäck auf Reisen schicken kann. Zudem danke ich all meinen Veranstaltern der letzten Jahre, zu denen ich immer wieder gern unterwegs bin.

Der Traum von wertvollen Tipps zum richtigen Zeitpunkt

… wurde erfüllt von Meram Karahasan (zum Thema Schwangerschaft), von Gosia und Piotr Podlinsky (zu polnischen Redewendungen), von Mirko Scholl (zum Thema Crash-Kid auf autofreier Insel), von Matthias Jentsch (zum Thema Fachangestellter im Bäderbetrieb) und von Sara Fricke, Elfi und Tobias Perrey und Julie Lüpkes als Testleser.

Der Traum von treuen Lesern

… wird von Ihnen, meinen Lesern, erfüllt. Ich freue mich über jede Zuschrift via Facebook oder www.sandraluepkes.de sowie über jeden Besuch bei meinen Lesungen.

Und mein ganz privater Traum

… wird erfüllt von Jürgen, Julie und Lisanne.

Sandra Lüpkes bei rororo

Wencke-Tydmers-Reihe

Die Sanddornkönigin

Der Brombeerpirat

Das Hagebutten-Mädchen

Die Wacholderteufel

Das Sonnentau-Kind

Die Blütenfrau

Die Inselhotel-Reihe

Das kleine Inselhotel

Inselhochzeit

Inselträume

Weitere Romane

Die Inselvogtin

Fischer, wie tief ist das Wasser

Halbmast

Inselweihnachten

Nordseesommer

Sandra Lüpkes
Inselhochzeit

Humor, Herz und ganz viel Inselflair

Jannike hat es gewagt: Auf der kleinen Nordseeinsel konnte sie das heruntergekommene Leuchtturmwärterhaus in ein charmantes Hotel verwandeln. Genauer: in ein romantisches Hochzeitshotel! Ob Heiratsantrag beim Dünenpicknick oder Hochzeit im Watt – Jannike macht alles möglich. Doch ihr eigenes Liebesleben liegt brach. Erst als der ehemalige Postbote Mattheusz auf die Insel zurückkehrt, schöpft sie neue Hoffnung. Läuten am Ende die Hochzeitsglocken der kleinen Inselkirche auch für Jannike?

320 Seiten

«Sandra Lüpkes überzeugt mit einer witzig-romantischen Geschichte voller Nordseeflair und mit einer Heldin, die man sofort ins Herz schließt.»

Für Sie

Ro 365/1

Weitere Informationen finden Sie unter www.rowohlt.de

Sandra Lüpkes

Das kleine Inselhotel

Das Haus des Leuchtturmwärters, eine Oase der Ruhe und des Friedens: So preist der Makler das verwunschene Backsteinhäuschen in den Dünen an. Und Ruhe ist genau das, wovon Jannike träumt. Nach einem handfesten Skandal will die Fernsehmoderatorin nur noch weg aus Köln – und von ihrem Ex Clemens. Kurzerhand kauft sie das Haus, mit dem Plan, auf der idyllischen Nordseeinsel ein kleines Hotel zu eröffnen. Das Häuschen erweist sich allerdings als renovierungsbedürftig, und von den Insulanern wird Jannike skeptisch beäugt: Wie lang wird die Frau vom Festland wohl durchhalten? Als dann auch noch Clemens mit dem gesamten Filmteam bei ihr vor der Tür steht, droht ihr Traum zu platzen, bevor er überhaupt begonnen hat …

320 Seiten

«Ein großartiges Lesevergnügen! … Bei diesem Buch stimmt einfach alles: Charaktere, Schauplatz, Handlung – so macht Lesen Spaß!»

Lübecker Nachrichten

Susanne Falk

Liebe in Schwarzbunt

Pleite und von ihrem Freund verlassen, kehrt Birgit zurück in die norddeutsche Provinz. Ein Albtraum, der sich nur mit viel Alkohol ertragen lässt. Folglich rast sie gleich bei ihrer Ankunft betrunken in den Koppelzaun ihrer Jugendliebe Sören, der sie seit der Trennung abgrundtief hasst. Doch als eines Morgens ein Zebra auf seiner Kuhweide steht und der Amtstierarzt das Tier zum Abschuss freigeben will, sind sich Birgit und Sören plötzlich einig: das Zebra muss gerettet werden. Und Sörens tüdeliger Opa Henningsen weiß auch schon, wohin die Reise gehen soll: nach Afrika …

304 Seiten

«Eine Geschichte mit liebenswerten (norddeutschen) Charakteren und Schmunzel-Szenen.»

Magazin LandGang

Das für dieses Buch verwendete FSC®-zertifizierte Papier
Lux Cream liefert Stora Enso, Finnland.